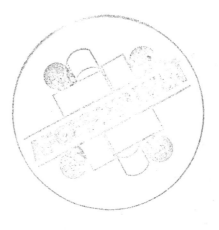

HARTSVRIENDIN

Julia Crouch

Hartsvriendin

Vertaald door Hien Montijn

2011
DE BEZIGE BIJ
AMSTERDAM

Cargo is een imprint van uitgeverij De Bezige Bij, Amsterdam

Copyright © 2010 Julia Crouch
Copyright Nederlandse vertaling © 2011 Hien Montijn
Oorspronkelijke titel Cuckoo
Oorspronkelijke uitgever Headline Publishing Group, Londen
Omslagontwerp Marry van Baar
Omslagillustratie Roser Portella Florit
Foto auteur Beatrice Haverich
Vormgeving binnenwerk Perfect Service, Schoonhoven
Druk Koninklijke Wöhrmann, Zutphen
ISBN 978 90 234 5755 8
NUR 305

www.uitgeverijcargo.nl

Voor Tim, Nel, Owen en Joe

Naspel

Het zou de plaats delict kunnen zijn, maar de echte misdaad vond elders plaats. Niets is wat het was; alles is stukgesneden of verscheurd of uit elkaar getrokken. Het hele vertrek ligt bezaaid met enorme klodders afzichtelijk vleeskleurige verf en omkrullende flarden papier.

Tegen de muren staan geschilderde herhalingen van dezelfde naakte, broodmagere gedaante. Welvend, extatisch, prachtig. Maar haar ogen zijn uitgestoken, doorgeprikt met een schaar, uitgesneden met een mes.

Kortom, het is een grote puinhoop.

Een

Toen Rose hoorde dat Christos was verongelukt, hoefde ze zich geen ogenblik te bedenken: Polly en de jongens moesten komen. Gareth en zij hadden nu de ruimte en Polly was haar beste vriendin sinds de lagere school. Het was een uitgemaakte zaak: ze moesten komen en blijven en zich door Rose laten verzorgen.

Het telefoontje kwam op de laatste dag van februari. Anna en baby Flossie sliepen, en Rose en Gareth hadden net een kaars aangestoken en een fles wijn aan de keukentafel geopend. Gedurende de tweeënhalf jaar die de renovatie van het huis in de heuvels van Wiltshire had geduurd, hadden ze in gedachten dit beeld van een avondlijke routine gekoesterd. Nu, net een maand nadat ze erin waren getrokken, was dat droombeeld een vaststaand feit geworden.

De telefoon weergalmde over de plavuizen vloer, onderbrak de landelijke stilte waar ze nog steeds een beetje zenuwachtig van werden. Gareth had een echte, luide telefoonbel gewild, zo een waarmee hij was opgegroeid op het platteland van New York State. Zo een die je kon horen, waar je ook was. Voor hem, zei hij, duidde dat op een bewust plan, dat hun situatie hier opzettelijk was, eerder dan toevallig. Rose begreep niet hoe hij tot zo'n conclusie kon komen, maar een luide bel was praktisch omdat ze op deze plek, ver van de bewoonde wereld, helemaal geen ontvangst hadden voor mobiele telefoons.

Rose pakte haar glas wijn en nam de telefoon op.

'Christos is dood,' was het eerste wat Polly zei.

Rose moest op de vensterbank gaan zitten; het steen voelde ijskoud aan aan haar benen.

'Wat?' Ze kon het natuurlijk niet geloven.

'Hij is verongelukt. Met zijn auto. Hij was dronken.'

'Wat is er?' Gareth haalde zijn stoel erbij en ging naast Rose zitten, hield haar hand vast terwijl zij, met dichtgeknepen keel, het bericht tot zich door liet dringen.

Rose dacht aan Christos, de grote beer. Christos was, van iedereen die ze kende – op Gareth en de meisjes na – de laatste persoon die ze zich niet levend kon voorstellen. Hij was het leven zelf. Eens had hij, toen ze zwanger van Anna een onstuitbare trek had in sint-jakobsschelpen, er een heel dozijn voor haar klaargemaakt. 'Je moet naar je lichaam luisteren, dat kent jou beter dan jij jezelf,' had hij met zijn nimmer falende Griekse logica gezegd. Gareth en zij hadden door hun hele huis zijn schilderijen hangen. Explosies van kleur, leven, seks en voedsel die hun koele interieur oplichtten en op een verrukkelijke manier botsten met de ingehouden symmetrie van Gareths eigen, meer cerebrale werk. In hun garderobe hing zelfs een van de meest erotische schilderijen die Christos ooit had gemaakt – toevallig een naakt van Polly.

'Wanneer?' vroeg Rose. Ze had feiten nodig om haar te helpen zich het nieuws te realiseren.

'Twee weken geleden.'

Rose meende aan de andere kant van de lijn de zee op de stenen kust te horen slaan. In gedachten zag ze Polly voor zich op het terras van het huis op Karpathos, het terras dat rechtstreeks op het strand uitkwam. Ze had vast een groot glas Metaxa in haar hand. Maar nee, het was februari, dus waarschijnlijk zat ze niet buiten. Was het in Griekenland koud in februari? Rose wist het niet – ze was alleen 's zomers op bezoek geweest, en de laatste keer was tweeënhalf jaar geleden. Polly en zij hadden elkaar zes maanden niet gesproken, besefte ze.

Maar hoe lang ze elkaar ook niet hadden gezien, ze schenen altijd weer door te kunnen gaan waar ze waren gebleven. Rose en Polly waren met elkaar verweven. Ze waren samen opgegroeid. Beiden waren met kunstenaars getrouwd en hadden elkaar verbaasd door zich nogal weinig modieus te voegen naar hun mannen en hun kinderen.

'Hij rijdt altijd te hard op de wegen hier in de omgeving,' vervolgde Polly. 'Denkt dat-ie ze kent omdat-ie hier is geboren. Niet dus. Wat een flauwekul.'

'Arme schat.' Rose wist niets anders te zeggen.

Er viel een stilte. Alleen het geluid van de golven: aanrollen, terugvloeien, aanrollen, terugvloeien.

Rose hield haar hand voor de microfoon en vertelde het nieuws aan Gareth. Gareths adem stokte, hij sloot zijn ogen en sloeg zijn handen voor zijn gezicht, drukte zijn vingertoppen in zijn voorhoofd. Christos en hij waren ooit vrienden geweest, vóór Polly. En het was via Christos dat Rose en Gareth elkaar hadden leren kennen.

Rose ging terug naar Polly. 'Hoe gaat het met je?' Omwille van haar vriendin probeerde ze haar eigen emotie en ontsteltenis te onderdrukken. Ze had niet het recht evenveel verdriet om Christos te hebben als Polly.

'We hebben hem begraven en alle tantes en neven en nichten en die vreselijke moeder van hem hebben me ontelbare malen een rijk leven toegewenst. Nu is het wachten op de herdenkingsplechtigheid en dan ben ik hier weg.'

'En hoe gaat het met de jongens?' Het viel Rose zwaar de woorden te vinden. Nico en Yannis waren de zonen van Polly en Christos. Rose en Anna hadden veertien dagen al snorkelend en in de zon liggend met hen doorgebracht, de zomer dat ze op bezoek waren geweest, net voordat het verbouwingsproject van start was gegaan. Rose dacht aan Nico, zeven jaar oud, die vlak voor haar boven water kwam met een volmaakte zee-egelschaal, zijn glimlach even groot als de zandbaai achter hem. Christos' vreugdekreet over de vondst van zijn zoon bereikte hen over de bruisende zee. Met een huivering bedacht Rose dat ze vaker naar hen toe had moeten gaan. Nu was de kans om terug te gaan verkeken.

'Het enige wat ik wil is hem aanraken,' zei Polly. 'En dat vind ik zo raar. Vroeger toen het kon, hoefde ik niet zo nodig – maar nu, nu is dat het enige waaraan ik kan denken. Net of een vuur alles heeft verbrand.'

'En de jongens?' vroeg Rose weer.

'Die zijn nog te jong om echt te snappen wat het betekent. Ze zullen het snel genoeg beseffen, maar voorlopig hebben ze geen idee dat het voor altijd is. Shit.' Geluid van glas dat op steen viel.

'Ik kom morgen naar je toe,' bood Rose aan, en ze ving de waarschuwende blik op die Gareth door zijn betraande ogen op haar afvuurde. Op het moment dat ze het zei, wist ze dat het gekkenwerk zou zijn alles hier te laten vallen en met de baby naar de oostelijke uithoek van Europa te reizen. Gareth werd verondersteld weer aan zijn werk te gaan, zij moest voor de rest zorgen.

'Nee,' vormde Gareth met zijn mond. Ondanks het schilderij in de garderobe – wat hij voor lief nam omwille van Rose en deels omdat het een van Christos' beste werken was – had hij Polly nooit gemogen. Hij had ooit gezegd dat ze hem kippenvel bezorgde, hetgeen voor Gareth behoorlijk vinnig was.

'Nee, jij blijft waar je bent. De jongens en ik komen terug. Wij gaan hier weg,' zei Polly.

'Dan moeten jullie bij ons komen,' zei Rose, Gareth rechtstreeks aankijkend. 'En blijven zolang je wilt.'

Gareth ging zichzelf nog een glas wijn inschenken, met zijn rug naar Rose.

Wat kan hij zeggen? dacht Rose. Hij moet het maar goedvinden.

Twee

Het was een lang telefoongesprek. Toen ze de hoorn had neergelegd besefte Rose dat Gareth niet meer in de keuken was. Ze zocht het huis af zonder hem te vinden. Ze trok haar Barbour aan, stapte in haar laarzen, pakte een zaklantaarn en de babyfoon en liep, duizelig van het nieuws over Christos en nog steeds niet in staat het tot zich door te laten dringen, bij het maanlicht naar waar ze wist dat Gareth zou zijn.

Aan het einde van het terrein stroomde een trage, diepe rivier; op de oever stond een grote oude wilg met eronder een platte, gladde steen. Rose had de plek vijftien maanden geleden ontdekt nadat ze Gareth had verteld dat ze zwanger was.

Het was een ongelukje geweest, de zwangerschap – het resultaat van een nogal uit de hand gelopen housewarmingparty, toen ze Anna hadden uitbesteed bij vrienden en ze de buren hadden uitgenodigd hen te helpen bij het drinken van liters smerige lokale cider. Ze hadden een kerstboom boven op het dak gehesen, er was heel wat gegild en gedanst, en daarna was iedereen naar huis gewankeld. Andy – Gareths broer, die uit Frankrijk was overgekomen om mee te helpen en met hen in de Annexe kampeerde – zonk dronken in elkaar op de vloer van het grote huis. Rose en Gareth dekten hem toe met dekens en slopen samen naar de Annexe, waar ze, na bijna achttien kuise maanden waarin ze de slaapkamer met hun dochtertje hadden gedeeld, alle voorzichtigheid overboord gooiden.

En zo voltrok zich enkele weken later een soort ramp toen Rose de test deed die positief bleek. Het plan was dat Rose, als het huis klaar was, les zou gaan geven tijdens de uren dat Anna op school zat. Dat zou de financiële druk op Gareth verminderen en hem in staat stellen zich bezig te houden met de meer creatieve aspecten van zijn werk. Hoewel het inzetten van deuren en het doorbreken van muren hem de nodige voldoening hadden geschonken, begon hij zich belemmerd te voelen. Teneinde zijn werk weer op gang te krijgen, moest hij dagen zonder onderbreking en zonder enige druk van buitenaf in zijn atelier kunnen doorbrengen – als hij dat eenmaal had gebouwd.

Rose had begrepen dat deze nieuwe baby aan al die plannen een einde zou maken. Ze wist ook dat Gareth, om een heleboel redenen, maar één kind had gewild. Dus was ze, met een bonkend hart, naar buiten gegaan om het hem te vertellen. Hij stond in de regen een oude door klimop verweerde muur opnieuw te voegen. Toen ze hem het nieuws mededeelde, schrok hij op alsof ze hem een stroomstoot had toegediend. Vervolgens had hij zijn voegspijker laten vallen, was opgestaan en weggelopen.

Die keer had ze uren naar hem lopen zoeken. Een hele natte middag liep ze door het land, radeloos roepend, en steeds wanhopiger in het besef hoe gemakkelijk hun geluk vernietigd kon worden. Uiteindelijk vond ze hem onder de wilg, rokend en starend naar het bruine, kolkende water.

'Ik neem aan dat abortus uitgesloten is?' had hij, naar haar opkijkend, gevraagd.

Dat was inderdaad uitgesloten. Rose wilde die baby, en ondanks het feit dat Gareth drie dagen in bed bleef, begon haar zwangerschap vorm aan te nemen.

'We komen er heus wel uit,' fleemde ze, toen ze hem thee bracht op de eerste dag dat hij zich afzonderde en de regen onophoudelijk de raamloze begane grond van hun onvoltooide huis geselde. 'We hebben nog wat geld en ik help je met alle praktische dingen.'

Uit de bijna wekelijkse berichten die Gareth van de galerie kreeg, wist Rose dat de vraag naar zijn werk door zijn afwezigheid alleen maar groter was geworden.

'En als je over de juiste voorwaarden beschikt, kun je echt productief zijn,' had ze op de tweede dag gezegd, nadat Andy en zij gezamenlijk het huis waterwerend hadden gemaakt door elk gapend venstergat van latei tot onderdorpel met blauw plastic af te dekken.

Met 'juiste voorwaarden' bedoelde Rose een licht en ruim atelier; daartoe verbouwden ze een van de bijgebouwen. Gareth had financieel gesproken geen been om op te staan, maar hij was van plan geweest terug te keren naar zijn meer conceptuele wortels, en nu moest hij zich weer inlaten met de commerciële belangen waaraan hij zich juist had willen onttrekken.

'Het kan perfect worden, Gareth. Denk je eens in, een baby,' opperde ze de derde dag, toen de eerste felle kou van wat tot dan toe een zachte, natte winter was geweest, had ingezet.

Uiteindelijk slaagde Gareth erin op te staan en weer aan het huis te werken, maar hij was niet de oude. Zijn reactie had een lange, moeizame periode ingeluid, die ze nog maar net te boven waren gekomen.

Rose maakte zich angstige zorgen dat door dit nieuws over Christos – en in het bijzonder het detail betreffende Polly's logeerpartij – alles opnieuw zou beginnen. Ze wist dat snelle actie was vereist, dus haastte ze zich, met haar Barbour om zich heen geslagen, door het zilverblauwe land naar de rivier. Het beeld van een lachende, zonverbrande Christos stond haar zo scherp voor de geest dat ze in de avondlucht haar armen naar hem uitstrekte. En op dat moment besefte ze met een schok dat ze nooit meer zijn stem zou horen, nooit meer zijn huid zou aanraken, nooit meer. Ze bleef staan en hield haar adem in terwijl het verschrikkelijke feit van zijn dood nu pas volledig tot haar doordrong. Even voelde ze zich volslagen alleen, midden in het land aan haar lot overgelaten. Als ze zichzelf niet heel goed vasthield, zou ze helemaal verdwijnen, dacht ze.

Toen keek ze op en zag Gareths wilg. Tegen het maanlicht leek hij op een gebogen trol. Rose rook de geur van Drum-tabak en ze wist dat haar man daar was. Zichzelf weer meester liep ze in de richting van de boom en kroop onder de ronde tent van overgebleven bladeren.

Ze ging naast hem zitten en zweeg met hem.

'Christos. Ik kan het niet geloven,' zei hij eindelijk, met gesloten ogen.

'Nee,' zei ze. 'Het is te vreselijk.'

'Hij was zo...' Gareth keek met rode ogen op naar de rivier, zocht naar woorden.

'Hij was jouw vriend.'

'Ik neem aan dat de begrafenis al is geweest.'

'Ja, ik ben bang van wel.'

'Ik had daar graag bij willen zijn.'

'Ik ook.'

'Die vrouw heeft hem ingepikt en voor zichzelf gehouden.'

'Dat weet ik, maar...'

'Ze had het ons eerder moeten laten weten.'

'Ja.' Rose sloeg haar armen om hem heen. Aan hun voeten stroomde de rivier, vulde hun stilte met het geluid van zijn reis van berg naar oceaan.

'Dit is helemaal het verkeerde moment,' zei Gareth ten slotte, en hij wroette met zijn laarzen in de modder van de waterkant.

'Dat weet ik,' zei ze.

'We hebben net de twee moeilijkste jaren van ons leven achter de rug en nu, net nu alles op orde begint te komen en we het leven gaan leiden waar we zo hard voor hebben gewerkt, moeten we ons huis openstellen voor jouw vriendin en haar kinderen.'

'Het komt slecht uit,' zei Rose.

'Waarom moeten we voor haar alles op het spel zetten?' vroeg hij, en hij keek haar recht in haar ogen.

'Op het spel zetten. Vind je dat niet wat overdreven?'

'Het is een hele invasie.' Hij gooide zijn peuk in de rivier.

'Zo moet je het niet zien.'

'Hoe moet ik het dan zien?'

Een briesje deed de wilg ritselen en ze luisterden beiden naar het geruis en gekraak.

'Moet je horen,' zei ze. 'We hebben de ruimte. We hebben het hele grote huis voor onszelf, en Polly en de jongens kunnen in de Annexe. Ze zullen helemaal op zichzelf zijn en kunnen zelfs hun eigen eten koken. We zullen nauwelijks iets van ze merken.'

De Annexe stond aan de ingang van hun terrein. Het gebouw had decennia lang als veredeld kippenhok gediend en het eerste karwei was geweest het te verbouwen tot een comfortabele, hoewel eenvoudige zit-slaapkamer voor Rose, Gareth en Anna, met een piepklein zijkamertje voor als Andy kwam. Er was een redelijk goed ingerichte kookhoek – Rose moest in staat zijn de werkers van goede brandstof te voorzien – en een douche. Het enige wat ze had gemist was liggen weken in een bad.

'Bovendien, wie kennen we verder die zo veel ruimte te bieden heeft?' vervolgde Rose.

Dat was waar. Al hun vrienden woonden in piepkleine appartementen in Londen. Of ze woonden, als ze kinderen hadden, in kleine rijtjeshuizen die uit hun voegen barstten. Niemand van hun of Polly's kennissen had het geld voor een huis met zo veel grond als dit. Zelfs uit de tijd dat Polly in de muziek zat, was er niemand meer die kon aankruisen dat hij én niet aan de drugs én rijk genoeg én woonachtig in het Verenigd Koninkrijk was.

Als de ouders van Rose niet waren overleden, hadden ook Rose en Gareth zich geen groot huis kunnen veroorloven. Haar vader en moeder waren na elkaar gestorven, respectievelijk aan leverkanker en darmkanker. Hun nalatenschap – de opbrengst van hun huis in Schotland en een schat aan spaargeld dat was vergaard als resultaat van slimme huizenaankopen in de tijd dat dat nog mogelijk was – was voldoende geweest om voor Rose, hun enig kind en hun grote teleurstelling, een droom in vervulling te laten gaan. Dat ze haar op die manier hadden erkend, had haar verbaasd. Ze had verwacht dat het geld naar hun kerk zou gaan of naar een hondenasiel of naar noodlijdende adel. Overal heen, behalve naar haar.

Het oude gebouw, de Lodge, dat Rose en Gareth de eerste keer hadden gezien als een ruïne met een buddleja waar het dak had moeten zijn, had precies op het huis van hun dromen geleken. Ze besloten bijna de hele verbouwing zelf te doen, gedeeltelijk om geld uit te sparen en gedeeltelijk vanwege de ervaring. Gareth had verklaard dat hij het zelf wilde doen zodat ze zich echt verbonden konden voelen met hun huis. En als Gareth zich eenmaal iets in zijn hoofd had gezet – of het nu goed of slecht was – kon niets hem tegenhouden. Hij was een echte doorzetter. Daarom was Rose vastbesloten zijn bedenkingen tegen Polly's komst in de kiem te smoren nog voor ze konden ontluiken.

Het maanlicht vervloeide met het in de wind rimpelende water, en Gareth rukte aan een wilgentak.

'Het is onmogelijk Polly niet op te merken,' zei hij. 'Zij is iemand die zich niet aanpast.'

'Daarom hou ik van haar,' zei Rose. Ze keek naar Gareth terwijl hij in het water tuurde. In zijn wang trilde een zenuw en zijn kaak stond strak. 'Gaat het wel?' vroeg ze.

'Ik ben gewoon moe.'

Ze zuchtte. Dit was zijn manier om haar te zeggen hem met rust te laten. Maar dit keer zou ze dat niet doen. Als ze het hierbij liet, werd het een ramp.

Vroeger in Londen zou hij zich, in een dergelijke gemoedstoestand, op zijn werk hebben gestort. Hij zou in zijn atelier verdwijnen en er pas een paar dagen later uit tevoorschijn komen met twee of drie werken die regelrecht naar de galerie gingen.

Voor hem was het een efficiënte methode, maar Rose, alleen thuis met Anna, had er minder baat bij. Soms wilde ze dat ze samen tot een oplossing konden komen, dat ze de dingen konden uitpraten tot het ochtend werd, zoals anderen, stelde ze zich voor, deden. Dan zou die hele zwangerschap hun leven misschien niet zo bemoeilijkt hebben. En ze wilde ook liever niet de bemiddelaar spelen die Gareths gedrag moest verdedigen tegenover Anna, als die zich afvroeg waarom ze haar papa niet zag. 'Hij is aan het werk, liefje,' zei Rose dan, om vervolgens samen met haar een cake te bakken.

In Hackney, waar het atelier ver weg was, aan de andere kant van Victoria Park, was dit gemakkelijk geweest. Maar in dit nieuwe huis, vooral tijdens de verbouwing, waren werk en leven volledig met elkaar verbonden. Gareth kon nergens heen en zijn depressie kon hen allemaal aansteken. Dat was al eens gebeurd en ze wilde dat niet nog eens laten gebeuren.

'Kijk, Gareth, Christos, jouw vriend, jouw ouwe trouwe vriend, is dood. Kun je omwille van Christos niet een poging doen?'

'Ik heb zeker niets in te brengen?' zei hij, terwijl hij een Rizla uit het pakje trok en nog een sigaret rolde.

'We bespreken het nu toch?'

'Maar jij hebt je besluit al genomen. Dat is duidelijk.'

'Als je wilt, bel ik Polly meteen terug om te zeggen dat ze niet moet komen,' zei Rose. Ergens wilde ze dat ook wel. Ze wist dat Gareth gelijk had, het kwam inderdaad ongelegen. Maar ze kon niet toegeven. Niet nu.

'Ik wou gewoon dat we het hadden besproken voordat jij zei dat ze kon komen,' zei hij.

'Maar wat kon ik anders? Polly en ik zijn praktisch samen opgegroeid. Ik zie haar als mijn zus,' zei Rose, en ze telde op haar vingers af: 'We deelden lief en leed tot we jou en Christos leerden kennen. En nu is Christos dood, zij is een weduwe met twee kinderen, ze wil terugkomen en ze kan bij niemand anders terecht. Ik weet niet eens of ze wel geld heeft.'

Ze zwegen. Het was een koude avond als je stilzat. Rose rilde ondanks haar praktische waxjas en de bescherming van de wilg.

'Goeie god,' zei Gareth. 'Christos dood. Ik kan het niet geloven. Shit.'

'Ik ga hem vreselijk missen,' mompelde Rose.

'Ik ook.'

Rose legde haar hoofd op Gareths schouder.

'Luister. Ik wil dat we dit samen ervaren,' zei ze na een tijdje.

Ze wilde niet dat het werd zoals haar zwangerschap, toen ze naar haar gevoel in haar eentje de verantwoording voor zowel Anna als de baby had getorst. Het was angstaanjagend geweest, je zo alleen te voelen. Het eindeloze werken aan het huis en het winderige, natte, psychotische Engelse weer leken Gareth te verpletteren. Hij was een lange man met grote handen, dik haar en stevige benen. Maar in die periode leek hij steeds kleiner te worden.

Rose' buik zwol in tegenstelling tot Gareth, die verpieterde, maar ze was vastbesloten geweest haar niet onbeduidende gewicht in de verbouwing te werpen. Ze herinnerde zich dat ze overal pijn had. Haar koppige optimisme, dat haar gewoonlijk overal door- heen hielp, was begonnen haar in de steek te laten.

Alles leek hopeloos toen, onaangekondigd en twee weken te vroeg, de baby kwam.

De bevalling duurde een onbetamelijke twee uur, veel te kort om naar het ziekenhuis te gaan. Dus hielpen Andy en Gareth – die uit zijn apathie was weggerukt door de urgente aard van de gebeurtenis – haar te bevallen met telefonische assistentie van de eerste hulp.

Het moment dat de baby in zijn handen gleed, was Gareth om. Hij kondigde haar aan als Flossie – niet het voorgenomen Olivia dat Rose uit alle mogelijke namen had gezeefd. Ze was zo opge- lucht geweest over Gareths instantane metamorfose dat ze zou hebben ingestemd met Wezel of Forel als hij dat had gewild.

Deze nieuwe vreugde had hen door de laatste stadia van de ver- bouwing geholpen – de laatste hand, de beslissingen betreffende de kleuren en de vloeren – naar het voltooide huis, waar het leven klaar was om aan te vangen als een geordend en georganiseerd bestaan. Alles was opgeborgen in kasten, op planken stonden alleen boeken of nuttige en mooie dingen. Eindelijk hadden ze ruimte. Wat een verschil met hun in een tweekamerflat zonder garage of zolder gepropte leven zoals ze dat in Hackney hadden geleid. En deze ruimte was speciaal: ze hadden die met bloed, zweet en tranen tot stand gebracht. De lente was in aantocht en de zon zou algauw hun botten opwarmen. Er was een prachtige zomer voorspeld.

Rose wist dat haar spontane reactie op Polly's situatie een be- dreiging vormde voor dit evenwicht, maar ze wist ook dat Gareth noch zij een keus had. En ze was er zo goed als zeker van dat hij dat ook zo zag.

'Kijk,' zei ze tegen hem. 'Ze blijven niet eeuwig en als het niet goed gaat, kunnen we ze altijd nog vragen te vertrekken. Het is alleen tot ze hier gesetteld zijn, heus.'

De atmosfeer onder hun wilgendak begon een beetje te veranderen. Heel langzaam begon hij te glimlachen en op dat moment wist Rose dat het goed zou komen.

'Ja, ja, ik zie al voor me hoe je haar vraagt te vertrekken,' zei Gareth. 'Je bent veel te inschikkelijk, Rose. Je bent zo'n gemakkelijk slachtoffer, altijd op zoek naar iets om voor te zorgen.'

'Daarom heb ik jou gekozen,' zei ze, en hij trok haar naar zich toe.

'Maar ik meen het, Rose. Als ze me de keel uit gaat hangen, ben ik degene die haar het gat van de deur wijst en ik accepteer geen enkele vorm van verzet van jouw kant, gesnapt?'

'Oké,' zei ze, zich tegen hem aan vlijend. 'Bovendien, ons kan toch niets gebeuren?'

'Zo is het,' zei hij en hij wierp een steen in de rivier, scherend zodat hij viermaal ketste.

Drie

'Ik wil een verhaal over toen je nog klein was.'

Er waren twee weken voorbijgegaan. Anna had zich tegen Rose aan genesteld. Manky, de oude kat, lag over hen beiden uitgespreid en snorde als een oververhitte elektrische deken.

'Heb ik je ooit verteld hoe ik Polly heb leren kennen?' zei Rose.

'Nee.'

'Wil je dat horen?'

'Ja!'

Ze lagen op het bed in de kamer van Rose en Gareth. Dit was nu al de favoriete plek voor een verhaaltje-voor-het-slapengaan. De kamer bevond zich in de nok van het huis, onder het dak waarvan de inwijding verantwoordelijk was voor Flossies bestaan. De schuine wanden, het plafond met de eiken balken – hoog genoeg om eronder te staan behalve aan de zijkanten – maakten dat de plek een gevoel van beslotenheid gaf, als een omhelzing. En in de warme verlichting voelde je je beschermd en veilig, zelfs op een stormachtige avond als deze.

'Vooruit dan maar. Toen ik zes was, even oud als jij nu – woonde ik in een huis aan zee. Maar het stond ook midden in een stad.'

'Brighton.'

'Ja. Het huis waarin ik woonde, was een logement.'

'Dat weet ik.'

'Oké.'

'Maar wat is een logement? Een huis met logés – zoals wanneer wij logés krijgen?'

'Nee, nee, het is meer een soort hotel. Mijn vader en moeder – jouw grootouders – verhuurden kamers aan mensen die op vakantie of voor zaken naar Brighton kwamen. 's Ochtends serveerden ze ontbijt in een kamer in de kelder. De mensen betaalden daarvoor. Je grootouders moesten hard werken. Het was een voortdurend komen en gaan van gasten, die hoogstens een paar nachten bleven.'

'Vond je het fijn daar te wonen?'

'Nou, niet echt. Er waren altijd onbekende mensen die de trap op en af sloften, voor de wc stonden te wachten en dan weer dit en dan weer dat wilden. En klaagden.'

'Ik zou het niet leuk vinden.'

'Nee, maar ik wist niet beter. Je grootouders hadden het er erg druk mee, dus ik moest mezelf maar zien te vermaken.'

'Wat saai.'

'Inderdaad. En ook een beetje eenzaam. Ik bofte niet zoals jij. Ik had geen zusje om mee te spelen. Behalve ik waren er nooit kinderen. Je grootouders wilden geen kinderen.'

'Waarom niet?'

'O, vanwege het lawaai en de rommel, je weet wel. Dat haatten ze.'

'Ze klinken afschuwelijk.'

'Maar ik vond het heerlijk om aan zee te wonen. Ik ging elke dag naar het strand. Dat was mijn weg naar school.'

'Je ging altijd alleen, hè?'

'Ja. Het huis uit, linksaf. Oversteken bij het zebrapad en dan omlaag naar het strand. Ik nam altijd de korte weg onder de pier door, al mocht dat eigenlijk niet.'

'Ik wou dat ik ook alleen naar school mocht lopen.'

'Daar ben je nog te jong voor. Tegenwoordig is het gevaarlijk.'

'Waarom mocht je niet onder de pier door?'

'Dat is weer een ander verhaal. Maar weet je, het ging erom dat de zee zo bijzonder was. Elke keer anders. De ene dag was-ie misschien zo glad als een zijden laken. En de volgende ochtend had het gestormd, zoals hier vanavond, en dan kookte hij, haalde hij uit en probeerde hij je te grijpen en van de kiezels het water in te trekken. Dat vond ik heerlijk. Ik stak mijn tong naar hem uit, liep over het natte grint achter de golven aan als ze zich terugtrokken en rende het strand op als ze weer kwamen opzetten.

Op een dag kreeg de zee me te pakken en kwam ik drijfnat op school aan, met een helemaal doorweekt huiswerkschrift. Ik kreeg een standje van de juffrouw en de andere kinderen lachten me uit. Ik was door- en doorkoud.

Toen zei de juffrouw dat er een nieuw kind was en er kwam een heel klein, mager meisje binnen met een bos zwart haar vol klitten. Iedereen moest weer giechelen, maar zij keek terug als een tijgerin en dat maakte dat ze allemaal ophielden.'

Rose trok een gezicht voor Anna. Ze wist het nog heel duidelijk.

'De juffrouw zei dat we moesten gaan zitten. "Dit is Polly, en we willen allemaal dat ze zich welkom voelt," zei ze. "Polly, wil je alsjeblieft gaan zitten?" Nou, de enige vrije stoel was die naast mij. Dus daar ging ze zitten, vlak naast mij.

Ze keek naar me en zag dat ik drijfnat was. "Ik heb wat extra kleren in mijn rugtas, juffrouw," zei ze tegen de onderwijzeres. "Mag dit meisje ze aantrekken? Moet u zien, ze heeft het ijskoud."

En wonder boven wonder zei de juffrouw ja. En Polly en ik gingen naar de vestiaire. Haar kleren pasten me helemaal niet, zij was zo mager en ik was toen vrij mollig. Maar ze waren tenminste droog.

En vanaf dat moment waren we de beste vriendinnen. We zaten op school elke dag naast elkaar en haar moeder bleek in een van de flats in de straat naast de onze te wonen. Zo had ik eindelijk iemand voor op school en thuis. Hele dagen deden we niets anders dan het pension afsnuffelen, we verstopten ons voor mijn ouders in lege kamers, deden of het ons hotel was of dat we een pasgetrouwd stelletje op huwelijksreis waren. We verkleedden ons in de kleren van Polly's moeder – ze was heel ziekelijk en moest voortdurend het bed houden, maar ze had kasten vol prachtige spullen van voor de tijd dat ze ziek werd – en we paradeerden langs de zee in lange, sluik hangende fluwelen jassen, te grote T-strap-sandalen met plateauzolen, en veren boa's.

Polly en ik noemden onszelf tweelingzusjes. En dankzij haar was ik niet eenzaam meer. En verveelde ik me niet meer. Ze wist altijd iets te doen. Dus uiteindelijk was ik net zo gelukkig als jij. Jij hebt Flossie en ik heb Polly. Vanaf ons zestiende woonden we in Brighton bij elkaar en later, toen zij zangeres was en ik lerares, deelden we een prachtige flat in Londen. We beleefden ontzettend veel avonturen en soms waren we behoorlijk ondeugend.'

'Wat voor soort ondeugend?'

'Dat zeg ik lekker niet. Dat is een verhaal voor een andere keer. Kijk eens naar de klok. Hoogste tijd om te gaan slapen, dametje.'

'O, toeee.'

'Nee, nee. Morgen wordt een lange dag. Meteen na school gaan we naar het vliegveld om Polly en de jongens af te halen. Dus je moet goed uitgerust zijn. Stel je voor, je hebt niet alleen je zusje, maar straks heb je ook Nico en Yannis om mee te spelen.'

Opgewonden bij het vooruitzicht pakte Anna haar beer op en trippelde de trap af naar haar kamer, waar Rose haar dochter instopte en welterusten kuste. Ze streek het dikke bruine haar glad en voelde haar warme adem op haar wang. Manky was meegelopen en ging op zijn plekje aan Anna's voeteneinde liggen.

Rose draaide Anna's licht uit en ging Flossie halen voor haar laatste voeding. Terwijl ze de trap af liep, probeerde ze zich te herinneren hoe het echt was geweest in het huis van haar ouders, op die donkere draaiende trap die eindeloos omhoog leek te gaan vanaf het kleine kelderappartement dat zij bewoonden, naar de zolderkamers. Ze herinnerde zich gang na gang vol gesloten deuren die haar naar zich toe leken te trekken, haar verleidden om de zich daarachter afspelende levens van de passanten af te luisteren. Maar het beste herinnerde ze zich dat misselijke, angstige gevoel dat ze altijd in dat huis had en ze was blij dat haar dochters dat nooit zouden hoeven meemaken.

Had zij iets van een hotelhouder in haar bloed? Ze hoopte van niet – ze wilde daarmee liever niets te maken hebben – maar ze had met plezier de Annexe voor de gasten klaargemaakt. Het was nogal haasten geweest: toen Rose Polly eenmaal had uitgenodigd, had die geen tijd verloren met het regelen van haar vertrek. Maar Rose was bijna klaar. In gedachten vinkte ze de laatste dingen af die nog gedaan moesten worden: de bedden in de Annexe opmaken, melk in de ijskast zetten, schone handdoeken neerleggen, een nieuwe wc-rol in de douche en een boeket narcissen in een vaas op de tafel.

En dan was alles gereed.

Vier

'Hoe lang nog?'

Anna trok aan Rose' jas. Het was al laat en ze waren allebei enigszins uit hun humeur. Ze stonden al meer dan een uur op Heathrow te wachten. Polly's vlucht was wegens een storm op Kreta later vertrokken, en op geen van de beeldschermen stond een definitieve landingstijd, alleen maar een irritante mededeling dat ze op nadere informatie moesten wachten.

De koekjes en appels die ze als versnaperingen hadden meegenomen waren op en Anna begon lastig en ongedurig te worden. Rose wilde bijna dat ze haar thuis had gelaten. Flossie was goddank diep in slaap in haar draagdoek, zodat ze maar één kind in het gareel hoefde te houden.

'Goed, we gaan naar Starbucks,' zei Rose. Ze liepen erheen en na lang nadenken koos Anna warme chocolademelk met room en een marshmallow. Rose nam een kop thee. Ze gingen zitten waar ze zowel de beeldschermen konden zien als de mensen die vanaf de luchthaven de aankomsthal binnen kwamen.

Rose vond het heerlijk naar de aankomenden te kijken. Wanneer ze iemand moest ophalen, ging ze al vroeg naar de luchthaven. Tegen Gareth zei ze dat ze dat deed voor het geval er parkeerproblemen waren, maar het ging haar om het kijken naar de momenten van overgave en vereniging, de zuivere trefpunten tussen mensen. Het was net toneel: de reizigers komen enigszins versuft op, knipperend met hun ogen, hun bagage achter zich aan slepend. Even heerst er verwarring, dan zien ze hun geliefden en het toneel wordt zuiver en scherp terwijl ze wuiven, rennen, omhelzen.

'Kijk daar eens,' zei Rose met enigszins haperende stem en ze wees Anna op een jonge blonde vrouw die een wagen vol rode koffers door de doorgang duwde en nu, om zich heen kijkend, bleef staan. Tegen alle veiligheidsregels in had ze boven op de koffers een kleine, roodharige jongen gezet. Het gezicht van het kind straalde toen een grote, slungelachtige man op hem af vloog en hem oppakte. Afgaande op zijn haarkleur was de man de vader van de jongen. Misschien waren ze maar een paar dagen van elkaar gescheiden geweest, maar Rose had de indruk dat het om een langere tijd ging. Kwamen de vrouw en het kind thuis? Of kwamen ze zich bij de vader voegen, ver vanwaar ze woonden? Waarom omhelsde de man het kind en niet de vrouw? Ze verlieten links het toneel, de vrouw nog steeds de wagen duwend en de man met het kind in zijn armen. Hun verhaal ging door, maar Rose zou het nooit kennen.

Het was een treurig contrast met de laatste keer dat zij had gevlogen, toen Anna en zij terugkwamen van hun bezoek aan Polly op Karpathos. Rose was opgewonden geweest bij het vooruitzicht op hun eigen kleine scène, een hereniging na weg te zijn geweest van Gareth, die maar al te graag de veertien dagen in Engeland was gebleven om de Annexe bewoonbaar te maken voor hun terugkeer.

Maar hij was te laat gekomen en zij hadden bij het meeting point staan wachten zonder te weten wat ze moesten doen. Als altijd nam Gareth zijn mobiel niet op; zelfs binnen gehoorsafstand was hij selectief doof, hoe hard hij zijn beltoon ook had ingesteld. Rose voelde haar vakantiestemming en haar bruine kleur verdwijnen naarmate ze daar langer stonden. Toen Gareth eindelijk kwam opdagen, bijna een uur te laat, was ze chagrijnig en verontwaardigd. Ze had nauwelijks oog voor de grote bos narcissen die hij uit hun nieuwe tuin had meegenomen.

Rose en Anna hadden hun drankjes op en gingen terug naar het hek. Anna was aan het kopjeduikelen om de glimmende metalen reling totdat een vervelende beveiligingsbeambte kwam zeggen dat ze daarmee moest ophouden. Rose, die niet inzag waarom, wilde er bijna tegenin gaan. Maar Anna's verlegen verzoek – 'Toe, mama, niet doen' – weerhield haar. Eindelijk kwam de aankondiging dat het vliegtuig waarop ze wachtten was geland.

En toen was Polly daar.

Zeulend met een grote koffer, een gitaar op haar rug gebonden, leek ze nog dunner dan twee jaar tevoren. In de diepe V van haar zwarte T-shirt staken haar botten als ribbels uit. Haar stugge, lange rok stond uit als een victoriaanse lampenkap. Ze leek eerder op een wees dan op een weduwe. Haar twee kleine jongens, vijf en negen, volgden haar aarzelend met toegeknepen ogen. De drie, met hun koffers achter zich aan, hadden de overlevenden kunnen zijn van een apocalyps, die voor het eerst weer daglicht zagen.

Als gewoonlijk trok Polly de aandacht, en alle ogen richtten zich op haar. Rose drukte Flossie dicht tegen zich aan, dook onder het hek door en rende op haar beste vriendin af. Anna kwam erachteraan. Rose schoof eerst de baby opzij, nam toen Polly in de armen en drukte haar tegen haar borst, waarbij ze haar onveranderlijke parfum opsnoof, een mengeling van amber en zweet tegen een donkere achtergrond van indringende jasmijn. Polly liet Rose begaan. Ze voelde in Rose' armen aan als een verschrikt, roerloos vogeltje dat alleen nog maar kon trillen. Rose was bang haar te breken, maar ze wist dat Polly tegen een stootje kon.

De grote koffer viel om. Nico, de oudste van de twee jongens, probeerde hem overeind te zetten, maar de koffer was bijna net zo groot als hijzelf en woog waarschijnlijk meer. Zijn broer Yannis probeerde hem te helpen, maar liep hem alleen maar in de weg, waardoor er een schermutseling tussen de jongens ontstond.

De andere reizigers moesten om dit uitgedijde tafereel heen lopen: de twee roerloze vrouwen met een baby tussen hen in geklemd; de twee magere jongens die worstelden met een geblutste koffer en Anna, een keurig klein meisje dat ietwat afzijdig stond, als iets overbodigs. Rose besefte dat ze de aandacht trokken, een publieke vertoning opvoerden, maar ze genoot er in zekere zin van.

Het was donker en het regende hard toen ze, in westelijke richting, de M4 op reden. Rose zette de verwarming in de Galaxy op de hoogste stand. De kinderen leken gebiologeerd door de groene dashboardverlichting, het geluid van de ventilator en het vegen van de ruitenwissers. Na enkele minuten zwijgend uit het raam naar de regen te hebben gekeken, vielen de jongens in slaap, met hun bruine hoofden achterover, hun monden ietwat open. Flossie en Anna volgden kort daarop.

Rose en Polly hoefden niet te praten, dat leek zelfs ongepast. Polly zat op haar knie te tikken en dronk kleine teugjes van de sterke zwarte koffie die Rose voor haar had gekocht, ze trommelde met haar afgekloven nagels alsof ze iets verwachtte. Rose had eerder het gevoel naast een elektrisch veld dan naast een mens te zitten. Ze deed haar richtingaanwijzer aan en wisselde van baan om een grote vrachtwagen in te halen die stralen vuil water opspatte.

'Was het heel erg?' vroeg ze na een tijdje.

'Nog erger,' zei Polly, die naar de gedempte lichten van Reading in de regen keek. 'God, wat is dit een macaber land. Na een paar jaar ben je vergeten hoe het was.' Ze huiverde.

'Heb je het warm genoeg?'

'Er loopt iemand over mijn graf,' zei Polly en ze trok haar denim jasje strak om zich heen. 'Luister eens, Rose. Ik weet wel dat we nog maar net onderweg zijn, maar kunnen we ergens stoppen voor een sigaret? Je mag in dit land toch wel ergens roken?'

Het leek een goed idee. Bij het tankstation van Reading-West reed Rose het parkeerterrein van de rustplaats op en parkeerde daar. De kinderen verroerden zich niet. Polly stapte uit, beklom een steil met gras begroeid talud en ging op een picknickbankje zitten. Ze rilde in de regen. Rose haalde een paraplu uit de kofferbak, sloot de deuren af en ging naast haar zitten. Ze kon de auto goed in de gaten houden voor het geval de kinderen wakker werden.

'Jij ook?' Polly bood Rose haar pakje tabak aan. Ze had zwarte vegen onder haar ogen, die van mascara konden zijn maar waarschijnlijk te wijten waren aan slapeloze nachten.

Rose keek naar de wagen met de slapende kinderen. Ze wist dat ze niet zou moeten roken, maar dit was een speciale gelegenheid en roken was een van de dingen die Rose en Polly met overtuiging deden toen ze twintigers waren. Tegenover Gareth kon ze zich inhouden, maar Polly was iets anders. Omwille van het verleden pakte ze een vloeitje en begon te rollen. Weggedoken onder de paraplu zaten ze samen te roken.

'Heerlijk,' zei Rose, uitblazend. 'Ik heb in geen tijden gerookt.'

'In Griekenland rookt iedereen,' zei Polly. 'Daar is de Noord-Europese schijnheiligheid nog niet doorgedrongen.'

'Misschien wint het mediterrane dieet het van de nadelen van roken.'

'Misschien,' zei Polly. 'Hoe dan ook, Karpathos is een kloteplek.'

'Ach, toe nou, het is een van de mooiste plekken die ik ooit heb gezien,' zei Rose.

'Wat weet jij daar nou van,' zei Polly. 'Het is een kloteplek met alleen maar griezels. Of een griezeloord met alleen maar klootzakken. Hoe dan ook, voor mijn part vallen ze allemaal dood.'

'Maar...'

'Ach, Rose, luister maar niet naar me. Ik heb het even helemaal gehad.' Polly snoof een soort lachje en drukte haar sigaret uit. 'Ik moet plassen.' Ze knoopte haar denim jack dicht, rende het talud af en over het parkeerterrein naar het tankstation.

Rose keek naar het tengere figuurtje dat over het glanzende zwarte asfalt vloog. Ze wist dat Polly op gespannen voet stond met Christos' familie, die liever een Grieks meisje voor hun golden boy hadden gehad of tenminste iemand die geen ex-junkie of ex-popster was. Zijn dood had duidelijk geen verzoening gebracht. Rose vermoedde dat dat de reden van Polly's terugkeer naar Engeland was. Ze stond erom bekend lange tenen te hebben; bij het minste of geringste stoof ze op. En daarna kon ze dagen, weken of zelfs voor altijd wrokken.

Zo was er bijvoorbeeld een vrouw geweest over wie Polly sprak als 'de dode' en die iets had gehad met een van haar exen. 'Als ik ooit,' had Polly bezworen, 'achter het stuur zit en die vrouw zie lopen, ook al is ze een levend lijk, dan rij ik zo de stoep op en haar ondersteboven, en vervolgens achteruit over haar hoofd om het te horen kraken.' Ze had er zelfs een lied op gemaakt, 'Piss Redress', de titelsong van haar tweede album.

Meestal vond Rose deze buitenissige wraakplannen amusant. Polly beschreef ze uitvoerig met onderhoudende details. Maar ze wekte ook altijd de indruk dat ze werkelijk meende wat ze zei en dat het slechts een kwestie van geluk was dat zich nog geen situatie had voorgedaan waarin ze haar plannen kon uitvoeren.

Een- of tweemaal was Rose het doelwit van Polly's woede geweest, en ze had het vreselijk gevonden. Rose kon er niet tegen als iemand boos op haar was en deed vaak de grootste moeite om te voorkomen dat het zover kwam. In haar jongere jaren vergeleek ze zichzelf met Polly en dan vond ze zichzelf een groentje, onrijp, er te veel op gespitst zich aan te passen aan de mal die haar beste vriendin voor haar had ontworpen. Maar sinds ze met Gareth was getrouwd en kinderen had, had ze een duidelijker beeld van zichzelf en een eigen vorm ontwikkeld. Waarschijnlijk had het ook geholpen dat Polly meer dan tweeduizend kilometer verder weg was gaan wonen. Maar alles bij elkaar genomen meende Rose dat haar houding, haar verlangen aardig te zijn, had geleid tot een minder turbulent leven dan dat van Polly.

De problemen waarin Polly nu zat, hadden echter niets met haar boosheid te maken; het kwam niet door eigen toedoen – Rose moest dat niet vergeten. Polly had immers haar man verloren; de man die haar uit grote, grote problemen had geholpen, de man die haar een volledige basis had gegeven waarop ze haar leven opnieuw had kunnen bouwen.

Polly verscheen in de helverlichte deuropening van het tankstation en detoneerde tegen de McDonald's-achtergrond. Ze kwam naar buiten en werd door de regenstorm over het parkeerterrein geblazen. Zij en haar kleren waren veel te dun voor deze Engelse maart. Ze zag eruit alsof ze zo zou opstijgen, omhoog zou schieten naar de donkere avondhemel. Even leek ze niet te weten waar ze was. Ze bleef staan om de zwarte pluk haar uit haar ogen te vegen, speurde de auto's af, zocht Rose. Een man in een keurige regenjas die zich over het parkeerterrein haastte, bleef even staan om haar op te nemen. Je kon hem bijna horen denken dat wat hij zag interessant, zelfs bekend was; Polly was vijftien jaar geleden een beroemdheid geweest. Je kon zien hoe hij wikte en woog en ten slotte besloot toch maar rustig terug te gaan naar zijn solide Audi met de chique leren stoelen.

Toen keek Polly op en glimlachte de eerste echte glimlach die Rose van haar had gezien. Ze vloog langs de auto's het talud op en ging weer zitten.

'We moesten maar eens gaan,' zei Rose.

'Nog één sigaret,' zei Polly, en ze rolde en stak er nog een op. Ze kneep haar ogen dicht en blies een brede strook rook uit in de avond. Toen wendde ze zich tot Rose. 'Ik wil je bedanken,' zei ze. 'Gareth en jij zijn zo ontzettend aardig.'

'Het is niets bijzonders,' zei Rose. 'Bovendien hebben we zo veel ruimte.'

'Dat weet ik, maar ik weet ook dat Gareth en ik nooit goed met elkaar hebben kunnen opschieten,' zei Polly. 'Hij haatte me omdat ik Christos van hem heb afgepakt.'

'Denk je dat dat het is?' zei Rose. Het had haar altijd dwarsgezeten dat Gareth nooit precies had kunnen duiden wat hij tegen Polly had. Haar theorie was dat het meer te maken had met zijn jaloezie op hun vriendschap – dat hij zich daardoor in zekere zin bedreigd had gevoeld. Hoe dan ook, de twee uit beste vrienden bestaande paren gingen niet zoveel met elkaar om als een buitenstaander misschien had verwacht. Rose trok praktisch al een week nadat ze met hem naar bed was gegaan, bij Gareth in. Ze wist nu dat het ontwijkgedrag was geweest; het kwam er eenvoudigweg op neer dat Rose het moeilijk vond in Christos' nabijheid te zijn als ze met Gareth was. Onder Polly's leiding speelde Rose maar al te graag de tweede viool – ze zag haar bijna elke dag totdat ze naar Karpathos verhuisde – maar het idee dat ze Gareth ooit als de op één na de beste zou beschouwen, terwijl hij op zo veel manieren volmaakt voor haar was, ervoer ze als onverdraaglijk.

Kort nadat ze waren gaan samenwonen, had hij haar meege-nomen naar een vernissage van de tentoonstelling van het eind-examenwerk dat Christos en hij voor hun MA-diploma van Gold-smiths hadden gemaakt. Het werkstuk van Gareth, Bloedlijn, was een kamer in de vorm van een witte doos waarin hij rondom en ter hoogte van zijn hart met zijn eigen bloed een dikke rode horizon-tale lijn had getrokken. Op ooghoogte had hij met duct tape brie-ven en documenten bevestigd die verband hielden met de zoek-tocht naar zijn biologische moeder. Op een van de muren, naast de deur die dichtsloeg als je de kamer betrad en je zo opsloot, hing een oorspronkelijke foto van zijn moeder – de enige die hij bezat, zei Gareth – met gaten waar haar ogen waren geweest.

Rose had midden in de kamer gestaan in een mini-jurkje van gebloemd chiffon; met haar wijn krampachtig in haar hand ge-klemd had ze gehuild toen Gareth haar vertelde hoe Pam en John, de mensen van wie hij als opgroeiend kind had gedacht dat ze zijn ouders waren, het feit van zijn adoptie voor hem verborgen hadden gehouden tot hij achttien was. Toen ze het hem vertelden, was hij een maand lang woedend geweest. Hij had hen willen ver-moorden. Hij had zijn biologische moeder, die hem in de steek had gelaten, willen vermoorden.

'Maar was je dan niet dankbaar voor het leven dat je had? Het was toch een goed leven?' Rose zocht in zijn ogen wanhopig naar iets wat de spanning die ze in die afgesloten, uitzichtloze ruimte voelde, zou temperen.

'Nee,' zei Gareth, met zijn vinger op de rode lijn, 'mijn woede heeft al die jaren uitgewist. Waarom hadden ze me nooit iets ver-teld? Waarom had zij me in de steek gelaten? Niemand kon me antwoorden geven die me bevredigden. En toen ik er eindelijk achter kwam wie mijn echte moeder was, was ze dood. Had zelf-moord gepleegd in Buffalo, New York. En ik dacht: net goed.'

Rose' adem stokte en ze keek de andere kant uit.

'Dus ging ik naar Engeland, weg van iedereen. En hier begint en eindigt mijn bloedlijn,' zei hij, terwijl zijn stem haperde. 'In dit vertrek.'

'En hoe is het nu tussen jou en hen, Pam en John?' vroeg ze zachtjes.

'Ze zijn overleden. Ze waren te oud. Het is te laat.'

Rose pakte hem bij de hand en nam hem mee door de zwaaiende witte deur, terug naar de bar waar Christos en Polly in gesprek waren met een groepje ernstig kijkende studenten. Ze wist dat ze in Gareth haar man had gevonden. Ze zou zijn bloedlijn voortzetten, weg uit die klinische boze ruimte, de wereld in. En daarmee zou ze zowel haar eigen herstel bewerkstelligen als het opnemen voor de zoon van die arme vrouw zonder ogen op de foto.

Die avond kwam Christos rode stickers tekort, maar Bloedlijn werd niet verkocht en niemand was in Gareth geïnteresseerd, afgezien van wat oppervlakkig gemompel over gezondheid en veiligheid en navolging van Marc Quinn. Maar voor Gareth, en tot op zekere hoogte ook voor Rose, was het werk een catharsis die beiden de kans gaf samen door te gaan, als eenheid; althans, op het eerste gezicht.

'Kijk niet zo zorgelijk.' Polly pakte in de regen Rose' hand, zodat ze uit haar overpeinzingen opschrok. 'Ik wil dat je weet dat ik mijn uiterste best zal doen, dat jij alleen maar dankbaar zult zijn dat ik er ben. Dat beloof ik je.'

'Daar twijfel ik niet aan,' glimlachte Rose.

Polly leunde achterover en rookte een tijdje, terwijl ze haar ogen over het parkeerterrein liet gaan alsof ze naar iets zocht.

'Wat herinner jij je van Christos?' vroeg ze.

'Ik weet niet of...'

'Nee, ga door. Ik wil het weten.'

'Nou, even denken. Hij was altijd in de weer. Praten, tekenen, roken, drinken, eten. Aan jou zitten, eten maken, opruimen. Ik heb hem nooit, nooit niets zien doen. Zelfs niet in zijn slaap. Je had het gevoel dat bij hem alles kon, dat je kon zeggen, eten, drinken waar je zin in had. Zoals hij daar in de deuropening van jullie witte huis stond, wijnranken boven zijn hoofd, raki in zijn hand, was hij – ik weet niet – was hij net een grote leeuw met zwarte manen. Een soort Dionysus.'

'Een soort god.'

'Ja, als je wilt. Een soort god.'

En daar in de regen, onder de paraplu, bedachten de twee vrouwen dat dit alles dood was, verdwenen; niet langer bestond.

'Ik heb je gemist, Poll,' zei Rose.

'En ik jou.' Polly leunde naar voren en drukte de sigaret uit op de picknicktafel.

'Je moet echt net zo lang blijven als je wilt,' zei Rose. 'Blijf gewoon altijd!'

'Nou, tot we onze zaakjes op orde hebben...'

'Natuurlijk.'

'O, trouwens,' zei Polly, 'de baby huilde toen ik net langs de auto liep.'

'Waarom heb je dat niet gezegd?' zei Rose, die onmiddellijk overeind kwam en het talud af holde om naar Flossie te gaan.

'Heb ik toch. Nu net,' zei Polly tegen Rose' rug, terwijl ze langzaam opstond en achter haar aan naar beneden liep.

Vijf

Het duurde even voordat Rose Flossie weer in het autozitje had teruggezet; ze was erin geslaagd met haar gekrijs alle anderen wakker te maken. Anna had geprobeerd haar zusje te kalmeren, waardoor Rose zich in zekere zin nog schuldiger voelde, alsof ze haar taak dubbel had verzaakt. Polly ging gewoon in de auto zitten wachten tot Rose klaar was, met nauwelijks enige aandacht voor Yannis en Nico, die achterin ongemakkelijk heen en weer schoven.

Eindelijk nam Rose plaats achter het stuur. Het was bijna zeven uur en ze wilde naar huis, naar de stoofpot die in de Aga stond te garen, de reizigers voeden en hen vervolgens in hun nieuwe onderkomen installeren. Ze nam het Polly een beetje kwalijk dat ze haar niet eerder van Flossie had verteld, maar schreef dat toe aan vermoeidheid en verdriet. Tegen de tijd dat ze op de snelweg zaten, kon ze weer praten.

'Wat ga je het eerste doen?' vroeg ze, maar er kwam geen antwoord. Ze wierp een blik opzij en zag dat Polly over de gordel hangend in slaap was gevallen. In die houding zag ze er zo rustig en onschuldig uit – minstens tien jaar jonger dan ze in feite was. Rose keek weer op de weg en moest ineens remmen. De auto voor haar stond stil en het zag ernaar uit dat er een lange file voor hen wachtte.

Terwijl ze vastzat in de opstopping, voelde Rose een toenemende verantwoordelijkheid voor haar gasten. Haar verleden en dat van Polly waren zo met elkaar verweven, dat het moeilijk was te weten waar het ene begon en het andere eindigde. Het was Rose die destijds Christos aan Polly had voorgesteld, toen ze in de flat in Notting Hill woonden – en het was dankzij Polly en Christos dat Rose en Gareth samen waren.

Polly had veel succes gehad, begin jaren negentig. Met haar rauwe maar poëtische muziek had ze hoog op de hitlijsten van onafhankelijke labels gestaan en was ze het idool geweest van een bepaald soort donkerogige jongens. Toen Rose naar Londen kwam om te hospiteren, had ze een kamer gehuurd in Polly's behaaglijke flat in Notting Hill. Het waren wilde tijden. Dankzij Polly had Rose toegang gekregen tot het glamoureuze en opwindende Londen waar zij, als afgestudeerd studente wiskunde en hospitante, niet echt recht op had. Ze herinnerde zich maar al te goed hoe ze voor een rumoerige klas zevenjarigen stond met de cocaïne van de avond ervoor nog in haar lichaam – en bij een zeer gedenkwaardige gelegenheid in haar neusgaten. Ze stond bekend als Polly's vaste maatje en haar foto verscheen vaak in tijdschriften, op de achtergrond of in een taxi naast Polly, die de hoofdrol in het verhaal speelde.

En toen ging het helemaal mis. Polly's vierde album, dat bestond uit een aantal op de piano begeleide liedjes in de meest onopgesmukte, sombere stijl die ze ooit had geschreven, werd algemeen afgekraakt. 'Muziek om je polsen bij door te snijden,' zei een recensie, 'en niet op de juiste manier.' Polly, die niet de dikke huid bezat om dergelijke klappen op te vangen, raakte in een diep dal, en de cocaïne en heroïne waar ze beiden recreatief gebruik van hadden gemaakt, werd voor haar algauw een dagelijkse noodzaak. Polly, die op haar beste momenten sepulcraal was, begon er nu uit te zien als een lijk. Haar huid werd grijs, haar benen leken rachitisch, haar haar begon uit te vallen. Maar zelfs in die toestand straalde ze een kinderlijke seksualiteit uit, waarmee ze mannen scheen aan te trekken.

Rose kreeg genoeg van de mensen met wie Polly voornamelijk optrok – junkies maken junkies; voor het eerst in haar leven was ze er alleen op uitgegaan en ze had nieuwe vrienden gemaakt. Zij en een paar van haar medepostdoctoraalstudenten hadden weten door te dringen tot een groep wat oudere mannelijke MA-studenten beeldende kunsten van Goldsmiths. Ze genoot van de omgang met hen en tijdens de korte vakanties brachten ze hele middagen door in rokerige cafés in New Cross, waar ze onder het drinken van flesjes Red Stripe debatteerden over minimalisme, structuralisme en postmodernisme. Het was de conceptuele, linkerhersenhelftmaterie van hun discussies die haar aantrok, maar ze begreep absoluut niet hoe zij dat vervolgens verwerkten in hun creatieve werk. Dat was iets wat haar zowel met ontzag vervulde als haar bewondering opwekte.

De MA-jongens waren romantisch, hadden werkhanden, droegen Dr. Martens vol spetters en rolden verwoed sigaretten. Van het begin af aan had Christos zijn oog op haar laten vallen, en het duurde niet lang voordat hij haar mee uit vroeg naar 'het kleine Griekse restaurant dat mijn oom Stavros runt'.

Het was midden in een hittegolf en alles in Londen was ietwat intenser. Op de avond dat ze naar het restaurant gingen, had de duisternis geen enkele verlichting gebracht in de overdagse vochtigheid. Het zou een van de meest gedenkwaardige avonden in Rose' leven worden.

Na een diner van op houtskool gegrilde souvlaki, dikke knoflookrijke tzatziki en kiespijnzoete baklava, dronken Rose en Christos raki en Griekse koffie tot sluitingstijd. Oom Stavros opende flessen koud bier en gekoelde retsina, en deelde die uit aan al het restaurantpersoneel, zette de muziek hard aan, ontruimde de vloer en veranderde de plek in een feestlokaal. Dat was doodgewoon, had Christos uitgelegd, op een avond in het weekend.

De avond was lang en zweterig. Rose zag zichzelf dansen naast een zweet gutsende, gedrongen Mexicaanse afwasjongen en een serveerster die, had ze meteen besloten, een schoonheid was. Toen kwam Christos tussenbeide, sloeg een arm om haar middel en trok haar weg met een gebaar dat groots en romantisch was, als in een ouderwetse film, zodat hij haar helemaal voor hem alleen had.

Ze dansten urenlang, hun onderlijven tegen elkaar geplakt – huid tegen huid met haar armen onder zijn T-shirt om zijn rug geslagen. Hij rook, wist ze nog, naar Eau Sauvage, knoflook en vers zweet. Zelfs nu, nu hij meer dan tien jaar later in zijn graf lag, kon

39

ze het zich nog duidelijk herinneren, en nog steeds maakte ze bij die herinnering een onwillekeurig geluid achter in haar keel.

Om halfvijf, vlak voor zonsopgang, bestelde zijn oom een aantal taxi's. Iedereen liep het restaurant uit, de klamme nacht in.

'Nu op naar het beste deel van de avond!' grinnikte Christos, terwijl hij haar in de taxi liet stappen.

Ze gingen naar Hampstead Heath, waar ze als een groep giechelende kinderen over de hekken klommen en zich toegang verschaften tot een van de zwembaden. Zo besloten ze altijd een hete zaterdagavond, zei Christos. Het was een overblijfsel uit de tijd dat zijn oom een restaurant had gehad in de Plaka in Athene, waar ze met z'n allen naar Rafina gingen om de zon te zien opkomen boven de Egeïsche Zee, voordat ze zich naar de vismarkt begaven om het eten voor de volgende dag in te kopen.

'Hampstead Heath Pond is niet helemaal hetzelfde, en de vis wordt bezorgd in een vuile witte bus, maar wat kun je daaraan doen?' Oom Stavros haalde zijn schouders op, trok zijn kleren uit en onthulde een donker behaard lichaam dat wellicht te veel *souvlaki* en *kleftiko* had genuttigd, waarna hij plat op zijn buik in het koude, donkere water dook.

De anderen gingen achter hem aan. Ze waren allemaal zo verhit, dat het water bijna siste toen ze erin doken.

Christos zwom het bad door en nam Rose mee naar een donkere hoek, ver van de anderen. Terwijl het geschreeuw en gelach wegstierf en de een na de ander wegging, bedreven Rose en Christos in het ochtendlicht de liefde, naakt op het gras. Hij viel op haar aan als een hongerig dier, likte, verslond haar. Haar respons liet niet lang op zich wachten.

Als ze terugblikte op die nacht, had ze het gevoel dat Christos in haar iets had wakker gemaakt waarvan ze zelf het bestaan niet had geweten, en ze was hem er dankbaar voor.

Terwijl ze in de warme ochtendzon over de Heath terugliepen, ontdekte Rose dat ze hooggespannen verwachtingen had. Ze bleven steeds stilstaan voor diepe, vurige kussen waardoor hun al vermoeide monden en gezichten nog meer pijn deden.

'Heb je zin om binnen te komen voor een koffie?' vroeg ze glimlachend toen ze waren aangekomen bij de deur van de flat die ze met Polly deelde.

'Ik wil graag mee naar binnen om je nog een keer te neuken,' fluisterde hij. 'En dan wil ik bij je slapen.'

Aldus geschiedde. Als altijd had Polly de hele nacht feestend doorgebracht en zag het huis eruit alsof er een bom was ingeslagen, maar voor één keer kon het Rose niet schelen.

Ze ontwaakten laat in de middag en lagen in bed te luisteren naar de zondagse rust. Rose stond op om koffie te zetten en ergerde zich aan het feit dat Polly de rotzooi van de vorige avond nog steeds niet had opgeruimd. Ook merkte ze tussen alle bierblikjes en wodkaflessen op de salontafel vuil materiaal en gemorst wit poeder op. Niet voor de eerste maal bedacht Rose dat ze, als Polly niet snel tot inzicht kwam, de bijna ondraaglijke stap moest overwegen om deze flat te verlaten en apart van haar vriendin te gaan wonen. Terwijl ze naar Polly's kamer liep, gaf ze zich over aan een kleine fantasie, waarin ze met Christos naar een huisje op een klif aan zee verhuisde en eindelijk op haar eigen benen zou kunnen staan. Terwijl ze bedacht hoeveel kinderen ze zouden krijgen klopte ze op Polly's deur.

'Poll? Ben je wakker? Wil je een kop thee?'

Er kwam geen antwoord. Rose klopte weer. Ze was toch niet vertrokken met achterlating van deze rotzooi?

Ze deed voorzichtig de deur open en daar lag Polly, volledig naakt, languit op haar rug op het bed, slierten opgedroogd braaksel in haar zwarte haar en bloed over haar gezicht en kussen. Ze had dezelfde kleur die Rose en Gareth later zouden kiezen voor de muren van hun woonkamer: eendeneiblauw.

Rose rende naar haar toe en voelde haar pols. Ze dacht iets te voelen, maar het was moeilijk te zeggen omdat haar eigen hart zo verschrikkelijk bonkte. Ze griste een spiegel van Polly's nachtkastje en hield die voor haar gezicht, waarbij ze kleine korreltjes wit poeder over haar heen strooide. De spiegel besloeg, dus Polly ademde, zwakjes.

41

Rose begon aan haar te rukken, probeerde haar wakker te maken, maar Polly zakte in elkaar als een grasklokje dat een dag eerder was geplukt.

Toen stond Christos naast haar. Hij was volslagen naakt.

'Is dat...' vroeg hij.

'Ja, dat is ze.'

'Polly Novak?' Zijn adem stokte. Rose had haar beroemde flatgenote verborgen gehouden voor haar Goldsmiths-vrienden.

'Ja. Luister, ze is ziek. Je moet een ambulance bellen.' Rose hield Polly tegen zich aan, trilde nu zelf vanbinnen. Christos sloeg teder een arm om Rose en kuste haar haar.

'Ga jij maar, Rose. Ik weet wat ik moet doen – een vriend van mij heeft dit ook gehad. Ik pak haar op en ga met haar rondlopen. Ga jij nou maar: ik ben sterker en jij weet het adres en zo.'

Dus belde Rose de ambulance en de eerstehulptelefoniste stelde een hele reeks vragen over wat Polly had gebruikt, wanneer en hoeveel. Er was niet veel dat Rose met zekerheid kon zeggen, maar ze antwoordde zo waarheidsgetrouw mogelijk. Wat kon het haar schelen als er een schandaal van kwam? Polly moest hiermee ophouden, anders zou ze de volgende keer dat Rose haar vond misschien niet meer ademhalen. De rotzooi in de woonkamer en haar chaotische leefwijze ten spijt kon Rose, als het erop aankwam, het niet opbrengen te bedenken wat een leven zonder Polly zou betekenen.

De telefoniste liet Rose eindelijk met rust en zei dat de ambulance er zo spoedig mogelijk zou zijn. Door het praten was Rose gekalmeerd. Ze wilde Christos het nieuws vertellen, maar bleef in de deuropening staan. Hij stond midden in de kamer, naakt, met het eveneens naakte, slappe lichaam van Polly in zijn armen. Ze was enigszins bijgekomen en had een afgematte extatische glimlach op haar gezicht, als de ingelijste reproductie van Munchs *De dood en het meisje* die aan de muur van haar slaapkamer hing. Ze zag er prachtig uit. Christos zong een van haar liedjes en streelde haar haren.

Toen ze hen daar zo zag staan, als twee in elkaar hakende, versleten maar prachtige met juwelen bezette riemgespen, wist Rose dat er nooit een huis zou zijn voor haar en Christos.

En ze had gelijk: tijdens Polly's verblijf in het ziekenhuis, de ophef in de media en de afkick, week Christos nauwelijks van haar zijde. Rose werd vergeten en alles wat ze van hem had was die ene nacht. Maar tijdens zijn afwezigheid deed zijn beste vriend en mede-MA-student Gareth Cunningham zijn intrede. En kort daarna vond de tentoonstelling van de examenstukken plaats en was er geen tijd meer om terug te kijken.

Rose had beledigd kunnen zijn omdat Christos voor Polly had gekozen, maar toen het zover was, zag ze dat ze geen andere keus hadden. Je kon nauwelijks zeggen dat Polly hem van haar had afgepakt – per slot van rekening was ze buiten bewustzijn geweest toen hij verliefd op haar werd. Dat was een van de dingen die Polly met mannen deed.

'Waarom staan we stil?' Anna was wakker geworden, boog zich naar voren en tikte Rose op haar schouder.

'Geen idee. Misschien werk in uitvoering, of anders misschien een ongeluk,' zei Rose. 'Probeer maar weer te gaan slapen.'

'Ik kijk als we erlangs rijden. Ik hou van de lichten in de regen.' Anna leunde achterover en drukte haar gezicht tegen de koude condens op het raampje.

Na een tijdje konden ze hun weg vervolgen en ze kropen over de glimmende weg, om hen heen de uitlaatgassen van de auto's als een kolkende mist. Rose zag voor zich de lichten van een ambulance en de blauwe zwaailichten van politiewagens.

'Het is een ongeluk. Niet kijken, Anna.'

Ze reden stapvoets langs het gebeuren. Het leek alsof een vrachtwagen zich in een op de vluchtstrook geparkeerd minibusje had geboord, en het in half verbrijzelde staat tussen het op de vrachtwagen achteropkomende verkeer had geschoven.

'Anna, niet kijken!' riep Rose toen ze de minibus passeerden. Het was aan hun kant van de weg en ondanks zichzelf kon ze niet nalaten te kijken. Ze zag hoe mensen van de eerste hulp probeerden bij de inzittenden te komen, die eruitzagen als een stel marionetten waarvan alle touwtjes waren doorgesneden. Een klein lichaam – het leek het eerste dat werd bevrijd – werd onder een laken gelegd. Rose keek naar de strook gras in de schijnwerpers en zag aan de rand een klein meisje liggen, een been onder haar lichaam verwrongen, haar hoofd in een onnatuurlijke hoek, haar ogen open. Een paar hulpverleners stonden over haar heen gebogen. Een van hen leek te huilen.

Zes

Toen ze twee uur later dan gepland eindelijk thuiskwamen, was Gareth in zijn atelier. Hij kwam niet naar buiten om hen te begroeten, hetgeen Rose verkoos te zien als positief. Als hij zo in zijn werk opging, was dat vooruitgang en ze wilde er geen moment aan denken dat zijn niet-tevoorschijn komen te maken had met het feit dat hij er weinig voor voelde om Polly te verwelkomen.

'Ga maar naar binnen, de deur is open,' zei Rose tegen Polly en de jongens. 'Anna wijst jullie de weg.' En haar kleine meid ging hun door de kruidentuin voor naar de voordeur.

'Pas op de treden,' zei Anna, achteromkijkend en vol verantwoordelijkheid. 'Het zijn er een heleboel.'

Rose maakte Flossies autozitje los en schoof het handvat om haar arm. Ze pakte de melkflessen die ze had gekocht bij het nachttankstation op de hoofdweg buiten het dorp en liep achter de anderen aan het huis in.

'Wat mooi,' zei Polly, die onder het gewelfde keukenplafond nog kleiner leek. 'Dat moet een aardige duit gekost hebben.'

'Het huis was een bouwval, en voor hier eigenlijk nogal goedkoop,' zei Rose, terwijl ze druk bezig was de tafel te dekken. Ze was ietwat geïrriteerd dat Gareth niets had gedaan in de keuken. 'Maar dat hebben we met ons eigen bloed, zweet en tranen moeten bekopen.'

'Het ziet er erg mooi uit.' Polly rolde zich op in de grote oude leunstoel in de hoek van de keuken en keek hoe Rose werkte. 'Zo af.'

Rose vroeg zich af waarom dit als kritiek klonk.

'Bij ons komt nooit iets af,' ging Polly verder. 'Christos laat zich altijd door andere dingen afleiden. Hij kan zich nooit tot één

45

ding beperken. Dus leven we voortdurend te midden van projecten – verfkwasten in de gootsteen, draden die uit het plafond hangen. Er komt nooit een einde aan. O, god.'

Polly leunde achterover in de stoel en sloeg haar handen voor haar ogen. Rose liep naar haar toe en sloeg haar armen om haar heen.

'Biep biep.'

Er klonk gestommel van kinderen. Anna en de jongens renden het rondje dat je door de kamers op de begane vloer kon maken – van de hal naar de woonkamer naar de studeerkamer naar de keuken naar de hal, enzovoort. Voor kinderen die op bezoek kwamen, was dit gedeelte van het huis al een hele attractie.

'Nou, die voelen zich al thuis,' zei Polly, haar ogen drogend.

'Hé, een beetje rustig, jullie.' Rose stond op om een glas wijn voor Polly en haarzelf in te schenken. Voor haar verscheen een hijgende Yannis.

'Rose, mogen we hier voor altijd blijven?' Hij stak zijn kleine bezwete gezichtje vlak voor het hare. 'Ik vind het hier fijn!'

'Jullie kunnen net zo lang blijven als jullie willen,' zei Rose en ze gaf hem een dikke knuffel.

'Kom, Yannis, ik laat je mijn poppen zien. Ik heb ook een paar Action Man-poppetjes.' Anna greep de hand van de kleine jongen en nam hem mee. Nico, die zich met zijn negen jaar te groot voelde om enthousiasme voor poppen op te brengen, volgde hen toch maar de trap op.

'O, gelukkige jongens,' zei Polly, met haar droge, koude handen om haar glas wijn. 'Wat een goeie meid. Maar we blijven niet te lang – alleen maar totdat we onze zaken op orde hebben.'

Rose begon brood te snijden. 'Hoe ga je het geld regelen, Polly? Ik bedoel,' voegde ze eraan toe toen ze een fonkeling in Polly's ogen zag, 'niet dat we geld van je willen. Jullie zijn onze gasten en dat vinden we heerlijk en jullie moeten net zo lang blijven als jullie willen.' Ze lachte. 'Dat zeg ik steeds, maar dat is omdat ik het ook meen.'

Polly trok haar knieën op tot onder haar kin, waardoor ze er

in de leunstoel heel klein uitzag. 'Een van de grootste verrassin-
gen... wat betreft Christos – afgezien van het feit dat hij dood-
ging, natuurlijk – was dat hij de maand voor zijn dood een soort
verzekering had weten af te sluiten. Op zijn leven, snap je?'

'Wauw,' zei Rose. Dat was het laatste wat ze had verwacht van
iemand die zo in het moment had geleefd.

'Ja. Hij zorgde ervoor dat als een van ons beiden iets zou overkomen, de nabestaande en de kinderen veilig zouden zijn. Tenminste financieel. Tenminste voor een paar jaar. Het is geen for-
tuin, maar het geeft me ruimte. Dat wil zeggen, als alles geregeld
is. De Griekse bureaucratie is een nachtmerrie. O, stop. Ik vind
het vreselijk om over geld te praten.' Ze dronk haar glas in één
teug leeg en Rose schonk het weer vol. 'En natuurlijk heb ik ook
het geld van het huis, zodra dat vrijkomt.'

'Is het al verkocht?'

'Zijn zuster wilde het. Ze had genoeg van Athene en wilde terug
naar het eiland. Ze leken te denken dat ik het haar voor niets zou
geven, maar dat is typisch voor die krankzinnige, verstikkende
Griekse families. Het lijkt verdomme wel of ze naar dat eiland
worden teruggetrokken als Persephone naar de onderwereld. Ik
vraag me af of mijn jongens dat later ook zo zullen voelen.'

'Dus je bent voorgoed vertrokken?'

'O ja. Ik heb daar niets meer te zoeken.'

'Maar de moeder van Christos? Zal zij de jongens niet missen?'

Polly zuchtte. 'Dat zei ze een paar keer. Het is alsof je in een
keurslijf leeft, met zo'n familie. Het is voor ons veel beter om weg
te zijn. Hoe dan ook, als we eenmaal zijn gesetteld, kan ze ons
hier komen opzoeken. Dit is niet de andere kant van de wereld.
En ze heeft nu de kinderen van Elena. Vijf jongens. Mijn god.
Nee, ik ga niet terug. Zelfs niet voor een bezoek.'

Polly stond op en liep door de keuken. Ze bleef staan en streelde de chromen stang van de oven. 'O, een Aga. Wat mooi.'

Gareth kwam binnen toen Rose de bel voor het eten rinkelde. Ze
hadden het als grap bedoeld om de familie met een bel te waar-

47

schuwen dat ze moesten komen eten – 'om de knechten van de uithoeken van het landgoed te roepen', had Gareth gezegd, maar onder Polly's blik kreeg Rose het gevoel dat het iets aanstellerigs had.

Terwijl ze de stoofpot naar de tafel droeg, keek ze naar Polly, die al was gaan zitten en wachtte tot ze werd bediend. Ze liet haar blik over de voorwerpen in het vertrek gaan alsof ze in gedachten een schatting maakte.

Polly kon nooit lang bij één ding stil blijven staan en, net als bij Rose, had haar karakter zich met de jaren uitgekristalliseerd. Ze was altijd een wilde, rusteloze elf geweest terwijl Rose zichzelf als enigszins traag zag, gemakkelijker tevreden te stellen. Zij was de rust en Polly was de beweging. Ze vroeg zich af wat beter paste bij een vrouw van achter in de dertig.

Ze ging terug naar het aanrecht om de salade aan te maken, en Gareth boog zich vooreover om Polly een zoen te geven.

'Fantastisch om je te zien, Polly,' zei hij, haar stevig vastpakkend. 'Ik kan niet zeggen hoe erg ik het vind van Christos. Hij was zo'n kerel.'

'Dat was hij zeker.' Ze keek naar hem op.

'Ik had hem zo graag nog eens willen zien,' ging Gareth verder, terwijl hij zich een glas wijn inschonk en ging zitten. 'Ik kan bijna niet geloven dat het vijf jaar geleden is dat ik hem voor het laatst zag.'

'Die keer dat hij alleen naar Engeland kwam,' zei Polly, in haar glas kijkend.

'Ja.'

'Het ging toen niet zo goed tussen ons,' zei Polly.

'Ja,' zei Gareth.

'Maar het ging weer beter,' zei ze, opkijkend, met tranen in haar ogen. 'Echt waar, Gareth.'

Gareth pakte haar hand. 'Ja, Polly, dat weet ik.'

Rose had haar uiterste best gedaan zich niet met dit gesprek te bemoeien en ze was onder de indruk van de warmte die Gareth voor Polly opbracht. Hij had zich, dacht ze, waarschijnlijk gerealiseerd hoe zelfzuchtig zijn eerste reactie op haar komst was geweest. En natuurlijk besefte hij ook hoe belangrijk ze voor Rose was.

Eerlijk gezegd had Gareth aanvankelijk zijn best gedaan. Misschien had Polly gelijk en was zijn houding inderdaad te wijten aan jaloezie dat zij zijn beste vriend had afgepakt. Rose had een simpeler theorie: Polly werkte hem op zijn zenuwen. Ze was immers iemand die je moest leren waarderen.

Ooit had Rose in een poging de zaken tussen hen recht te zetten, een ontmoeting tussen Polly en Gareth gearrangeerd in een café in Hammersmith. Dat was, zei ze tegen ieder van hen afzonderlijk, om erachter te komen wat er miszat tussen hen. Per slot van rekening waren dit de twee mensen van wie ze op de hele wereld het meeste hield (drie, als ze Christos meetelde, al probeerde ze dat niet te doen), en ze kon het niet verdragen dat ze zo'n hekel aan elkaar hadden.

Rose bleef thuis in Gareths flat in Elephant and Castle, bekeek een video van *Pulp Fiction* en dronk een fles wijn. Om elf uur kwam Gareth terug, iets meer aangeschoten dan zij en ruikend naar bier en buitenlucht.

'Hoe ging het?' vroeg ze.

'God, ik ben blij dat ik weer thuis ben,' zei hij.

En dat was het. Daarna leek zijn hekel aan Polly alleen maar toegenomen te zijn. Rose' plan had gefaald en de twee hadden elkaar niet meer gesproken. En nu hield hij hier, in hun keuken, haar hand vast en troostte haar. Hij deed echt zijn best.

'En waar zijn de jongens?' Gareth maakte zich los en klopte op de tafel, het moment verbrekend.

'Gareth heeft zich zo verheugd op Nico en Yannis,' zei Rose, terwijl ze de sla op tafel zette. 'In dit huis heeft hij alleen maar vrouwen om zich heen. Hij vindt het heerlijk om een balletje te trappen en een partijtje te vechten.'

'Ja, Anna is een echt meisje,' glimlachte Gareth.

'Terwijl ik van alles probeer om genderstereotypen tegen te gaan,' onderbrak Rose hem. 'Ik heb autootjes gekocht en ballen en boeken met wilde meiden als hoofdfiguren. Ik heb garage-verkopen afgestruind op zoek naar van die stomme Action Man-poppetjes, maar het heeft niet mogen baten. Ze is nog steeds dol op roze.'

'Ik denk dat Rose een aantal van die feministische nature-nurture-ideeën moet herzien,' zei Gareth tegen Polly. Toen stond hij op, liep naar de trap en riep naar boven: 'Jongens! Beneden komen!'

Bij het horen van zijn stem denderden de kinderen de trap af.

'Door de herrie hoorden we de bel niet,' hijgde Anna. 'Nico en Yannis, dit is mijn papa, Gareth.'

De twee jongens stonden aan weerszijden van Anna, plotseling een beetje verlegen voor deze boven hen uittorende man.

Gareth hurkte voor hen neer. 'Hoi, jongens,' zei hij vriendelijk.

'Je kunt heel veel lol met hem hebben,' zei Anna. 'Als hij niet aan het werk is.' Ze rolde met haar ogen.

'Zeg, mevrouwtje, een beetje minder,' zei Gareth en hij pakte Anna op, zwaaide haar over zijn schouder heen en terug – een ingewikkelde manoeuvre die haar altijd weer deed gieren van de lach.

'Ik ook! Ik ook! Ik ook!' zei Yannis.

'Oké, knul, daar ga je,' zei Gareth en hij haalde hetzelfde trucje met hem uit.

Algauw lagen de drie kinderen – zelfs Nico had om een zwaai gesoebat – giechelend op de vloer. De hele keuken leek vervuld van een nieuw soort energie.

'Zeg, komen jullie allemaal eten?' Rose moest moeite doen zich verstaanbaar te maken.

'Ik denk dat we beter kunnen doen wat mevrouw zegt,' zei Gareth en hij hielp Nico en Yannis overeind.

In zijn grote trui, zijn met bont gevoerde sloffen en slobberige corduroy broek zag Gareth er naast de twee jongens uit als een vriendelijke reus. Nico en Yannis waren zo iel dat ze, dacht Rose, als ze in Engeland waren geboren, waarschijnlijk een maatschappelijk werkster toegewezen hadden gekregen. Ze keek naar haar man en glimlachte. Hij stelde hun huis voor hen allemaal open.

Gareth zette Anna en de jongens op hun stoelen, kuste Rose en ging zitten.

'Rose, je zult je handen vol hebben om dit stel te voeden,' zei hij. En Polly – anorectisch, overgevoelig als het ging om haar gewicht en eten, met een verwrongen relatie tot voedsel – Polly lachte. Dat was Gareths talent om mensen op hun gemak te stellen.

Hij had Rose ooit verteld dat hij als baby had geleerd charmant te zijn, toen hij in de armen van vreemden werd gelegd. 'Maar Pam en John moeten onmiddellijk van je gehouden hebben. Ze wilden je zo vreselijk graag,' had ze geantwoord.

'Waarom hebben ze dan tegen me gelogen?' had hij gezegd. En dat was dat. Rose had daar niets tegen in te brengen.

Ze zaten om de lange eikenhouten tafel en Rose diende de rundvleesstoofpot op die sinds de ochtend had staan sudderen.

Even was er weinig te horen, behalve het luidruchtige kauwen van de jongens. Het was alsof ze al weken niet hadden gegeten.

Rose telde slechts twee happen die hun weg naar Polly's mond hadden gevonden. Ze vertoonde haar bekende kunstje dat eruit bestond het eten over het bord te schuiven: een aardig overtuigende manier om te doen alsof ze at.

'Wat zijn dat?' Yannis had zijn eten verslonden en liep nu door het vertrek, alles in zich opnemend. Normaal had Rose tegen een kind gezegd te wachten met opstaan totdat iedereen klaar was. Maar ze besloot voor deze avond een uitzondering te maken.

'Mijn eieren,' zei Anna, nadat ze haar mond had leeggegeten. 'Je mag ze wel pakken.'

'Kom, ik zal je helpen,' zei Gareth en hij stond op om de mand van het buffet te pakken. 'Die is inmiddels aardig zwaar.'

Yannis bracht de mand met gepolijste stenen naar Anna, die ze een voor een uitstalde op een stukje naast haar dat hij haastig had vrijgemaakt door zijn bord en bestek opzij te schuiven.

'Voorzichtig, Yannis,' zei Rose, haar wijnglas grijpend voordat hij dat met het verplaatsen van zijn bord en bestek zou omgooien. Ze keek geamuseerd toe hoe haar zorgvuldig gedekte tafel in een rommeltje veranderde.

'Deze,' zei Anna, terwijl ze een levensgroot, glanzend groen ei uit de mand nam en aan Yannis gaf, 'bracht papa voor me mee uit China.'

'Laat 's zien!' Nico stond op en griste het ei weg van zijn broertje.

'Hé!' riep Yannis.

'Laat maar, Yannis,' zei Anna, en ze tilde een groter, turkooiskleurig ei uit de mand en gaf dat aan de kleine jongen. 'Dan krijg je deze – kijk, dit is mijn lievelingsei. Papa bracht het mee uit Japan toen ik vier was.'

'En deze?' Nico haalde een gepolijste klomp ter grootte van een struisvogelei uit de mand.

'Dat is de grootste. Die is van onyx, dat is een halfedelsteen. Papa kocht het in Singapore.'

'Neemt jouw papa overal vandaan eieren mee?' vroeg Yannis.

'Ja, ik heb er zestien. Maar hij is al heel lang nergens meer naartoe gegaan en ik wil weer een ei.' Anna keek naar Gareth.

'Dus je wilt me weg hebben?' Gareth lachte.

'Nee, papa, nee! Zo bedoel ik het niet. Ik wil gewoon weer een ei en dat jij blijft.'

'O, dan is het goed. Ik dacht al dat je me weg wilde hebben,' zei hij. Hij deed alsof hij opgelucht was en ging verder met eten.

'Wil iemand nog wat?' vroeg Rose, die van onderwerp probeerde te veranderen, verbaasd dat Gareth niet wat meer tact toonde tegenover de jongens die net hun vader hadden verloren. Maar Nico en Yannis schenen niets te hebben gemerkt. Ze leken beiden vreemd veerkrachtig. Misschien had Polly gelijk – misschien was het nog niet tot hen doorgedrongen. Een maand kan als je jong bent een heel leven lijken.

'Hoe was je school op Karpathos?' vroeg Anna aan Nico, terwijl ze voorzichtig de eieren teruglegde in de mand.

'Klein,' zei Nico. 'Er waren drieëntwintig kinderen op de hele school en we kregen allemaal les in hetzelfde lokaal.'

'Had je een aardige onderwijzer?'

'Ging wel,' zei Nico.

'Hij was heel aardig,' zei Yannis.

'En leerde je je lessen in het Grieks?'

'Ja.'

'Dat is niet zoals op mijn school,' zei Anna. Ze ging naar de lagere school in het dorp, op een korte loopafstand over het land achter het huis. 'Elke klas is groter dan jouw hele school.'

'Gaan wij daar ook heen, mama?' vroeg Yannis; hij liep naar Polly en ging naast haar zitten.

'Wat?' zei Polly. Tijdens het gesprek tussen de kinderen had ze haar gedachten laten afdwalen.

'Gaan we naar Anna's school?'

'Ik denk van wel,' zei Polly. 'Daar heb ik nog niet echt over nagedacht.'

'Ik heb met het hoofd gesproken,' zei Rose terwijl ze de tafel afruimde. 'Ze hebben nog plaats in groep een en groep vier, dus het zal wel goed zijn. Maar je moet er morgen wel naartoe, want je zult formulieren en zo moeten invullen voor het bestuur.'

'Er is toch geen haast bij,' zei Polly, die zichzelf nog een glas wijn inschonk.

'Nee, helemaal niet,' zei Rose. 'Gareth, kun jij de tafel verder afruimen terwijl ik het dessert pak?'

Gareth stond op en zette de mand met eieren terug op het buffet.

'Jullie komen bij mij op school!' Anna sloeg haar bestek tegen elkaar. 'Super. Net alsof jullie mijn broers zijn. Of toen mama en Polly samen op school zaten.'

'Als wij,' zei Polly, die Rose' blik zocht en glimlachte.

Rose verkoos die indringende blik niet te beantwoorden, ze meende iets complexers dan zuivere nostalgie te ontdekken. Enigszins in de war keek ze de andere kant op en ging in de weer met de custard.

'Zo,' zei Gareth, terwijl de kinderen de trap op holden, hun buiken vol *apple crumble*. 'Hoe lang blijf je bij ons, Polly?' Hij zette een tweede fles rode wijn op tafel en ging tegenover Polly zitten.

'Ik pak m'n jas al,' zei die met een scheve glimlach.

'Je weet best dat hij het niet zo bedoelt,' zei Rose, en ze schonk iedereen nog een glas wijn in. 'Nietwaar?' wendde ze zich tot Gareth.

'Natuurlijk niet,' zei Gareth, Polly aankijkend. 'Ik wilde alleen maar weten of je al plannen hebt.'

'Niet echt.' Polly leunde achterover in haar stoel en sloeg haar armen over elkaar.

'Het is nog te vroeg...' zei Rose.

'Ja, dat ook,' zei Polly. 'Maar ik weet zeker dat ik op een idee kom en zodra het zover is, laat ik het je weten.'

Rose pakte Polly's hand. Ze wilde haar een beetje kalmeren. Ze hadden allemaal aardig wat gedronken, en ze wilde die eerste avond niet in de war sturen, niet na het goede begin.

In de warme handen van Rose voelden Polly's vingers aan als droge stokjes. Rose begreep Polly's houding. Deze schil, deze klaarblijkelijke onbezorgdheid was een dik harnas. Dit was een vrouw in shock. En ook niet zomaar een vrouw, maar Polly. Haar Polly. En op dat moment besloot ze alles te doen wat in haar vermogen lag om Polly weer levenskracht te geven. Polly had haar hulp nodig.

Rose, die niet gewend was aan een leidende rol in het spel van haarzelf en Polly, kon niet nalaten opwinding te voelen, zelfs enige opluchting. In de jaren dat ze ieder hun eigen leven hadden geleid was ze eraan gewend geraakt voor haar eigen wereld op te komen. Ze zou, dacht ze, onmogelijk terug kunnen vallen in hun vroegere situatie.

Flossie had zo diep geslapen na de autorit, dat Rose bijna was vergeten dat ze haar in het autozitje in de kamer had gezet. Maar het duurde niet lang of ze bevestigde haar aanwezigheid door een keel op te zetten die alle nieuwe plafonds omlaag dreigde te halen en de driedubbele ruiten te laten barsten.

Rose kneep in Polly's hand, sloeg haar wijn achterover en pakte haar boek, zodat ze de arme baby een goede, lange voeding kon geven. Deze, de laatste van de avond, was de bevoorrading die Flossie nodig had om zes uur te slapen. Rose wist dat het hoog tijd werd aan vaste voeding te gaan denken, maar iets in haar verzette zich tegen het idee. Ze voelde zich een beetje schuldig over de hoeveelheid wijn die ze had gedronken, maar het voordeel was, wist ze, dat baby's daardoor iets vaster sliepen.

'We gaan naar boven,' riep ze naar Gareth en Polly. 'We willen geen al te opgewonden Floss.' Ze dacht ook dat het misschien een goede zet was om de twee beneden te laten, hun de kans te geven wat te ontspannen in elkaars gezelschap zonder dat zij in de weg zat. Ze wist dat ze probeerde zaken glad te strijken, maar het getuigde van volwassenheid zich terug te trekken en Gareth en Polly aan hun lot over te laten.

Terwijl ze Flossie de trap op droeg, glimlachte ze bij zichzelf. Ze hoefde tenminste niet bang te zijn dat Gareth zich tot Polly aangetrokken zou voelen zoals de meeste mannen. Afgezien van het feit dat zij hem volledig vertrouwde, had zijn voormalige afkeer van Polly hem zo'n eind van bekoring vandaan gevoerd dat zelfs wilde paarden, wist ze, hem niet in die richting zouden kunnen trekken.

In de slaapkamer van Rose en Gareth dronk en zoog Flossie als een uitgehongerd diertje. Rose probeerde te lezen, maar haar ogen bleven wazig boven dezelfde alinea hangen en ze kon geen woord opnemen. Ze bleef maar terugdenken aan de blik die Polly haar had toegeworpen tijdens de maaltijd, en de betekenis ervan.

Rose bewerkte haar verleden zorgvuldig voor publiek gebruik. Dat moest ze wel. Alleen Polly, die geheimhouding had gezworen, was van alles op de hoogte. Had er gevaar in die blik gescholen?

Ze sloot haar ogen en probeerde er niet aan te denken hoe ze voor haar leven had gerend. Als tiener had ze haar vader steeds tot het uiterste weten te tarten. Meestal lukte het haar weg te komen en zich in een badkamer op te sluiten totdat zijn ontstemming,

55

waarover ook, was weggeëbd. Maar soms kreeg hij haar te pakken voordat ze kon ontsnappen en dan liet hij zijn vuisten op haar neerkomen tot ze het uitschreeuwde en hij wel moest ophouden uit angst dat de betalende gasten het zouden horen.

De laatste keer, ze was zestien jaar, was Polly er goddank bij geweest. Het nieuws dat Rose haar vader mededeelde had hem zo verbijsterd, dat hij haar, was ze alleen geweest, waarschijnlijk had vermoord.

'Slet,' siste hij; hij hield Rose vast bij haar haren en hief zijn gebalde vuist op, klaar om die hard op haar buik te laten neerkomen.

Zo klein als ze was, had Polly zich door de kamer op hem gestort en zijn arm tegengehouden. 'NEE,' riep ze, met zo'n kracht dat hij van schrik niets meer deed.

Ze stond recht voor hem en spuugde hem in zijn gezicht. Rose lag nog steeds ineengedoken naast de bank met een arm over haar hoofd, en keek in ontsteld zwijgen toe.

Haar vader draaide zich om en ontvluchtte de voorkamer van hun woning onder in het grote donkere Regency-logement, recht in de armen van zijn selectief blinde vrouw.

Sputterend dat ze nooit meer met geheven hoofden door Brighton konden lopen, zetten haar ouders het pension te koop en verhuisden naar Schotland, naar de geboortestad van haar moeder, ten noorden van Edinburgh. Ze vroegen hun dochter niet met hen mee te komen, en ze zou ook niet zijn gegaan, hadden ze dat wel gedaan.

Zonder Polly zou Rose niet geweten hebben wat ze had moeten beginnen. Polly's moeder lag in het ziekenhuis, dus trok Rose in hun flat. Polly nam alle zorg op zich, regelde alles. Ja, als Polly er niet was geweest, zou ze niet zijn waar ze nu was.

Rose was klaar met de voeding van Flossie, droeg haar naar haar kleine slaapkamer en legde haar in het bedje. Op haar rug, met haar ogen gesloten en haar armpjes aan weerszijden gespreid, leek de baby wel dood.

Iets in die houding riep een onwelkome herinnering op aan

het auto-ongeluk dat Rose die avond had gezien. Tot dat moment was ze het helemaal vergeten. Ze sloot haar ogen en dacht aan dat gezin dat in een verkeerde beweging vernietigd was. Alles was zo broos.

Ze raakte Flossies wang aan. Een paar tellen later maakte de baby geluidjes en smakte met haar lippen, waarmee ze te kennen gaf dat ze nog steeds leefde en dat Rose vrij was om weg te gaan.

Ze ging terug naar de keuken. Polly zat nog steeds in de leunstoel in het vuur te staren, een glas whisky in haar hand. De afwas moest nog gedaan worden en Gareth was nergens te bekennen.

Zeven

Tegen de tijd dat het Rose lukte Anna en de jongens te scheiden, was het elf uur. Terwijl Anna zich klaarmaakte om naar bed te gaan, ging Rose Polly en de jongens voor naar de Annexe. Ze had geprobeerd de ruimte zo huiselijk mogelijk te maken, had geschrobd en in de jongenskamer een heleboel speelgoed en boeken van Anna gelegd. Voordat ze naar het vliegveld was vertrokken had ze een vuur gemaakt in de houtverbrander die ze hadden geïnstalleerd toen Gareth en zij in de Annexe waren getrokken. Tevreden zag ze dat de kachel, uren later, nog steeds warmte afgaf.

'Waar is mijn kamer?' vroeg Nico.

Rose liet hem de kleine slaapkamer naast de woonruimte zien. 'Daar. Jullie zullen 'm moeten delen.'

'Dat had ik wel begrepen.' Hij haalde zijn schouders op.

'Super. Een stapelbed. Mag ik boven?' Yannis keek naar Rose.

'Naar bed nu, allebei,' zei Polly vanuit de grote kamer. 'Sla voor vanavond tandenpoetsen en wassen maar over.'

Na wat gebakkelei besloten ze dat Nico boven mocht slapen omdat hij de grootste was, zodat het niet zo hoog zou lijken als hij naar beneden viel. Eindelijk lukte het Rose hen te kalmeren. Ze boog zich om beiden een nachtzoen te geven.

'En je zegt dat we net zo lang mogen blijven als we willen?' fluisterde Yannis van onder zijn dekbed.

'Langer,' zei Rose geamuseerd.

Ze kwam in de grote kamer, waar Polly heen en weer liep.

'Ik weet dat het hier nogal klein is,' zei Rose, 'maar als de jongens wakker worden en jij nog wilt slapen, kunnen ze naar ons huis komen. Ik ben met Flossie toch al om zes uur op.'

'Nee, het is heerlijk, echt waar. Ik weet niet hoe ik je kan bedanken,' zei Polly.

'En kijk eens!' zei Rose, terwijl ze met een weids gebaar de koelkast opende. 'Crème caramel van Bonne Maman. Weet je nog?'

'Daar leefde ik op,' zei Polly, met het potje dat Rose haar had gegeven in haar hand. 'En op Solpadeine. Ze zette de crème caramel terug in de koelkast en liep naar het raam.

''s Ochtends zal ik een mooi uitzicht op het grote huis hebben,' zei ze.

Rose liet haar zien hoe ze de gordijnen moest sluiten, door middel van een touw.

'Laat ze maar open, Rose. Ik wil nog even naar de lucht kijken.'

Rose nam Polly's hand. 'Zal het wel gaan?'

'Natuurlijk,' zei Polly. 'Ik ben een taaie.'

'Alsof ik dat niet weet,' zei Rose; ze trok haar tegen zich aan en gaf haar een dikke zoen. 'Goed. Tijd om je alleen te laten. Heb je alles wat je nodig hebt?'

'Daar is het bed,' zei Polly.

'En vergeet niet: gooi de jongens er 's ochtends maar uit. Stuur ze naar ons huis.'

'Zal ik doen. Wees maar niet bang.'

Op weg naar hun huis rook Rose houtvuur. Ze liep achterom en trof daar Gareth aan die een vuurtje stookte in de pizzaoven die hij op het terras had gebouwd. Het was een van zijn troetelprojecten geweest. Rose had het belang ervan niet ingezien, maar hij had gewoon doorgezet. Ze had het zwijgend geboycot – ze had al genoeg te stellen met de Aga, en aangezien zij meestal voor het eten zorgde, had haar passieve houding ertoe geleid dat de pizzaoven nog niet echt was ingewijd. Maar ze hadden al wel een paar avonden met het gezin buiten genoten van de warmte die hij afgaf als hij met open deurtjes werd gestookt.

'Dit is heerlijk,' fluisterde ze, en ze stak haar arm onder de zijne. Ze lieten hun gezichten verwarmen door de vlammen, keken hoe de vonken opspatten en naar de gapende mond van de schoorsteen schoten.

'Wat was je daarnet gaan doen?' vroeg ze na een tijdje.

'Ik moest iets afmaken in mijn atelier. Dat kon niet wachten en Polly zei dat ze het niet erg vond dat ik wegging.'

'Het leek alleen een beetje bruusk, om zomaar weg te gaan.'

'Ze vond het echt niet erg. Ik heb me vanavond heel goed gedragen.'

'Dat is zo.'

'Ik doe mijn best.'

Ze zaten dicht tegen elkaar aan op de houten bank, terwijl het licht van het houtvuur over hun gezichten flakkerde. Het regende niet meer en de avond was helder en koud. Ze konden elke ster zien en de rijzende maan was scherp als een echte sikkel.

'Soms roept het werk me gewoon,' zei Gareth. 'Ik kan niet geloven dat ik er zo lang uit ben geweest.'

'Weet ik.'

'Ik heb meer dan een jaar niet getekend.'

'Je hebt een paar prachtige diagrammen gemaakt.'

'Ja, en ik heb muren en houtwerk geschilderd.'

'Maar dat heb je prachtig gedaan.' Ze glimlachte naar hem. 'Bovendien had je gezegd dat je vuile handen wilde maken. En je genoot er in zekere zin...'

'Ja.'

'Soms was het vreselijk voor je, Gareth. Dat weet ik.'

'Ik ben de draad kwijt.'

'Dat moet je niet zeggen.'

'Toch is het zo.'

'We hadden allemaal onze inzinkingen. Weet je nog dat we zeiden: "Shit, laten we ermee ophouden en een leuk kant-en-klaar huis kopen"? Als Andy er niet was geweest...'

Gareth staarde in de vlammen.

'Ik weet niet wat we zonder hem hadden moeten beginnen,' zei Rose, zoekend naar de ogen van haar man. 'Je hebt een geweldige broer.'

'Ja, een goeie vent.'

Rose moest op haar woorden letten als ze met Gareth over Andy sprak. Het was een gevoelig onderwerp. Natuurlijk, ze waren opgegroeid in de veronderstelling dat ze echte broers waren. Van de twee was Andy de echte zoon van Pam en John. Uit politieke overtuiging hadden ze maar één kind van henzelf en gewacht tot ze in de veertig waren om het te maken. Ze hadden ervoor gekozen een tweede baby te adopteren teneinde hun goede kansen in het leven te delen met iemand die anders misschien niet zo bevoorrecht was geweest.

Op een van de vele avonden die ze samen hadden doorgebracht, terwijl Gareth verscholen onder zijn dekbed strijd leverde met zijn demonen, had Rose Andy hiernaar gevraagd.

'Waarom vertelden ze het jou niet?' vroeg ze tijdens een van hun avondwandelingen naar de rivier.

'Ze wilden niet dat Gareth zich een buitenstaander zou voelen,' zei Andy. 'Ik denk dat ze dachten dat het beter voor hem was.'

'Was het geen schok voor je?'

'Compleet. Ik bedoel, fysiek leken we zo op elkaar, mensen vroegen altijd of we een tweeling waren. Maar voor mij was het niet zo belangrijk als voor Gareth. Hij is er nooit overheen gekomen. Hij is altijd afstandelijk gebleven en nu zijn Pam en John dood en is het te laat. Maar ze hielden ontzettend veel van hem, Rose.'

Rose keek naar Andy. Het was waar, hij en Gareth leken veel op elkaar. Allebei groot en sterk, allebei met dezelfde mooie handen. Maar het was alsof Gareth uit twee helften bestond – een lichte en een donkere – terwijl Andy alleen maar licht was.

Vanwege deze lichtheid leek Andy overweg te kunnen met de resterende boosheid die Gareth soms, bij gebrek aan een beter doelwit, op hem richtte. En vanwege deze lichtheid vroeg Rose zich soms af of ze wel de juiste broer had gekozen.

'Hij is meer dan een goeie vent,' zei Rose tegen Gareth.

'Vast wel.' Gareth haalde zijn schouders op.

Het vuur knapperde rond het knoestige hout en stuurde een straal vonken naar de stenen rand van de pizzaoven. Rose keek naar haar man en vroeg zich af hoe ze er ooit aan had kunnen twijfelen of hij de juiste voor haar was. Ze zaten zwijgend te luisteren. De stilte van de avond werd slechts verbroken door een merel die Rose tijdens de winter had gevoed. Hij zat op hun schoorsteen en maakte hun avond compleet.

'Ik hoop dat ze niet te lang blijven,' zei Gareth ten slotte.

'O, ze zal niet stilzitten,' zei Rose. 'Polly kennende is ze er – waarschijnlijk met een nieuwe man en een platencontract – vandoor voordat ik haar beddengoed heb kunnen verschonen.'

'Ik wil niet dat jij achter haar aan loopt. Ze is volwassen, weet je. Ze moet haar eigen boontjes doppen.'

'Ja, pa,' zei Rose, tegen hem aan geleund.

'Sorry.' Gareth legde zijn arm om haar schouder. 'Ik wil gewoon niet dat we worden afgeleid van belangrijke zaken.'

'Wees daar maar niet bang voor.' Ze kuste hem. 'Weet je, dit vuur heeft iets wonderbaarlijks,' fluisterde ze, terwijl ze zich op haar knieën liet zakken en zijn Levi's openknoopte.

Later, op hun slaapkamer, lag Rose naast Gareth – die meteen in slaap was gevallen – en dacht na over wat hij had gezegd, over de donkere dagen, over hoe hij de draad kwijt was. Ooit was zijn zwijgen oorverdovend geweest. Hij had zich toen eigenlijk absent verklaard en kwam alleen nog voor de maaltijden.

Dit was de eerste avond waarop ze er echt over hadden gepraat. Ze wist niet of dat een goed of een slecht teken was. Soms was het beter de ongelukkige dingen gewoon maar te vergeten.

Terugdenkend aan die periode die niet zo ver achter hen lag vroeg ze zich weer af of ze er goed aan had gedaan Polly uit te nodigen. Maar het was ondenkbaar haar af te wijzen. Hoe dan ook, Gareth en zij hadden gezworen gul te zijn met hun geluk. Per slot van rekening hadden ze zich tien jaar geleden zelfs in hun wildste dromen niet kunnen indenken ooit in zo'n comfortabele positie te verkeren.

Toen, nog voor Hackney, woonden ze in Gareths huurflat in Elephant and Castle. Er waren weliswaar twee slaapkamers, maar de huisbaas mocht geen huur voor de tweede vragen omdat die te vochtig was voor menselijke bewoning. Deze 'verdoemde' kamer werd Gareths atelier en daar had hij, uit pure noodzaak, de grootschalige conceptuele installaties uit zijn MA-periode de rug toegekeerd. In plaats daarvan begon hij te werken in de stijl die later zijn handelsmerk werd: olieverfschilderijen op wrakhout. Door de vochtigheid van de kamer bleef de verf langer nat dan gewoonlijk, en hij verhuisde zijn schilderijen naar de woonkamer om hun uitwasemingen te vermengen met die van de paraffinekachel waarmee ze het huis verwarmden.

De kleine afmeting van de kamer beperkte ook zijn werk, hetgeen zijn stijl verder definieerde. Hij had het geluk dat er een goede markt bleek te zijn voor wat hij uit noodzaak had bedacht en dat had hen van de grimmige huurmarkt gered en hij had in Londen als kunstenaar een stap vooruit kunnen zetten door eigenaar te worden van een flat in Hackney.

Rose' regelmatige inkomen was goed van pas gekomen. Zonder haar salaris hadden ze onmogelijk een hypotheek gekregen voor Hackney. Dankzij haar baan als lerares had ze als kostwinner een lening voor de aanbetaling kunnen sluiten. Maar haar rol in het verbeteren van hun sociale positie leek nu over het hoofd te worden gezien; zowel zij als Gareth had de neiging hun vooruitgang alleen maar te koppelen aan zíjn inspanningen. In de loop der jaren was ze van kostwinner veranderd in de vrouw van de succesvolle kunstenaar en de moeder van zijn schattige kinderen. Hoewel ze wist dat ze zich misschien enigszins verbitterd zou moeten voelen of op z'n minst treurig gestemd, was ze in feite oprecht blij met haar bestaan.

Gareth snurkte zacht. Rose zuchtte en draaide zich om in het besef dat ze nog maar een paar uur had voor Flossie wakker werd voor haar voeding, en dat ze moest slapen.

Nadat ze een halfuur had geprobeerd aan niets te denken, gaf ze het op. Ze wist dat het niet ging lukken. Voorzichtig, om Gareth niet wakker te maken, stond ze op en trok haar peignoir aan – een dieproze antieke kimono die Gareth had meegebracht na een vernissage in Japan – en sloop op haar pantoffels van schaapsvacht de trap af.

Ze bleef op de overloop staan en keek vanuit het boograam naar de Annexe. De jongenskamer was volkomen duister, maar het licht in Polly's kamer brandde en de gordijnen waren nog steeds open. Rose ging aan de kant staan en zag Polly voor het raam heen en weer lopen, rokend, haar haar achter zich aan als een vuile vossenstaart. Rose vroeg zich af of ze naar haar toe moest gaan om te kijken of alles in orde was.

Maar toen begon Flossie geluidjes te maken en te bewegen in haar wieg, uren vroeger dan normaal. Rose vloekte binnensmonds. Floss had tijdens de rit vanaf het vliegveld te lang geslapen en dat in combinatie met de gealcoholiseerde melk en een onderbreking van haar gewone bedtijdroutine had haar van slag gebracht.

Rose ging met meerdere treden tegelijk de trap weer op voordat Gareth wakker zou worden. Ze werd beloond door de aanblik van haar kirrende dochter in de wieg die, haar armpjes uitgestrekt, verrukt was haar moeder zo snel te zien komen. Rose pakte haar op en nam haar mee naar beneden naar de stoel waarin ze het liefst zat als ze haar voedde. Ze trok een deken om hen beiden heen, nestelde zich en doezelde weg bij het ritmische zuigen van de baby en de tinteling waarmee de melk uit haar vloeide.

Toen ze wakker werd, zaten Flossie en zij in de bel van hun eigen lichaamswarmte. Flossie was diep in slaap, een straaltje melk opgedroogd op haar koele, zachte wang. Rose droeg haar weer de trap op, voorzichtig om haar niet wakker te maken. Op weg naar de tweede verdieping bleef ze opnieuw voor het boograam staan om naar de Annexe te kijken. De grote lichten waren uitgedraaid, maar er gloeide nog steeds iets in de kamer. Waarschijnlijk had Polly het bedlampje aangedaan. Misschien lag ze te lezen. Of te schrijven – Rose wist dat ze graag in bed werkte. Of lag ze gewoon te denken aan een strand, een huis, een man, een leven dat haar en haar jongens was afgenomen?

Arme Polly.

Rose liep door naar boven en legde Flossie in haar bedje en stopte haar in onder haar kleine dekentje. Stilletjes sloop ze over de gang naar haar slaapkamer, trok haar kimono en pantoffels uit en legde ze op hun plaats. Ze sloeg het knisperende, schone, naar lavendel geurende beddengoed terug en stapte in bed naast haar knappe, kundige, levende echtgenoot. Haar stevige baby was op een paar meter afstand in diepe slaap, en in haar pas geschilderde, prachtig grote slaapkamer op de etage eronder droomde haar gezonde en slimme oudste dochter van mooie dingen.

Hoe gelukkig was ze?

Rose lag op haar rug en telde, als een rozenkrans, haar zegeningen totdat ze in een diepe, weldadige slaap viel.

Acht

Om zeven uur renden Nico en Yannis naar het huis. Rose, alweer op met Flossie, maakte havermout met ahornstroop voor hen. Ze zaten beiden aan de grote tafel, hun haren in de war, de slaap nog in hun ogen, hun stemmen schor. Flossie lag op een schaapsvacht op de grond, kirrend en trappelend, haar ogen gericht op het mobile met glimmende speeltjes dat Rose aan het plafond had gehangen zodat hij voor haar ogen kon bungelen.

'Mama slaapt nog,' zei Nico.

'Ze slaapt altijd,' voegde Yannis eraan toe.

'Ze heeft een zware tijd achter de rug – jullie allemaal,' zei Rose terwijl ze de havermout voor de jongens neerzette. 'Soms raken mensen zo uitgeput van al dat gedoe, dat ze gewoon naar bed moeten om het uit te slapen.'

Ze liet hun zien hoe ze de ahornstroop in een spiraalvorm op de pap konden druppelen.

'Ze is gewoon altijd dronken,' zei Nico.

'Ze is vast niet altíjd dronken,' zei Rose. 'Alles komt goed, dat zullen jullie zien. En nu eten.'

'Wat is het?' zei Nico.

'Het ziet eruit als kots,' giechelde Yannis. 'Of geplette hersenen.'

'Maar het smaakt niet zo. Kom op, neem maar eens een hap. Zorg dat er ook wat ahornstroop op je lepel ligt.'

Yannis keek hoe Nico de rand van zijn lepel in zijn kom duwde en, rillend, de pap langzaam naar zijn mond bracht.

'Bahhh!' hij spuugde het uit, greep naar zijn keel en liet zich op de vloer vallen.

'Nico!' zei Rose.

'Eigenlijk is het best lekker,' zei hij; schouderophalend stond hij op. Zijn timing was precies goed.

Yannis lachte en de jongens vielen aan. Ze waren allebei zo mager, dat Rose zich afvroeg waar ze het lieten. De stofwisseling van een kolibrie, dacht ze. Yannis knoeide, morste over de hele tafel. Een havermoutslagveld.

Plotseling hield hij op. 'Waar is Gareth?' vroeg hij, met een lichte paniek in zijn stem.

'Die is aan het werk. Hij begint graag heel vroeg, voordat iedereen op is. Dan verdwijnt hij naar zijn atelier en gaat aan de slag.'

'Papa schilderde ook,' zei Nico.

'Dat weet ik,' zei Rose. 'Weten jullie dat ik jullie vader kende voordat jullie moeder hem leerde kennen?'

'O,' zei Nico, druk in de weer met zijn havermout.

'Hoe dan ook, jullie zien Gareth bij het middageten. Hij komt tevoorschijn voor voedertijd. Soms komt hij tussendoor, als hij nog koffie wil.'

'Gaan we vandaag naar school?' vroeg Nico, die met zijn lepel de knoeiboel van zijn broertje probeerde schoon te maken.

'Laat maar, Nico, dat doe ik wel,' zei Rose en ze pakte een doekje van het aanrecht. 'Ik weet het niet, dat hangt van jullie moeder af.'

'Toe...' pleitte Yannis.

'Toe, Rose. We vervelen ons zo als we de hele dag hier moeten blijven,' zei Nico.

'Dank je wel,' zei Rose.

'Zo bedoelde ik het niet,' zei Nico. 'Maar mama slaapt de hele dag en wij moeten dan altijd als muizen op onze tenen lopen.'

Yannis sprong overeind en liet zijn tanden zien. 'Piep, piep,' zei hij. Hij trippelde op zijn tenen de kamer rond.

'Kijk maar,' voegde Nico eraan toe, wijzend op zijn broertje. 'Ik ben het zat om de hele tijd met die mongool opgescheept te zitten.'

'Hé!' zei Yannis, die op zijn broer af sprong en hem aan zijn haren van de bank trok. 'Hé!'

'Mongool.' Nico stond op en draaide zich om om Yannis aan te kijken, hield hem op armlengte afstand, met zijn hand op diens hoofd.

Yannis wilde zijn broer een stomp geven, maar omdat hij een stuk kleiner was kon hij er niet bij. Zijn gezicht was een en al woede en teleurstelling. 'Hufter,' gilde hij.

Nico lachte om de woede van zijn broer, maar toen dook Yannis onder hem door en trof hem in zijn buik.

'Oké, slijmbal. Je hebt er zelf om gevraagd!' schreeuwde Nico terwijl hij zijn broer op de grond duwde.

'Hé daar, jullie,' kwam Rose tussenbeide. Ze was een beetje verbijsterd, waar op Karpathos leerden de jongens deze taal?

De jongens schuifelden door de kamer naar de hoek waar Flossie op haar schaapsvacht lag te kirren tegen de glimmende, mooie speeltjes die aan het mobile bengelden.

'Klootzak,' gilde Yannis en hij haalde met een trap uit naar zijn broer. Zijn voet miste Flossie op een haar na.

'En nu is het genoeg. Ophouden, allebei,' riep Rose en ze snelde toe om de jongens uit elkaar te halen. Dit was erger dan de ergste klas waaraan ze in Hackney les had gegeven. En nog wel in haar eigen keuken.

De twee jongens uit elkaar halen was een heel karwei. Ze mochten er dan uitzien alsof ze van draad en papier waren, ze bezaten een koppige kracht die hen solide maakte. Een onderhuidse energie zorgde ervoor dat ze als gelijmd aan elkaar kleefden.

'Jij gaat hier zitten.' Rose dirigeerde Nico naar de ene kant van de tafel. 'En, Yannis, jij daar.' Ze moest al haar vaardigheden om kinderen in het gareel te houden zoals vroeger op haar werk aanwenden, iets wat bij Anna nooit hoefde. Rose pakte Flossie op en voelde zich onnozel dat ze haar aan een dergelijk gevaar had blootgesteld.

'Even rustig. Vijf minuten stilte om te bedaren.' De jongens zaten naar elkaar te gluren. Rose zat in de leunstoel naast het raam en voedde Flossie, terwijl ze naar hen keek en nadacht.

Ze was van plan geweest de jongens een of twee weken thuis te houden: dan was er tijd om de school te regelen en hen aan

Engeland te laten wennen. Ze had gedacht wandelingen met hen te gaan maken in de heuvels rond het dorp, hun de Britse lente te laten zien en de pasgeboren dieren in de boerderij beneden aan de weg.

Maar misschien, dacht ze na dit gevecht, zou het niet zo werken. Hij had het weliswaar nogal ruw verwoord, maar Nico had wel gelijk: de jongens moesten de tijd gescheiden van elkaar doorbrengen, met andere kinderen omgaan. En de school was de beste plek om daarmee te beginnen. Ze moest ook aan Anna denken, en na wat Rose zojuist had meegemaakt was het misschien voor alle betrokkenen het beste om het Yannis-en-Nico-effect met enkele andere kinderen in te perken.

'Nou, jongens,' zei ze ten slotte, terwijl ze haar pyjama dichtknoopte. 'Ik ben blij dat jullie gekalmeerd zijn. Laten we vanochtend maar naar school gaan; dan zal ik eens met het hoofd praten.'

De jongens juichten, staken hun armen in de lucht en alle vijandschap was vergeten.

'Zal ik mama wakker maken?' vroeg Nico.

'Nee, laat haar maar slapen. Vandaag regel ik het wel.'

'Hoi.' Een slaperige Anna kwam de keuken in gelopen. 'Wat was dat voor lawaai?'

'Het was Nico's schuld,' mompelde Yannis, naar zijn broer kijkend.

'Jij begon, rund!' Nico wierp zich over de tafel, waarbij hij een beker melk omgooide.

'Nou is het genoeg,' zei Rose. Nogmaals zette zij hen apart. Pas toen de jongens weer op hun plaats zaten, zag ze dat Anna, haar tweede ik, het vaatdoekje van het aanrecht had gehaald en heel stilletjes bezig was de gemorste melk op te ruimen.

Toen iedereen klaar was, gingen ze op weg naar school. Het was een vrij koude ochtend na de heldere nacht, dus Rose pakte haar fleece trui, waar Nico weliswaar in zwom, maar die hem tenminste warm zou houden. Yannis droeg de enige warme trui van Anna die niet roze of gebloemd was. Rose maakte in gedachten een aantekening dat ze kaplaarzen voor de jongens moest kopen.

Om naar school te gaan moesten ze de hele tuin door, dan over het land daarachter, om de heuvel heen die er midden uit oprees als een eenzame borst, en naar het dorpscentrum ruim driekwart kilometer verderop. De eerdere schermutselingen waren vergeten en Anna, Nico en Yannis renden vooruit, opspringend om de met dauw beladen takken te pakken, ze te schudden en weg te rennen voor de douche die dat tot gevolg had.

Rose liep achter hen aan met Flossie op haar borst gebonden en zorgvuldig ingepakt onder haar Barbour. Ze keek naar de jongens met hun zondoorvoede gezichten; stakerig en slungelig in hun veel te grote kleren. Ze vergeleek hen met Anna, die er altijd goed uitzag, of ze nu in haar blootje of in haar roze Puffa-jas liep. Haar haar was ongelooflijk dik en glanzend naast de lange pieken van de jongens die Rose eerder geprobeerd had uit te kammen. Ze had zo veel geschreeuw en verzet ontmoet, dat ze het had opgegeven. Als ze naar Nico en Yannis keek, was het woord dat bij haar opkwam: 'verwaarloosd'. Arme, verwaarloosde en ontheemde kinderen.

'Heb je nieuwe kinderen?' Haar buurman Simon kwam aangehold met zijn vaste schare bestaande uit een labrador en twee elfenkinderen. Vaak liep Rose hem op weg naar school tegen het lijf en gewoonlijk liep hij daarna samen met haar terug voor een kop koffie. Hij was schrijver en vervulde de rol van huisman in zijn huwelijk met Miranda, een ambitieuze advocate die hard op weg was om rechter te worden. Rose was erg op Simon gesteld.

'Dit zijn de kinderen van Polly.' Ze riep hen: 'Nico en Yannis, komen jullie eens hier: dit zijn Liam en Effie en hun papa Simon.'

'Kom mee, bomen schudden!' zei Anna tegen de kinderen van Simon. Alleen Nico treuzelde terwijl de anderen weer over het modderige veld holden.

'Hoe heet de hond?' vroeg hij, met over elkaar geslagen armen om te laten zien dat hij te groot was voor dat kleinekinderengedoe.

'Trooper,' zei Simon. 'Hier, gooi deze maar,' en hij overhandigde hem een vieze bal. Nico pakte hem aan en stormde weg met de hond.

'Goeie knul,' zei Simon.

'Ze zijn wat wild,' fluisterde Rose.

'Dus ze is gekomen?'

'Gisteravond.'

'Wanneer heb ik de eer? Ik vind het ongelooflijk spannend,' zei Simon. Toen ze op het toppunt van haar roem stond was hij een grote fan van Polly geweest en vanaf het moment dat Rose van haar komst had verteld, had hij in gespannen afwachting verkeerd. Hij verborg zijn verwachting achter mannelijke ironie, maar Rose keek erdoorheen.

'Ik ben bang dat ze doodop is. Het zal wel een paar dagen duren voor ze zich laat zien. Ik schrok behoorlijk toen ik haar zag.'

'Ze boft met een vriendin als jij, die de fans weghoudt,' grinnikte Simon.

De vooruitgeholde kinderen speelden tikkertje waarbij de hond een centrale rol scheen te vervullen.

'We kennen elkaar al heel lang, Polly en ik – sinds ons zevende. Zie je dit? Bloedzusters.' Rose liet hem het litteken op haar wijsvinger zien.

'Dat heb ik ook gedaan, toen ik zes was of zo,' zei Simon. 'En nu weet ik niet eens meer hoe die jongen heette.'

'Wij deden het toen we zestien waren. Na de verhuizing van mijn ouders,' zei Rose. 'Polly bedacht een heel ingewikkeld ritueel. We moesten lange jurken aan en heel plechtig doen. En ze schreef er speciale muziek voor.'

'Hoe was die?'

'Dat moet je me niet vragen.'

'Op-en-top gothic, tienertijd en sentimenteel.'

'Weet ik. Maar toen leek het vreselijk belangrijk. We hadden zoveel met elkaar opgetrokken, haar moeder was ziek, haar vader uit het gezichtsveld en mijn ouders waren weg, het was echt wij tweeën helemaal alleen. We hadden kennelijk iets nodig om dat alles te onderstrepen.'

Simon pakte Rose' hand en boog zich voorover om het litteken goed te bekijken. 'Best indrukwekkend. Moet een diepe snee zijn geweest.'

'Ja, en die bleef maar bloeden. Haar litteken is veel kleiner.' Ze keek naar de kinderen. 'Yannis, nee!' riep ze toen ze zag dat hij Anna in een greppel duwde.

Ze rende erop af om haar te helpen, maar eenmaal ter plekke zag ze dat Anna schaterde van het lachen.

'Sta op, Anna! Kijk nou, je zit onder de modder.'

'Nou en?' zei Anna. Ze zette het op een lopen om Yannis te pakken te krijgen en het hem betaald te zetten.

'Madammeke,' grapte Simon, die achter Rose aan het veld was overgestoken. 'Dus Polly is er niet best aan toe?'

'Ja. Het lijkt wel of het verdriet haar heeft gekalmeerd. Ze heeft een heleboel aandacht nodig. Ik weet zeker dat we uiteindelijk de oude Polly terugkrijgen. Daar werk ik aan.'

'Daar twijfel ik niet aan,' zei Simon, haar arm aanrakend.

'En die arme jongens,' zei Rose met een blik op Yannis en Nico. 'Die moeten ook wachten tot hun moeder weer terug is. Momenteel hebben ze niets aan haar – ze is te veel in beslag genomen door het verlies van Christos. Het leven is nooit gemakkelijk geweest voor Polly.'

'Ik ken dat soort mensen. Trooper, hier!' Simon draaide zich om om de hond te roepen, die te opgewonden raakte waardoor Yannis ging schreeuwen. Rose werd bijna verblind door de weerschijn van de zon in Simons witblonde haar. Ze zou hem echt snel aan Polly voorstellen. Hij kon goed luisteren en zou haar opbeuren.

Ze waren bij school aangekomen en Rose kuste haar doorweekte, modderige dochter gedag. Toen alle kinderen naar binnen waren, ging ze met de jongens naar Janet Jones, de directrice.

De jongens zaten voor de kamer van Janet met een stapel boeken. Rose kon hen door de glazen deur heen zien en constateerde met genoegen dat ze, in plaats van elkaar in de haren te zitten, verdiept leken in Dorling Kindersley.

Zoals ze al had gedacht, maakte haar staat van dienst voor de school – oudercommissie, schoolkrant, leiding van de rekenclub en zelfs af en toe als er iemand ziek was, illegaal en onbetaald lesgeven als invaller – dat Janet akkoord ging om de jongens gedurende de laatste twee weken voor de schoolvakantie als bezoekers toe te laten, terwijl er een officiële aanvraag voor plaatsing naar het bestuur ging.

'Ik heb nog plaats in groep een en groep vier. Hoe is hun Engels?'

'Perfect. Polly – hun moeder sprak alleen eenvoudig Grieks, dus thuis werd Engels gesproken.' Rose weerstond de verleiding eraan toe te voegen dat het taalgebruik van de jongens veeleer ruw was.

'Nu, het zal de school goeddoen. We zijn nogal monocultureel, en het feit dat ze in Griekenland zijn opgegroeid zal de andere kinderen helpen hun blik te verruimen,' zei Janet. Rose hoopte dat, gezien het gedrag van de jongens die ochtend, het effect niet te verruimend zou zijn, maar ook daarover hield ze haar mond.

'Natuurlijk zou ik zo snel mogelijk hun moeder willen ontmoeten,' zei Janet, terwijl ze Rose de formulieren overhandigde. 'Hoe maakt ze het?'

'Ik neem haar vanmiddag mee,' zei Rose. 'Ze maakt het goed, alles in aanmerking genomen.'

Rose en Janet keken door de raam van het kantoor naar de jongens. Hun gezichten gingen schuil achter hun verwarde haardossen terwijl ze met gebogen hoofden boven hun boeken zaten.

'Arme jongens,' zei Janet. 'We zullen ervoor zorgen dat ze zich hier welkom voelen.'

Rose was blij. Ziezo, dat had ze geregeld.

Negen

De terugweg naar huis liep Rose op haar dooie gemak. Polly zou nog niet op zijn, Gareth was aan het werk en Flossie zat diep in slaap vastgebonden op haar borst, dus ze hoefde zich helemaal niet te haasten. De lucht was uitbundig blauw met kleine witte wolkjes.

Ze vond het heerlijk om naar huis te lopen. De wetenschap dat Anna – en nu de jongens – veilig en tevreden op school zaten, dat Flossie beschut in haar draagdoek sliep en dat het huis nu klaar was en op haar wachtte – verschafte haar een heerlijk gevoel van volledigheid.

Ze dacht terug aan Hackney en hoe ze met Anna vanuit de crèche door afval en hondenpoep naar huis ploeterde. Ze rilde bij de gedachte aan de tunnel waar ze elke keer doorheen moest terwijl haar hart in haar keel bonsde en het kinderwagentje krakend door de smerige plassen spetterde. Eén keer, ze was zeven maanden zwanger van Anna, kwam ze op een donkere winteravond laat thuis van haar werk, toen een jongen met een mes en een uitgeteerd gezicht tevoorschijn sprong. Rose dacht hem te kennen – had hij niet een paar jaar terug in groep zes gezeten? Maar als hij haar al als zijn vroegere onderwijzeres herkende, liet hij het niet merken. Hij wilde haar portemonnee en ze had die meteen gegeven. Het had geen zin te debatteren en een mes in haar lijf te krijgen voor tien pond en een gemakkelijk te vervangen Visa-kaart. Maar haar hart bonkte en Anna, geëlektriseerd door scheuten adrenaline, bewoog wild in haar.

Door de roof veranderde Rose' kijk op de straten in haar buurt volledig. Dat was waarschijnlijk het moment waarop het idee om weg te gaan had postgevat, en nu stond ze hier aan de voet van een belachelijk ronde heuvel die omhoogstak uit het veld onder aan haar grote, ontluikende tuin.

Ze ging naar de bank met het uitzicht; de bank die ze als de hare beschouwde, al was hij eigenlijk gewijd aan een zeventienjarig meisje, Maria, dat in 1985 aan kanker was gestorven. Ze ging zitten en nam het dorp en de heuvels die in de verte achter de vallei oprezen, in zich op. Er hing nog steeds een dunne mist waar de rivier tussen de huizen door slingerde naar de verborgen stad Bath, op zo'n vijfentwintig kilometer afstand.

Terugdenkend voelde ze een zeker medelijden met de jongen met het uitgeteerde gezicht: anders dan zij zou hij waarschijnlijk nooit aan die buurt ontkomen. En wat nog meer telde: het idee, waarop ook gebaseerd, dat hij recht had op andermans spullen zou hij nooit opgeven. Maar hoofdzakelijk, moest ze toegeven, vond ze hem een rotzak, en ze hoopte dat hij inmiddels was opgepakt. Hoe had hij haar in godsnaam met een mes kunnen bedreigen? Ze was zwanger. En het geld dat hij had gepikt had zij met bloed, zweet en tranen verdiend door te proberen klootzakken als hij te redden. De woede hierover deed haar nog steeds beven.

Ze haalde diep adem en voelde hoe haar schouders zich weer ontspanden in hun plattelandspositie. Hier kon ze op de bank zitten, een vrouw alleen, met haar tas, en ze hoefde niet eenmaal achterom te kijken. Ze had haar gezin een toevluchtsoord bezorgd.

En hier zouden ze blijven. De vuiligheid van de stad woog nog steeds op hun schouders, maar hier zouden ze wortelen. Ze wist dat Gareth en zij hier oud zouden worden en het huis aan zouden houden voor hun dochters, ook als die vertrokken waren om hun eigen levens te leiden. Omdat ze zoiets zelf niet had gekend, was dit voor Rose heel belangrijk. Later zouden er kleinkinderen komen, die uitkeken naar vakanties bij Rose en Gareth in dat grote huis op het platteland. Rose zag zichzelf al, met grijs haar, aan het hoofd van de tafel waar ze als een moderne versie van mrs. Ramsay *boeuf en daube* opdiende.

Als de verbouwing helemaal achter de rug was, dacht ze, konden ze misschien een zwembad in de achtertuin graven, al sprak ze daar voorlopig nog niet over met Gareth. Dan kon Andy weer uit Frankrijk overkomen om te helpen en uiteindelijk misschien voorgoed in de Annexe intrekken.

Uiteindelijk. Als Polly ooit vertrok, natuurlijk.

Rose stond op, sloeg zichzelf af en vervolgde haar weg naar huis. Ze wilde een kijkje in de Annexe nemen om te zien of Polly op was.

Ze stond roerloos onder aan de trap naar de studio en hoorde niets. Ze duwde de deur open naar de bijkeuken vol spinnenwebben, die zich op de begane grond pal onder de zit-slaapkamer bevond, liep op haar tenen naar het midden en bleef daar staan luisteren naar de erboven liggende vloerplanken. Niets. Geen enkel geluid. Polly sliep zeker nog.

Rose liep de stenen trap af naar de Lodge en ging naar binnen. Ook dat maakte het wonen hier zo fijn: je hoefde niets af te sluiten. In Hackney had Rose het gevoel gehad in een soort staat van voortdurend beleg te verkeren, met tralies voor de kelderramen, dubbele sloten en een bewegingsgevoelig inbraakalarm. Ze moesten oppassen dat niets van waarde vanaf de straat zichtbaar was. De geluidsinstallatie stond in een kast, onzichtbaar voor voorbijgangers.

Ondanks al deze voorzorgsmaatregelen was er twee keer bij hen ingebroken – de eerste keer, tot hun grote ontsteltenis, toen Rose en Anna boven een middagslaapje deden. Die keer waren de inbrekers op een vuilnisbak gaan staan en hadden het schuifraam op de eerste verdieping, dat Rose op een kier had laten staan, zoals je doet op een hete dag, omhooggeschoven. De tweede keer was de glazen achterdeur ingegooid met een steen en waren sloten en grendels van binnenuit omgedraaid.

Beide inbraken waren het werk van gelegenheidsdieven geweest, en beide keren pikten de inbrekers contant geld uit Rose' portemonnee. De eersten namen ook een spiegelreflexcamera mee die Gareth duidelijk zichtbaar op de tafel in de voorkamer had laten liggen. Bij de tweede keer werd er nog wat meer mee-genomen, waaronder een laptop die Rose tijdelijk van de school te leen had. Dat had heel wat voeten in de aarde gehad. De politie zei dat dit soort inbraken heel veel voorkwamen in hun buurt – hoogstwaarschijnlijk waren de dieven junkies op zoek naar spul-len die ze konden verkopen om snel aan contant geld te komen. In elk geval waren Rose en Gareth verzekerd.

Maar het ergste was het feit dat ze in hun huis kwamen. Rose werd ziek bij de gedachte aan een zwetende, bevende onbekende die haar spullen doorzocht. Nog erger was het bij de tweede in-braak, tijdens hun verblijf in Schotland, waar ze probeerden het min of meer bij te leggen met Rose' moeder, die in een verpleeg-huis zat. Een van de inbrekers had midden op hun keukenvloer een drol gedeponeerd. Volgens de politie gebeurde dat betrek-kelijk vaak – kennelijk een gevolg van de adrenaline. Maar voor Rose was het meer of deze semidierlijke inbreker hun terrein als het zijne had gemarkeerd door er zijn geur aan te geven, er zijn stempel op te drukken. Alsof hij wilde zeggen dat dit allemaal niet meer zomaar van hen was. Als de straatroof de aanzet had gegeven tot hun wens om de stad te verlaten, was dit de druppel geweest.

Na hun verhuizing had het enige tijd geduurd voordat ze hun deuren niet meer op slot deden. Gareth had er minder moeite mee, aangezien hij was opgegroeid in een soort afzondering die je alleen kunt vinden in een land dat zo groot is als de vs. Het huis van Pam en John hád zelfs geen sloten om dicht te doen. Rose had er meer moeite mee. Overdag voelde ze zich weliswaar veilig, maar aanvankelijk kon ze niet slapen tenzij de deuren van de An-nexe op slot en vergrendeld waren. Maar ze maakte vorderingen. Nu ze in het grote huis waren getrokken voelde ze zich op haar gemak met 's nachts alleen de Yale-sloten dicht. Misschien kwam dat omdat ze met Flossie zo vaak op was, zodat ze bedacht kon zijn op inbrekers.

Ze hing haar waxjas aan de haak bij de deur en ging de keuken in. Die zag eruit als de Hackney-flat na de tweede inbraak, zonder de drol. Maar in plaats van door de rotzooi van plunderaars werd ze hier opgewacht door de achtergelaten troep van kleine vechtende jochies. Om tijd te winnen voor ze begon op te ruimen, zette ze een pot thee en ging in een straaltje zon aan tafel zitten om Flossie te voeden, die wakker was geworden.

Ze hadden zich net geïnstalleerd, toen Gareth binnenkwam, een en al enthousiasme na een productieve ochtend in zijn atelier. In een dergelijke staat leek de energie van zijn vingertoppen af te spatten.

'Goeie god, wat is hier gebeurd?' Hij liep naar Rose, kuste haar, streelde Flossies wang, en zette zich vervolgens aan het voorbereidingsritueel voor zijn dagelijkse pot zwarte koffie: het malen van bonen in een antieke koffiemolen van chroom en mahoniehout, die hij in Maine in een antiekkraam langs de kant van de weg had gekocht. Volgens hem was dit de enige manier om koffie te maken.

'De jongens hebben gevochten.'

'Toch geen bloed vergoten, hoop ik?'

'Nee,' zei Rose. 'Alleen havermout.'

'Ze zijn behoorlijk wild opgegroeid,' zei Gareth. Hij had Nico niet meer gezien sinds die twee was, toen Polly en Christos naar Griekenland waren verhuisd. Gisteravond was zijn eerste kennismaking met Yannis geweest.

'Dat komt jou toch niet onbekend voor!' zei Rose. Gareth en Andy hadden thuis onderwijs gekregen; voor Pam en John betekende dat, dat ze vrijelijk konden zwerven door de bossen om hun huis en meestal deden waar ze zin in hadden. Ze bleven hele dagen weg in kampementen die ze zelf hadden opgeslagen. Een officieel leerboek sloegen ze nauwelijks open. Toch hadden ze uiteindelijk meer boeken gelezen en meer van de hen omringende wereld begrepen dan de doorsneemiddelbareschoolleerling.

'Nee, dat soort wild bedoel ik niet. Dat had met vrijheid te maken. Misschien zagen ze een heleboel dingen verkeerd, maar in dat opzicht wisten Pam en John precies wat ze deden. Het is net of deze jochies, ik weet niet, verwaarloosd zijn. Nee, dat is het niet.

Ik bedoel misschien dat ze aan hun lot zijn overgelaten.'

'We gaan Polly niet afkraken,' zei Rose.

'Ik zeg al niets meer,' zei Gareth met zijn handen omhoog en een scheef glimlachje.

'Maar je hebt wel gelijk. Yannis en Nico lijken weinig begeleiding gehad te hebben,' zei Rose terwijl ze Flossie aan de andere borst legde. 'En zeker de laatste tijd.'

Gareth zette het koffieapparaat aan en ging achter Rose staan, keek hoe het vuistje van zijn babydochter tegen haar moeders borst sloeg om meer melk te krijgen. Hij stak zijn hand uit en liet Flossie haar handje om zijn vinger sluiten. Uit haar mondhoek droop melk.

'Heerlijk vind ik dit,' zei hij. Rose voelde zijn erectie in haar rug drukken. Gareth raakte altijd opgewonden als hij haar borstvoeding zag geven. Rose ervoer een vreemd gevoel van dankbaarheid. Het was heel bijzonder: een vertrouwd en intiem, enigszins beschamend geheim dat ze samen deelden.

'Mmm. Ruik ik koffie?'

Rose draaide zich met een ruk om en zag Polly midden in de keuken staan. Gareth trok zich terug en Flossie verloor de tepel; ze begon te huilen. Polly was blootsvoets en droeg alleen een dun, heel oud katoenen nachthemd. Met haar kippenvelborsten en duidelijk zichtbare schaamhaar had ze net zo goed naakt kunnen zijn. Het was, dacht Rose, iets wat Gareth in elk geval al kende van het schilderij van Christos. Hij had het allemaal al eens gezien.

'Kom binnen,' zei ze, Flossie weer aanleggend.

'Ik zal koffie voor je maken. Sterk, zwart, zonder suiker. Ja toch?' Gareth liep naar het fornuis.

'Dat weet je nog goed,' glimlachte Polly. Ze ging aan tafel zitten. Toen pas merkte Rose op dat ze beefde.

'Gareth, kun je mijn kimono even voor Polly pakken?'

'Tuurlijk,' zei Gareth, een kop koffie voor Polly neerzettend. Daarna draaide hij zich om en liep met meerdere treden tegelijk de trap op.

Polly rommelde in de geborduurde tas die over haar schouder hing en haalde een paar bruine medicijnflesjes tevoorschijn, die rammelden in haar beverige hand. 'Hier krijg je ook de rillingen van,' zei ze.

'Wat zijn het?'

'Goddank schrijven Griekse dokters voor wat je maar wilt,' zei ze en ze spoelde een pil uit elk flesje weg met een slok koffie. 'Ik heb wel wat medicijnen nodig om over het ergste heen te komen.' Ze ving Rose' blik op en glimlachte. 'Maak je maar geen zorgen, moeder.'

'Zo bedoelde ik het niet...' Maar Rose wist dat Polly en middelen een machtige combinatie vormden. Ze vroeg zich af in hoeverre die Griekse dokter op de hoogte was geweest van Polly's verleden. Polly was al een grote liefhebber van pillen geweest voordat een en ander destijds uit de hand liep. En ondanks haar frêle uiterlijk was ze tegen de sterkste pillen opgewassen en kon ze hele nachten doorhalen, terwijl Rose allang geveld in een hoek lag. Rose haatte elk hallucinerend middel waarbij ze controle over zichzelf verloor, maar Polly vond ze heerlijk. Ooit had ze gezegd dat ze waarschijnlijk nooit een liedje had kunnen schrijven zonder haar kleine helpers.

'Het zijn een soort antidepressiva. Ze maken dat ik 's ochtends op gang kom, nadat deze' – Polly nam een ander flesje uit haar tas en zwaaide ermee door de lucht – 'me geholpen hebben 's nachts in slaap te komen. Het is allemaal heel uitgebalanceerd, yin en yang. Echt. Ik heb er enorm veel baat bij. Je zult zien, binnen de kortste keren ben ik weer de oude.'

Gareth kwam binnen en overhandigde haar de kimono.

'Dank je wel,' zei ze, en ze sloeg hem om haar knokige schouders. Hij was veel te groot voor haar, maar Rose vond dat de kimono bij Polly glans kreeg, een verhaal. Bij Rose was hij alleen maar een prachtige kimono. Bij Polly kreeg hij een Billie Holiday-allure.

Er viel een stilte terwijl Rose Flossie liet uitdrinken en Gareth, in gedachten, naar zijn mok zat te staren. Polly beefde en bewoog zenuwachtig, keek uit het raam en toen ingespannen naar de vloer.

'Ik moet weer aan het werk,' zei Gareth uiteindelijk en hij stond op.

'Had Christos maar jouw discipline gehad,' zei Polly, met zware oogleden naar hem opkijkend.

'Maar hij heeft ontzettend veel gemaakt,' zei Rose. 'Hij was ongelooflijk productief.'

'Hij was een luie Griek,' zei Polly, terwijl ze met de tand van een vork die nog op tafel lag onder haar nagels peuterde.

Gareth zuchtte en keek Rose met opgetrokken wenkbrauwen aan. Toen streelde hij haar wang met de knokkel van zijn wijsvinger en liep weg, waarbij hij de deur iets te hard dichtdeed.

Rose stond op en legde Flossie weer op haar schaapsvacht. Ze pakte de fruitschaal en zette die voor Polly neer.

Polly pakte een sinaasappel en draaide die in haar handen als een cricketbal.

'Nou, de jongens zijn op school,' zei Rose.

'Dat dacht ik wel,' zei Polly, haar nagels in de sinaasappel zettend om de schil eraf te trekken. 'Dat is fijn. Dank je wel.'

'De directrice zou je graag in de loop van de dag willen spreken. Er moeten wat administratieve zaken worden afgehandeld.'

'Jezus, het lijkt of ik sinds Christos' dood niets anders doe.'

'Sorry,' zei Rose, 'maar het moet gebeuren. Het was ontzettend fideel van Janet om ze vandaag te laten blijven. We gaan er tegen twaalf uur heen, zodat we haar rond de lunch kunnen spreken.'

'Je zegt het maar.' Polly was bezig het wit van de sinaasappel tot het laatste velletje te verwijderen.

'Toe, Polly, je moet ook aan Nico en Yannis denken.'

'Denk je soms dat ik dat niet weet?' Polly smeet de sinaasappel op tafel. 'Denk je soms dat ik dat niet probeer? Jij hebt makkelijk praten, Rose, met dit allemaal – je mooie huis, je knappe man, je schattige kinderen... godsamme.'

'Polly...'

'Uiteindelijk is het voor jou allemaal goed gekomen, nietwaar?'

'Dat is niet eerlijk.' Rose wist verder niets te zeggen.

'Het is hier allemaal zo perfect. De perfecte Rose in haar perfecte huis,' vervolgde Polly. 'Kijk maar om je heen, een Alessiketel, kruiden aan het plafond, een crèmekleurige Aga. Godallemachtig.'

'Hou op,' zei Rose zachtjes. Polly was opgestaan en beende heen en weer door de keuken. Denkend aan het ochtendlijke incident met de jongens ging Rose voor Flossie staan.

'Het was klote, met Christos. Klóte. Weet je dat?' zei Polly. 'Het is nooit wat geweest. Ik heb nooit zoiets gehad als dit en nu – nu heb ik niets.' Ze bleef midden in de keuken staan en keek naar het gewelfde plafond. 'Na alles...' Ze kneep haar ogen stijf dicht en sloeg haar armen om zich heen alsof ze probeerde weer greep op de wereld te krijgen.

'Weet je, hij hield niet van me. Niet echt. Niet zoals – zoals hij.' Ze spuugde de woorden bijna uit terwijl ze naar de deur wees waardoor Gareth was vertrokken. 'Christos wilde alleen maar mijn magie. En als-ie die had, als hij die helemaal had geabsorbeerd, hoefde hij me niet meer.'

Ze draaide zich om naar Rose en keek haar recht in de ogen.

'Jij boft maar, Rose. Jij hebt nooit een speciale macht gehad die van je werd afgenomen. Je zult nooit weten wat dat is. Het was klote met Christos op Karpathos. Klote. En toen ging-ie dood.'

Ik ga me dit niet persoonlijk aantrekken, dacht Rose, en ze probeerde met alle geweld medelijden te voelen.

Polly sidderde, alsof de werkelijkheid haar tanden in haar schedel had gezet.

'Hij is dood, Rose. Hij is echt dood.' Ze haalde diep adem en opnieuw ging er een siddering door haar heen. 'Ik geloof niet dat ik zo door kan gaan.'

Ze vertrok haar gezicht en haar ogen stonden vol tranen.

Dat was precies wat Rose nodig had. Ze liep naar Polly toe en sloeg haar armen om haar heen. Ze hield haar stevig vast en voelde haar in haar armen ineenstorten; enorme huilvlagen schokten door het kleine lichaam.

'Toe maar, Poll,' zei ze. Ze voelde een kleine prikkeling van tevredenheid omdat ze niet was ingegaan op Polly's kritische opmerkingen. Ze had tenslotte rekening te houden met haar verdriet.

'Het komt goed,' zei ze. 'Je komt erbovenop. Jij bent niet kapot te krijgen. Dat weet je toch, Polly? Jij redt je wel.'

Ze drukte Polly weer tegen zich aan, rook de reis in haar haren, het parfum en haar ongewassen geur. Ze streelde haar rug, voelde de ribben en de omtrek van haar bekken onder aan haar ruggengraat. Ze was broos, brak bijna onder Rose' aanraking.

'Dat weet je toch?' drong Rose aan.

'Ik red me wel.'

'Jij redt je wel. Je hebt me overal doorheen geholpen toen we jong waren. En nu ga ik jou helpen, Poll. Ik ben hier om jou te helpen.'

Ze stonden daar een tijdje, totdat de lucht rond Polly was bezonken, tot ze niet meer beefde.

'Doe je dat, Rose?'

Toen ze opkeek, flakkerden, dacht Rose, de groene vlekken in Polly's irissen goud op. Ze legde haar wijsvinger met het litteken naast die van Polly, zoekend naar de groef die paste bij de hare.

'Jij hebt mij geholpen en nu ga ik jou helpen, hoe dan ook.'

'Hoe dan ook?'

Toen de littekens elkaar raakten, voelde Rose de haar vertrouwde kramp in haar buik, iets tussen angst, plezier en opwinding in, het gevoel dat alleen Polly bij haar kon opwekken.

'Hoe dan ook. Het spijt me als ik je onder druk zette,' zei ze, en ze streelde Polly's haar en hield haar gezicht in haar handen. 'Ik zal Janet zeggen dat je vandaag niet kunt.'

'Nee,' zei Polly, 'je had gelijk. Ik ga. Ik moet sterk zijn voor de jongens.' Ze keek naar Rose. 'Je weet toch dat ik zonet gewoon doordraafde? Ik hield van Christos – dat weet je toch? Ik hield ontzettend veel van hem.'

'Dat weet ik. Jullie waren voor elkaar bestemd. Dat kon iedereen zien.'

'En ik mis hem. Ik ben boos op hem omdat hij zo stom was zich dood te rijden.'

'Dat weet ik.'

'En ons alleen achter te laten.'

'Ja.'

Ze gingen iets van elkaar af staan. Rose pakte een zakdoek uit haar mouw en depte Polly's ogen. 'Ga jij nu maar een bad nemen, Polly,' zei ze. 'Gebruik mijn badkamer maar en neem flink wat badolie. Spoel het allemaal weg. Neem alle tijd. En dan gaan we naar school, oké?'

'Goed, Rose, dank je wel,' zei Polly. 'Dank je wel. Ik weet niet wat ik zonder jou zou moeten beginnen.' Ze ging weer dichter bij Rose staan en pakte haar gezicht tussen haar koele, droge handen. Ze trok het naar haar toe en kuste haar op de mond.

Opnieuw voelde Rose die golf binnen in haar, en in haar ogen prikten de tranen.

Polly trok de kimono strakker om zich heen en beklom de trap, langzaam, alsof iedere stap pijn deed.

Rose zuchtte en keek naar haar baby; die lag op de grond naar een zonnestraal op de stenen vloer te kijken.

'Jemig, Flossie. Wat moeten we met haar beginnen?'

Uiteindelijk begon ze dan toch de rommel in de keuken op te ruimen en alles weer op zijn plaats te zetten. Maar eerst at ze de volmaakte, pitloze sinaasappel die Polly op tafel had laten liggen en liet het sap langs haar kin druipen.

Tien

Voor de afspraak met Janet trok Polly alle registers open. Na haar bad waste en borstelde ze haar haar en ze slaagde erin een outfit bij elkaar te zoeken die gescheurd, vuil noch doorzichtig was. Afgezien van haar spookachtige magerte had ze voor een gewone moeder kunnen doorgaan. Rose ging met haar mee naar school, gedeeltelijk voor morele steun, maar voornamelijk om indien nodig eventuele kreukels glad te strijken.

Het gesprek verliep soepel. Polly was op haar best: welbespraakt, charmant en net zo verdrietig als bij haar staat van weduwe paste.

'Op het eerste gezicht passen ze zich fantastisch aan,' zei Janet. 'De andere kinderen lijken erg met hen ingenomen.'

'Het is me een stel,' zei Polly, opstaand en haar hand uitstekend om die van Janet te schudden.

'Bedankt, Janet,' zei Rose.

'Niets te danken. Wat ziet de baby er prachtig uit.' Janet nam Flossies handje, dat ze met veel gevoel voor drama uit de draagdoek had gezwaaid. 'Ik ben zo blij dat je een tweede kleine Anna voor me in petto hebt.'

Ze namen afscheid en liepen door de rumoerige schoolgang die naar schoolmaaltijden en gymschoenen rook.

Op het speelterrein werden de kinderen die thuis lunchten net door hun ouders teruggebracht. Rose voelde de deining die Polly veroorzaakte toen ze over het speelterrein liepen. Al voordat ze beroemd was, had ze met haar aangeboren glamour en knokige gestalte hoofden doen omdraaien. En nu, meer dan een decennium na haar laatste cd, keken mensen nog steeds twee keer naar haar. Ook met haar zo keurig gekamde haar en haar ingehouden kleding was Polly nog altijd een opvallende verschijning die moeilijk te negeren was.

In een poging de uit de ban, waarin Polly de mensen wist te brengen, voortvloeiende onrust te temperen, stelde Rose haar voor aan een aantal mensen als 'mijn oude vriendin Polly van wie de kinderen sinds vandaag hier op school zitten'. Maar het mocht niet baten. Terwijl Polly ter begroeting haar hand uitstak had Rose het onontkoombare gevoel dat ze de koningin voorstelde.

'Ik dacht dat ze me om mijn handtekening gingen vragen,' zei Polly, toen ze over het land terugliepen.

Thuis ging Polly naar de Annexe om te rusten.

'Kun jij alsjeblieft de jongens ophalen, Rose? Ik ben uitgeput,' zei ze, toen ze wegliep.

'Natuurlijk,' zei Rose. Nico was negen en gezien hun grote aantal zou Anna, dacht ze, al snel haar droom zien uitkomen en zouden de kinderen alleen naar huis kunnen lopen. Ze hoefden geen straten over te steken, en het grootste gedeelte van de wandeling ging over open veld.

Ze had het Anna niet verteld in de verhalen over toen ze nog een klein meisje was, maar Rose' ouders hadden haar in Brighton de kortere weg naar school onder de pier door verboden omdat het een beruchte verzamelplaats was van allerlei gure elementen. Rose was ongehoorzaam geweest, en één keer had een man haar gegrepen. Er stak iets hards en paars uit zijn broek en hij had haar hand eroverheen gelegd en die op en neer bewogen. Ze had heel erg hard geknepen en haar nagels erin gezet, zodat hij vloekte en zijn greep had verslapt en dat gaf haar de gelegenheid hem een mep met haar schooltas te geven en weg te rennen. Maar ze kreeg de vieze lucht niet van haar hand, hoe vaak en grondig ze die ook waste. Nog weken daarna had ze nachtmerries waarin hij haar naar haar huis volgde, door het raam naar binnen klom en met zijn vieze hand dat stinkende geval in haar gezicht duwde.

Daarna probeerde ze, althans gedurende enige tijd, een Oppassend Meisje te zijn, en haar ouders te gehoorzamen. Maar haar inspanningen leken altijd averechts te werken en onveranderlijk holde ze de trappen van het logement op om te proberen zich in de badkamer op te sluiten voordat haar vader haar te pakken .

kreeg. Uiteindelijk was ze ermee opgehouden haar best te doen – het resultaat leek altijd hetzelfde, of ze zich nu goed of slecht gedroeg.

Dat was ook de reden waarom ze Anna niet in haar eentje wilde laten gaan. Maar nu Anna twee wilde, ongezeglijke bewakers had, was ze wel veilig, dacht Rose. Nog een voordeel, bedacht ze, van het feit dat Polly, Nico en Yannis een tijdje bleven.

Dit overwegend ging ze even later op weg om de kinderen op te halen. Op de terugweg luisterde ze naar Nico en Yannis' opgewonden gebabbel over hun eerste dag op Anna's school.

'Het is nu ook jullie school,' zei Anna tegen hen, terwijl ze haar schooltas van de ene over de andere schouder zwaaide.

Thuis gaf Rose ieder een glas melk en een plak cake. Vervolgens stuurde ze hen allemaal naar buiten, waar ze een hut begonnen te bouwen op het overwoekerde stukje grond helemaal achter in de tuin. Rose glimlachte bij de gedachte hoe fijn Gareth dit zou vinden.

Om halfzeven stuurde Rose Nico naar de Annexe om Polly voor het eten te roepen. Even later kwam hij terug, alleen.

'Ze ligt in bed, te slapen of zo. Ze zei dat ik maar zonder haar moest gaan.'

'Ik maak een bord klaar dat jij dan even naar haar moet brengen.'

'Nee, laat maar,' zei Nico. 'Ze zegt dat ze geen honger heeft.'

Voor zover Rose wist, had Polly die dag nog niets gegeten. Ze moest haar echt in de gaten houden.

Om zeven uur kwam Gareth uit zijn atelier en ze gingen aan tafel zonder Polly. De jongens werkten hun lasagne naar binnen als uitgehongerde dieren, namen voor de tweede keer en likten hun borden schoon.

Hun eerste dag op school hadden ze als aantrekkelijke exotische verschijnselen doorgebracht: hun Engels met een accent en hun olijfkleurige huid waren iets nieuws op de dorpsschool.

'Yannis en ik gingen rondjes om het schoolplein rennen, en algauw kwamen ze allemaal achter ons aan,' zei Nico.

'De hele school!' zei Anna nog een paar keer voor Gareth.

'Een hele sliert!' zei Yannis en de jongens keken elkaar stralend aan. Anna had zich de hele dag gekoesterd in de roem die op haar afstraalde vanwege het feit dat ze bij de jongens hoorde, en Rose zag dat ze ervan genoot. Heel erg.

'Net een stel debielen,' voegde Nico eraan toe. Toen ebde het gelach weg en hij geeuwde en zei rillend: 'Ik heb het koud.'

'Ja, jullie zijn nog niet aan onze avonden gewend. Het kan behoorlijk fris worden,' zei Rose. 'Nu, opruimen en dan brengen we jullie naar bed. Het is al laat.'

'Thuis mogen we net zo lang opblijven als we willen,' zei Nico.

'Nou, hier gaat dat anders,' zei Gareth, 'en zolang jullie bij ons zijn, doen jullie zoals wij.'

'En jullie moeten wel doodop zijn, van de reis en van de eerste schooldag en zo,' zei Rose.

'Kom, Anna,' zei Gareth, en hij nam haar en Flossie mee naar boven voor hun bad.

Rose zocht lakens en wikkelde ze om de jongens. Ze liep met hen de tuin in naar de Annexe. De hemel was helder en de lucht roerloos. Er hing een vinnige kou in de lucht en de sterren waren als minuscule gaatjes in zwarte zijde.

'Kijk eens,' zei ze, omhoog wijzend, 'de Grote Beer, zien jullie die?'

'Die zagen we thuis ook,' zei Nico. 'Elke avond vanaf ons terras. Maar daar staat hij daar.' En met zijn volslagen eigen astronomische ratio wees hij verder naar het zuiden.

Ze duwde de jongens de trap van de Annexe op, naar de verduisterde kamer boven; op hun tenen liepen ze langs Polly, die ineengedoken op het grote bed lag te slapen. Rose nam hen mee naar de badkamer, waar ze het licht aandeed. Polly, zag Rose, had een douche genomen. De vloer stond onder water, in een hoek lagen natte handdoeken op een hoop en overal lag talkpoeder.

'Waar zijn jullie tandenborstels?' vroeg Rose aan de jongens.

Beiden haalden hun schouders op.

'Waar staan jullie toilettassen dan?'

'Toilettas? Huuu,' giechelde Yannis.

'Ik bedoel jullie toiletspullen.'

Een wezenloze blik was het antwoord. Dus liet Rose hen met hun vingers hun tanden poetsen met de tandpasta die ze had klaargelegd voor hun aankomst. Morgen zou ze warmere kleren en tandenborstels kopen. En pyjama's, want ook die bleken ze niet te bezitten.

Ze stopte hen in de stapelbedden in de kleine slaapkamer die, merkte ze op, voor twee jongens wel erg klein was. Er hing een zwakke vochtlucht die ze vroeger niet had opgemerkt.

Voor ze het licht uitdeed, keek ze glimlachend achterom naar de twee bruine gezichten die van onder de identiek gestreepte dekbedden naar haar staarden.

'Rose?' zei Yannis met een klein stemmetje vanuit zijn nest.

'Ja, Yannis?'

'Ken je ook verhaaltjes?' zei hij. 'Maar geen griezelverhalen.'

'Even nadenken,' zei Rose; ze installeerde zich aan het voeteneinde van zijn bed. Ze hoorde Nico zuchten en zich luidruchtig met zijn gezicht naar de muur draaien. 'Het wordt geen lang verhaal, Nico. Alleen maar om Yannis op z'n gemak te stellen.'

'Maakt me niet uit,' zei Nico.

'Wil je horen hoe jullie moeder en ik elkaar hebben leren kennen?'

'Ja,' zei Yannis.

'Nou, het was een erg regenachtige dag aan zee, waar we woonden, en we waren op school – onze lagere school, die vlak bij het strand stond.'

'Die van ons ook, thuis,' zei Yannis.

'Die van jullie stond meteen aan het strand, hè? Dus tussen de middag speelden jullie daar. Nou die van ons stond midden in een grote stad, en er waren een paar straten tussen de school en het strand, dus dat was heel anders. Die dag was het kil weer en regenachtig, dus iedereen voelde zich niet zo lekker en had het koud. Het was niet als op Karpathos, waar bijna elke dag de zon schijnt.

Enfin, we zaten allemaal aan onze tafeltjes, toen de onderwijzer vertelde dat er een nieuw meisje was. En daar kwam jullie moeder binnen. Ze was broodmager en heel klein, en haar kapsel leek net een bange zwarte kat die boven op haar hoofd zat.'

In het bovenbed liet Nico een schamper lachje horen.

'Ze was door- en doornat en ze leek net een kleine fret met priemende kraaloogjes. En ze droeg iets wat op een paarse tutu leek en zwarte kousen en grote zilveren laarzen waardoor haar voeten leken op die van een hooligan. Iedereen in de klas moest lachen.'

'Niemand heeft mij vandaag uitgelachen,' zei Yannis.

'Nee. Op jullie nieuwe school zijn ze aardig. Maar toen lachte iedereen jullie moeder uit. Behalve ik. Ik stond op en zei: "Mag ze naast mij komen zitten, juf?"

En ik zorgde voor haar. Ik pakte haar hand en zei: "Wij worden hartsvriendinnen." En dat werden we.'

Nico had zich nu weer omgedraaid en luisterde met zijn hoofd uit het bed hangend.

'Die middag nam ik haar na schooltijd mee naar mijn huis. Onderweg stopten we bij haar kleine flat om het haar moeder te vertellen, maar die lag op de bank te slapen, daarom lieten we een briefje achter. Hebben jullie ooit je grootmoeder gezien?'

'Ik, toen ik nog een baby was,' zei Nico, 'maar ik kan me haar niet meer herinneren.'

'Nou, ze was erg mooi. Ze was een model, en toen ze jonger was stond haar foto in een heleboel tijdschriften. Maar in de tijd dat ze jullie moeder had, ging het niet zo goed met haar en kon ze niet goed voor haar zorgen. Dus we gingen naar mijn huis en dronken thee en Polly vertelde me alles over haar leven. Haar moeder en zij waren uit Londen naar Brighton gekomen en daarvoor hadden ze een tijdje in Italië gewoond, en in Marokko. Maar in Brighton bleven ze, omdat haar moeder te moe was om nog ergens anders heen te gaan. En dat was een geluk voor Polly en mij. Als we niet samen op school waren, dan waren we bij elkaar thuis. Mijn huis was een soort hotel en we speelden in de lege slaapkamers.'

'Kunnen we daar naartoe gaan, naar dat huis?' vroeg Yannis.

'O, dat is jaren geleden verkocht,' zei Rose. 'Maar nu hebben we dit huis. En ik hoop dat jullie en Anna net zulke grote vrienden worden als Polly en ik. Maar nou is het welletjes,' zei ze en ze stopte hen beiden opnieuw in en streek hun dekbedden glad. 'Er komen nog meer dan genoeg avonden voor verhaaltjes.'

'Ik kan niet slapen, Rose,' zei Yannis met trillende lippen.

'Ach, lieverd, Yannis, kom hier.' Rose ging naast hem op het bed liggen. Ze wist dat ze Flossie moest voeden, maar ze kon deze arme jongen hier niet alleen in het donker laten liggen. Ze hield hem dicht tegen zich aan en streelde zijn hoofd. Ze wist zeker dat ze de wilde marjolein in zijn haar kon ruiken. In luttele minuten was hij in slaap, rond zijn lippen een kleine glimlach.

Rose stond op. 'Kan ik nu gaan, Nico?' fluisterde ze.

'Slaapt hij?'

'Ja.'

'Ga dan maar, Rose. Ik ben oké.' Hij strekte zijn hand uit en gaf haar een schouderklopje.

Net een kleine oude man, dacht ze toen ze door de grote kamer liep, langs Polly's bed.

'Leugenaarster,' fluisterde Polly vanuit haar bed.

'Wat?' vroeg Rose, verschrikt.

'Zo was het helemaal niet,' mompelde Polly half binnensmonds; ze dook terug onder het dekbed, zuchtte en begon zachtjes te snurken.

Elf

De volgende morgen vroor het hard. Dankzij het bleekgouden zonlicht kraakte het wat minder onder de voeten toen Rose, Flossie, Simon en Trooper op de terugweg van school over het veld naar de Lodge liepen.

'Ik heb gehoord dat ze gisteren nogal wat opschudding heeft veroorzaakt,' zei Simon, zwaaiend met de lunchpakketjes die hij vergeten was aan Liam te geven.

'Hè?' zei Rose, een gierzwaluw die door de lucht vloog volgend. Het was toch nog veel te vroeg voor gierzwaluwen?

'Mevrouw Novak. Ze was het middelpunt van het gesprek bij het schoolhek.'

'O ja. Ach, ze is weer eens wat anders dan jij, denk ik,' zei Rose met opgetrokken wenkbrauwen.

Meestal was Simon de enige vader die zijn kinderen naar school bracht. Dat, plus het feit dat hij lang en blond was en er niet slecht uitzag voor een vader, maakte dat veel moeders een oogje op hem hadden. Hij stond bekend als een flirt, maar Rose schreef dat toe aan het feit dat hij tot het openhartige en vriendelijke soort mannen behoorde wier inschikkelijkheid verkeerd werd geïnterpreteerd door de claustrofobische gemeenschap van moeders die maar weinig hadden om hun aandacht – of hun ogen – op te richten.

Het feit dat Simon en Rose bijvoorbeeld vaak samen het schoolplein verlieten was niet onopgemerkt gebleven, en evenmin dat ze regelmatig samen naar haar huis gingen. Rose vond al dat gedoe en geroddel belachelijk. De Lodge lag op weg naar zijn huis en Simon had vaak genoeg toegegeven dat zijn ochtendplanning er vooral op was gericht het schrijven uit te stellen. Het ergerde haar soms behoorlijk, die begrijpende blikken op het schoolplein.

Sommige mensen leidden een heel bekrompen leventje.

Trooper kwam aanrennen met een bekwijlde stok die Simon weer wegwierp. Hij vloog met een boog door de lucht en kwam aan de andere kant van het veld neer.

'Ik heb haar sinds gisteren niet meer gezien, na het gesprek met Janet,' zei Rose

'Dus de jongens zijn de hele avond bij jou geweest?'

'O, dat vind ik niet erg. Ze zijn op hun manier erg aardig. Ik begin ze echt leuk te vinden en ik zit er eigenlijk over te denken dat het voorlopig handiger zou zijn als ze in het grote huis kwamen – totdat Polly haar eigen zaken weer kan behartigen.'

'Naar wat ik hoorde, zag ze er goed uit,' lachte Simon.

'Dat is alleen maar façade. Ze weet hoe ze indruk kan maken,' zei Rose.

Ze waren bij de ingang van Rose' tuin aangekomen.

'Tijd voor een koffie?' vroeg Simon.

'Nou, vooruit,' zei ze, terwijl ze het hek voor hem openhield.

Rose was blij dat Simon mee naar binnen kwam. Hij bracht iets van de buitenwereld in huis; hij ging geregeld naar Londen om met agenten, uitgevers en journalisten te praten – mensen die behoefte hadden aan zijn werk en wijsheid. Ze vond het heerlijk hem over Soho House en The Groucho te horen vertellen. Het deed haar terugverlangen naar een leven dat ze dacht achtergelaten te hebben toen ze uit Londen wegging. In werkelijkheid had ze, toen ze in Hackney woonde, zich zelden verder gewaagd dan London Bridge. Maar het feit dat Simon connecties onderhield met dat grootsteedse, culturele leven terwijl hij ver van die bewoonde wereld woonde, herinnerde haar aan de mogelijkheden van de plek die Gareth en zij als hun huis hadden gekozen. Wie weet wat Rose voor elkaar zou kunnen krijgen als Flossie eenmaal naar school ging?

Rose was verbaasd Polly in de keuken aan te treffen: ze zat in de leunstoel, met Manky de kat op schoot en een mok koffie in haar hand. Ze droeg een ander nachthemd dan de vorige dag, maar dit was net zo onthullend – een enkellang nauwsluitend rood T-shirt

met een uitgesneden hals die maar ternauwernood de magere tepels die uit haar borst priemden, bedekte. Om haar ogen zaten
kringen en vegen in een combinatie van slaap en make-up van de
vorige dag.

Rose keek naar Simon, die rood werd. Hij behoorde tot de
mensen met een lichte huid die snel blozen. 'Polly, Simon. Simon, Polly.' Hoewel ze blij was dat Polly was opgestaan, ergerde
het haar toch dat een ongenode gast haar ochtendkoffie met Simon verstoorde.

Polly liet de poes los en stak haar hand uit. Nogal verrassend
boog Simon zich en kuste deze. Opnieuw werd Polly als een vor-
stin behandeld. Rose liep naar de andere kant van het vertrek,
haalde Flossie uit de draagdoek en legde haar op haar schaapsvacht op haar vaste plekje in de ochtendzon.

'Ik zie dat je de kennismaking met Manky hebt hernieuwd,' zei
ze tegen Polly.

'Hè?' zei Polly.

'Manky. Je herinnert je Manky toch nog wel? Hij was eerst van
jou.'

'De poes? Mijn god, ik had er niet eens aan gedacht – hoe oud is
hij nu?'

'Ongeveer dertien. Begint een beetje oud te worden. Weet je
nog dat Christos hem voor je had genomen? Toen je uit het ziekenhuis kwam. Arme ouwe Manky. Ik moet een keertje met hem
naar de dierenarts – er is iets met zijn tanden.'

Polly keek naar de poes die net Trooper in de gaten had gekregen en van haar schoot sprong, waarbij hij zijn nagels in haar
been klauwde.

'O, auw,' zei Polly met een klein stemmetje.

'En ik nam hem over toen jullie naar Griekenland gingen, weet
je nog?'

'Ja.' Polly verborg haar gezicht in haar handen. Zo stonden ze
daar enkele seconden, terwijl Simon steeds roder werd.

'Sorry,' zei Polly ineens, ze legde haar handen op haar dijen,
haalde haar schouders op en keek hen beiden glimlachend aan.

Toen stond ze op. 'O, wat zie ik eruit,' zei ze, met haar handen geheven als Shirley Bassey. 'Ik verwachtte niemand. Wil iemand koffie?'

'Ja, graag,' zei Simon.

'Dank je wel, Polly, maar ik zet thee voor mezelf. Simon, ga zitten,' zei Rose, die druk in de weer was met de ketel. 'Trek in een brownie?'

'Ja, graag, Rose.' Simon installeerde zich aan de keukentafel. 'Polly, ik ben een grote fan,' zei hij.

'Dank je,' zei ze terwijl ze de koffiehouder in het apparaat schoof.

'Jij was de muziek waar ik als twintiger naar luisterde,' zei hij tegen haar.

'Ik heb wat nieuw materiaal geschreven. Misschien speel ik dat wel eens voor je; geef ik jou het eerste optreden,' zei ze.

'Dat zou een grote eer zijn,' zei Simon, zijn ogen in de hare.

'De kinderen van Simon zitten in dezelfde klas als Yannis,' zei Rose, en ze legde een brownie neer voor Simon. 'Hij is schrijver en hij is getrouwd met Miranda, een zeer mooie, invloedrijke advocate.'

'Ik denk niet dat zij zichzelf zo zou beschrijven,' protesteerde Simon.

'Wat schrijf je, Simon?' vroeg Polly en ze zette een kop koffie voor hem neer terwijl ze tegenover hem ging zitten.

'Hoofdzakelijk romans. En af en toe een stukje voor de krant.'

'Hij doet bescheiden,' zei Rose. 'Simon is een vooraanstaand schrijver van misdaadromans.'

'Niet echt, ik...' sputterde hij tegen.

'Ik zou heel graag je boeken lezen,' zei Polly, voorover leunend, zodat haar borsten tegen elkaar werden gedrukt tot iets wat op een decolleté leek.

'Ik zal er eentje langsbrengen,' zei Simon.

'Jullie kunnen elkaars fanclub zijn,' zei Rose en ze nam een hap van een brownie die ze niet van plan was geweest te eten. 'Hoe gaat het met mooie Miranda?' vroeg ze, slikkend, aan Simon. 'Ik heb haar in geen tijden gezien. Jullie moeten gauw eens komen eten.'

'Heel graag. Momenteel zit ze doordeweeks in Londen, op een langdurige zaak. Een gecompliceerde bedrijfsfraude. Ontzettend saai, maar zij lijkt het fascinerend te vinden.'

'Ze boft maar dat ze jou heeft,' zei Rose. 'Ik bedoel, om op de toko te passen.'

Op dat moment kwam Gareth de keuken binnen. Hij ging al naar zijn atelier zodra het dag werd – zijn beste tijd, zei hij altijd. Hij begon er weer in te komen. Als altijd kende Rose geen details, maar hij was, had hij gezegd, bezig met een serie tekeningen, diagrammen zoals hij ze noemde, die uitgingen van de kleuren en vormen van het omringende land.

De avond tevoren hadden Rose en hij gevreeën – de tweede avond achtereen, hetgeen ongebruikelijk was – en na afloop had hij gezegd dat volgens hem hun grote levensexperiment, zelfs na de komst van Polly en de jongens, beter verliep dan gepland. Rose had zich stevig tegen hem aan gedrukt.

'Hoi, Simon, hoe gaat het?' Gareth liep naar Rose en kuste haar op haar wang. 'Ik snak naar een kop koffie.'

'Ga zitten, ik schenk je in.' Ze sprong overeind.

'Nou, wie boft hier?' knipoogde Simon naar Rose.

'Ik kan beter naar de Annexe gaan en een douche nemen,' zei Polly, haar armen boven haar hoofd uitstrekkend, katachtiger dan Manky ooit had gepresteerd.

'Ik loop zo ver met je mee,' zei Simon en hij stond op. 'Dag, Rose, Gareth. Bedankt voor de koffie en de brownie. Was heerlijk.'

'O, nou goed dan. Dag,' zei Rose, met Gareths kop in haar hand.

'Dat was kort,' zei Gareth, toen ze de voordeur uit waren.

Ze keken door het keukenraam hoe Simon en Polly langzaam door Rose' kruidentuin liepen. Polly bleef staan en plukte een aar van een bos lavendel – Rose had ze er voor de winter aan laten zitten – en wreef die fijn tussen haar handen. Ze hield haar hand tegen Simons gezicht en hij ademde de geur op.

'Wat een nest,' mompelde Gareth.

Rose ging naast hem zitten en keek uit het raam. 'Hij is een grote jongen,' zei ze, 'hij kan voor zichzelf zorgen.'

'Dat vraag ik me af,' zei Gareth. 'Simon staat niet bekend om zijn discretie.'

'Ach, niets dan roddel en achterklap,' zei Rose. 'Ik haat dat.'

Zwijgend dronken ze van hun koffie en thee, keken naar de gloed over de tuin die, in de stenen omlijsting van het venster, opwarmde in de zonneschijn.

'Rose?'

Ze voelde Gareths hand die zacht over haar schouder bewoog en draaide haar gezicht naar hem toe.

'Ja?'

'Wat hou ik toch van je,' zei hij.

En ze kusten elkaar in het felle zonlicht.

Twaalf

Toen Gareth zijn koffie ophad, keerde hij terug naar zijn atelier en liet Rose en Flossie alleen in de keuken, die een ogenblik lang te leeg leek. Rose zette de radio aan en begon de ontbijtboel en koffiespullen op te ruimen met op de achtergrond een discussie in *Woman's Hour* over de vraag of de moderne vrouw alles kon hebben.

De poes kwam en schurkte zich tegen haar benen.

'O, Manky,' zei ze. 'Ze had je niet eens herkend, hè? Wat erg voor je.'

Later ging ze met Flossie naar Tesco voor tandenborstels, pyjama's, fleece truien en kaplaarzen voor de jongens. Ze kocht ook een hele stapel jongenstijdschriften, een doelnet, een voetbal en een paar enorme waterpistolen.

Voordat ze de auto uitlaadde, klopte Rose op de deur van de Annexe om te horen of Polly er was. Er kwam geen antwoord. Ze ging naar het huis om te kijken of ze daar was, maar zonder resultaat. Even wist Rose niet wat te doen: ze had de verhuizing van de jongens eerst met Polly willen bespreken. Maar, dacht ze, ze bewees hun allemaal een dienst, dus ging ze door en ruimde de extra slaapkamer toch maar uit. Ze maakte de bedden op, maakte een paar planken leeg en hing in plaats van Gareths cerebrale schilderijen twee van Christos' kleurexplosies op.

Toen ze met de kinderen uit school thuiskwam, stuurde ze hen naar de Annexe om de spullen van de jongens te halen.

'Was mama er?' vroeg ze aan Nico, toen de drie, beladen met het speelgoed en de boeken die ze enkele dagen eerder daarheen had gebracht, terugkwamen.

'Ja, maar ze ligt te rusten.'

'Sliep ze?'

'Nee, ze rust gewoon uit. Maar jullie krijgen wel de groeten.'

'Aha.' Rose hielp de jongens hun bezittingen een plaats te geven. Algauw was de vrij naakte gastenkamer veranderd in een echte jongenskamer.

'Super!' zei Yannis.

Rose pakte de nieuwe laarzen en kleren die ze bij Tesco had gekocht en gaf ze aan de jongens om ze te passen. Alles paste prachtig, hoewel Nico zei dat hij zijn nieuwe fleece trui niet mooi vond; die was, verklaarde hij, stom. Hij ging in een hoekje van de keuken halfhartig zitten mokken.

'Hebben jullie zin om de kippen te voeren?' zei Anna. Dat was haar dagelijkse taak. Ze was dol op de kippen en beschouwde ze als haar eigendom.

'We kunnen zien of ze eieren hebben gelegd,' ging ze verder. 'Maar ik denk niet dat Peck ons in de buurt laat komen. Ze is broeds.'

'Ja, goed.' Yannis sprong op. Nico kwam erachteraan – opnieuw te onverschillig om belangstelling te tonen, maar ook niet in staat achter te blijven.

Terwijl de kinderen de levende have voerden, ging Rose met haar schep naar de kruidentuin aan de voorkant van het huis, met de bedoeling een oogje op de Annexe te houden om te zien of Polly opstond.

Dit gedeelte van de tuin had Rose heel wat problemen bezorgd. Voor de verbouwing was het een steile helling geweest. Vervolgens hadden Rose, Gareth en Andy een week gespendeerd aan het aanleggen van terrassen die via stenen treden naar de voordeur van het hoofdhuis leidden. Als je per auto aankwam, wat onveranderlijk het geval was omdat de meeste tochten, afgezien van die naar school, een auto impliceerden – parkeerde je bij de Annexe en liep je via de stenen treden naar de Lodge.

Aanvankelijk had Gareth hier niet veel voor gevoeld. Gesteund door Andy had hij geopperd dat het heel vervelend zou zijn de boodschappen al die treden naar beneden te moeten sjouwen. Getweeën hadden ze een hele avond al bier drinkend een plan uitgedacht om tonnen aarde te verslepen voor een oprit naar het huis. Een van Gareths schetsboeken stond vol met diagrammen en lijsten.

Wanneer ze zo samen bezig waren, kon Rose zien dat de twee jongens uitsluitend in elkaars aanwezigheid waren opgegroeid, mijlen van alles vandaan. Het was verbazingwekkend hoeveel ze op elkaar leken. Ze waren opgevoed om voor zichzelf te kunnen zorgen en reageerden beiden op een gedegen praktische manier op alles wat het leven eventueel voor hen in petto had. Andy had haar verteld dat Gareth en hij eens een feesthut hadden gebouwd: een blokhut met twee kamers aan de rand van het land van Pam en John. Ze hadden een deel van het bos omgehakt en de bouw gemodelleerd naar de door hen gekapte bomen. Wat een verschil tussen de tienerjaren van Gareth en Andy en de dronken, luie tijd die Rose en Polly in Brighton hadden doorgebracht, waarin ze op het strand drugs gebruikten en met jongens op banken hingen.

Ondanks haar bewondering voor hun manier van werken, had Rose hartstochtelijk gepleit tegen hun pragmatische oprit. Ze zei dat ze de auto los van het huis moesten zien. Ze wilde aan het aanrecht staan met uitzicht op een tuin, niet op een oprit. De achtergrond van dat uitzicht werd gevormd door de Annexe, en de auto kon daarachter schuilgaan. Het was misschien wat anders als ze een prachtige oude Saab hadden, of een Maserati. Maar de aanblik van hun grote oude Galaxy zou alleen maar deprimeren.

Daar konden de mannen niet tegenop, dus was Rose, nu de beslissing in haar voordeel was uitgevallen, wel zo wijs om nooit, maar dan ook nooit te klagen of om hulp te vragen wanneer ze boodschappen voor een hele week over de treden naar het huis moest zeulen.

En ze was dol op de kruidentuin, die lag waar anders de oprit was geweest. De ruimte en de gelegenheid om alle mogelijke esoterische variëteiten van tijm en lavendel te kunnen kweken, verschaften haar een gevoel van opwinding. Ze genoot ervan om, terwijl de kinderen de kippen voerden, daar wat te verpozen, hier en daar in de aarde te wroeten en het jonge onkruid dat al zo vroeg in het jaar zijn kop opstak uit te trekken. Flossie zat naast haar in het autozitje en kirde in de zonneschijn.

Rose hoorde hoe de kinderen vanuit de achtertuin naar de zijkant van het huis stommelden, naar de stenen tafel en banken naast de pizzaoven. Daar telde Anna elke dag haar eieren.

'Mijn papa is dood,' zei Nico.

'Ja, ja, dat weet ik,' zei Anna. 'Nou ben ik de tel kwijt.'

'Maar hij komt misschien terug,' kwebbelde Yannis; Rose' hart kromp ineen.

'Nee, dat komt-ie niet, malaka,' zei Nico.

'Welles.'

'Maar mijn moeder is beroemd. En ze is mooi en dun,' ging Nico verder.

'Nou, mijn mama is ook mooi,' zei Anna, Rose' kleine loyale meid.

'Enne, mijn mama is heel dapper. Soms heeft ze hier en hier sneetjes die bloeden,' pochte Yannis.

'Hou je kop, Yannis,' siste Nico.

'En mijn yaya is een heks, want ze zegt dat mama papa heeft vermoord,' voegde Yannis eraan toe.

'Dat zegt ze niet,' zei Nico met stemverheffing.

'Welles. Ik heb het gehoord en toen zei mama tegen yaya dat zíj een heks was.'

'Yaya bedoelt niet dat mama papa echt heeft vermoord,' zei Nico.

'Welles. Ik heb het zelf gehoord.'

'Nietes... en je moet je kop houden, Yannis,' gilde Nico en toen klonk er gekraak en een snik van Anna.

'MAM!' gilde Anna.

Rose kwam net op tijd om Nico van zijn broer weg te trekken. Hij schreeuwde, Yannis huilde en overal lagen kapotte eieren. Anna stond er verbouwereerd bij.

'Nu is het genoeg,' zei Rose en ze hield de jongens op armlengte uit elkaar, zich onderwijl afvragend hoe ze dit ging oplossen.

Toen zag ze vanuit haar ooghoek de vos tevoorschijn sluipen, tussen de appelboom en de perenboom helemaal achter in de tuin.

'Anna, zijn de kippen binnen?'

'Ja, natuurlijk,' zei Anna die Rose' blik volgde. 'O, Foxy!'

'Kijk,' fluisterde Rose, en ze sloeg om iedere jongen een arm. 'Zien jullie dat?'

'Gaat-ie de kippen niet opeten?' vroeg Yannis.

'Niet als ze binnen zijn. Ze hebben een ren die tegen vossen bestand is. Wij houden van onze vos,' zei Rose. 'We zullen deze kapotte eieren voor hem achterlaten zodat hij ze kan opruimen als we weg zijn.'

'De meeste mensen op het platteland haten vossen, maar wij vinden hem sterk en trots,' voegde Anna eraan toe, en ze gebruikte precies dezelfde woorden die Rose had gebruikt toen ze hem de eerste keer hadden gezien, enkele weken nadat ze in het huis waren getrokken.

De kinderen staarden naar het grijsachtige dier. Rose had als theorie dat hij min of meer de tuin had overgenomen toen de Lodge leegstond. Ondanks de kippen was ze blij met zijn aanwezigheid, omdat hij de konijnen weghield. Of, wat waarschijnlijker was, de konijnen binnen de perken hield. Ze dacht er liever niet te veel bij na.

'De arme oude vos wordt door mensen gehaat en verjaagd,' zei ze tegen de jongens, 'maar voor hem is onze tuin een veilige plek in de vijandige wereld.'

'En we houden van hem,' straalde Anna.

Nou, je hebt je buit deze middag dubbel en dwars verdiend, meneer Vos, dacht Rose. De twee jongens waren hun gevecht vergeten en stonden als aan de grond genageld terwijl hij langzaam over het grasveld bewoog, zich volkomen onbewust van hun aanwezigheid.

'Kom, we gaan eten maken,' zei Rose uiteindelijk. 'Nico, wil jij alsjeblieft Flossie naar binnen dragen,' vroeg ze; de taak was een geschenk, een bewijs dat ze hem vertrouwde nadat ze hem zo hardhandig van zijn broer had moeten wegtrekken.

Binnen gaf Rose de kinderen opdrachten om mee te helpen met het bereiden van de maaltijd – een gebraden lamsbout verwerken tot een pastei –, wat inhield dat er in potten moest worden geroerd, deeg moest worden uitgerold en als versiering blaadjes en initialen moesten worden uitgesneden. Het was heel wat ingewikkelder en kostte meer tijd dan iets braden, vooral met een brigade onervaren chefs, maar Rose geloofde heilig in de helende kracht van de keuken.

Algauw sneed Nico het vlees in kleine dobbelsteentjes en haalde het vet ervanaf; Anna bakte uien en Yannis kneedde boter in de bloem met net gewassen handen.

'Oef... wat is het hier heet,' zei Rose en ze gooide het keukenraam open. Het was waar, de vroege maartzon bezat die middag een vreemde intensiteit.

Toen de pastei in de oven stond, liet ze de jongsten koekjes snijden uit het overgebleven deeg terwijl Nico en zij een paar piepers jasten.

'Nou, Nico,' zei ze. 'Hoe was je tweede schooldag?'

'Best,' zei hij, 'behalve dat...'

'Behalve wat?' vroeg Rose.

'...een paar kinderen de pik op me hebben.'

'Waarom?'

'Ze zeggen dat ik raar praat.'

'Wie zeggen dat je raar praat?'

'O, een paar kinderen uit mijn klas. Maar het zijn toch imbecielen.'

'Hoe heten ze?'

'Nee, laat maar.'

Rose noteerde in gedachten dat ze er de volgende ochtend zijn onderwijzer op moest aanspreken.

'En hoe vind je het bij ons?' ging ze door.

'Goed hoor.'

'Alleen maar goed?'

'Ja,' zei hij, knikkend en fronsend boven de aardappel die hij langzaam schilde tot er niets van overbleef.

'Volgens mij is deze zo wel goed.' Rose pakte de aardappel af en gaf er een ongeschilde voor in de plaats.

'En hoe gaat het met je moeder, denk je?'

'Best.'

'Ja?'

'Ja, nou ja... ze is verdrietig. Om papa.'

'Natuurlijk is ze dat.' Rose legde haar aardappelschilmesje neer en boog zich voorover, in een poging hem in de ogen te kijken. 'Weet je, het is normaal om verdriet te hebben als iemand van wie je houdt, doodgaat.'

'Dat weet ik,' zei hij, zijn ogen op zijn werk gericht.

'En jij... ben jij verdrietig, Nico?' vroeg ze.

'Ik...' Hij keek op, over haar schouder, en over zijn gezicht trok een zweem van iets wat Rose niet kon definiëren – was het angst?

Ze draaide zich om en zag hoe Polly rillend voor het open keukenraam stond en haar recht aankeek. Haar zwarte haar stond wijduit, zodat haar gezicht klein en onduidelijk was. Ze droeg weer het witte, lange, half doorzichtige nachthemd. Het viel Rose op dat het er in het zonlicht een beetje rafelig uitzag, met vlekjes die op opgedroogd bloed leken. Polly's ogen waren roodomrand en bloeddoorlopen. Maar haar stem klonk rustig toen ze sprak. 'Natuurlijk is hij verdrietig... nietwaar, Nico?'

De jongen knikte zwijgend.

'We zijn allemaal verdrietig, Rose. Onze hele wereld is ingestort, voor het geval je dat niet was opgevallen.' Toen, in een oprisping van energie die diep uit haar kwam, riep ze: 'God!'

De kinderen stopten met waar ze mee bezig waren en keken geschrokken op. Aan de andere kant van de keuken viel een mes van de magnetische houder met een metalig gekletter op de stenen vloer. Rose huiverde en knipperde met haar ogen. Ze dacht snel na, kreeg zichzelf weer onder controle en klapte in haar handen.

'Oké, jongens, waarom gaan jullie niet naar *The Simpsons* kijken? Nico en Anna, letten jullie even op Flossie?' Ze duwde hen de televisiekamer in en drukte Yannis de afstandsbediening in handen, die het apparaatje aannam als een schat die hem werd toevertrouwd.

Rose haastte zich het huis uit naar waar Polly nog steeds stond, die nu naar de Annexe keek, haar vlekkerige nachthemd fladderend in de bries.

'Kom, Polly, we gaan naar je kamer en zetten een kop thee. We gaan er even bij zitten.'

'Jij denkt altijd dat je dingen kunt goedmaken door iemands maag vol te stoppen, hè?' zei Polly.

'Ik weet het,' zei Rose terwijl ze haar arm in die van Polly haakte. 'Maar weet je, ik ben echt toe aan een kop thee. Kom mee.'

Rose nam Polly bij haar pezige, donzige arm en voerde haar over de stenen treden naar de Annexe. Polly's huid voelde ruw aan, als droog papier. Maar ze liet zich gewillig, zonder veel verzet, meevoeren.

'Het spijt me dat ik het vandaag zo druk had,' zei Rose. 'Ik had wat tijd met jou willen doorbrengen, maar ik moest boodschappen doen. Ik ben eerder bij je wezen kijken, maar ik denk dat je nog sliep. Het moet heel lang geleden zijn dat je wat tijd voor jezelf had zonder voor de jongens te hoeven zorgen.'

'Ja.' Polly trok haar arm uit die van Rose en sloeg hem om haar dunne lijf. De zon ging onder achter de Annexe en de schaduwen lengden en verrieden de ware kilte van de bries. Ze bleven onder aan de houten trap staan die naar de zit-slaapkamer voerde.

'Kom nog even niet binnen,' zei Polly tegen Rose. 'Geef me een paar minuutjes, ja?'

'Natuurlijk,' zei Rose. Ze wachtte tien minuten en hoorde hoe Polly boven in de weer was, dingen verschoof, afpoetste en uitklopte. Ze hoorde de kraan een tijdje lopen, de wc doorspoelen. En toen kwam Polly, buiten adem, weer naar de deur. Door het werken leek haar humeur opgeknapt.

'Sorry hoor, de jongens... die maken zo'n troep!' zei ze.

Maar die zaten de hele dag op school, dacht Rose. Toen ze de trap op liep, werd ze overvallen door een overweldigende naar amber geurende vleug van Polly's parfum, die onmiskenbaar in het vertrek was gespoten. Maar waarom? Wat had ze te verbergen?

'Ik ga water opzetten,' zei Polly, en ze liep naar de kookhoek. Rose ging aan tafel zitten.

Ze had geen flauw benul wat Polly had opgeruimd. De kamer was een grote rotzooi, het bed niet opgemaakt, verkreukeld, de lakens weggetrokken. En overal verspreid lagen kleren en ondergoed alsof de open koffer in het midden zijn inhoud in een cirkel van 360 graden had uitgespuugd. Polly's gitaar zat niet in de hoes en de tafel was bedolven onder vellen geel papier, allemaal bedekt met kleine krabbels en tekeningen, kruisen en hiërogliefen. Rose had dit vele malen eerder gezien en ze wist wat dit betekende.

'Je bent aan het schrijven.' Ze keek Polly aan.

'Wat? O ja,' zei Polly, en ze haastte zich de papieren bijeen te schuiven alsof ze ze niet eerder had opgemerkt. Ze kwakte alles op het bed en trok het dekbed eroverheen. 'Het is een van mijn manieren om ermee om te gaan, weet je.' Ze ging op het bed zitten, op de papieren.

'En wat zijn de andere?' vroeg Rose; Polly was kennelijk vergeten dat ze bezig was thee te zetten en Rose stond op om het van haar over te nemen.

'O, dat wil je niet weten, juf Rose.' Polly lachte en Rose lachte mee, maar Polly bleef iets langer lachen dan nodig of normaal was totdat er niet meer dan een mechanische klank uit haar keel kwam.

Rose schonk melk in de kommen en drukte er voorzichtig een in Polly's handen.

'Polly, gaat het echt wel?'

'Eerlijk zeggen?' vroeg Polly; ze nam een slok van haar thee en trok een gezicht. 'Ik ben er beter aan toe geweest. Maar geef me wat tijd, oké?'

'Natuurlijk,' zei Rose. 'Je hebt alle tijd van de wereld.'

'Het komt wel goed,' zei Polly en ze begon haar hete thee te drinken als betrof het een taak die ze zichzelf had opgelegd. Toen de kom leeg was, zette ze die op de grond en keek naar Rose, die weer aan tafel was gaan zitten.

'Luister eens, Rose,' zei ze. 'Ik ben je echt dankbaar voor alles wat je voor me doet, echt waar. Maar... maar je moet niet denken dat je me kunt helpen door te praten, gezellig te kletsen met mij of met de kids. Zo werkt het niet. Daarmee kun je niet oplossen wat we hebben doorgemaakt. De enige manier die werkt is de mijne. En ik doe de dingen anders dan jij. Heb ik altijd al gedaan. Dus denk alsjeblieft niet dat het allemaal goed komt met wat woorden en borden met eten, want zo werkt dat niet. De waarheid is dat niets Christos terugbrengt; dat is waarmee wij – de jongens en ik – te maken hebben. En hoe zul jij ooit kunnen weten wat dat voor ons betekent? Dus alsjeblieft, hou daarmee op.'

Rose keek naar de vloer en liet langzaam haar adem ontsnappen. 'Goed,' zei ze.

'Ik weet dat je voor iedereen wilt zorgen, Rose. En allebei weten we precies waarom.'

Rose' adem stokte, geschokt bij Polly's laatste woorden.

'Maak je geen zorgen, Rose,' ging Polly verder. 'Maar reageer het alsjeblieft niet op mijn kids af.'

Rose stond op, draaide zich om en liep weg. Haar knieën trilden, merkte ze. Boven aan de trap keerde ze zich nogmaals om naar Polly en ze forceerde een glimlach.

'Eet je mee?' vroeg ze. 'De kinderen hebben een pastei gemaakt.'

'Ja, ja,' zei Polly, die haar armen om zich heen sloeg en Rose' blik ontweek.

'Om halfacht. Kom niet te laat, alsjeblieft. Die pastei wacht niet.'

'Ja. Prima,' zei Polly en ze stond op om de deur achter Rose te sluiten.

Rose keek nog een laatste maal rond in de kamer die ze met zo veel zorg had ingericht voor Polly's komst en die er nu uitzag alsof er een blind paard doorheen was gestormd. Nu pas zag ze op het tafeltje naast het bed een gloednieuw exemplaar van Simons laatste roman liggen.

Polly volgde haar blik. 'O, die kwam Simon me rond lunchtijd brengen, zodat ik hem kan lezen. Ziet er best goed uit,' zei ze. Ze keek weer naar Rose.

'Het is ook een goed boek,' zei Rose, haar recht in de ogen kijkend. 'Je zult het echt mooi vinden.'

Toen draaide ze zich om en ging terug naar de Lodge, zorgvuldig haar stappen tellend.

Dertien

Onder leiding van Anna hadden de kinderen besloten van de maaltijd een grote gebeurtenis te maken. Ze hadden de tafel gedekt met een wit linnen kleed en het beste servies. Achter in de tuin hadden ze narcissen geplukt en die in een vaas als pièce de milieu neergezet. Om het geheel te vervolmaken staken ze, met hulp van Rose, twee kandelaars aan die ze elk aan één kant van de tafel zetten.

Gareth kwam uit zijn atelier op het moment dat de kaarsen werden aangestoken, overzag het feestelijke gebeuren en verklaarde dat dit de meest speciale maaltijd van het jaar ging worden, een fles champagne waardig uit de kist die hij voor zijn veertigste verjaardag van Andy had gekregen.

Hij liet de kurk door de kamer knallen, en de kinderen vingen de overschuimende champagne op in kleine glaasjes die ze omhooghielden om te proosten. Hun enthousiasme was aanstekelijk en ontdooide het stukje van Rose' hart dat nog steeds bevroren was van eerder, zodat, toen Polly eindelijk kwam – te laat natuurlijk – ze in staat was haar aan te kijken.

En dat was een hele aanblik. Polly droeg een lange, zwarte, schuin uitgesneden jurk en haar haar opgestoken in een nonchalante knot. Rode lippenstift deed haar iets te grote mond bloeien als een roos, en onmogelijk lange mascarawimpers omzoomden haar bleke wangen. Rose kon niet anders dan vinden dat ze er prachtig uitzag, als iemand uit een roman, als *La dame aux camélias*. Ze trok haar eigen versleten en pluizige vest strakker om zich heen en vroeg zich af hoe een koffer zo veel verschillende outfits, zo veel verschillende Polly's kon bevatten.

In tegenstelling tot Rose leek Polly volledig vergeten wat er in de Annexe was gebeurd. Ze maakte haar entree en bij het zien van de prachtige tafel, nam ze Rose' hand en kuste haar, eenmaal op elke wang. Ze ging naar Gareth en herhaalde het gebaar, vervolgens liep ze naar de kinderen en schudde hun plechtig de hand, een voor een.

'Dit ziet er fantastisch uit,' zei ze; haar gezicht gloeide in het kaarslicht. 'Wat hebben jullie allemaal hard gewerkt.'

De kinderen glimlachten, schokschouderend van trots. Rose en Anna dienden op.

'Wat een heerlijke pastei,' zei Polly, terwijl ze van haar portie peuzelde. En heerlijk was die. Al hadden de kinderen in hun enthousiasme het deeg te veel gekneed, de korst was toch luchtig en bros, de vulling van lamsvlees en groente sappig en mals.

Rose keek naar Polly. De ontboezeming in de Annexe van zojuist moest haar goed hebben gedaan, want ze was in uitstekende vorm. Nou ja, als ze zich daardoor beter voelde, moest het maar, dacht Rose.

Polly vroeg de jongens naar hun schooldag. Ze sloeg zelfs een arm om Yannis terwijl ze wachtten tot Rose, Anna en Nico het dessert, bestaande uit met dadels gevulde gebakken appels, opdienden. In de armen van zijn moeder, leunend tegen haar borst, had de kleine jongen de opgeluchte blik van een overlevende die van een zinkend schip was gered.

Polly zag er, met haar arm om haar zoon, bijna gelukzalig uit, dacht Rose, terwijl ze custard in een kom lepelde.

'Hoe gaat je werk, Gareth?' vroeg Polly, waarbij ze haar stralende aandacht op hem richtte.

'Ik begin erin te komen,' zei hij. 'Ik heb mijn aandacht nu verlegd van het land naar de rivier. Een soort met de hand gemaakte drukken, denk ik. Misschien een boek.'

'Onze rivier?' vroeg Rose. Dit was nieuw voor haar, maar ze was er blij mee. Gareth praatte bijna nooit over zijn werk zolang hij nog ideeën ontwikkelde. 'En prenten drukken? Dat is interessant,' voegde ze eraan toe, terwijl ze de appels uitdeelde. Gareths recente werk was hoofdzakelijk digitaal geweest, met af en toe wat olieverf omwille van de goeie ouwe tijd.

'Ik geloof dat ik er weer helemaal aan toe ben om met mijn

handen te werken,' zei hij en hij stond op om een fles rode wijn uit het buffet te pakken. 'Ik wil iets solides, iets tastbaars onder mijn handen.'

'Ik ken dat gevoel,' glimlachte Polly.

'Misschien ga ik proberen de rivier terug naar zijn bron te volgen, en die tocht vastleggen,' zei hij, haar glas bijvullend en daarna het zijne.

'Ik zou best met je mee willen gaan!' zei Polly.

'Ik weet niet of...' begon Rose, maar Gareth viel haar in de rede.

'Als ik die tocht ga maken, moet ik dat alleen doen. Hij gaat dagen duren,' zei hij. 'Ik neem een slaapzak mee en overnacht waar het me uitkomt.'

Wat moest dat heerlijk zijn, dacht Rose, je zo vrij te voelen dat je dat gewoon deed. Maar daarom hield ze van Gareth – omdat hij een idee in een daad kon omzetten, en daar dagen en weken en maanden mee bezig kon zijn. En zelfs jaren, in het geval van een huis. Vasthoudendheid was een goede eigenschap voor een echtgenoot. Bovendien kon hij, waar het zijn werk als kunstenaar betrof, zijn talent aanwenden om geld te verdienen en brood op de plank te brengen. De overweging alleen al om er een paar dagen in haar eentje op uit te trekken om een droom te volgen kwam Rose zo onmogelijk voor dat ze een moment lang zin had om te huilen. En welke droom dan? Ze wist niet eens of ze er een had. Maar ze leefde toch haar droom? Ze had geen enkele behoefte ergens heen te gaan.

De appels waren op – alle borden behalve die van Polly, leeggeschraapt. Rose liet de kinderen van tafel opstaan en zette hen aan de afwas.

'Gareth, Polly heeft geschreven,' zei ze.

'Echt waar?' Gareth wendde zich tot haar.

'Ik noteer alleen maar wat werk dat ik heb gemaakt sinds Christos... Ik ben immers altijd schrijvend mijn moeilijke perioden doorgekomen en nu zijn de omstandigheden zeker goed. Het gaat als vanzelf.'

'Liedjes?' vroeg Gareth.

'Mijn weduwecyclus,' zei Polly zachtjes. Toen zweeg ze, spreidde haar handen voor zich uit en bestudeerde haar nagels. Plotseling zag ze er heel breekbaar uit.

Voor een magere vrouw van achter in de dertig die heel wat drugs had gebruikt en vijf jaar onder de zon had gewoond, had Polly een opmerkelijk glad gezicht. Volgens Rose ging het bij vrouwen van een zekere leeftijd om de kont of om de kop, en ze troostte zichzelf wat betreft de extra kilo's die ze torste. Maar Polly tartte deze regel, als zo veel andere regels die voor de meeste vrouwen golden. In het kaarslicht zag ze eruit als een meisje van twintig.

'Dat vind ik nou zo knap van jullie tweeën, dat jullie je leven en omgeving gebruiken om te creëren,' zei Rose, terwijl ze naast Gareth ging zitten.

'Dat doe jij ook, Rose, maar jouw creatie is het leven zelf,' zei hij en hij sloeg, geforceerd glimlachend, zijn arm om haar heen.

'O, alsjeblieft,' zei Rose, 'wat een cliché.'

'Ja, dat weet ik. Maar door jou komt dit alles tot leven,' zei hij, de kamer rond wijzend. 'Zonder jou zou dit niets zijn. Zonder jou zou ik niets zijn.'

Nu legde hij het er wel erg dik bovenop. Bij het aanrecht begonnen de kinderen te giechelen, Rose en Gareth vielen bij en spoedig rolden bij alle vijf de tranen over de wangen. Vanaf haar aparte plaats glimlachte Polly. Rose sloeg haar vanuit haar ooghoek gade. Weer had ze die uitdrukking op haar gezicht, alsof ze uit haar hoofd een som zat te berekenen.

'Zonder jou zou ik niets zijn!' Nico zat op zijn knieën en hield Yannis' hand tegen zijn hart. Hij had Gareths Amerikaanse accent overgenomen en overdreef het volmaakt. Yannis keek omhoog en hield het bord dat hij aan het afdrogen was omhoog om het moment een dramatisch accent te geven. Ongelukkigerwijs maakte het zich los uit zijn hand en vloog door het vertrek om met een kletterend geluid op de stenen vloer te belanden, waarna Manky mauwend een goed heenkomen zocht. Er was een korte verbijsterde stilte, toen keek iedereen naar Rose die, ondanks het verlies van een van haar mooiste borden, als eerste van allemaal in een bulderende lach uitbarstte. Toen ze eindelijk waren uitgelachen, stond Rose op en veegde de scherven van het bord bij elkaar.

'Nou, goed dan,' zei Gareth. 'Maar begrijp je wat ik bedoel?'

'Wanneer kunnen we je nieuwe liedjes horen?' vroeg Rose aan Polly toen ze weer ging zitten.

'Zodra ze af zijn. Nou ja, bijna, want ik heb de eerste rechten geloof ik aan Simon beloofd.'

Rose en Gareth keken elkaar aan.

'Ik geloof dat ze exact gaan over wat je zojuist tegen Rose zei, Gareth. Alleen zeg ik het tegen Christos,' ging Polly verder. 'En ook over hoe kwaad ik ben dat hij me in de steek heeft gelaten.' Ze tuurde in haar wijnglas.

'Het was niet zijn keuze om je te verlaten, Polly,' zei Rose.

'Dat kan ik dan tenminste zeggen. Gek dat het zo weinig troost biedt.'

'Mam, we zijn klaar,' zei Anna, die Rose van achteren omhelsde. 'Kom je even kijken?'

Rose stond op en besefte dat ze een beetje dronken was. Ze wierp een blik op de afwas. Een paar pannen zou ze overdoen als de kinderen naar bed waren, maar de rest kon ermee door.

'Goed, nu pyjama's aan, jongens.' Ze klapte in haar handen en de kinderen renden de trap op. 'Tanden poetsen; ik kom zo boven.'

'Uit het gerommel van vanmiddag concludeer ik dat je besloten hebt dat de jongens hierboven slapen,' zei Polly.

Gareth keek verbaasd. 'Is dat zo, Rose?' vroeg hij.

'Dat leek me handig. Ik dacht dat je wel wat ruimte kon gebruiken, Polly. Het geeft minder stress. En de jongens vinden het heerlijk.'

'Het zou goed zijn geweest als we het eerst hadden besproken,' zei Gareth.

'Zou je dan nee hebben gezegd?' Rose draaide zich om en keek hem aan.

'Nou, nee, daar gaat het niet om.' Hij keek haar recht in het gezicht.

'Toe, Gareth,' zei Rose, die weer ging zitten, 'ze komen hier toch al elke ochtend en avond en na school, en daar is het zo klein. Polly moet alleen zijn om te werken. Niets om je druk over te maken,' zei ze.

'Maar Gareth heeft wel gelijk,' zei Polly, Rose aankijkend.

'Maar het is het beste.' Rose schonk zich nog eens in. 'En wat ik wil zeggen, ik kon je nergens vinden om het je te vragen. Ik ben nog naar de Annexe gegaan, maar je was er niet.'

'Ik was de hele dag thuis,' zei Polly.

'Ik heb je niet gehoord.'

'Dus je hebt lekker aan de deur staan luisteren?' vroeg Polly.

'Verdomme, ik ga wel naar boven om te zeggen dat Nico en Yannis weer terug moeten naar de Annexe.' Rose stond op, klaar om naar boven te stevenen. Ze was het zat.

'Toe, Rose,' zei Polly. 'Kom zitten. Het is niets voor jou om boos weg te lopen. Luister, ik vind het prima. Waar het om gaat is dat je je gang ging zonder je af te vragen hoe ik me daarbij zou voelen.'

'Geloof me, Polly, wat jij voelt houdt me momenteel het meeste bezig,' zei Rose, nog steeds staande.

'Rose, ga zitten, drink je wijn op en houd je mond,' zei Gareth.

Rose bleef staan, niet wetend wat te doen: naar boven lopen of gaan zitten? Wat zou minder op een capitulatie lijken? Toen huiverde Polly onwillekeurig. Rose greep haar kans, ging naar de bank, waar ze een van de plaids wegtrok en die om Polly heen sloeg.

'Je moet echt warmere kleren kopen,' zei ze.

'Luister,' zei Polly. 'Het spijt me. Ik weet dat ik onaardig doe. En ik ben je echt voor alles dankbaar. Je doet zoveel. Ik weet niet hoe ik je ooit kan bedanken...'

'Doe het dan ook niet,' zei Rose en ze ging naast haar zitten. 'Ik weet dat jij hetzelfde voor mij zou doen als...' Ze keek naar Gareth en kon haar zin niet afmaken. 'God, Polly, ik kan me niet voorstellen wat het voor je betekent.'

'Het is alsof je arm is afgerukt,' zei ze. 'Zonder je toestemming. Hoe kan hij? Hoe kan hij weggaan en ons achterlaten?'

Gareth stond op om de zogenoemde drugsdoos te pakken die op de bovenste plank van het buffet stond, boven Anna's nest met eieren. Hij ging weer zitten en begon een joint te rollen.

'Ik kon daar met niemand praten. Zijn moeder was afschuwelijk,' vervolgde Polly. 'Gaf mij de schuld. Zei dat ik hem ertoe had gedreven. Ze had zelfs het lef te zeggen dat ik met de wagen had geknoeid.'

'Nee!' zei Rose.

'Ik wil maar zeggen, zie ik eruit als iemand die weet hoe een pick-uptruck in elkaar zit? Ze heeft altijd een hekel aan me gehad. Als je niet al sinds twintig generaties op het eiland woont, ben je een outsider; er was geen plaats voor mij. Na Christos' dood moest ik wel weg.'

'Hoe is het precies gebeurd?' vroeg Gareth.

'Christos en ik hadden ruzie. Een flinke ruzie, maar niet erger dan gewoonlijk. Ik zei dat-ie moest opdonderen, dus reed hij als gewoonlijk naar de stad, naar George' taverna – herinner je je die vriend van Christos nog?' vroeg ze aan Rose.

'Die vreselijk knappe kerel?' zei Rose.

'Ja. Hoe dan ook, kennelijk heeft-ie daar uren zitten drinken met zijn gabbers, bier en raki, en ongetwijfeld verteld wat een rotwijf ik was en toen, in plaats van naar huis te gaan, is hij naar het hoogste punt van het eiland gereden, over de nieuwe weg de bergen in. Waarom weet ik niet. Soms ging hij daarheen om er de nacht door te brengen – hij vertelde me er nooit veel over en het interesseerde me ook niet. Maar hij reed te hard. En hij was natuurlijk dronken. Toen nam hij een bocht, zo'n haarspeldbocht, verkeerd en reed van de weg af. De wagen lag in de kreukels, net als hij.'

'Was hij onmiddellijk dood?' vroeg Gareth.

'Ze denken van wel. Maar het duurde even voordat hij werd gevonden. Door een herder, toevallig een verre neef. Vandaar dat geouwehoer over knoeien.

De avond van het ongeluk ben ik gewoon naar bed gegaan en

ik merkte pas de volgende ochtend toen ik opstond dat hij niet was thuisgekomen. Ik dacht dat hij misschien bij George in de stad was gebleven. Zoals ik al zei, was het voor hem niet ongewoon een of twee nachten weg te blijven. Toen hij op de avond van de volgende dag nog steeds niets van zich had laten horen, nam ik een taxi naar de stad om hem te zoeken. Tegen die tijd was ik natuurlijk razend. Maar niemand wist waar hij was. We maakten ons nog geen zorgen; per slot van rekening had hij er een gewoonte van gemaakt om te verdwijnen.'

Rose gaf de joint door aan Polly, die diep inhaleerde en langzaam uitblies.

'Vijf dagen later werd hij gevonden. Wat er nog van hem over was; de wolven waren ons voor geweest. We hadden niet veel om te begraven,' zei ze.

'O mijn god. Polly,' zei Rose.

'Maar het ergst waren die vijf dagen. Ik werd steeds bozer omdat hij wegbleef. Ik dacht helemaal niet... Je zou toch verwachten dat je het zou voelen, denk je niet? Ergens in je hart, of... Hoe dan ook, tegen de tijd dat ze hem vonden was ik zo razend, dat mijn eerste reactie was dat hij zijn verdiende loon had gekregen.'

Gareth blies zijn wangen op. Polly leunde achterover en keek naar Rose. In haar ogen schitterde iets verschrikkelijks, een soort triomfantelijke glinstering. Rose voelde hoe ze beefde.

'Hij neukte andere vrouwen,' zei Polly, terwijl ze door haar neusgaten de rook uitblies. Ze was zo opgegaan in haar verhaal, dat ze de joint niet had doorgegeven.

'Weet ik,' zei Rose met een strakke blik. Gareth verroerde zich niet, zei niets.

'Voortdurend,' zei Polly. 'Ons hele huwelijk lang. Maar tot de laatste keer kwam hij uiteindelijk altijd bij mij terug.' Ze zweeg, glimlachte en keek op. 'Ik was natuurlijk ook geen lieverdje. Heb maar geen medelijden met me. Ík heb mijn verdiende loon gekregen.'

'Dat moet je niet zeggen,' zei Gareth, voorover leunend en haar arm aanrakend. Een plotselinge tocht trok langs de kaarsen, de

116

vlammen flakkerden en duisternis dreigde. Maar hij verdween even snel als hij was gekomen.

Rose stond op. 'Ik kan maar beter de kinderen gaan instoppen,' zei ze. 'Als ik de trap op kan komen. Polly, wil je de jongens ook welterusten zeggen?'

'Vanavond sla ik dat maar over, denk ik,' zei Polly en ze nam een laatste trek van de joint voor ze hem aan Gareth doorgaf. 'Als Nico mijn adem ruikt zegt hij toch dat ik weg moet gaan. Hij vindt het vreselijk dat ik rook. Denkt dat hij mij ook kwijt zal raken. Zeg ze welterusten van mij, wil je?'

Rose sloop eerst naar Anna, die diep in slaap was, bedolven onder een berg beren en met haar deken als een cocon om zich heen. Nico lag een stripverhaal te lezen en Yannis lag ineengedoken onder zijn deken.

'Ik heb gezegd dat ik wakker zou blijven tot hij in slaap was,' zei Nico.

'Hij boft maar met een broer als jij,' zei Rose, die zich vooroverboog om hem een kus op zijn hoofd te geven. Toen ging ze naar Yannis, die haar dicht tegen zich aan trok.

'Was jij maar mijn mama,' fluisterde hij in haar oor.

'Sst, dat moet je niet zeggen,' zei ze, haar vingers op zijn lippen leggend. 'Nu moet je gaan slapen.' En ze kuste hem op zijn wang; hij sloot zijn ogen en glimlachte.

Ze liep naar de overloop en deed het nachtlicht aan. Anna was bang in het donker en Rose ook, als ze eerlijk was.

Onderweg naar beneden besefte ze dat de jongens op geen enkele manier ter sprake waren gekomen in het relaas van Christos' dood. Het ging alleen maar over Polly. Ze had er haar verhaal van gemaakt. Maar het was, dacht Rose, één ding om toe te kijken vanaf de wal en te zien hoe Polly zwom om zichzelf te redden, en iets heel anders om in het water te liggen, tegen de stroom in te worstelen en te proberen niet onder water getrokken te worden.

Ze bleef op de overloop staan kijken naar Polly en Gareth, die diep in gesprek waren en over en weer een joint doorgaven. Zo was het goed.

Toen ze de trap naar de keuken af kwam, stak Gareth zijn hand uit opdat ze naast hem kwam zitten.

'We halen herinneringen op aan Christos,' zei Gareth. 'Wat een kerel.'

'Inderdaad,' zei Rose.

Polly, die zat te beven, nam een paar pillen uit een van de rammelende flesjes in haar tas en sloeg ze achterover met een laatste slok wijn.

'Ik moet echt gaan,' zei ze met een blik op de klok.

'Maar het is pas tien uur.'

'Ik moet me aan mijn farmaceutische schema houden,' zei Polly, terwijl ze opstond en over het aanrecht uit het raam keek, het raam dat uitzag op de Annexe. Iets scheen haar aandacht te trekken.

'Goed dan,' zei Rose, opstaand. 'Weet je zeker dat het gaat? Als je wilt, loop ik even mee.'

'Nee hoor, ik voel me prima,' zei Polly. 'Alleen een beetje moe. Bedankt voor de avond. Het was goed om te praten. Ik zie jullie morgenochtend.'

'Sta maar niet vroeg op,' zei Rose.

'Alsof ik dat van plan was.' Polly vertrok snel, de plaid nog om zich heen.

'Wat een haast,' zei Rose, verbaasd. Toen zag ze dat Polly haar tas op tafel had laten staan. 'Die ga ik haar even brengen. Haar pillen zitten erin.'

'Maar die heeft ze vanavond niet nodig,' zei Gareth. Hij was opgestaan en keek naar buiten. 'Kom maar kijken.'

Hij nam Rose bij de arm, blies de kaarsen uit en wees door het raam naar de Annexe. Daar stond in het duister een lange mannelijke gestalte, onmiskenbaar die van Simon. Polly en hij wisselden bij de deur enkele woorden. Ze leek niet al te blij om hem te zien, maar na een paar ogenblikken ging ze naar binnen en hij volgde haar. Kort daarop gingen de lichten in de Annexe uit.

'Godallemachtig,' zei Gareth, 'ik was helemaal vergeten hoe doortastend onze Polly is.'

Veertien

De rest van de week verliep volgens een simpel patroon: de jongens sliepen in het grote huis en Polly kwam elke avond mee-eten. Voor zover Rose wist, was Simon na die ene avond niet meer bij Polly langs geweest. In elk geval nam hij geen tijd voor een ochtendkoffie. Hij had een deadline, zei hij tegen Rose, wanneer hij zich na de kinderen naar school gebracht te hebben, naar huis haastte. Rose miste hun praatjes en ze vroeg zich af wat er tussen hem en Polly was gebeurd. Maar Polly leek er wel bij te varen. Ze was meer ontspannen, minder prikkelbaar. En ze werkte urenlang in de Annexe. Soms kon Rose, op weg naar de auto, getokkel op de gitaar horen, en Polly's onmiskenbare stem die een nieuwe melodie aftastte.

De jongens konden al na slechts enkele dagen hun nieuwe Tesco-kleren niet meer aan: ze zaten onder de modder. Rose kon ze niet snel genoeg wassen en drogen. Dus besloot ze op vrijdag hen mee te nemen naar Bath voor een uitbreiding van hun Engelse garderobe.

Ze haalde hen met de Galaxy op van school. Het was de eerste keer dat de jongens in de auto zaten sinds die rit van Heathrow en er moest heel wat worden onderhandeld over wie waar mocht zitten. Beide jongens wilden naast Anna, maar achterin, waar maar twee plaatsen waren. Daarna volgde een lange discussie over het moeten omdoen van de autogordels. Eindelijk gingen ze op weg; met volle vaart sjeesden ze door de druilregen tussen de aardwallen van de smalle landweggetjes. Over een of twee maanden zouden die verdwijnen onder het fluitenkruid, maar nu konden ze de velden en de heuvels erachter nog zien.

'Al dat groen doet pijn aan mijn ogen,' zei Yannis.

'Het wordt nog erger, geloof me maar.' Rose glimlachte naar

hem. Met het verlies van de ruzie om de achterbank had hij de niet onaanzienlijke troostprijs gewonnen voorin te mogen zitten, naast Rose. Flossie, die achteruit keek en in het midden zat, werd door Anna in de gaten gehouden, die met Nico zat te fluisteren en giechelen.

'Ik wil achterin zitten,' zeurde Yannis, achteromkijkend naar het tweetal.

'Jij mag op de terugweg,' zei Rose. Slechts gedeeltelijk hierdoor tevreden gestemd draaide Yannis zich weer om en keek uit het raam.

'Thuis is alles bruin, blauw en grijs,' zei hij. 'In de lente hebben we bloemen, maar dan komt de zon en die maakt ze allemaal dood.'

'Hier hebben we bloemen tot het einde van de zomer.'

'Echt waar?' Hij dacht hierover na terwijl hij zijn lange haren om zijn vinger wond.

'Zeg, Yannis, je kunt dit ook als jouw thuis beschouwen.' Rose legde haar hand op zijn knie.

'Het is hier te koud.' Fronsend keek hij naar buiten, naar het voorbijschietende landschap.

Rose zette de auto in de parkeergarage en liet de kinderen achter elkaar de straat op lopen. Er was een prachtige winkel die Jabberwocky heette en echt goede kwaliteit verkocht, stevige kleren voor plattelandskinderen van de gegoede burgerij. Wat duurder dan Tesco, maar volgens Rose was de snit beter en gingen de kleren langer mee.

Op weg daarheen besefte ze hoe weinig bewust Yannis en Nico zich van het verkeer waren. Ze moest meerdere malen optreden om hen ervan te weerhouden zonder uit te kijken van de stoep te stappen. Uiteindelijk liet ze hen beiden ieder één kant van de buggy vasthouden. Ze kon beter, dacht ze, de voorbijgangers dwingen opzij te gaan dan riskeren dat deze ongeleide projectielen de straat op schoten. Ze keken weliswaar niet de verkeerde kant op als ze overstaken, maar ze hadden geen flauw benul van gevaar. En ze leken evenmin in staat haar aanwijzingen op te volgen.

Ze liepen de winkel binnen; de kinderen gingen naar de speel-afdeling met Flossie, terwijl Rose voor de jongens een stapel kle-ren bij elkaar zocht die ze konden passen. De winkel was rede-lijk kindvriendelijk, maar desalniettemin moest ze optreden: één keer om Yannis van Nico af te halen, de tweede keer om hem te vertellen op zijn woorden te passen. Ze was niet aan dergelijke uitputtende winkeluitstapjes gewend. Yannis, die gewoonlijk de gemakkelijkste van de twee was, ontpopte zich vandaag als een echte lastpost.

Ze persten zich in de paskamer. Yannis kleedde zich onmid-dellijk tot op zijn onderbroek uit, glipte langs Rose en rende de winkel in.

'Ik ben een mafketel!' Hij ging vlak voor een aardig klein meis-je staan met vlechten en het uniform en de strooien hoed van een particuliere meisjesschool. Ze deed geschrokken een stap achter-uit en verstopte haar gezicht in de wijde gebloemde linnen rok van haar moeder.

Rose rende de winkel door om Yannis te pakken en slaagde er uiteindelijk op de schoenenafdeling in hem klem te zetten.

'Toe, Yannis,' zei ze, hem bij een arm vasthoudend. 'Gedraag je wat volwassener. Je lijkt wel een kleuter.'

'Maar ik ben een mafketel.' Hij hijgde en keek haar boos aan. 'Ik ben een mafketel, dat zeggen ze allemaal!' Hij leek niet te kun-nen ophouden met giechelen totdat hij als een ballon leek leeg te lopen en zijn kleine pezige lichaam, aanvankelijk zo gespannen en bruisend, voor haar ogen leek te verschrompelen. Terwijl ze hem nog steeds vasthield, ging ze naast hem op de grond zitten.

'Wie zeggen dat, Yannis?'

'De kinderen op school. Het zijn rotkinderen.'

'Daar gaan we wat aan doen,' zei Rose. 'Dat mogen ze niet zeg-gen.'

Toen kwamen de tranen.

'Ik vind het een rotschool. Ik wil terug naar huis, Rose. Ik wil weer zoals het vroeger was,' jammerde Yannis.

Gelukkig was de winkel betrekkelijk leeg, en de paar andere

klanten en het winkelpersoneel hielden zich discreet afzijdig van Rose en de vertederende, wilde kleine jongen.

Ze sloeg haar armen om hem heen en drukte zijn hete hoofd tegen haar borst. 'Stil maar, Yannis. Het is oké. Sst, het is oké.'

'Ik wil mijn papa,' snikte hij.

'Ik weet het,' fluisterde Rose in zijn oor. 'Ik weet het, Yann.'

Het was een verschrikkelijke gedachte, maar in zekere zin was ze blij dat hij hiervoor haar uitkoos. De arme jongen moest dit verdriet doorstaan. Zelfs een kind moest de bodem bereiken voordat het verder kon gaan. Ze voelde het als een privilege dat hij haar tot zijn getuige had gekozen.

'En mama is stom.'

'Ssst,' zei Rose. 'Zij mist je papa ook en daarom is ze verdrietig, net als jij. Maar het zal gauw beter met haar gaan. En je hebt mij nog, wat er ook gebeurt. Ik beloof je dat ik je nooit, nooit in de steek zal laten.'

Hij keek naar haar op, met rode ogen.

'Luister, Yannis. Gareth en ik – wij houden van je. Alsof je ons eigen kind was. En Christos – je papa – houdt ook van je. Hij is daarboven, kijkt omlaag en geeft jou al zijn liefde.'

'In de hemel?'

'Ja.'

'Maar mama zegt dat dat flauwekul is. Dat zei ze tegen yaya, op de begrafenis.'

'Denk jij dat het flauwekul is?'

'Nee.'

'Nou dan, en ik ook niet.'

'Soms praat ik met hem.'

'Weet je wat? Dat doe ik ook, soms.' Ze glimlachte naar Yannis. Het was haar niet eerder opgevallen, maar hij had precies de ogen van zijn vader. 'Ik kan hem daar zien, binnen in jou, nu.'

'Maar hoe kan hij daarboven zijn en tegelijk in mij?'

'Nou, niets is onmogelijk. Jouw papa is op een enorm avontuur. Dat kunnen we ons niet eens voorstellen.'

'En is dat goed?'

'Ja, nou en of.' Rose knuffelde de jongen nogmaals. 'Kom,' zei ze en ze maakte zich los van hem. 'Ik weet waar jij van opknapt. Om de hoek hebben ze de verrukkelijkste warme chocolade. Die is zo dik, dat je lepel er rechtop in blijft staan.'

'Echt?' zei hij; de wolk dreef net zo snel over als hij was opgekomen.

'Ja, maar eerst moeten we jou uitrusten,' zei ze.

'Hè?'

'Nieuwe kleren voor je kopen, bedoel ik. Kom mee.' En ze nam hem mee terug naar de paskamer.

Achter het gordijn trof ze een toonbeeld van rust en orde aan. Nico zat met Flossie te spelen, die wakker was in haar buggy.

'Deze wil Nico,' zei Anna, wijzend op een stapel netjes opgevouwen kleren op een stoel. 'En deze,' zei ze, terwijl ze de laatste broek terugdeed op een hanger, 'passen niet of zien er stom uit.'

Nico glimlachte naar Rose. 'Ze zijn echt cool, die kleren. Bedankt, Rose.'

'Niets te danken, Nico. Ik vind het fijn dat jij blij bent. En nu, Yannis, gaan we jou onder handen nemen.'

En ze hielp hem in de mooie broek van Duitse makelij en de Zweedse fleece truien die ze voor hem had klaargelegd.

Ze gaf in de winkel meer dan driehonderd pond uit, maar ze had het gevoel dat Jabberwocky, dat getuige was geweest van Yannis' moment, het verdiende. De jongens wilden met alle geweld hun nieuwe outfit aanhouden en in optocht toog ze met haar in gloednieuwe kleren gestoken troepje naar het café van de speciale warme chocolade. Een halfuur later kwamen ze weer naar buiten, tevreden maar ietwat minder onberispelijk door de chocoladesnorren en de spetters op hun nieuwe truien. De kinderen waren uitgelaten en huppelden en kwebbelden de hele weg terug naar de parkeergarage. Yannis leek zijn eerdere uitbarsting totaal vergeten.

Vlak voordat ze in de auto stapten zag Rose Simon tot haar verbazing voor een café aan de andere kant van de straat. Hij stond te roken en hield een glas bier in zijn hand. Hij was alleen en zag er vreselijk uit. Ze probeerde zijn blik te vangen, maar hij keek niet op of om. Als ze zonder de kinderen was geweest, zou ze naar hem toe zijn gegaan. Maar ze moesten terug naar huis. Ze had Simon nog nooit zo gezien en ze vroeg zich af wat zich eigenlijk vlak voor haar neus, in haar eigen huis, afspeelde.

Vijftien

'Ik krijg jullie wel!' brulde Gareth en hij zwaaide met zijn zwaard terwijl hij de grasheuvel af holde.

De kinderen gilden en renden alle kanten uit.

Polly en Rose koesterden zich in de voor het jaargetijde ongebruikelijke zon, rekten zich uit en keken elkaar glimlachend aan.

'Daarom zijn er dus mannen,' zei Polly, op haar rug liggend op de geruite deken; ze kietelde Flossie terwijl Rose de picknickspullen begon op te bergen.

'Hij is dol op spelletjes,' zei Rose. Met toegeknepen ogen keek ze naar haar man, die schreeuwend langs de vervallen kasteelruïnes rende. Het was Gareths idee geweest hiernaartoe te gaan. Nu hij de jongens had om mee te spelen, wilde hij een spel dat hij en Andy vroeger hadden bedacht en dat 'De indringers' heette, nieuw leven inblazen. De regels waren heel gecompliceerd, maar de kinderen leken ze onmiddellijk te begrijpen en met de houten zwaarden en schilden die Gareth een dag eerder had gefabriceerd, zaten ze midden in het inwijdingsspel.

Gareth had het kasteel vlak na hun verhuizing op een van zijn eerste verkenningstochten ontdekt. Hij had Rose ooit verteld dat hij zijn hele volwassen leven onbewust verschillende landschappen zou screenen op hun geschiktheid voor 'De indringers'. Vanaf het moment dat hij de plek had gezien, wist hij dat die perfect zou zijn en hij had alleen maar zijn tijd afgewacht, het juiste moment om het in gebruik te nemen. Het kasteel was in werkelijkheid het restant van een slecht gebouwde pseudomiddeleeuwse, op privéterrein gelegen extravagantie. Daarom waren er geen veiligheidsbepalingen en zanikende toezichthouders die gewoonlijk aan historisch belangrijker, nationaal geadopteerde ruïnes werden toegewezen.

De eigenaar van het land was een bejaarde, in het buitenland wonende Amerikaanse filmster, die beroemder was om zijn verwikkelingen in tantristische praktijken dan om zijn acteerwerk. Toevallig bezat hij een paar werken van Gareth, en hij was zeer gevleid door het idee dat hun schepper met zijn gezin op zijn land plezier maakte. Zo hadden De indringers de plek voor zich alleen.

Gareth had Yannis aan zijn kant gerekruteerd, en ze achtervolgden Anna over een steile, één meter hoge muur.

'Pas op,' riep Rose.

'Er kan niets gebeuren,' zei Polly, toekijkend.

'Christos was ook fantastisch met de jongens,' zei Rose na enige tijd.

'Hij was een goeie vader,' zei Polly. 'Maar hij deed geen wilde, woeste spelletjes. Voor kinderen had hij niet dat soort energie. Hij had meer belangstelling voor volwassenen. Hij praatte graag met kinderen, maar hij zou nooit zo met zich laten sollen.' Ze wuifde met haar hand naar Gareth, die nu Nico op de grond had gewerkt en hem kietelde terwijl Anna hem aan zijn schouders probeerde weg te trekken. Yannis rende al schreeuwend rondjes om hen heen en alle drie de kinderen lachten uitgelaten.

'Daar hoor ik van op,' zei Rose.

'Typisch Christos: niets was als verwacht.' Polly pakte Flossie om die op haar buik te leggen.

Rose stopte alles in de picknickmanden; daarna ging ze languit naast Polly op de deken liggen en keek omhoog naar de winderige lucht. Gareth en zij waren het erover eens dat die hier veel blauwer was dan in de stad. Gareth zei dat hij het een keer in verf zou testen. Hij zou schilderijen van blauwe luchten in verschillende delen van de wereld maken – alleen het blauw – en ze dan in een galerie aan een muur hangen om ze met elkaar te vergelijken. Rose had tegengeworpen dat dat niet wetenschappelijk was omdat het blauw van dag tot dag veranderde en hij niet op één dag overal tegelijk kon zijn. Hij had gelachen, maar ze was serieus geweest.

Polly streelde Flossies mollige arm en kneedde zachtjes het

vlees. 'Toen Christos dood was,' zei ze, 'wilde ik alleen maar iemand aanraken. Zijn lichaam was wat ik van hem het meeste miste. Ik kon nog steeds over hem praten, nog steeds zijn geest voelen, maar wat echt tastbaar aan hem was, was me afgenomen.'

'Als we iets niet kunnen hebben, willen we dat het meest,' stemde Rose in.

'Ja, dat weet jij beter dan wie ook.'

Rose stopte waar ze mee bezig was, keek naar haar handen en peuterde een vuiltje onder een van haar nagels weg. Even wist ze niet meer waar ze was. Ze was doof voor het gelach van Gareth en de kinderen.

'Sorry,' zei Polly.

'We praten er niet over, Polly, weet je nog. Nooit ofte nimmer. Op straffe des doods.' Rose hield haar wijsvinger met het litteken voor zich uit alsof het een toverstokje was.

'Oké, goed hoor. Sorry.' Polly keek de andere kant uit.

Rose dwong zichzelf weer naar het heden en glimlachte ietwat te opgewekt, haar ogen duizelig van de lucht.

'Weet je, Polly? Ik kan niets bedenken wat ik zou willen hebben en dat ik niet heb.'

Op het moment dat ze het zei, had ze er spijt van. Het moest vreselijk zelfvoldaan geklonken hebben. Rose wilde zich verontschuldigen, zeggen dat ze het alleen maar had gezegd om zichzélf te overtuigen en dat ze op geen enkele manier haar ongelukkige vriendin met haar neus op haar behaaglijke situatie wilde drukken. Maar dan zou ze haar eigen kwetsbaarheid blootgeven en daar wilde ze niet aan beginnen.

'Nou, dat is prachtig. Ik ben echt blij voor je.' Polly fronste haar wenkbrauwen en trok haar armen strakker om Flossie. Rose kon niet nalaten te denken dat haar baby niet al te comfortabel lag op die magere lat.

'Op de begrafenis,' zei Polly na een tijdje, 'had ik zin om de deksel van de kist te rukken en erin te springen en hem waar iedereen bij stond, te naaien. Ik wilde hem laten cremeren, ik wilde met zijn lichaam afrekenen. Ik dacht dat dat het gevoel zou stoppen. Het idee dat zijn lichaam nog ergens is, ligt weg te rotten onder de grond, is afschuwelijk.'

'Maar waarom heb je hem dan niet laten cremeren?'

'Vanwege zijn moeder. Die zei dat het illegaal was in Griekenland. Wist ik veel, ik geloofde haar. Maar ze loog. Het mag van de staat, maar niet van de orthodoxe kerk. Ondanks de naam waarmee die ouwe yaya Maria hem had opgezadeld, geloofde Christos niet.'

'Orthodox was hij zeker niet,' zei Rose.

'En ik had zijn zin moeten doen. Maar daar heb je het: ik was zwak.'

'Dat moet je niet zeggen. Zo te horen bezit zijn moeder een oerkracht.'

'Praat me er niet van. Hoe dan ook, ik heb ons allemaal verraden. En ik ging, de dagen na de begrafenis, naar het graf, wroette in de verse aarde waaronder hij lag, begroef mijn gezicht erin. En ik was zo geil, net een bronstig dier. Ik stond verbaasd van mezelf.'

'Hoe bedoel je?'

'Ik bedoel dat ik niet zo naar hem had verlangd toen hij nog leefde. Al een paar jaar niet meer.'

Ze tilde Flossie op van haar schoot en zocht in haar tas naar haar pillen. Rose nam Flossie over en zag dat Polly's handen weer beefden. Ze keek toe hoe ze vier pillen uit drie verschillende flesjes innam en wegspoelde met cava.

'Dat lijken heel wat medicijnen, Poll,' zei Rose vriendelijk.

'Het is precies wat de dokter heeft voorgeschreven.' Polly rammelde met haar flesjes. 'En wie ben ik om daartegenin te gaan?'

'Dus het is overgegaan?'

'Wat?'

'Dat geile gevoel?'

'Nee. Het werd zo erg, dat ik de hulp van George van de taverna in moest roepen.'

'Nee!' zei Rose.

'Hij scheen er niet mee te zitten,' lachte Polly. 'Het deed ons beiden erg goed. Het was trouwens de eerste keer, George en ik.'

'Godallemachtig.'

'Ja, godallemachtig.' Ze nam de houding en het accent aan van een gechoqueerde Griekse grootmoeder en wuifde met haar armen in de lucht. 'Chrieeeeestos!' Ze lachte en ging weer languit liggen. 'O, Rose, wat kun je toch preuts zijn. Vergeet niet dat we geen van beiden echte lieverdjes waren toen hij nog leefde.'

Rose wist dat dit in elk geval voor Christos gold. Ze was tegenover Polly nooit helemaal eerlijk geweest over de mate van haar gevoelens voor hem. Deels had dit te maken met haar eigen trots, deels omdat ze wist dat niemand er iets mee opschoot als ze het aan Polly vertelde. Maar er was die keer, tijdens haar bezoek twee jaar geleden aan Karpathos. Ze zouden naar een eenmalige voorstelling van La dolce vita in de openluchtbioscoop in Pigádia gaan, maar Polly had zich niet lekker gevoeld; ze bleef thuis en Rose en Christos waren zonder haar gegaan. De avond was geëindigd met een motortocht bij maanlicht naar het strand, waar een herhaling van de scène bij de Trevifontein was uitgelopen in een partij naaktzwemmen om middernacht. Rose had geprobeerd een en ander te stoppen voordat het déjà-vugevoel al te duidelijk werd, maar was daarin slechts gedeeltelijk geslaagd.

'Het was een vorm van exorcisme,' vervolgde Polly. 'Bovendien,' zei ze schouderophalend, 'was George, zoals jezelf hebt gezien, onmogelijk knap.'

Om een aantal redenen was Rose opgelucht toen Anna op hen af sprong.

'Hé, jullie twee, kom op. Papa zegt dat jullie mee moeten doen. Hij zegt dat het niet eerlijk is, drie kinderen tegen één volwassene.'

Rose stond op. 'Ik kom wel, maar iemand moet op Flossie passen. Polly, doe jij dat?'

'O nee,' zei Polly. 'Betekent dat dat ik hier alleen maar in de zon hoef te liggen terwijl jullie heuvel op en af rennen? Nou, ik zal mijn uiterste best doen.'

Rose rende met Anna weg, even stoppend om een van de extra

zwaarden die Gareth had gefabriceerd, te pakken.

Er werd heel wat geschreeuwd, aangevallen en met veel vertoon van drama van de taluds gerold. Verbazingwekkend genoeg duurde het meer dan een uur voordat iemand zich bezeerde. Nico struikelde toen hij van Anna wegrende en viel een lelijke snee in zijn knie. Het was niet erg, maar er was genoeg bloed om hem te laten schreeuwen. De andere kinderen hurkten voor hem neer, grimassend, tegelijkertijd vol afkeer en fascinatie voor het bloed. Gareth rende naar de auto voor de EHBO-doos.

Nadat ze de tranen had weggeknuffeld, liep Rose met Nico naar de picknickdekens voor een geneeskrachtige reep chocolade die ze onder in een van de manden had gestopt. Ze bleef staan toen ze Polly en Flossie zag. Flossie waggelde, maar stond voor het eerst van haar leventje zonder hulp rechtop. Ze had net een hand van Polly losgelaten. In de andere rammelde ze met een van Polly's pillenflesjes.

'Kijk,' zei Polly. 'Zonder handen!'

Flossie, die nog niet eens was begonnen te kruipen, stond een moment lang op het hoogtepunt van een zwaaibeweging, tuimelde vervolgens achterover op de grond en rolde van een kleine glooiing achter haar.

'Huplakee,' zong Polly.

Rose rende om Flossie op te pakken, die schreeuwde en een pruillip trok.

'Wat is dit?' zei Rose, een pil van de grond oprapend.

'O, dank je,' zei Polly, hem aanpakkend. 'Toen ze ermee rammelde, schoot de dop los. Ik dacht dat ik ze allemaal had.'

'Mama, kijk eens, ik heb een kapotte knie,' zei Nico, die aan Polly's arm trok.

'Oei,' zei Polly. 'Doet het erg pijn?'

'Tuurlijk,' zei hij.

'Niets aan de hand, daar komt dokter Gareth,' zei Polly; haar ogen tegen de zon beschermend keek ze hoe Gareth over de stenen muurtjes springend terugkwam met een grote blauwe EHBO-doos. 'Groot, sterk en kundig.'

'Weet je zeker dat je alle pillen hebt, Poll?' vroeg Rose. 'Flossie stopt momenteel alles in haar mond.'

'Ja, ja, rustig maar, Rose. Kijk, ze glimlacht.'

Flossie, die haar vader op zich af zag stormen, lichtte op als een kaarsje, boog zich weg van Rose en strekte haar armpjes naar hem uit.

'Misschien kun je je papa laten zien hoe mooi je kunt staan, Floss,' zei Polly; ze pakte haar bij haar middel en zette haar rechtop.

'Ik weet niet of dat goed is voor haar beentjes, Polly,' zei Rose.

Flossie waggelde, probeerde een stapje te doen en viel op haar achterste, zodat iedereen behalve Nico lachte en klapte.

'En mijn knie dan?' klaagde hij, hen een voor een aankijkend.

Zestien

Uiteindelijk keerden ze terug toen het begon te schemeren; hun gezichten tintelden van een dag in de zon. Rose, die waarschijnlijk iets meer cava had gedronken dan verstandig was, zette de resten van de picknick op de salontafel en trakteerde de kinderen op een ongebruikelijke televisiemaaltijd terwijl de volwassenen zich in de keuken terugtrokken om nog een fles te drinken.

Ze staken de kaarsen aan en leunden achterover in de gouden gloed.

'Ik ben zo blij dat ik hier ben,' zei Polly, haar armen om zich heen slaand. 'Ik kan me niet voorstellen ergens anders dan bij jullie te zijn, mijn beste vrienden op de hele wereld.'

Gareth staarde in zijn glas, dat hij in zijn grote handen ronddraaide, en glimlachte. Toen keek hij op om te proosten.

'Op mooie tijden!'

Ze klonken.

Rond tien uur waren alle kinderen op de bank in slaap gevallen, hun gezichten onder de ratjetoe die Rose had gemaakt van de picknickrestjes meringue, room en aardbeien. Rose, Polly en Gareth droegen hen naar hun kamers.

'Ze kunnen morgen hun tanden poetsen, Rose,' zei Gareth.

'Ja, ja,' antwoordde ze.

Toen ze weer beneden waren, omhelsde Polly Rose en Gareth meteen.

'Nou, welterusten, mensen. En nogmaals bedankt.'

'Luister, je moet ophouden ons steeds te bedanken, oké?' zei Rose. 'Van nu af staan we allemaal quitte.'

'Helemaal mee eens,' zei Gareth.

Ze brachten Polly naar de deur en keken op de drempel hoe ze de treden op liep naar de Annexe.

'Zolang ze maar daar blijft,' fluisterde Gareth.

Glimlachend leunde Rose tegen hem aan.

'Ik moet eerst Flossie voeden, dan kom ik boven,' zei ze.

'Ik wacht,' zei hij.

Maar tegen de tijd dat ze de slaapkamer in kwam, lag Gareth op zijn rug met uitgespreide armen te snurken.

Arme man, dacht Rose. Hij is er niet aan gewend een hele dag achter jongens aan te rennen.

Rose werd om vier uur 's ochtends wakker. Flossie had niet gehuild voor de voeding van twee uur, hetgeen een soort primeur was. Aanvankelijk maakte Rose zich geen zorgen. Anna had haar tot ze twee was om het uur wakker gemaakt; misschien was Flossie ietwat vriendelijker.

De heldere nacht had het huis erg afgekoeld. Rose zag haar adem toen ze zachtjes over de gang naar Flossies slaapkamer liep; buiten gloeide het gras van de vorstspikkels.

Maar toen Rose zich over Flossies wieg boog, voelde ze hoe de kou uit de lucht schoot en zich met een schok diep in haar buik plantte. De baby lag roerloos, haar ademhaling was oppervlakkig en schurend, haar gezichtje glimmend van het zweet. Rose greep haar beet. Flossies huid was gloeiend heet, en toen Rose haar oppakte hing haar lichaampje slap in haar armen. Ze legde haar terug en trok haar rompertje open. Flossies borst was bedekt met een paarse uitslag.

Rose schreeuwde om Gareth terwijl ze met de baby tegen zich aan gedrukt, de trap op stormde.

'Wat is het nummer?' drong Rose aan, terwijl Gareth in hun adressenboek zocht naar het nummer van de dorpsarts buiten de praktijkuren.

'Ik denk dat we een ambulance moeten bellen,' zei hij.

'Kate is hier sneller en zij kent ons.'

Kate was de dorpsarts en Rose' beste vriendin sinds ze waren verhuisd.

Rose draaide en wachtte tot er werd opgenomen. Schiet op, schiet op, dacht ze.

'Hallo?' Kate klonk slaperig.

Rose vertelde wat er was gebeurd.

'Blijf daar. Ik kom er meteen aan,' zei Kate.

Haar woord getrouw stond ze binnen vijf minuten voor de deur, met een duffelse jas over haar pyjama en Birkenstocks aan haar voeten. Ze wierp één blik op Flossie en gaf Gareth de opdracht een ambulance te bellen.

'Ze moet zo snel mogelijk naar het ziekenhuis,' zei ze tegen Rose, terwijl ze Flossies oogleden omhoogduwde en met een lampje in haar donkere pupillen scheen. 'Ze heeft hoge koorts, weinig tonus, en kijk,' zei ze – terwijl ze het rompertje opzijschoof – 'een beginnende uitslag. Het zou wel eens meningitis kunnen zijn.'

Rose hapte naar lucht. Ze had het wel gedacht.

'Rustig maar, Rose,' zei Kate en ze sloeg een stevige arm om haar schouders. 'We zijn er snel bij. Maar ik ben bang dat ik haar meteen aan een infuus moet leggen, zodat ze haar zo snel mogelijk antibiotica kunnen toedienen. Het is niet plezierig, maar je moet haar arm omlaag houden, zo.'

Ze liet Rose precies zien hoe ze Flossies arm gestrekt moest houden, terwijl ze een grote naald in een ader bij haar pols stak. Flossie jammerde en draaide zich in allerlei bochten, maar Rose had haar stevig vast. Ze zag dat Kate steeds naar haar keek om te zien of ze in orde was. Dat was ze niet. Bij het zien wat haar baby allemaal overkwam had ze het gevoel dat ze zo in elkaar zou zakken.

'Ik ga Polly wekken,' zei Gareth. 'Ze moet hier komen om op de kinderen te letten.'

'Rose, ga jij je maar aankleden. Ik maak het hier wel af,' zei Kate, die een verband om Flossies pols wikkelde. 'Dit is alleen maar om te voorkomen dat ze haar infuus eruit trekt,' zei ze bij het zien van Rose' bezorgde blik. 'Ga nu maar.'

Het leek uren te duren voordat de ambulance arriveerde. Rose had de instructies opgevolgd en zich aangekleed. Kate had Flossie in een sjaal gewikkeld en stond klaar om met haar naar buiten te gaan; Gareth was terug en bezig een pot thee te zetten. Toen stormde Polly naar binnen, een laken om zich heen getrokken, enigszins wankel.

'Wat is er gebeurd?' Ze sprak onduidelijk. 'Is ze...?'

'Ze is stabiel maar er erg slecht aan toe,' zei Kate.

'Wanneer komen ze nou?' zuchtte Rose.

'Wanneer komen wie? Wat is er aan de hand?' vroeg Polly.

'De ambulance,' zei Kate. 'Dat duurt twintig minuten. Het is vijfentwintig kilometer en zelfs met sirenes doen ze er zo lang over.'

'Kate, dit is Polly, onze vriendin uit Griekenland,' zei Gareth.

'We hebben elkaar al eens ontmoet,' zei Polly.

'Ja. Hallo,' zei Kate.

'Ze wilde me niet geven wat ik wilde,' zei Polly en ze keek Rose glimlachend aan. 'Britten zijn lang niet zo gemakkelijk als hun Griekse collega's. O, is dat thee? Daar doe ik een moord voor.'

Gareth overhandigde haar een mok. Hij pakte pen en papier en begon een lijst voor Polly te maken.

'Je slaapt dus in ons bed, Polly. De kinderen moeten om negen uur op school zijn, en ieder met twee pond lunchgeld – morgen slaan we de lunchpakketten maar over, oké?'

'Ja... ik kan maar beter de wekker zetten,' zei Polly.

En toen arriveerden er twee in het groen gestoken ambulanciers. Ze werden vergezeld door een jonge mannelijke arts in een tweed jasje. Ze waren slechts met hun drieën, maar ze leken het vertrek dat er na hun invasie klein uitzag helemaal te vullen. Kate overhandigde Flossie aan de arts en met een gebaar dat bijna aan een balletdanser deed denken, nam hij haar in zijn armen mee naar buiten, via de kruidentuin naar de ambulance. Kate volgde hem, onderwijl feiten omtrent Flossies toestand opsommend.

Rose volgde hen op de voet en vond vreemd genoeg troost in die systematische beschrijving van Flossies toestand: de woorden zetten de verschrikking om in een strategie.

'We moeten haar zo spoedig mogelijk naar het ziekenhuis brengen,' zei de vrouwelijke ambulancier terwijl ze in de ambulance klom. 'Kom, mevrouw.' Ze stak een arm uit om Rose naar binnen te helpen. Gareth maakte zich op na hen in te stappen.

'Nee, Gareth, blijf jij maar thuis. Anders wordt Anna doodsbang,' zei Rose. De jonge dokter bevestigde een infuus aan Flossies slangetje.

'Maar ik wil mee,' zei Gareth. Hij was bleek. Hij beet op zijn lip.

'Nee, nee, jij blijft thuis,' zei Rose, met haar hand tegen zijn borst hem bijna wegduwend. 'Ik bel vanuit het ziekenhuis. Jij blijft bij Anna. Polly, zorg jij voor hem.'

Maar Polly was niet mee naar buiten gekomen.

Kate sprong in de ambulance. 'Dan is er nog een plaats over. Gareth, Rose heeft gelijk: het is beter dat jij bij Anna blijft. Je vriendin boezemt niet bepaald veel vertrouwen in,' zei ze, neerkijkend op Polly, die bij het keukenraam stond – Rose' raam – zich koesterend aan een kop thee en kijkend alsof ze heel ergens anders was met haar gedachten. 'Ik zal ervoor zorgen dat Rose en Flossie in goede handen zijn en ik kom morgenochtend voor het spreekuur even langs om je op de hoogte te brengen.'

De ambulanciers sloegen de deuren dicht en de ambulance reed de nacht in, terwijl de zwaailichten de Annexe in een felle gloed zetten en het geloei van de sirene toen de auto de blinde hoek naar de weg nam, zo goed als zeker het hele dorp wekte.

Zeventien

Ze vlogen door de nacht. De twee dokters waren met Flossie bezig terwijl Rose aan haar hoofdeinde zat, haar hand op het plukje dunne haar dat haar dochter tot nu toe had weten te laten groeien.

Flossie was nu geheel buiten bewustzijn. Zelfs het zachte gejammer dat ze in de keuken had aangeheven was opgehouden.

'Dat komt door de medicijnen,' zei Kate tegen Rose toen de jonge mannelijke dokter – die met zijn blonde haar en vlinderdasje meer weg had van een scholier van een particuliere kostschool – een derde injectie klaarmaakte voor Flossies infuus. 'We geven haar een kalmerend middel. Brengen haar buiten bewustzijn zodat we erachter kunnen komen wat er aan de hand is.'

Mijn arme baby, dacht Rose. Ze had zo haar best gedaan niets anders dan goed, oprecht, biologisch voedsel in Flossies lichaampje te stoppen en dat werd nu in één keer tenietgedaan door een volledige geneesmiddelenfabriek.

'Het reageert niet als een gewone meningitis,' zei de jongensdokter.

'Nee,' zei Kate; ze ging naast Rose zitten en nam haar hand. 'Rose, denk eens goed na: kan het zijn dat Flossie iets ongebruikelijks heeft gegeten? Iets in haar mond heeft gestopt? Schoonmaakmiddel? Een medicijn?'

Rose voelde het ijskoud om haar hart worden bij de herinnering aan Polly's pillen, die Flossie op het gras had laten vallen.

'Polly, onze vriendin...' begon ze te zeggen, en Kate, die het al voor zich zag, viel haar in de rede.

'Juist. Het is een diacetylmorfinevergiftiging plus een allergische reactie. We moeten de verdoving stopzetten. Nu!' brulde ze tegen de jonge dokter, die juist een injectiespuit vulde met een heldere vloeistof. 'En een braakmiddel!'

'Polly. Ze liet een flesje in het gras vallen waar Flossie bij was,' zei Rose. 'Maar ze zei dat ze alle pillen had opgeraapt.'

'Ik heb geen hoge pet op van je vriendin,' mompelde Kate. Rose keek haar verwijtend aan. 'Sorry, maar ik heb haar van een andere kant leren kennen.'

Met zijn tong opzij uit zijn mond diende de dokter Flossie nieuwe vloeistof toe. Kate hield een zuurstofmasker voor haar gezicht. 'Ik moet de naam van de pillen weten, nu meteen,' zei ze, met haar vrije hand haar telefoon naar Rose gooiend.

Rose had de grootste moeite helder te denken, maar het lukte haar haar eigen nummer in Kates telefoon te toetsen.

Gareth nam op.

'Hoe is het?' vroeg hij met verstikte stem.

'Ik moet Polly spreken – nu,' zei Rose.

'Waarom?'

'Dat vertel ik je later. Ik moet haar nu onmiddellijk spreken, Gareth. Het is heel belangrijk.'

Hij legde de telefoon neer. Ze hoorde de voordeur opengaan en zijn voetstappen toen hij het huis uit rende. Minuten later kwam Polly aan de telefoon.

'Sorry, ik was juist weer naar bed gegaan,' zei ze.

'Polly, luister, je moet me zeggen wat voor pillen dat waren gisteren, de pillen die op de grond zijn gevallen.'

'Mijn pillen? Maar...'

'Nee, luister. Haal het flesje en lees voor wat erop staat.'

'Maar ze liggen in de Annexe.'

'Waar gaat het om?' hoorde Rose Gareth vragen.

'Ze wil weten welke pillen ik slik.'

'Ga dan,' schreeuwde hij naar haar. 'Schiet op en ga ze halen. Nú.'

Aan de andere kant van de lijn klonk een strubbeling en het geluid van Polly's aarzelende voetstappen op de stenen treden.

'We denken dat Flossie Polly's pillen heeft ingeslikt,' zei Rose tegen Gareth met een klein stemmetje. Kate had Flossie nu onder handen en drukte twee vingers in haar borst.

'Ik vermoord haar,' zei Gareth kalm.

'Daar is ze weer!' Kate glimlachte naar de dokter, die juichte alsof zijn cricketteam zojuist honderd runs had gescoord.

'Hoe gaat het met Floss?' vroeg Gareth.

'Niet zo goed, Gareth,' snikte Rose. Toen hoorde ze Polly buiten adem aan de andere kant van de lijn, het gerammel van de pillenflesjes en Gareths stem die Polly de lange, ingewikkelde namen in het Griekse handschrift op de potjes liet oplezen.

Rose herhaalde de woorden en de vrouwelijke ambulancier schreef alles op en las het hardop voor aan Kate.

'Juist. Dat zijn behoorlijk sterke psychotrope medicijnen. Sterker dan wij gewoonlijk voorschrijven,' zei ze. 'En Flossie vertoont de klassieke symptomen van een overdosis. We zullen alles doen om ze uit haar te krijgen, maar als ze ze gisteren binnenkreeg, is het laat. We zullen ons vooral richten op het zo klein mogelijk maken van de gevolgen voor lever en hersenen.'

Rose voelde het bloed uit zich wegtrekken.

'Maar komt het goed, Rose?' Gareth schreeuwde door de telefoon. Hij had het allemaal gehoord.

'Maar komt het weer goed?' herhaalde Rose zijn vraag fluisterend.

'Ik hoop het,' zei Kate. 'Kan het niet wat sneller?' blafte ze tegen de ambulancechauffeur.

'Hou van je, Gareth,' zei Rose en ze hing op terwijl ze de eerstehulpafdeling van het ziekenhuis binnen raasden.

Vanaf dat moment gebeurde alles in een soort waas. Een team van artsen en verpleegsters wachtte hen op en ging er met Flossie vandoor, terwijl Kate nog steeds het zuurstofmasker voor haar gezichtje hield. De vrouwelijke ambulancier bracht Rose naar een rij kunststof fauteuils voor de kamer waar ze Flossie onder handen namen.

'Blijft u maar hier, mevrouw. Ze doen alles voor haar bestwil, maar voor ongeoefende ogen kan het wel eens wat ruw lijken.'

Rose had niets meer om te protesteren. Ze ging zitten en huiverde. Iemand gaf haar een deken en een kop thee. Wat een zegen dat er thee bestond. Ze had het gevoel daar dagen te zitten. Ze bad. Ze sloot een overeenkomst met God: ze zou nooit meer iets als vanzelfsprekend beschouwen; ze zou voor altijd goed zijn; ze zou nooit meer liegen; ze zou naar de kerk gaan, een kruis dragen, geld wegschenken, nooit meer aan Zijn bestaan twijfelen; ze zou Hem de belangrijkste plaats in haar leven geven, zelfs in gedachten. Als Flossie maar gespaard bleef.

'Liefie, wil je een sigaret?' Een oudere vrouw met een alarmerend blauw oog was over de gang aan komen sloffen. Ze boog zich voorover naar Rose; haar adem rook naar port en tabak. 'Ik zag dat je baby werd binnengebracht,' brabbelde ze. 'Ik hoop dat het goed met hem gaat, lieverd. Hier, een sigaretje, als je wilt.' Ze hield een pakje Embassy voor.

'Zij,' zei Rose. 'Het is een meisje.'

'Ik had een jongetje,' mompelde de vrouw en ze kuierde naar de ambulancesluis; onder het lopen stak ze een sigaret op.

'Ik ook,' dacht Rose, voordat ze zichzelf kon tegenhouden.

Ze trok de deken strakker om zich heen. Het kwam door het feit dat ze hier was. Ze haatte ziekenhuizen. Voor haar betekenden die niets anders dan verlies. Ze dacht terug aan hoe ze, meer dan twintig jaar geleden in een ander ziekenhuis, in Brighton, lag: een lege, lekkende schelp. En hier zat ze weer, opnieuw geconfronteerd met het verlies van haar baby. Opnieuw...

Daar moet je niet aan denken, zei ze tegen zichzelf. Dat brengt ongeluk. Ze had gezworen nooit meer daaraan terug te denken. Ze vouwde haar deels opengelegde gedachten weer op en borg ze weg. Maar waarom was ze toen zwak geweest?

Even later, met nog steeds geen nieuws van Flossie, kwam er een kordate, vriendelijk uitziende jonge vrouw op Rose af die haar meenam naar een zijkamer. Ze bood haar een lage stoel met houten armleuningen aan en ging zelf tegenover haar zitten, aan de andere kant van een formica salontafel. De vrouw – Rose had haar naam niet verstaan – opende een laptop en vroeg Rose naar haar naam, geboortedatum en adres.

'Dat is een prachtig dorp,' glimlachte ze over de salontafel heen.

'Ja,' zei Rose, naar beneden kijkend.

'Nu. Flossie, dat is een ongebruikelijke naam. Is het een afkorting?'

'Nee, ze heet gewoon Flossie,' zei Rose.

'Ze is niet vaak onderzocht, hè?' vroeg de vrouw opgewekt. Evenals de dokter in de ambulance zag ze er voor iemand met zo veel gezag ongelooflijk jong uit. Op haar wang zat zelfs iets wat leek op puberteitsacne.

'Sorry?' Rose had haar niet verstaan.

'Door de dokter. U bent niet vaak met haar bij de dokter geweest. En zo te zien heeft u ook nooit bezoek gehad van een wijkverpleegster?' De vrouw bekeek iets op haar scherm, fronste en leunde achterover in haar stoel.

'Eén keertje, maar die is nooit meer teruggekomen,' zei Rose. 'Ze zei dat alles in orde was en dat ik contact moest opnemen als we iets nodig hadden.'

'Ik begrijp het.' De vrouw keek haar weer glimlachend aan. 'Dat wordt gezegd wanneer ze denken dat iemand die voor de tweede keer moeder is zich wel zal redden. Bezuinigingen, snapt u wel.' Ze keek weer op haar scherm en typte iets. 'Nu moet ik nog een paar vragen stellen, Rose, over het huishouden. Zodat het plaatje compleet is.'

'Juist,' zei Rose. Waarom moest dit meisje nú al die informatie, terwijl het er alleen maar om ging of Flossie het zou halen of niet?

'Heeft u thuis vrij te verkrijgen medicijnen?'

'Een paar, niet veel. Alleen maar paracetamol, aspirine, dat soort spul. Calpol.'

'En waar bewaart u die?'

'In het medicijnkastje. Op een bovenste plank in de provisiekamer.'

'Buiten bereik van de kinderen?'

'Ja.' Rose had zin om weg te lopen en zich te verstoppen. Ze onderzocht de kamer op punten om te verdwijnen – de deur, de ramen, alle gaten in de plinten.

'Gebruikt iemand in uw huis voorgeschreven medicijnen?'

'Polly.'

'Wie?'

'Polly... die logeert bij ons. Maar niet in het huis – ze zit in het huis in de tuin.'

'Ik begrijp het.'

'In de Annexe.'

'Juist. En is er iemand in uw huishouden – en laten we daaronder ook "de Annexe" rekenen – die misschien illegale medicijnen zonder recept gebruikt?'

'Niet echt.'

'Niet echt?'

Rose voelde plotseling paniek opkomen. 'O god... bent u soms van de politie?'

'Nee, ik ben niet van de politie. Ik ben de maatschappelijk werkster van het ziekenhuis. Sorry, ik dacht dat ik dat had gezegd. Kijk, deze vragen zijn in dit soort gevallen de gewone gang van zaken. Een kind wordt binnengebracht met bijvoorbeeld brandwonden – elk soort verwonding dat door een ongeluk kan komen, maar dat ook te wijten zou kunnen zijn aan verwaarlozing of mishandeling. Of vergiftiging, bijvoorbeeld. Het is de gewone gang van zaken voor iedereen, Rose. Het betekent niet dat u verdacht bent, maar we moeten alle mogelijkheden openlaten. Elke situatie zonder vooringenomenheid bekijken. Ik weet zeker dat u dat begrijpt.'

Rose knikte en keek weer omlaag.

'Dus,' ging de vrouw vriendelijk verder. 'Medicijnen?'

'Wij hebben er niets mee te maken!' Rose sloeg met haar hand op de tafel, zodat de vrouw met de acne opschrok. 'Zij is het. Polly. Ze liet Flossie met haar pillen spelen en daarna heeft ze ze niet allemaal opgeraapt. Ze heeft gewoon mijn kind vergiftigd. Ze is ook zo verdomd nonchalant.'

'Rose, je bent van streek. Dat begrijp ik. Maar met deze houding schieten we niets op.'

'Mijn kind is ziek, ik weet niet wat er aan de hand is en u praat tegen me alsof ik een misdadiger ben of zo,' zei Rose. 'Alsof u denkt dat ik niet weet hoe ik voor mijn kind moet zorgen.'

De jonge vrouw leunde achterover, vouwde haar armen over elkaar en keek Rose aan; onder haar vorsende blik klapte Rose dicht en sloeg haar armen om zich heen.

'Morgen gaat er iemand bij uw vriendin langs,' zei de maatschappelijk werkster na een lange stilte. Toen keek ze weer naar haar computer.

Er werd eenmaal op de deur geklopt en Kate kwam binnen.

'Ik heb nieuws,' zei ze; ze pakte Rose' hand en ging naast haar zitten.

'O, god,' zei Rose. 'O, nee, nee, nee.' Ze trok haar hand terug en begroef haar gezicht in beide handen, die ze zo diep in haar ogen duwde dat ze alleen nog maar zwarte vlekken zag. Haar mclk, veel te laat voor Flossies voeding, lekte uit haar gezwollen borsten, lactosetranen in plaats van de zilte die Rose te bang was om te huilen.

'Rose,' zei Kate, haar hand weer pakkend opdat ze zou luisteren. 'Het gaat goed. Ze is er nog steeds.'

Rose keek Kate met roodomrande ogen aan.

'Ze is voorlopig buiten gevaar. We hebben gedaan wat we konden en ze is stabiel. Maar ze is er slecht aan toe, Rose. We weten nog helemaal niet wat er gaat gebeuren.'

Rose verroerde zich niet.

'We hebben haar in een diepe slaap gebracht. Op die manier hebben haar organen een betere kans om te herstellen. Tot ze wakker wordt, zullen we niet weten wat er is gebeurd.'

'Hoe bedoel je?'

'Rose, ik moet je zeggen dat er een kans bestaat dat er iets blijvend is beschadigd. Die kans is minder dan vijftig procent, maar toch aanmerkelijk.'

'Hoe bedoel je, beschadigd?'

'Het is nog te vroeg om daar iets over te zeggen, maar het zou de lever kunnen zijn, of de nieren. Of een hersenbeschadiging, Rose. Maar we kunnen niets met zekerheid zeggen en als we het wel konden, dan zouden we toch niet weten hoe groot de beschadiging is.'

Rose sloot haar ogen en drukte haar vlakke hand tegen haar voorhoofd. Alstublieft, bad ze, draai de klok terug. Maak dat dit niet is gebeurd.

'Afgezien hiervan is Flossie een heel gezond meisje. Tot nu toe heb je altijd juist gehandeld en ze heeft, haar huidige situatie in aanmerking genomen, de beste kansen van de wereld. Er is een goede mogelijkheid dat ze er volledig onbeschadigd van afkomt.'

'Dus,' zei Rose, 'je vertelt me dat ze het zal halen?'

'Ja. Daarvan zijn we bijna honderd procent zeker.' Kate knikte en kneep in haar hand.

'Maar je weet niet zeker of ze als een plant zal eindigen?'

'Dat is heel onwaarschijnlijk, Rose.'

'Maar die mogelijkheid bestaat.'

'Die is heel gering.'

'Dank je wel,' fluisterde Rose. Nu werd ze bevangen door een gloeiende razernij die de kilte die had ingezet op het moment dat ze Flossie in haar wieg vond, wegbrandde. Ze had zin om Polly te vermoorden. Ze had zin om als ze kon, haar hoofd bij haar haren achterover te houden en haar mond vol te stoppen met al die verdomde pillen van haar. En daarna zou ze haar zakken vullen met stenen en haar over het veld de rivier in schoppen.

'Kom maar mee, dan kun je haar zien.' Kate pakte Rose bij de hand en leidde haar van de maatschappelijk werkster vandaan naar een kamertje helemaal aan het einde van de eerstehulpafdeling, waar Flossie lag in wat Rose voorkwam als een plastic doos, met buizen en slangen die in en uit haar gingen.

Rose liep langzaam op haar toe, haar keel verstikt van ontzetting.

'Wat is dat?' vroeg ze, wijzend op een masker dat over Flossies mond en neus was bevestigd.

'Dat is om haar te helpen ademhalen. Alleen als ondersteuning voor haar longen,' zei Kate. 'En dit, en dit en dat...' ze wees op de draden die verdwenen in onzichtbare gaten in Flossies lichaampje, 'is om er zeker van te zijn dat ze genoeg vloeistof en voedsel krijgt.'

'En dit?' Rose wees op twee lange buizen die ergens uit Flossies lichaam kwamen en in een grote, zoemende machine verdwenen.

'Dat is om haar bloed te spoelen,' zei Kate. 'Ze wordt gedialyseerd om haar nieren te helpen.'

'Mag ik haar voeden?' fluisterde Rose, en ze betastte de vochtige plekken op haar T-shirt.

'Op dit moment ben ik bang van niet,' zei Kate, en ze drukte Rose tegen zich aan. 'Ze zou geen honger hebben. Ze krijgt de benodigde voeding via het infuus.'

Rose keek naar haar kleine meisje, dat meer weg had van een machine dan van een mens.

'Heb je alle medicijnen uit haar kunnen halen?' vroeg ze.

'We hebben gedaan wat we konden. Het was een lange weg om de overdosis te neutraliseren, maar iets van die troep is, ben ik bang, in de lever terechtgekomen. Te ver in haar lichaam. Maar ze vecht.'

Flossie zag er zo klein uit. Uitgestrekt in de doos, met niets aan dan een luier en verbanden, haar armpjes omhoog en haar vuistjes gebald, leek het alsof ze in de tijd was teruggegaan. Alsof ze de eerste maanden van haar leven kwijt was en was teruggekeerd tot een broze, prenatale staat. Rose voelde de behoefte haar aan te raken, maar ze kon er niet bij door de plastic doos en de draden en buizen.

'Hier opzij is een opening,' zei Kate, en ze leidde Rose' hand naar Flossies buikje. De naakte huid voelde aan als zijde en Rose kon godzijdank het kleine leven onder haar vingertoppen voelen kloppen. Ze besloot dat ze zo zou blijven staan, met haar hand door de opening, tot Flossie weer beter was.

'Ze hebben momenteel geen bed op de kinder-ic,' zei Kate, 'dus ik vrees dat ze hier moet blijven.' Ze ging een stoel halen, die ze achter Rose zette zodat die kon gaan zitten zonder Flossie los te laten. 'Het is niet ideaal, maar ik heb gevraagd of ze een stretcher voor je kunnen brengen.'

'Ik heb geen slaap,' zei Rose met kleine stem.

'Ik begrijp hoe je je voelt,' zei Kate, 'maar je moet echt wat rusten, Rose. De komende dagen zullen al je energie opeisen. Je moet sterk zijn voor Flossie.'

'Dank je wel, maar ik wil hier blijven.'

'Luister, ik moet nu gaan.' Kate raakte haar schouder aan. 'Mijn spreekuur begint over een halfuur. Vanmiddag kom ik langs om te zien hoe het met haar gaat.'

'Ja. Dank je wel,' zei Rose, zonder Flossie ook maar een moment uit het oog te verliezen.

'Pas op jezelf.' Kate boog voorover en kuste Rose op haar hoofd. Ze stapte uit het kamertje, maar in plaats van voetstappen hoorde Rose dat ze bleef staan en zuchtte, sidderde op een manier waartoe ze Kate niet in staat had geacht.

Dank u God, dat er goede mensen zijn, dacht ze.

Achttien

Rose wist niet hoe lang ze daar al zat en door de opening in de plastic doos Flossies zij streelde. Ze had een soort steun gevonden bij de regelmatige pieptoon van een machine die, wist ze, een rol speelde bij het in leven houden van haar baby. Maar het vage licht dat door de neergelaten jaloezieën van het eerstehulpkamertje drong, was sterker geworden en ze voelde de gloed van zonlicht op haar gebogen rug.

Toen voegde zich nog iets bij de warmte. Ze draaide zich om en zag Gareth, die zijn hand tussen haar schouderbladen had gelegd. Met een schok herinnerde ze zich dat ze hem had moeten bellen, hem op de hoogte had moeten houden. Ondanks zijn terughoudendheid tijdens de zwangerschap was Flossie nu net zoveel van hem als van haar.

Dat vergat ze vaak.

'Op weg naar haar huis kwam Kate even langs,' zei Gareth. 'Ik wist wel dat je te veel aan je hoofd zou hebben.'

Rose kromp ineen. Ze zou niet van Flossies zijde hebben kunnen wijken en zelfs als ze een mobiel had gehad, zou ze die niet hebben gebruikt uit angst dat die misschien een van de levensreddende machines om haar heen zou verstoren.

'Het spijt me...' begon ze, maar hij zei: 'Sst,' en met zijn ogen gericht op Flossie trok hij een stoel bij om naast haar te komen zitten.

'Kijk, ze is nu rustig, en niet meer zo slap,' fluisterde Rose terwijl ze Gareths hand door de opening de doos in leidde. Flossies vuistje sloot zich licht om Gareths grote ruwe vinger.

'En ze gaat het halen,' voegde ze eraan toe. 'Denken ze.'

'Maar echt weten doen ze het niet, hè?' vroeg Gareth. 'Kate zei dat de lever beschadigd kan zijn, of de hersenen. Ze weten het niet, Rose. En wij zullen het jarenlang niet zeker weten.'

Rose leunde tegen hem aan en sloot haar ogen. Het was als een kwade droom. Ze moest steeds denken aan het gezin van het auto-ongeluk, voelde een grote overeenkomst met hen, alsof ze zich in hun midden bevond.

'Ik heb Anna naar school gebracht,' zei Gareth. 'Ik wil niet dat die vrouw nog in de buurt van mijn kinderen komt, Rose. Ik heb haar gezegd dat ze aan het eind van de week weg moet zijn.'

Rose knikte. 'Ja.'

Gareth schudde zijn hoofd. 'Ze spoort niet. En de jongens gaan vanavond terug naar de Annexe en dat was dan dat. We willen niets meer met het hele stel te maken hebben.'

Rose voelde een brok in haar keel opzwellen.

'De jongens...' Ze was vergeten dat die bij Polly hoorden.

'Ik weet het, maar die kunnen niet blijven als zij weggaat.'

De gedachte dat de jongens weggingen was voor Rose alsof het laatste koord waarmee ze overeind werd gehouden, was doorgesneden. Alles te verliezen op het moment dat alles bijna volmaakt was geweest, was te veel om te verdragen. Ze herinnerde zich hoe ze Yannis in Jabberwocky had beloofd dat ze hem nooit in de steek zou laten. De angst drukte op haar als een loodzwaar gewicht waardoor ze nauwelijks kon ademhalen. Ze liet zich tegen Gareth aan vallen en huilde tot het snot in slierten uit haar neus hing en de tranen tot op de laatste druppel uit haar lichaam waren geperst. Hij hield haar vast, zijn armen om haar heen geklemd, totdat ze niets meer had waarmee ze haar verdriet kon uiten.

'Ik kan het idee hen kwijt te raken niet verdragen,' fluisterde ze tegen zijn schouder. 'Ik wil niet dat Nico en Yannis het slachtoffer van dit alles worden.'

'Ze heeft bijna ons kind vermoord,' zei Gareth; zijn stem was koud als ijs.

Rose keek naar hem op. 'Ze is zichzelf niet, Gareth. En het was immers een ongeluk.'

'O ja?' vroeg hij, haar recht in de ogen kijkend. 'Weet je,' zei hij, en hij liep om naar het hoofdeinde van Flossies doos en wees naar haar machteloos uitgestrekte lichaampje, 'weet je, daar ben ik niet zo zeker van. Ik ben er niet zo zeker van dat ze die rotpillen niet gewoon in Flossies mond heeft gestopt.' Hij leunde voorover, zijn handen aan beide zijden van de plastic box en schreeuwde tegen Rose: 'Ik ben er niet zo zeker van dat Polly Novak niet expres hiernaartoe is gekomen om de hele boel te verkloten!'

'Gaat het wel?' Twee verpleegsters kwamen haastig het kamertje binnen en gingen ieder aan één kant van Rose staan, om haar tegen Gareth te beschermen.

Hij stak zijn handen in de lucht. 'Niets aan de hand,' zei hij. 'Niets aan de hand.'

'Ik begrijp dat u van streek bent, meneer Cunningham, maar kunt u alstublieft kalm blijven?' zei de verpleegster tegen Gareth. 'Er zijn hier mensen die er erg slecht aan toe zijn.'

'Zoals mijn kind, verdomme,' siste Gareth, zodat de verpleegster in elkaar krimpend achteruitdeinsde.

Rose greep hem bij zijn arm. 'Toe, Gareth, alsjeblieft. Zij kunnen er niets aan doen. Niemand kan er iets aan doen. Waarom zou Polly Flossie kwaad willen doen? Luister.' Rose wist niet wat ze moest denken, maar haar grootste zorg was de jongens veilig bij haar te houden, hun een kans te geven. 'Luister, Gareth, alsjeblieft. Voor mij. Voor Flossie, voor de jongens. Ga alsjeblieft Polly halen, breng haar hier. Ik moet haar zien.'

De verpleegsters wipten van de ene voet op de andere en keken elkaar ongemakkelijk aan.

Gareth keek naar Rose. 'Herinner je je wat je me hebt beloofd voordat ze kwamen, Rose? Je hebt gezegd dat je er niet tegen in zou gaan.'

'Dat weet ik. Maar nu gaat het om iets belangrijkers. Alsjeblieft, zorg dat ze hier komt.'

Gareth keek razend, eerst naar Rose, toen naar de verpleegsters.

'Ik kom terug.' Hij draaide zich om en liep weg.

'Sorry,' zei Rose, in haar ogen wrijvend. 'We zijn gewoon wat van slag.'

'Kalm aan, hè, mevrouw?' De andere verpleegster, een mollig meisje met een zangerig Somerset-accent liep naar haar toe en sloeg haar arm om Rose heen. 'De baby heeft u nodig.'

Tegen lunchtijd was Gareth nog niet terug. De dienstdoende zuster kwam binnen en gaf Rose opdracht wat eten te halen. 'Ik blijf hier en let op de baby,' voegde ze eraan toe.

Rose ging naar de kantine en nam wat toast met bonen en een kop thee. Ze wilde die niet beneden opeten, dus zette ze alles op een blad en nam het mee naar boven. Halverwege struikelde ze en ze viel voorover, waarbij ze haar scheenbeen bezeerde en een puinhoop van voedsel, drank en zichzelf maakte. Nu ze op de stenen trede zat, had ze niet meer de kracht op te staan. Ze legde haar hoofd op haar armen en sloot haar ogen. Mensen moesten om haar heen lopen.

'Waar moet u zijn, mevrouwtje?' Een vriendelijke verpleeghulp bleef staan en ging op zijn hurken zitten om met haar te praten. Hij hielp haar overeind en bracht haar terug naar Flossie. Via zijn walkietalkie riep hij iemand op om de rommel op de trap op te ruimen. 'We willen niet nog meer ongelukken,' zei hij glimlachend tegen Rose.

De dienstdoende zuster had zich aan haar woord om op Flossie te passen, gehouden en keek streng toen Rose met lege handen terugkwam, maar de verpleeghulp legde uit wat er was gebeurd. De verpleegster installeerde Rose naast Flossie en glipte weg. Even later kwam ze terug met een grote KitKat en een kop thee.

'We moeten onze krachten op peil houden, mevrouw,' zei ze. 'Ik heb het zo vaak meegemaakt. We vergeten altijd voor onszelf te zorgen, maar we schieten er niets mee op als we niet meer op onze benen kunnen staan, nietwaar?'

Rose knikte, niet in staat een woord uit te brengen. De verpleegster wees naar de voorkant van Rose' T-shirt met de twee donkere vlekken waar de melk had gelekt.

'O jee, u heeft nog steeds niet kunnen voeden. Op de kinderafdeling hadden ze wel een kolf voor u georganiseerd. Ik zal kijken wat ik kan doen.'

Na ongeveer een halfuur kwam ze terug met een borstpomp en een ziekenhuisbadjas met een sluiting op de rug.

'Kijk eens aan, mevrouw. Hiermee kunt u de melk afkolven en daarna kunt u dit aantrekken. Uw man zal zo wel met schone kleren komen. U kunt de melk weggooien of afstaan,' kwetterde de verpleegster; ze zette een tafel naast Rose, als steun voor haar arm terwijl de pomp zijn werk deed. 'Ik ben bang dat er hier geen mogelijkheid is om de melk te bewaren. Als u naar de Blauwe Zaal gaat, kan het koel staan tot manlief komt, en die kan het mee naar huis nemen om het voor later in te vriezen. De baby zal een tijdje geen melk drinken.'

'Gareth,' zei Rose. 'Hij heet Gareth.' De pomp, over de tepel van Rose geklemd, zoemde en trilde. Ondanks de vernederende situatie voelde Rose een enorme opluchting toen haar gezwollen borsten hun inhoud in de gesteriliseerde fles afvoerden.

'En wat zullen we dan met de melk doen?' De verpleegster stond achteraf, een hand op haar mollige heup.

'Laat iemand anders het maar gebruiken,' mompelde Rose.

De verpleegster verdween achter het gordijn van het kamertje en kwam terug met machtigingsformulieren en vragenlijsten die Rose moest invullen. Had ze er maar voor gekozen de melk weg te gooien, dacht Rose; maar om de verpleegster een plezier te doen vulde ze de formulieren in.

'En nu gaan we onze peignoir aantrekken, hè?' zei de verpleegster. 'Al die opgedroogde melk ruikt niet zo lekker en is niet zo erg hygiënisch, waar of niet?'

Het was al laat in de middag en Gareth was nog steeds niet op komen dagen. Rose en Flossie werden uiteindelijk overgebracht naar de Blauwe Zaal, die vol leek te liggen met zieke baby's. Het was een grote afdeling zonder muren, met ruime, door gordijnen afgescheiden units voor iedere kleine bewoner met zijn of haar gevolg van tobbende ouders en grootouders en er was meer over de verlichting en inrichting nagedacht dan op de eerstehulpafdeling waar ze vandaan kwamen. Flossie kreeg een unit met een gemakkelijke stoel die uitgeklapt kon worden tot een bed voor Rose. Ze hadden ook een eigen televisie – niet dat het ook maar in Rose' hoofd zou opkomen om televisie te kijken. Ze kon zich op niets anders concentreren dan op Flossie, die nog steeds haar diepe kunstmatige slaap sliep. De nieuwe verpleegster stelde zichzelf voor. In tegenstelling tot die van de eerste hulp was deze snel, kalm en discreet. Ze controleerde om het halfuur Flossies machines en zei Rose steeds opnieuw dat het goed ging met haar baby.

Wat dat ook betekent, dacht Rose.

Ze vond het vreselijk tussen al die kleine, half levende baby's.

Even later werd de rust van de zaal verbroken door plotseling rumoer en drukte bij de verpleegsterspost. Het was Gareth; hij kwam haastig naar Rose en Flossie gelopen. In één hand hield hij een rugzak en de ander was stevig om Polly's pols geklemd, die hij meetrok als een klein tegenstribbelend, ondeugend kind; of een gevangene. Hij was buiten zichzelf.

'Ik kon jullie niet vinden,' hijgde hij. 'Ik dacht... verdomme waarom heeft niemand me gezegd dat jullie verplaatst waren?'

Er ging een tastbare siddering door de afdeling terwijl de aanwezigen bij iedere baby verstoord opkeken naar de oorzaak van de opschudding.

'Alstublieft, meneer, u mag geen lawaai maken.' De efficiënte verpleegster liep naar hem toe. Zonder aandacht aan haar te besteden wendde hij zich tot Rose. 'Ik dacht dat ze... Niemand vertelde wat...'

'Het spijt me dat u zo geschrokken bent, meneer,' zei de verpleegster, die voet bij stuk hield, 'maar Flossie is, zoals u ziet, hier en ze is in orde.' Ze wendde zich tot Rose, bukte zich en sloeg een arm om haar schouder. 'Rose, is het goed als hij hier blijft?'

'Hij kan blijven, dank u wel.' Rose glimlachte zwakjes naar de verpleegster.

'Luister,' zei Gareth tegen de verpleegster, zichzelf tot kalmte dwingend. 'Ik kon hen gewoon niet vinden, snapt u?' Hij liet zich voor Rose op zijn knieën zakken, sloeg zijn armen om haar heen en begroef zijn gezicht tegen haar schouder. Ze besefte dat hij huilde.

Midden in het vertrek stond Polly er verloren bij; ze zag er zenuwachtig en nietig uit.

'Godzijdank zijn jullie beiden in orde,' zei Gareth, en hij keek eindelijk op naar Rose.

'Wat ben je lang weggebleven,' was alles wat ze wist te zeggen.

'Het was een hele toestand,' zei Gareth. 'Het is een lang verhaal. Hoe gaat het met haar?' Hij draaide zich naar Flossie, stak door de opening in de box zijn hand uit naar haar buikje. 'Het is net of ze meer kleur heeft.'

Rose zag dat zelf niet, maar ze knikte.

'De politie is gekomen,' fluisterde Gareth. 'Vroegen naar drugs. Hebben haar ondervraagd,' hij wees naar Polly. 'Ik heb hun de voorgeschreven medicijnen laten zien. Gelukkig hebben ze niet het huis doorzocht. Maar ik heb uit voorzorg toch maar mijn wiet door de wc gespoeld. Voor het geval ze terugkomen met honden, of zo.'

'Heel verstandig,' mompelde Rose, nog steeds zoekend naar de tekenen van verbetering die Gareth bij Flossie had gezien.

'Ik heb haar meegebracht, zoals je had gevraagd,' zei hij, weer naar Polly wijzend, en zonder naar haar te kijken. 'Maar ik blijf bij mijn besluit.'

'Laat me met haar praten,' zei Rose.

'Tien minuten. Onderwijl haal ik koffie. Ik kom zo terug.' En hij liep met grote passen weg over de afdeling, een reus in zijn vuile suède jasje. Hij keek Polly niet eens aan toen hij langs haar liep.

Polly stond roerloos, haar lange loshangende haar om haar wijsvinger gedraaid, haar mond vertrokken tot een zenuwachtig glimlachje.

'Kom eens hier,' zei Rose, gebarend naar de stoel naast haar. 'Kijk.'

'O, god.' Polly liep aarzelend naar het voeteneinde van Flossies box en stond daar als een tragische engel op een victoriaanse ets. Ze was, kon Rose niet nalaten op te merken, smetteloos gekleed in een soepele zwarte jurk met over het lijfje iets flodderigs en doorschijnends. Haar make-up was somber, maar prachtig, ondanks – of dankzij – de roodomrande ogen. Ze stond met haar armen om zich heen geklemd en knipperde met haar ogen.

'Het spijt me zo verschrikkelijk. Het is allemaal mijn schuld,' zei ze. 'Het is allemaal mijn schuld.'

'Het was een ongeluk. Ja toch?' zei Rose, in Polly's ogen zoekend naar aanwijzingen.

Polly wierp zich aan Rose' voeten, sloeg haar handen ineen in haar schoot en keek omhoog in haar ogen. 'Ja, ja, het was echt een ongeluk. Alsjeblieft, Rose, vergeef me.'

Rose voelde hoe haar hand op de gevouwen handen van Polly lag. Het was alsof die daar zweefde, niet echt verbonden was aan haar pols, handelde naar een eigen wil. Ze was niet in staat te spreken, maar voelde een enorme druk in haar borstkas. Als ze daar nog veel langer zat, zou ze barsten en de inhoud van haar hart zou zich uitstorten over de vrouw die haar zo plotseling als een onbekende voorkwam.

Polly zakte ineen, haar gezicht tegen Rose' knieën. 'Het spijt me. Het spijt me. Ik kan het niet geloven,' snikte ze. 'Jij biedt me alles wat je hebt, en ik doe dit. Wat ben ik voor een monster? Ik verdien het niet jou als vriendin te hebben.'

Rose keek opnieuw toe hoe haar hand Polly's achterhoofd zocht, toen omhoogging en haar haar streelde.

'Met alles wat ik aanraak, gaat het mis. Ik had bijna mezelf gedood. Zelfs mijn man kon ik niet in leven houden. En nu dit. Ik ben vervloekt, Rose. Vervloekt.'

'Sst,' zei Rose. Ze wilde ook echt dat ze haar mond hield. 'Hou hiermee op. Kom overeind en kijk.' Ze stond op en draaide Polly om zodat die naar Flossie kon kijken. Polly wankelde toen Rose haar hand pakte en die op Flossies borst legde. De aanblik van de dunne, breekbare vingers met ronde afgekloven nagels op Flossies kleine, met buisjes bedekte ribbenkast was bijna te veel. Rose hield haar adem in op hetzelfde moment dat Polly huiverde.

'Zo klein, zo onschuldig,' zei Polly, bevend.

Daar stonden ze, Rose' hand op Polly's hand op Flossies lijfje.

'Komt het weer goed?' zei Polly na een tijdje; ze trok haar arm terug en sloeg die om haar eigen lichaam.

'Ze zeggen dat haar kansen goed zijn,' zei Rose, de woorden van de dokter herhalend.

Polly liet zich weer in Rose' stoel zakken. 'Ik kan het niet geloven. Het spijt me zo verschrikkelijk.'

Rose knielde naast haar en pakte haar hand. 'Dat weet ik,' hoorde ze zichzelf zeggen.

'Gareth is razend op me,' zei Polly. 'Hij zegt dat we moeten vertrekken en ik weet niet wat ik moet beginnen.' Haar onderlip trilde, haar gezicht betrok. 'Ik weet niet wat ik moet beginnen, Rose.'

'Sst, sst,' zei Rose, haar vasthoudend.

'Het spijt me zo. Ik ben zo stom. Vergeef me alsjeblieft, alsjeblieft? Je bent de enige die ik nog heb, Rose. Ik heb je meer nodig dan je je kunt voorstellen. We kennen elkaar al zo lang en er is niets – níéts – wat we niet van elkaar weten en ik zou het niet kunnen verdragen als Gareth daartussen kwam en dat allemaal kapotmaakte. Ik weet niet wat ik zou doen...'

Rose keek Polly recht in haar ogen. Achter het smeken en het schuldgevoel zag ze een fonkeling, iets onverzettelijks. Was dat vastberadenheid of was het meer?

'Wat bedoel je, Polly?' vroeg ze.

Polly greep Rose' hand en wreef het litteken op haar wijsvinger tegen dat van haar. Ze wist meer van Rose dan wie ook. Ze wist dingen die alles konden bedreigen, ieders geluk.

Rose schudde haar hoofd en kneep haar ogen toe. Dit was een domme gedachte – toch? Polly zou haar niet verraden. Dat had ze per slot van rekening gezworen. Een bloedeed. Ze waren hartsvriendinnen. Ze waren als zusters.

'De jongens maken zich dodelijk ongerust over Flossie, over

wat er gaat gebeuren. Gareth heeft tegen me staan schreeuwen waar zij bij stonden. Yannis is doodsbang, Rose. Ik weet niet wat er gaat gebeuren,' ging Polly verder.

Rose moest handelen. Ze wist dat ze geen risico moest nemen. Ze voelde zich duizelig. Ze begreep wat hier op het spel stond.

'Luister,' zei ze, zich omdraaiend. 'Het is een puinhoop. Ik zal met Gareth praten en dan zullen we wel zien wat ervan komt. Ga jij nu maar, ga en wacht in het cafetaria. Ik ga met hem praten.' Ze was zo moe dat ze bijna hallucineerde. In haar keel leek zich een gladde ronde kiezel te hebben genesteld die dingen tegenhield die beter niet gezegd konden worden.

'Dank je wel. O, dank je wel. Je maakt de juiste keus. Echt waar.' Polly kuste Rose op de wang en liep haastig de afdeling uit.

Even later kwam Gareth terug met een kop thee voor Rose.

'Zo,' zei hij, haar de thee overhandigend.

'Zo,' zei ze, naar hem opkijkend.

'Laat me raden. Je hebt haar gezegd dat je met me zou praten,' zei hij.

'Hmm.' Rose streelde Flossies buikje.

'Ze is een heks,' zei hij. 'Ze heeft jou in haar macht.'

'Luister, Gareth. Ik ben net zo kwaad als jij. Ze is nonchalant geweest en stom. Maar ondanks alles was het een ongeluk. Ze heeft al een hele tijd niet op een baby hoeven passen. Ze is vergeten wat die allemaal kunnen doen. En ze is overspannen; ze is ziek. Misschien heb ik meer schuld dan zij, omdat ik haar met Flossie alleen liet. Ik had beter moeten weten.'

'Sst,' zei Gareth, zijn vinger tegen haar lippen.

'Ik had beter moeten weten.' Ze pakte zijn hand en hield die vast. 'Het gaat om de jongens. Kunnen we haar omwille van de jongens niet nog een kans geven?'

Gareth zuchtte en legde zijn arm om Rose' schouders. 'Rose, Rose, Rose,' zei hij. 'Ik weet niet wat ik ervan moet denken. Misschien ben ik iets te hard van stapel gelopen? Ik was zo razend op haar...' Hij ging zitten en streek met zijn vingers door zijn haar.

'Luister. Alleen omdat jij het wilt, zal ik met haar praten. En morgen zal ik laten weten hoe en wat. Morgen. Maar vandaag hebben we belangrijkere dingen om aan te denken,' en hij draaide zich om en keek naar Flossie.

'Hoe gaat het met Anna?' vroeg Rose.

'Waarom vraag je dat haar zelf niet?' klonk het achter haar.

Rose draaide zich om en zag Kate staan, hand in hand met Anna.

Anna deed haar uiterste best een vrolijk gezicht te trekken, hoewel ze duidelijk geschokt was bij het zien van de aan draden liggende mensjes om haar heen.

Rose sprong overeind en rende op haar dochter af, drukte haar zo stevig tegen zich aan dat het bijna pijn deed.

'Dank je, Kate,' zei Gareth, die opstond en Kate op de wang kuste.

'Graag gedaan. Ik moet toch ook mijn kinderen ophalen; eentje meer maakt niet uit.'

'Ik weet niet wat ik zonder jou zou moeten beginnen,' zei Rose.

'Voor jou,' zei Anna en ze gaf haar moeder een doos rozenchocolade. 'Je naam staat er zelfs op.'

Het was een afgezaagd grapje, dat met elke Kerstmis, verjaardag en Moederdag werd opgedist en nooit naliet een glimlach aan Rose te ontlokken.

'Dank je wel, schat.' Opnieuw drukt Rose Anna tegen zich aan. Maar Anna kon niet lang zo blijven staan. Ze was te bezorgd om haar zusje en maakte zich los om naar haar te kijken.

'Mag ik haar aanraken?' vroeg ze Rose.

'Als je schone handen hebt en erg voorzichtig doet.'

Rose en Gareth keken toe hoe Anna een vinger tegen Flossies wang hield, toen vooroverboog en precies ter hoogte van haar voorhoofdje een kus op de box gaf.

'Ik hou van je, Floss. Word maar weer gauw beter. Ik kan niet wachten tot je kunt lopen en we samen heel veel lol zullen hebben,' fluisterde ze. 'Kan ze me horen?' vroeg ze aan Rose.

'Ik weet zeker van wel,' zei Rose zo rustig als ze kon. Maar de kiezel die zich in haar keel had genesteld toen ze met Polly was, werd groter. Nog even, dacht ze, en ik barst.

Kate ging met de verpleegsters praten, en Gareth en Anna installeerden zich bij Flossie. Gareth gaf de rugzak die hij bij zich had aan Rose.

'Waarom ga je geen bad nemen? Er even tussenuit. We zijn hier om het fort voor Flossie in stand te houden.'

Zijn woorden riepen een vluchtig beeld op van de dag ervoor, toen iedereen om de met gras begroeide ruïne had gerend, zich niet bewust van wat hun te wachten stond. Was ze daar nog maar.

Het kostte enige tijd voor ze was omgepraat: haar instinct zei Flossie niet achter te laten, maar uiteindelijk ging ze naar de badkamer.

Ze keek naar zichzelf in de spiegel en plensde koud water over haar gezicht. Ze leek tien jaar ouder dan de vorige dag, toen er nog geen vuiltje aan de lucht was.

Haar lichaam had een onaangename zure melklucht die zich in elke porie leek te hebben gehecht. Haar haar had de stress van de afgelopen twaalf uur geabsorbeerd en was vet. Gareth had een fles badolie ingepakt, en zo vulde ze de voor ouders bestemde badkamer met geparfumeerde stoom, ging in het bad liggen en probeerde helder te denken.

Ze trok schone kleren aan, en haar lievelingssokken en pantoffels. Bij de gedachte dat Gareth, ondanks zijn woede en angst, met zo veel zorg deze tas had ingepakt, trok er een ongepaste siddering van genot door haar net gereinigde lichaam.

Gareth, Anna en Kate, die terug was, zaten om Flossies box toen Rose weer tevoorschijn kwam.

'Je ziet er duizendmaal beter uit.' Gareth sprong op en liet haar weer plaatsnemen op haar stoel.

'Fantastisch!' zei Kate. 'En ze zijn echt heel tevreden over hoe die kleine Flossie het doet. Alles gaat goed.'

'Luister, Rose,' zei Gareth, 'wij moeten nu terug. De jongens zijn bij Simon en ik moet ze ophalen en iedereen te eten geven.'

'Er staat een stoofpot in de diepvries,' zei Rose.

'Maak je maar geen zorgen. Papa zei dat we vanavond pizza's kunnen halen,' zei Anna. Ondanks Rose' kookkunst was Anna's lievelingseten een Domino's Meateor.

'Zijn jullie hier nog?' vroeg een klein stemmetje. Rose draaide zich om en zag dat Polly achter hen was geslopen. Een ogenblik hield iedereen op met praten en keek naar haar, alsof ze gezamenlijk de adem inhielden. Toen werd dat moment met een zucht verbroken.

'Oké dan, ik moest er maar eens vandoor gaan.' Kate stond op en trok haar jas aan. 'Straks herkent mijn gezin me niet meer.'

'Bedankt voor alles,' zei Rose.

'Niets te danken,' zei Kate en weg was ze. Ze had Polly geen blik waardig gekeurd.

'Ik neem aan dat je mee wilt rijden?' Gareth wendde zich tot Polly.

'Sorry,' zei Polly, 'maar ik weet niet welke bus ik moet nemen.'

'Er zijn geen bussen, Polly,' zei Anna. 'Rij maar met ons mee.'

'We stonden op het punt te vertrekken. Kom maar,' zei Gareth, en hij en Anna streelden Flossie, kusten Rose en gingen weg.

Bij de deur draaide Polly zich om naar Rose. 'Dank je,' zei ze geluidloos. Maar er kon geen lachje af. Nog geen zweem.

Negentien

De eerste nacht in het ziekenhuis was lang, oververhit en oncomfortabel. De uitklapbare leunstoel was te klein en de dekens waren te zwaar voor Rose. Ze werd elk halfuur wakker om Flossie te controleren, die geen enkel teken van verandering vertoonde, ten goede noch ten kwade.

De ochtend brak aan. Althans, de zwakke lichtbundels die in elke baby-unit gloeiden werden vervangen door helblauwe fluorescerende neonverlichting die te fel scheen. Rose had hoofdpijn, en nadat ze zich ervan had vergewist dat een verpleegster een oogje op Flossie zou houden, schuifelde ze de gang door om koffie en een donut te halen. Ze voelde dat de bedomptheid van het ziekenhuis bezit van haar begon te nemen. Haar huid was flets, haar bewegingen werden langzamer. Het kostte haar moeite zich voor te stellen dat er buiten die muren een andere wereld bestond.

Ze kon zich nog wel de kinderen thuis indenken die zittend voor de televisie hun pizza's aten zoals ze dat de avond tevoren gedaan zouden hebben. Maar ze had geen idee wat Polly en Gareth intussen hadden gedaan. De staat waarin ze verkeerden toen ze beiden vertrokken: tot wat voor avond kon dat hebben geleid? Ze had Polly nog nooit zo gezien. Het was alsof ze al haar zelfvertrouwen – tot en met het laatste greintje – had verloren. En dat Gareth zo vreselijk boos was geweest was ook zeldzaam.

Misschien kwam het omdat ze moeite had de zaken op een rijtje te zetten, maar Rose wist niet wat ze moest hopen – dat Gareth voet bij stuk had gehouden en Polly had weggestuurd, of dat hij van gedachten was veranderd en had gezegd dat ze mocht blijven. Of dat Polly moest gaan maar dat de jongens konden blijven. Dat zou misschien het beste zijn voor iedereen. Ook al deed ze deze gedachte af als belachelijk, toch kon Rose haar niet volledig van zich afzetten.

Ze ging terug naar de afdeling, haar kartonnen koffiebekertje stevig vasthoudend. De andere ouders keken op toen ze langskwam. Ze probeerde te glimlachen, maar haar gezicht werkte niet mee. Werd er in dit soort situaties een bepaald gedrag van je verwacht? Ze voelde zich door de anderen bekeken alsof er regels waren die zij niet kende. Alsof er een ras van bezorgde ouders van kleine kinderen bestond waartoe zij niet behoorde. In Rose' ogen zagen ze er allemaal hetzelfde uit – grauw en afgetobd. Hoelang zou het duren tot zij een van hen was?

Ze was blij toen ze weer bij Flossie was en haar aandacht kon richten op het belangrijkste. Ze loste de verpleegster af, ging zitten, dronk haar koffie en kauwde op haar donut. Ze had zich niet gerealiseerd dat ze zo'n honger had.

Ze probeerde haar boek te lezen. Gareth had het zorgvuldig ingepakt met een bladwijzer waar ze het, twee avonden terug, omgekeerd opengeklapt op de grond naast haar bed had gelegd. Maar het lukte haar niet; haar ogen gleden steeds weer over dezelfde woorden en ze nam niets op. Ze bladerde door een stapel tijdschriften die de verpleegster voor haar was gaan halen. Maar ze ergerde zich aan de bladzijden met ezelsoren vol schreeuwerige kleurenfoto's van dure kleren. Hoe konden die hier zijn, in dit vertrek waar haar kindje zo ziek lag? Ze zette de televisie aan en keek naar de parade van tragische levens in The Jeremy Kyle Show. 'Mijn hartsvriendin vergiftigde mijn kind en doodde haar bijna' zou een heel indrukwekkende aflevering zijn, dacht ze.

Druppel voor druppel sijpelde Rose' wilskracht en vastberadenheid weg. Haar wereld kromp tot de kleine luchtbel met alleen zij, Flossie en de televisie. Ze dutte juist in toen aan de andere kant van de afdeling beroering ontstond. Het was de ochtendronde van de specialist en zijn gevolg. De specialist, een grote vrouw met een puntige neus, die Rose nog niet had ontmoet, kwam rechtstreeks op haar af.

'Dus dit is baby Cunningham,' zei de specialist tegen de verpleegster naast haar.

De verpleegster overhandigde haar het klembord dat aan het

voeteneinde van Flossies box was bevestigd. Rose had eerder geprobeerd te ontcijferen wat de aantekeningen betekenden, maar ondanks haar eindexamen in biologie had ze geen wijs kunnen worden uit de cijfers en diagrammen waarmee Flossies vooruitgang werd weergegeven.

De specialist bekeek de kaart. Rose vroeg zich af of ze in de loop van de ochtend onzichtbaar was geworden.

'En dit is de moeder?' zei de specialist uiteindelijk tegen de verpleegster.

'Rose Cunningham,' zei Rose, opstaand en haar hand uitstekend. Plotseling herinnerde ze zich dat zij hier de touwtjes in handen moest houden, zowel voor Flossie als voor haar eigen waardigheid.

'Hallo. Nou – eh – Flossie heeft geluk gehad,' zei de specialist.

Rose vroeg zich af of dat een beschuldiging inhield.

'De logee van mevrouw Cunningham liet haar antidepressiva binnen bereik van het kind,' zei de verpleegster.

Als de verpleegster zich geroepen voelde tussenbeide te komen en haar te verdedigen, dan had ze dat van de beschuldiging waarschijnlijk juist ingeschat, dacht Rose.

'Het ziet er allemaal goed uit, mevrouw Cunningham,' zei de specialist. 'Vandaag gaan we proberen Flossie van de beademing te halen, en haar bloed ziet er aardig schoon uit zodat we over een dag of twee de dialyse kunnen herzien.'

Een dag of twee – dat klonk als een heel lange tijd.

'Heeft u nog vragen?' vroeg de specialist.

'Hm, ik geloof van niet,' mompelde Rose. Ze kon niets bedenken, terwijl ze zeker wist dat ze iets te vragen had. Misschien dat het haar later te binnen zou schieten. Dan zou ze het opschrijven voor de volgende keer.

Toen Rose even later gebogen over Flossie stond, haar beterschap afdwingend, voelde ze een tikje op haar schouder. Ze draaide zich om; daar stond Gareth.

'Het was een lange nacht,' zei hij.

'Ja.'

'Hoe maakt mijn meisje het?' Hij boog zich voorover en raakte via het gat in de box Flossies wang aan.

'Ze zeggen dat het goed met haar gaat,' zei Rose en ze herhaalde wat de specialist volgens haar had gezegd.

'Hoe lang duurt het nog voordat we haar mee naar huis kunnen nemen?' vroeg Gareth.

Rose kon zichzelf wel voor haar hoofd slaan: dat had ze de specialist moeten vragen.

'Ik weet het niet.'

'We willen allemaal dat je thuiskomt,' zei Gareth. Hij zocht een vrije stoel en zette die naast Rose. Hij pakte haar hand.

'En?' zei Rose. 'Wat heb je met Polly besloten?'

'Ik heb haar nog nooit zo gezien als gisteravond,' zei Gareth. 'Ik denk dat ik eindelijk een glimp heb opgevangen van de mens in haar.'

'Is dat een goed teken?'

'Het was niet tot me doorgedrongen hoeveel jij voor haar betekent,' zei hij. 'Ze smeekte me haar te vergeven. Ze is er kapot van.'

'Wat zei ze?'

'Luister, Rose. De situatie is als volgt. Voor zover ik het kan overzien, zelfs zonder rekening met Polly te houden, zou het voor iedereen vreselijk zijn als ze wegging. Jij zou het me nooit vergeven, ik zou me schuldig voelen en voor de jongens zou het helemaal een ramp zijn. Zelfs Anna was vanochtend tegen me.'

'Geloof je dat het een ongeluk was?' vroeg Rose.

'Wat moet ik zeggen? Ik geloof van wel. Ik geloof dat ze stom en nonchalant is geweest – dat zijn haar woorden, niet de mijne. Ze heeft gezworen dat het nooit meer zal gebeuren. En weet je, ik moest steeds denken aan die dag bij het kasteel. Het plezier dat we hadden, hoe goed alles leek – voordat dit gebeurde, bedoel ik.'

Rose was verbijsterd. Gareths ommekeer was zo plotseling, zo volledig, dat ze niet kon nalaten zich af te vragen wat Polly had gezegd of gedaan om hem van mening te doen veranderen. Had ze maar kunnen zien wat zich tussen hen had afgespeeld. Maar dat was het punt niet. Waar het om ging was dat alles weer goed kwam.

'Dank je wel,' zei ze, haar arm om Gareth heen slaand.

'Nu is onze enige zorg dat Flossie beter wordt,' zei hij, en hij draaide zich weer om naar de baby in de box.

Twintig

De dagen erop leken zich te verdichten in de grijze gordijnen om Flossies kleine unit. Rose wist niet meer of het dagen waren of weken, die voorbijgingen. De routine van de ronde doende dokters, controlerende verpleegsters en kopjes thee had moeten helpen om de tijd bij te houden, maar dat deed ze niet. Rose ontwikkelde een theorie dat er kalmeringsmiddelen werden gedaan in de koffiekannen waarmee vrouwelijke vrijwilligers rondgingen: houdt iedereen rustig, houdt alles onder controle.

Ze probeerde dit idee – deels grap, deels complottheorie – te delen met de vrouwen aan weerszijden van haar, maar die keken of ze niet goed snik was. Ten slotte had ze het gevoel een vreemd wezen op die zaal te zijn. De anderen praatten ongedwongen met elkaar, met hun ruggen naar Rose. Misschien was het een kwestie van stijl. Misschien was het omdat ze er allemaal zo keurig en verzorgd uitzagen – Rose kon zich er niet toe brengen haar haren te kappen, laat staan zich op te maken zoals de andere vrouwen. Of misschien hadden ze er lucht van gekregen waarom Flossie hier was, en veroordeelden ze Rose als een slechte moeder. Hoe dan ook, ze voelde zich een buitenbeentje. Het deed haar denken aan andere momenten in een ziekenhuis, momenten op school – momenten die ze dacht vergeten te zijn.

Slechts één keer voelde ze zich met de anderen verbonden. Op de tweede dag van hun verblijf stierf er op de afdeling een baby. Het kwam niet onverwachts: het half volgroeide wezentje werd in leven gehouden door een hele batterij machines en had nooit echt een kans gehad.

Rose hoorde hoe de specialist de verslagen ouders voorzichtig vertelde dat er geen hoop meer was. Ze kreeg hun toestemming de draden en slangen die het kind met deze wereld verbonden te verwijderen.

De moeder huilde met gierende uithalen. Ze was nog maar nauwelijks zwanger toen ze het kind al verloor. Er was nooit veel hoop geweest. Niettemin was haar verslagenheid gelijk aan wat Rose wist wat zij zou voelen als het ondenkbare Flossie zou overkomen. Verlies, wist Rose maar al te goed, was de ergste soort wanhoop. In het bijzonder – en hier kromp haar hart zo erg ineen dat ze dacht flauw te zullen vallen – wanneer het een kind, een baby betrof, die je nooit echt zou kunnen vasthouden, koesteren, leren kennen.

De verpleegsters leidden de ouders weg. Beroofd van hun kind waren de snikkende vrouw en haar als een grijze geest uitziende man van het ene op het andere moment van permanente bewoners mensen geworden die geen reden hadden zich daar op te houden. De hele zaal werd één in een zwijgend dankgebed dat dit een ander overkwam. Elk volwassen paar ogen keek toe hoe de onttroonde ouders broos van het toneel verdwenen.

Gareth kwam twee keer per dag langs; 's ochtends alleen en 's avonds met Anna, Nico en Yannis. De jongens waren gefascineerd door de machinerieën en andere medische accessoires en hadden niets van Anna's aanvankelijke terughoudendheid getoond. Ze doken eropaf, stelden vragen, probeerden dingen uit en creëerden hun eigen gedruis op Flossies unit. De verpleegsters moesten hen meerdere malen tot kalmte manen. Na hun bezoek sprak de hoofdzuster rustig met Rose: ze wilden maar één broertje of zusje per keer op de Blauwe Zaal, dus konden haar zonen in het vervolg apart komen?

Polly kwam niet zolang Flossie kunstmatig in slaap werd gehouden. Ze kon niet in haar eentje komen omdat ze tot die mensen behoorde die, voor Rose onbegrijpelijk, erin waren geslaagd volwassen te worden zonder te kunnen autorijden. Of, nu ze erover nadacht, zonder te kunnen zwemmen, ondanks het feit dat ze grote delen van haar leven binnen een kilometer van zee had gewoond. Toen ze jong was, maakte ze het grapje dat ze een innerlijk leven moest leiden: het verwerven van puur praktische kennis was een ergerlijke afleiding.

Maar Polly kwam evenmin met de anderen mee. Als Gareth 's ochtends kwam, was het te vroeg, lang voordat Polly wakker werd, maar Rose begreep werkelijk niet waarom ze 's avonds niet kon komen.

'Ze schaamt zich,' zei Gareth. 'En we moeten niet vergeten dat ze ook nog steeds Christos' dood moet verwerken. Maar je krijgt veel liefs, weet je.'

'Ja,' zei Rose.

De andere bezoeker was Kate, en zij kwam dagelijks. Er kwamen boodschappen van Simon en een paar andere ouders van school, maar geen van hen werd toegelaten. Om het infectiegevaar zo klein mogelijk te houden mocht alleen directe familie komen.

Gareth kwam met lekkere hapjes voor Rose. Hij had altijd goed kunnen koken, maar sinds de geboorte van de kinderen had hij dat aan Rose overgelaten. Zijn terugkeer in de keuken benadrukte Rose' gevoel van machteloosheid: ze telde niet meer mee, ze kon zelfs niet meer de magen van haar gezin vullen. In plaats daarvan was Gareth in zijn element: hij maakte samosa's, pasteitjes, tabouleh – allerlei soorten pizza's, tortilla's en pasteien. Ladingen pasteien, een echte Amerikaan waardig. Maar Rose was dankbaar voor de slim bedachte vervoerbare hapjes die hij meebracht. Daarmee werd haar de afschuwelijke smurrie die in de ziekenhuiskantine voor eten doorging bespaard.

Wanneer hij kwam opdagen, draaiden alle vrouwen hun hoofden om om naar hem te kijken. Op hun gezichten was mild amusement te zien, als was hij onderdeel van het mikpunt dat Rose vormde. Toen hij de eerste keer eten had achtergelaten, was Rose ermee rondgegaan, maar niemand wilde. Eén vrouw trok bij het haar aangeboden minipasteitje zelfs een gezicht alsof ze er iets van zou kunnen krijgen.

Gareth nam ook een fles Laphroaig mee, waarvan Rose en hij nipten terwijl ze naar Flossie keken. De tweede avond had hij een fles rioja bij zich waarvan Rose kon genieten als hij was vertrokken. Rose was niet van plan daarmee rond te gaan. In feite voelde ze afkeuring, terwijl zij daar met haar wijntje zat, maar na het tweede glas kon het haar niet meer schelen. Hoe moest ze anders de tijd met haar zieke baby doorkomen?

Flossie begon er sterker uit te zien. De vierde dag op de Blauwe Zaal haalden ze haar van de dialyse en verwijderden ze de beademingsslang.

'Ze ademt prachtig,' zei een jonge Poolse verpleegster met kuiltjes in haar wangen stralend.

Rose verbaasde zich erover hoe vreemd en treurig het eigenlijk was om blij te zijn met het feit dat je kind zelf kan ademhalen.

Flossies kleur werd van vaalbleek weer gewoon, gezond roze. Haar greep werd met het uur sterker en van tijd tot tijd trilden haar oogleden. Die leken op de een of andere manier minder doorzichtig; alsof ze iets vasts, duurzaams herbergden.

Rose deed van deze ontwikkelingen verslag aan de verpleegsters en artsen, die volgens hun eigen, minder subjectieve kaarten en metingen bleven werken. Daar putten ze kennelijk ook vertrouwen uit, want het slaapmiddel werd allengs verminderd.

Op de zesde dag ontwaakte Flossie en liet ze zich door Rose oppakken en aan de borst leggen. Rose liet haar tranen de vrije loop toen ze het vertrouwde zuigen aan haar tepel voelde, het naar lucht happen en ademen. Flossie had niet onmiddellijk het juiste ritme te pakken, maar dat kwam terug en daarmee de hoop op een toekomst: een belofte dat alles beter en weer normaal zou worden.

Flossie werd uit de plastic box naar een klein ledikant verhuisd. Dit was, veronderstelde Rose, meer om psychologische dan om praktische redenen. Het betekende dat het levensgevaar was geweken, dat ze spoedig naar huis zouden kunnen gaan.

Op diezelfde dag kwam Gareth met Polly. Hij leidde haar door de zaal, met zijn hand op haar rug alsof hij haar zachtjes voortduwde, alsof ze enigszins aarzelde om binnen te komen. Ze liep op Rose af met gebogen hoofd, zoals een stout kind zijn hoofdonderwijzer onder ogen komt. Rose hield haar even vast en nam haar op. Ze vond dat Polly er wat beter uitzag dan toen ze uit het vliegtuig stapte. Gareths kookkunst deed haar kennelijk goed.

'Dames, ik laat jullie even alleen,' zei hij en hij deed een stap achteruit. 'Ik moet naar Waitrose, een paar dingen kopen.'

Hij kuste hen beiden – Rose op de mond, Polly op de wang – en vertrok. Polly keek hem na en wendde zich toen tot Rose.

'Het spijt me dat ik niet eerder ben gekomen,' zei ze.

'Dat heeft Gareth me gezegd.'

'Het kostte me echt moeite alles tot me door te laten dringen.'

'Laat maar zitten.'

Polly liep naar Flossies ledikantje. 'Ze ziet er veel beter uit. Net alsof ze gewoon slaapt.'

'Dat doet ze ook,' zei Rose.

Polly boog voorover en streelde Flossies wang. Met verbazing voelde Rose de enorme aandrang die hand van haar baby weg te duwen en de bezitster ervan van het ledikant weg te trekken. Het vergde een uiterste wilskracht daar niet aan toe te geven.

'Hallo, Flossie,' fluisterde Polly en twee lange donkere haren zweefden van haar hoofd op Flossies gezicht. Rose haalde ze weg. Polly keek naar haar op.

'Rose, echt, het spijt me zo verschrikkelijk, weet je. Ik ben zo'n stommeling.'

'Kunnen we ophouden met die verontschuldigingen?' zei Rose. Ze had het gevoel dat ze die niet langer kon verdragen.

Polly greep Rose' handen en hield ze stevig vast, kneep erin met gesloten ogen. 'Dank je wel,' zei ze na enige tijd. Ze keek op. Er stonden tranen in haar ogen.

'Ga zitten, dan haal ik thee voor ons,' zei Rose.

Toen ze terugkwam stond Polly een eind verderop te kletsen met de moeder die het pasteitje had afgeslagen. Rose zette de kommen op Flossies kluisje en stralend als een zonnetje kwam Polly door de zaal teruglopen.

'Waar hadden jullie het over?' vroeg Rose, terwijl ze haar de thee aanreikte.

'O, over koetjes en kalfjes,' zei Polly. 'Ze had geprobeerd uit te vinden hoe onze relaties waren.'

'O,' zei Rose, 'ik dacht dat ze me niet eens had opgemerkt.'

'Het is zo grappig,' glimlachte Polly. 'Ze dacht dat ik Gareths vrouw was.'

'En wie was ik dan volgens haar?' vroeg Rose.

'Wil je dat echt weten?' zei Polly.

'Vertel op.' Rose forceerde een glimlach.

'Zijn ex!' Polly grinnikte; ze bracht het als een clou.

'En wat was Flossie dan?' vroeg Rose. 'En hoe verklaart ze dan het feit dat Gareth twee keer per dag bij ons op bezoek komt en eten en drinken meebrengt?'

'Kalm, Rose,' zei Polly. 'Het was alleen maar wat ze – abusievelijk – dacht wat ze zag.'

'Stom wijf,' mompelde Rose; ze ging zitten en nam een slok van haar thee. Ze strekte haar benen en wreef in haar ogen. 'Shit, ik moet hier echt weg.'

Ze dronken hun thee en praatten over de kinderen.

'Ze gaan zo fantastisch met elkaar om, Rose. Net een grote familie. Anna is dol op mijn jongens.'

'En jij, Poll? Hoe sta jij ervoor?'

'Ik red me best, weet je,' zei ze. 'Mijn weduweliedjes zijn bijna af. Gareth zegt dat hij met de eigenaar van The Lamb gaat praten of ik een soort try-out kan houden.'

'Wauw,' zei Rose. The Lamb was het dorpscafé en stond bekend om zijn verbazingwekkend goede muziekavonden. De beste bands uit Bristol en Bath, evenals beroemdere nationale artiesten, stonden in de rij om daar te spelen. Het verhaal ging dat Jarvis Cocker, enkele jaren voor zijn comeback, onaangekondigd een akoestische set had gespeeld. Het was een perfecte plaats voor Polly om haar liedjes te testen.

Tegen de tijd dat Gareth terugkwam, had Rose Polly verteld over haar problemen met de andere ouders.

'Rose moet hier weg, Gareth,' zei Polly. 'Ze wordt hier helemaal kierewiet.'

'Dat verbaast me niets,' zei hij. 'Wat dacht je ervan om morgenochtend naar huis te gaan? Ik kom bij Flossie zitten, zodat jij terug kunt rijden, een bad nemen, een beetje in de tuin zitten, wat je maar wilt, en dan kom je weer terug als je de kinderen van school hebt gehaald?'

Het was een goed idee, en Rose had genoeg borstvoeding opgeslagen om het uit te kunnen voeren. Ze proostten op Flossie met een druppel whisky, en toen vertrokken Polly en Gareth. Terwijl ze wegliepen, zag Rose hoe de vrouw op het idee had kunnen komen dat zij man en vrouw waren. Ze waren beiden spichtig, hadden hetzelfde soort haar en loopje, waardoor je dacht dat ze bij elkaar hoorden.

Rose riep zichzelf tot de orde. Ik word echt gek, dacht ze.

Later op de avond kwam de afdelingszuster Flossie controleren. Rose vertelde haar het plan voor de volgende dag en vroeg wat ze ervan vond. De verpleegster keek Rose aan alsof ze niet goed snik was.

'Weet u, u hoeft ons niet om toestemming te vragen,' zei ze. 'Twintig jaar geleden kwamen de ouders alleen tijdens de bezoekuren, en konden wij, als u het mij vraagt, ons werk heel wat efficiënter verrichten.'

Rose lachte, alsof de vrouw een grapje maakte, maar de blik op haar gezicht deed haar beseffen dat het de vrouw ernst was, dus hield ze zich in.

Die avond zat Rose naar Flossie te kijken, die haar recht aankeek.

Beeldde ze zich dingen in of was er iets anders aan haar baby? Miste ze iets? Vóór de pillen had Flossie met de dag meer van zich doen spreken, als een baby die op weg was een kleuter te worden. Nu leek het proces omgekeerd. Er hing nu een soort waas om haar heen. Nu Flossie wakker was, konden de artsen een duidelijker prognose stellen. Ze konden bijvoorbeeld ernstige cognitieve of fysieke beschadigingen uitsluiten. Maar wat subtielere effecten betrof, waren ze niet zo zeker. Als er enige schade was, dan was die waarschijnlijk licht – een incidenteel gestotter bijvoorbeeld, of een minieme leerachterstand. En misschien was er geen waarneembaar verschil. Het zou in elk geval moeilijk zijn te weten of iets een gevolg was van de vergiftiging of hoe dan ook zou zijn gebeurd.

Allemaal hoogst onbevredigend. Rose wilde de empirische resultaten waar ze zo dol op was. De onwetendheid maakte dat haar grondvesten wankelden. Van een wereld die van alles had beloofd, leek niets meer zeker.

Eenentwintig

Zoals gepland reed Rose de volgende dag naar huis en liet Gareth bij Flossie achter. Bij aankomst wierp ze een blik op de Lodge en wenste dat ze in het ziekenhuis was gebleven. Anna en de jongens waren op school, en Polly lag waarschijnlijk nog in bed. Het huis was verlaten.

De keuken was een chaos. Midden op de tafel stond, onafgedekt, een cake waarvan één plak was afgesneden. Eromheen lag een allegaartje van pakken meel, vieze mengkommen, eierschalen en gebruikte kopjes, alsof de cake zichzelf had gemaakt. De vloer lag bezaaid met schillen en meel. Overal stonden jampotten met narcissen en wilgenkatjes, het water bedorven: water dat naar de dood rook. Midden op de grond stond de wasmand, vol verkreukeld, vochtig wasgoed dat muf rook. Rose nam het hele zooitje mee naar de bijkeuken en waste het nogmaals.

Toen ging ze naar boven. Alle bedden waren onopgemaakt, ook dat van haar en Gareth. Uit het veld geslagen wierp ze zich op de verkreukelde lakens. Het zou allemaal niet moeten uitmaken, maar dat deed het wel. Ze was minder dan een week weg geweest en alles zag, rook, voelde anders. Dat kon toch niet zomaar zijn gebeurd – zonder dat iemand een handje had geholpen?

Maar ze verdrong die gedachte. Ze was moe en dit was allemaal zo anders. Ze sloot haar ogen en doezelde weg. Tweemaal schrok ze op met het idee dat Flossies machines niet meer piepten. Telkens duurde het enige tijd voordat ze weer wist waar ze was en waarom ze naar een witte muur staarde in plaats van een grijs gordijn.

Toen ze echt wakker werd, lag ze met haar gezicht tegen het kussen gedrukt, in een vlek van haar eigen speeksel. Ze bleef roerloos liggen en stelde haar ogen langzaam in op het witte kus-

sensloop. Ze kwamen tot rust op een vreemd voorwerp: een enkele, lange zwarte haar, vlak bij haar wang. Haar hersenen namen
op wat ze zag en lieten tot zich doordringen waarnaar ze lag te
kijken. Ze ging rechtop zitten en bestudeerde de haar, hield hem
naast een haar van haarzelf, die korter was en valer. Het leed geen
twijfel dat deze verdwaalde haar aan Polly had toebehoord.

Polly's hoofd had op dit kussen gelegen.

'Doe niet zo belachelijk, Rose,' hoorde ze zichzelf hardop in
de stille kamer zeggen. Polly had natuurlijk op bed gezeten om de
kinderen voor te lezen. Waarschijnlijk was ze door Anna hierheen
geloodst voor een verhaaltje-voor-het-slapengaan. Het kostte
Rose heel wat moeite zich een beeld te vormen van een Polly met
om zich heen de kinderen aan wie ze een boek voorlas. En al kon
ze zichzelf zover krijgen het te geloven, het te aanvaarden ging
haar te ver. Het zou lijken alsof Polly Rose was en Rose vond dat
weerzinwekkend. Het bracht de lucht van de drol op de vloer in
Hackney weer in haar neusgaten.

Rose trok de deken terug en inspecteerde grondig de rest van
het bed. Aan Gareths kant lag een schaamhaar – van hem, constateerde ze opgelucht na een nauwkeurig onderzoek. Verder was er
niets, behalve de oude zwarte vlek van de keer dat ze, een beetje
dronken, tijdens het maken van een boodschappenlijstje in bed
in slaap was gevallen en haar pen op het laken had laten leeglo-
pen. Ze had die vlek er nooit meer uit kunnen krijgen.

Vervolgens ging Rose op haar knieën op het bed zitten, drukte
haar gezicht tegen de lakens en snuffelde ze af zoals een nieuws-
gierige reu aan het achterste van een teef snuffelt. Ze wist zeker
dat het heel flauw naar Polly rook. Maar ze had het tastbare bewijs
van de haar, en als ze inderdaad op bed had gelegen – en dat had
ze – dan zou het natuurlijk naar haar ruiken.

Rose ging op bed zitten en wond de haar om haar wijsvinger
met het litteken, wond hem er zo stijf omheen dat het topje wit
werd. Toen keek ze door de kamer naar de grote spiegel aan haar
kant van het bed en zag zichzelf, haar haar in de war, de ogen iets
te wijd open.

Ze glimlachte naar haar spiegelbeeld. 'Je stelt je aan,' zei ze hardop tegen zichzelf.

Ze trok aan Polly's haar tot hij knapte. De opsluiting op de afdeling had haar duidelijk van haar relativeringsvermogen beroofd.

Ze stond op, schudde de deken en kussens op. Ze ging naar de badkamer, spoelde het bad schoon en liet het vollopen met heet water. Ze waste haar haar en elk deel van haar lichaam. Daarna liet ze zich achterover zakken in het water en telde door het dakraampje de wolkjes. Ze begon zich als herboren te voelen. De wereld kwam tot rust. Ze popelde om aan het werk te gaan. Ze zou snel orde op zaken stellen en dan konden ze allemaal verder.

Ze stapte uit bad en behandelde haar gezicht met een reinigende, verstevigende en vochtinbrengende crème. Op haar lichaam smeerde ze een bodylotion, op haar voeten een voetcrème, op haar handen een handcrème en op haar ellebogen een elleboogcrème. Ze aarzelde even en besloot toen de elleboogcrème ook op haar knieën te smeren.

Ze moest voortmaken. Naakt liep ze naar de slaapkamer om haar kimono van de haak achter de deur te pakken, maar die hing er niet. Gareth had hem misschien ergens anders neergelegd. Ze doorzocht haar laden, maar daar was hij ook niet. De kimono had een speciale betekenis voor haar, en was heel waardevol. Misschien had Anna hem nodig gehad als troost. Ze zei tegen zichzelf dat ze zich er niet druk om moest maken. Gareth wist vast en zeker wat ermee was gebeurd.

Ze trok een joggingbroek en een T-shirt met lange mouwen aan, ging naar beneden naar de keuken, zette de radio aan, ruimde alles op en boende vervolgens de opgeruimde vloer, de tafel en het aanrecht. Ze deed schoon water in de vazen, nadat ze de oude inhoud kokhalzend had weggegooid – haar vermoedens aangaande de stank waren terecht. Een nadere blik op de cake onthulde dat die hartvormig was en geheel bedekt met kleine suikerbloemen en dat er met glazuur in een bibberig kinderhandschrift 'Rose' op stond geschreven. Het werk van Anna, dacht Rose glimlachend. Ze sneed een plak voor zichzelf af en ging zitten met een kop thee terwijl ze naar het licht keek dat vlekkerig over haar kruidentuin viel. De bieslook begon al roze uit te lopen. Moest ze die nu plukken voor keukengebruik of als bloemen laten doorgroeien?

Toen dacht ze schuldbewust aan Flossie. Er waren belangrijkere zaken om je druk over te maken dan bloemen aan kruiden.

Een roze flits trok Rose' oog naar de deur van de Annexe. Het was Polly, die in zichzelf zingend over de stenen treden naar het huis liep. Ze zag er verkreukeld uit, alsof ze net was opgestaan. Maar wat Rose in het bijzonder opviel was dat ze haar kimono droeg, om zich heen geslagen, strak om haar heupen en met een ceintuur opgehouden alsof hij van haar was.

Ze kwam de keuken in zonder Rose te zien en ging meteen naar het koffiezetapparaat.

'Die zocht ik,' zei Rose.

Polly schrok op. 'O, ik had je niet gezien. Hoi, Rose,' en ze liep op haar toe, sloeg haar armen om haar heen en kuste haar op haar wang. 'Trek in koffie?'

'Ik drink geen koffie,' zei Rose.

'O ja, sorry, natuurlijk. Dat was ik vergeten. Ik slaap nog half,' tsjilpte Polly. Ze ging naar de machine en voerde het door Gareth vervolmaakte bereidingsritueel uit: malen, scheppen, vullen, afstrijken, aanzetten, schuimen, stomen.

'Ik zocht mijn kimono,' zei Rose.

'Wat? O god, sorry, ik had hem terug willen hangen, maar je bent me voor,' zei Polly. 'Ik had een bad genomen en wilde niet mijn vieze kleren aandoen, maar ik wilde ook niet in een handdoek door de tuin lopen en de buren aan het schrikken maken, dus griste ik dit van jouw slaapkamerdeur. Je vindt het toch niet erg, hè?'

Rose vond het wel erg, maar ze zei niets. 'Een dergelijke zedigheid is niets voor jou.' Ze glimlachte geforceerd.

'Nou ja, je weet, het platteland. Men moet zich nu eenmaal schikken naar de omstandigheden,' zei Polly terwijl ze met Gareths houten spatel schuim uit het melkkannetje in haar kop schepte.

En welke buren? dacht Rose. Niemand die in hun huis en tuin keek. Dat was per slot van rekening de reden geweest om hiernaartoe te verhuizen.

'Vind je de cake lekker?' vroeg Polly. 'Anna is er uren mee bezig geweest.'

'Hij is heerlijk,' zei Rose.

'En de wilgenkatjes! We hebben zo'n lol gehad toen we ze plukten langs de rivier. Voel eens,' en ze bracht een vaas zodat Rose ze kon aanraken. Zwijgend streelden ze de fluwelen knoppen.

'Het spijt me, Rose,' zei Polly. 'Van de kimono. Van Flossie. Van alles.'

'Denk aan wat we over verontschuldigingen hebben gezegd.' Rose glimlachte en legde haar hand op die van Polly.

Ze zaten en dronken, en een heldere straal zonlicht boorde zich door de ochtendhemel, viel door het raam en bescheen hen zoals een schijnwerper de twee hoofdrolspelers van een toneelstuk.

Tweeëntwintig

'Hij was bijna dood, maar nu zal-ie toch wel in leven blijven?' vroeg Anna; ze keek Rose aan, haar grote bruine ogen een en al bezorgdheid.

'Ik denk dat je hem hebt gered,' zei Rose, met haar arm om haar dochter. Het was later op de middag en Rose had net de kinderen van school gehaald.

'Ik vond hem achter op het gras, en hij lag er zo bij.' Anna keek scheel en stak haar tong uit.

'Hij zal wel uit het nest zijn gevallen.'

'Misschien heeft een valse vogel hem eruit geduwd,' zei Anna. 'Nou ja, ik heb hem opgeraapt – zonder hem met mijn blote handen aan te raken – en toen ik zag dat hij nog leefde, heb ik hem mee naar binnen genomen en in dit doosje gestopt. Ik geef 'm vijf keer per dag kleine stukjes worm.'

'Bah.'

'Dat doe ik zelf, dat vind ik niet erg. Hij heet Jason.'

Rose keek naar de jonge vogel in het doosje met watten dat Anna in de droogkast had gezet. Ze schatte zijn overlevingskans niet erg hoog, maar ze was blij met Anna's optimisme.

'Voor Jason zul je een held zijn, Anna,' zei ze, 'als hij het haalt.'

'Hij haalt het zeker,' zei Anna.

'Heb je zin om naar de rivier te lopen?' vroeg Rose. 'Voordat ik weg moet?'

Het was bijna vier uur en tijd om terug te gaan naar het ziekenhuis. Nadat Polly weer naar de Annexe was gegaan, had Rose een restauratieve middag in de keuken doorgebracht en nu was er een stoofschotel in de Aga, een pastei in de koelkast en een zekere tevredenheid in haar hart. Maar Gareth zou zich afvragen waar ze bleef als ze niet gauw ging.

'Kom dan,' zei Anna, opspringend en Rose bij de hand pakkend.

Ze liepen over het open veld naar Gareths wilg. Het voelde goed om weer in de buitenlucht te zijn.

'Kom maar binnen,' zei Rose; ze hield de wilgentakken opzij en Anna volgde haar. Ze gingen op de gladde steen zitten.

'Hoe is het voor jou geweest, al dit gedoe met Flossie?' vroeg Rose.

'Ze is toch gauw weer beter en dan wordt alles weer gewoon?' zei Anna. Ze schepte handen vol aarde op en liet die weer door haar vingers glijden. 'Maar ik mis je. En Flossie ook.'

'Ik mis jou,' zei Rose en ze kuste haar dochter. 'En je hebt gelijk. Heel gauw zal alles weer gewoon zijn.'

'Mooi,' zei Anna; ze balde haar vuisten.

'Wat is er?' vroeg Rose.

'Niets.'

'Jawel, er is iets.'

'Nou...'

'Ga door.'

'Nou, de jongens. Ze zijn best aardig,' zei Anna. 'We hebben lol en ik vind Yannis heel lief.'

'En Nico?'

'Gaat wel.'

'Gaat wel?'

Anna zweeg en liet haar ogen rusten op het kolkende water van de snel langs hun wilg stromende rivier. Wat moet ze die reusachtig vinden, dacht Rose. Genoeg om haar mee te slepen.

'Maar hij kan zo boos zijn, mama. Niet alleen op Yannis. Soms ook op mij, ook als ik niets zeg of doe. Net of er een kwaaie hond of zo in hem zit die naar buiten probeert te komen.'

'Hij heeft je toch geen pijn gedaan, Anna?'

'Nee, nee. Maar soms ben ik bang voor hem. Soms denk ik dat hij me pijn zou kúnnen doen als hij nog bozer wordt. En...' Haar stem stierf weg en ze nam een lok haar tussen haar lippen.

'Wat, lieverd?'

'En ik wil dat jij terugkomt. En niet Polly.'

Rose voelde het bloed naar haar wangen stijgen.

'Zo gauw het kan kom ik weer terug, Anna. Dat beloof ik je.'

Ze liepen arm in arm terug naar het huis en Rose liet Anna met haar meerijden naar Bath. In het ziekenhuis troffen ze Gareth slapend aan met Flossie tegen zijn borst gedrukt.

Anna en Rose glimlachten naar elkaar. Het leek alsof hij in slaap was gevallen terwijl hij de borst gaf. Het was zo'n bijzonder gezicht, de baby in de armen van die grote man, met zijn brede vinger in haar kleine knuistje.

Toen ze naderbij kwamen, werd hij wakker. 'Ze is perfect, Rose. Perfect,' zei hij.

Rose stuurde Anna weg om chocola te kopen bij de vrijwilligerskiosk net buiten de afdeling, en richtte zich snel tot Gareth.

'Anna heeft problemen met Nico,' zei ze. 'Hij is altijd boos, zegt ze. Ze is bang van hem, zegt ze.'

'Hij is inderdaad niet zichzelf de laatste tijd,' zei Gareth. 'Maar hier heb ik niets van gemerkt.'

'Zij zegt het, Gareth.'

'Natuurlijk. Dat liegt ze niet.'

'Nee.'

'Luister... ik zal het in de gaten houden. Ik wil niet dat hij Anna bang maakt. Onder geen voorwaarde.'

'Maar dat is al gebeurd,' zei Rose.

'Als het zo erg was geweest, was ze wel naar me toe gekomen,' zei Gareth.

'Misschien wilde ze dat niet,' zei Rose. 'Misschien...' maar ze moest zichzelf onderbreken omdat Anna de zaal op kwam met vijf Galaxy-repen.

'Voor Polly heb ik er geen gekocht, want die eet nooit chocola,' zei Anna. 'Maar ik heb er een voor jou, een voor jou, een voor mij, een voor Yannis en een voor Nico.'

'Ik geloof niet dat we ons echt zorgen over Anna hoeven te maken,' fluisterde Gareth tegen Rose.

Maar zie je dan niet hoe dapper ze is? dacht Rose.

Drieëntwintig

Op donderdag zeiden de dokters dat Flossie naar huis mocht. Ze zou elk halfjaar moeten terugkomen voor een langetermijncontrole, maar ze begon weer aan te komen, haar temperatuur was weer normaal en ze slaagde voor alle vaardigheidstesten die ze haar lieten doen. Ze was al van de Blauwe Zaal overgeplaatst naar een gewone kinderafdeling. De meesten van haar medepatiëntjes lagen daar vanwege geknipte amandelen of een acute astma-aanval. Haar naaste buurman was vier jaar en opgenomen met een gebroken been. Hij hing aan een tractieapparaat als een spartelende vis aan een hengel.

'Het is bijzonder,' zei Kate toen ze de laatste avond op bezoek kwam, 'hoe veerkrachtig gezonde baby's als Flossie zijn. Wat hun ook overkomt, ze houden uit alle macht vast aan hun leven. Alsof ze niet kunnen wachten op wat er komen gaat.'

'Wisten ze maar...' Rose lag op het bed en liet Flossie op haar knieën op en neer wippen. Ze draaide zich om naar Kate en keek haar recht in de ogen.

'Mag ik je iets vragen, Kate?'

'Natuurlijk.'

'En ik wil een eerlijk antwoord. Vind je niet dat Flossie er een beetje... afwezig uitziet? Alsof ze naar binnen kijkt, bedoel ik.'

Kate pakte Flossies hoofdje beet en keek lang en aandachtig.

'Ze heeft een zware tijd achter de rug, Rose, en ze heeft een heleboel medicijnen gehad. Flossie gaat daar een enorme kater aan overhouden en ik weet niet of jij je dat nog herinnert van toen je jong was, maar van katers kun je volledig buiten westen raken.'

'Hmm...'

'Heus. Iedereen heeft een heel lange tijd nodig om zo'n aanval op zijn of haar lichaam te verwerken. Het is nog veel te vroeg om te zeggen of er sprake is van een permanente verandering.'

'Waarom klinkt dat niet erg bemoedigend?'

'Luister. Je moet echt ophouden te zoeken naar tekenen van beschadiging en beginnen uit te kijken naar tekenen van verbetering.'

Dit stemde Rose tot nadenken.

Gareth kwam Rose en Flossie ophalen, en gedrieën reden ze weg van de door het spitsuur verstopte stad en de drukke A36, naar landwegen waarlangs de bomen volop in het jonge blad stonden. Het was een heerlijk gevoel het ziekenhuis voorgoed achter zich te laten. Als gijzelaars die hun eerste stappen naar de vrijheid doen.

Maar Rose was uitgeput van de afgelopen elf dagen. Ze voelde zich als een lamp waarin iemand per abuis een peertje met een te laag wattage had gestopt. Ze had het gevoel uitgehold te zijn. Daarentegen was Gareth in topvorm. Zijn bruisend goede humeur was bijna aanstekelijk, maar het lukte haar niet het over te nemen.

'Het komt allemaal goed. Het is gewoon een heel spannende tijd geweest. We gaan thuis eens goed voor jullie tweetjes zorgen en maken dat alles weer helemaal normaal wordt,' zei hij.

'Ik ben niet degene die ziek was. Voor mij hoef je niet te zorgen.'

'Jawel. Je ziet er zo moe uit, lieverd van me.'

Rose voelde zich ook moe bij de gedachte aan al het werk dat haar thuis te wachten stond sinds ze drie dagen geleden had opgeruimd. Zuchtend keek ze uit het raampje. Het jonge groen op het land gaf haar rust.

Ze reden de oprit op en Gareth maakte Flossies zitje los; hij klikte het handvat eroverheen vast en hing het heel geroutineerd aan zijn arm. Rose pakte de tassen.

Gedrieën liepen ze over de stenen treden naar het huis en Rose werd getroffen door een smerige stank toen ze de deksel van het mangat passeerden.

'Wat stinkt er zo?' vroeg ze Gareth.

'O, er was iets mis met de afvoer. Ik heb geprobeerd die door te steken, maar ik denk dat we van die kerels moeten laten komen die de boel doorspuiten. Het plenst al de hele week. Omdat je in het ziekenhuis zat opgesloten, heb je er waarschijnlijk niets van gemerkt, maar het leek de zondvloed wel. Daardoor worden hoogstwaarschijnlijk resten zand en troep van de verbouwing doorgespoeld en hoopt alle rotzooi zich op. Morgen komen ze.'

'Mooi.'

'Mam! Floss!'

De voordeur werd opengegooid en Anna rende de twee onderste treden op, sloeg haar armen om Rose heen en drukte haar gezicht tegen haar buik. De warmte en liefde van Anna's omhelzing gaven Rose wat meer energie. In elk geval genoeg om de laatste meters naar de keuken te halen.

'Leg Flossie maar op de keukentafel, Gareth. Dan bind ik haar op me vast.'

'Oké. Hé jongens!' bulderde Gareth naar de woonkamer. 'Kijk eens wie er terug zijn!'

Rose stopte Flossie in de draagdoek en ging achter hem de woonkamer binnen. Ze werd begroet door de aanblik van Polly en de jongens languit op de bank, voor *The Simpsons*. Polly had een groot glas rode wijn en de jongens ieder een blikje cola light, iets wat Rose gewoonlijk niet in huis had. Polly kwam overeind en omhelsde Rose.

'Welkom thuis, Rose, welkom thuis, Flossie. We zijn zo blij dat jullie er weer zijn.' Ze bukte zich en streelde Flossies wang. 'Sta eens op, jongens en geef ze een zoen.'

Yannis en Nico deden wat hun werd gezegd zonder het beeldscherm uit het oog te verliezen.

'Ik verontschuldig me voor mijn jongens, Rose,' zei Polly, 'maar op Karpathos hadden we dit niet, dit is nieuw voor hen.'

'Laat ze dan maar lekker kijken,' zei Rose. Het was bijzonder hoe het warme welkom van Polly – buiten dat van Anna – haar had omgeturnd en haar energie had omgebogen. Ze vroeg zich een moment lang af hoe het geweest zou zijn als Gareth zich niet had laten vermurwen; als hij zijn zin had doorgezet en Polly eruit had gegooid en ze vanavond met hun vieren waren geweest.

Rose, Polly en Anna gingen naar de keuken, waar Gareth een salade aanmaakte voor bij de stoofpot.

'Jij gaat zitten, Rose. Anna en ik dekken de tafel,' zei hij.

'Als je erop staat,' zei Rose. Anna schonk haar een glas wijn in en zette dat voor haar neer.

'Heerlijk om weer thuis te zijn,' zei ze. En zo was het.

'Het is zo'n mooie avond,' zei Polly. 'Na al die regen.' Ze opende het raam boven de gootsteen om de zonverwarmde avondlucht binnen te laten stromen.

'Dit wordt geweldig,' zei Gareth, die de stoofschotel proefde en op smaak bracht.

'Het kan ook niet echt fout gaan, Gareth, met een kilo biologisch vlees, twee flessen goede rode wijn en wat van Rose' tijm,' zei Polly, die de van de stoofschotel opkomende stoom opsnoof.

'Kom, jongens!' riep ze naar de woonkamer. 'O, sorry, ik was het even vergeten,' en ze pakte de handbel en rinkelde heel bevallig.

Rose had Polly nog nooit meegemaakt met zo veel positieve energie. In elk geval niet buiten het podium. Ze liet het zich welgevallen en was blij alleen maar te hoeven zitten, haar wijn te drinken en het allemaal te laten gebeuren.

Gareth droeg de pan naar de tafel en zette hem op een onderzetter naast een stapel borden die Anna tevoorschijn had gehaald.

'Ik denk dat je trots op mijn stoofpot zult zijn, Rose,' zei hij, al opscheppend.

'Nou, ik ben onder de indruk hoe opgeruimd de keuken eruitziet,' zei ze. En dat was ze: die zag eruit alsof Gareth echt zijn best had gedaan.

'Maar het is niet alleen het huishouden, Rose. Dat ik het heb klaargespeeld zonder jou, daar stond ik zelf verbaasd van. Het is echt goed gegaan, nietwaar, Anna?'

'Ja,' zei Anna. 'Maar we hebben je wel gemist, mam.'

'Ja natuurlijk,' zei Gareth, en hij bracht zijn lepel naar zijn mond. 'Jee, dit is echt een heerlijke stoofpot.'

'Mannen kunnen nooit iets eten van eigen makelij zonder zichzelf ermee te feliciteren,' zei Polly. 'Christos was precies zo. "Dit is de allerlekkerste *stifado*" en "Die van mijn moeder is niet zo goed als deze".'

'Ik herinner me niet dat papa zo deed,' zei Nico, tegen niemand in het bijzonder. Het waren de eerste woorden die hij zei sinds Rose' thuiskomst.

'Nou, dat deed hij wel, Nico. En het was grappig,' zei Polly, die wat vlees op haar bord heen en weer schoof. Het viel Rose op dat ze, ondanks al het gepraat over voedsel, nog steeds niet veel at.

'Jee, die afvoer is echt vreselijk, Gareth,' zei Rose. 'Mag het raam dicht?'

'Het is nogal doordringend, hè?' zei hij; hij stond op en schoof het raam omlaag.

'Mama speelt een gig,' zei Yannis.

'Een wat?' zei Rose. Ze besefte dat ze zo moe was dat het leek of iedereen vanuit een andere kamer praatte.

'Een gig, dikke pik,' zei Nico tegen zijn broer.

'Nico, zo praten we niet, weet je nog?'

'Je zegt het maar, Gareth,' mompelde Nico.

Gareth liep rood aan.

'Wat je in The Lamb gaat doen?' zei Rose.

Polly knikte.

'Ja,' zei Gareth. 'Ik heb met Charlie gesproken en die zei dat hij het maar al te leuk zou vinden als Polly haar try-out daar wilde houden. Hij was in feite zo blij als een kind.'

'Hij was een van mijn jongensfans.' Polly rolde met haar ogen. 'Verft nog steeds zijn haar – wat ervan over is – pikzwart.'

'Nou, dat is prachtig,' zei Rose. 'Wanneer?'

'Volgende week,' zei Polly. 'Het is heel inspirerend. Maar het is alleen maar voor genodigden en mensen van hier – we gaan geen reclame maken of zo. Ik wil alleen mijn nieuwe werk laten horen. Er weer in komen.'

'Het is prachtig werk, Rose. Heel ontroerend. Het is je beste werk,' zei Gareth tegen Polly, die glimlachend haar ogen neersloeg.

'Ik zing ook een paar ouwe nummers – akoestisch – voor Charlie en zijn makkers,' zei ze. 'Maar hoofdzakelijk zullen het mijn Christos-liedjes zijn. Mijn weduwecyclus.'

Het was stil en Nico staarde naar zijn moeder terwijl ze met haar eten speelde.

'Heb je liedjes over papa geschreven?' vroeg hij.

'Ja.'

'Waarom? Waarom heb je dat gedaan?'

'Omdat het iets is wat mij – ons – is overkomen en het is belangrijk dat vast te leggen en uit te dragen.' Ze sprak langzaam en koos haar woorden zorgvuldig.

'Je kunt hem daarvoor niet gebruiken!' Nico sprong overeind.

'Nico...' waarschuwde Gareth.

'Hij is net dood. Je kunt hem niet daarvoor gebruiken!' Nico zwaaide met zijn vinger in de lucht en stak die uit naar zijn moeder.

'Hou op!' Yannis legde zijn handen over zijn oren en kneep zijn ogen dicht.

'Dat doe je altijd – je gebruikt ons altijd voor jezelf, mama. Je denkt nooit aan ons,' ging Nico tekeer.

'Nico, kalmeer. Nu.' Gareth kwam overeind en richtte zijn volle lengte op tegenover het kleine pezige jochie.

'Hou je kop.' Nico richtte zich tegen hem. 'Jij bent mijn vader niet.'

'Dat weet ik heel goed, Nico,' zei Gareth. 'En nu kom je met me mee naar de tuin en dan moeten we eens even praten.'

'Je bekijkt het maar, lul.'

Anna verslikte zich; Rose keek haar aan en trok wit weg. Waarom deed Polly niets om dit te stoppen?

'Nu is het genoeg!' bulderde Gareth. Hij greep Nico bij zijn arm en sleurde hem de achterdeur uit. Iedereen was opgehouden met eten. Yannis begroef zijn gezicht in zijn handen en Anna staarde met trillende lippen naar haar bord. Rose, die Gareth nog nooit zo krachtig had zien optreden, keek naar Polly en zag tot haar ontzetting op haar gezicht iets wat leek op een scheve glimlach.

'Zijn verdiende loon,' zei Polly. 'Hij gaat echt te ver, dat joch.'

'Hij weet opmerkelijk goed te zeggen wat hij voelt,' zei Rose.

'Hij snapt er niets van,' zei Polly bits. 'Moet hij nodig zeggen, dat ik niet aan anderen denk.'

'Hij is pas negen, Polly!'

'Hoe moet ik anders zorgen dat wij weer op eigen benen kunnen staan? Het is het enige wat ik kan, Rose – gebruikmaken van wat hier zit.' Ze klopte op haar borst, net boven haar hart. 'Het is de enige manier waarop ik geld kan verdienen.'

Polly snapte helemaal niet waar het om ging en betrok alles op zichzelf, dacht Rose, maar ze had niet de moed erop door te gaan.

Na een tijdje kwam Gareth met Nico binnen, zijn arm om zijn schouder. De jongen zag er kleiner uit dan ooit.

'Polly, het spijt Nico,' zei Gareth. 'Nietwaar, Nico?'

'Ja,' zei Nico. 'Sorry, "Polly".'

Polly stak haar hand uit en Nico schudde die. Daarna ging hij rustig weer op zijn plaats zitten.

'Juist,' zei Polly opgewekt. 'Wie wil er dessert? We hebben iets heel speciaals, gemaakt door onze kleine tweede Rose.' Ze gebaarde naar Anna, die opstond en de tafel begon af te ruimen.

'Het is gewoon chocolade-ijs,' zei ze blozend.

'Zelfgemaakt, Rose,' fluisterde Yannis in haar oor. 'Anna heeft het helemaal zelf gemaakt.'

'Wat een knappe, slimme meid,' zei Rose glimlachend naar haar dochter.

Het was heel lekker chocolade-ijs met een saus erdoorheen. Daarna maakte Polly koffie.

'Gareth heeft me voorgedaan hoe het moet,' zei ze.

'Er is maar één manier,' zei Gareth, met zijn wijsvinger omhoog.

'Voor mij graag thee,' zei Rose. 'En ik ben bang dat ik echt heel moe ben. En jongens, als jullie het niet erg vinden, wil ik Anna graag naar bed brengen; alleen zij, Flossie en ik. Alleen voor deze ene keer, omdat we zo lang zijn weggeweest.'

Yannis knikte, maar Nico, nog steeds uit zijn doen na zijn uitbarsting, sloeg zijn armen om zich heen en haalde zijn schouders op.

'Ik neem de jongens vanavond mee naar de Annexe,' zei Polly. 'Hebben jullie wat ruimte. Maar eerst opruimen. Kom, jongens.'

'Vooruit, Nico,' zei Gareth. 'Alles vergeten en vergeven, hè?'

Nico stond langzaam op en liep naar Polly, Gareth en Yannis bij het aanrecht. Het duurde niet lang of Gareth voerde de jongens aan onder het zingen van 'Zo gaat-ie goed, zo gaat-ie beter', en alles leek vergeten.

Bij het zien van deze bijna gelukzalige huiselijkheid vroeg Rose zich af wat er was gebeurd. Voor Flossie en zij weggingen, had zij, dacht ze, de boel in haar eentje gerund. Nu droeg ieder zijn deel bij en zag het geheel eruit als een goedgeoliede machine. Was ze werkelijk zo'n sta-in-de-weg?

Ze stopte Anna en Flossie samen in bad. Flossie was in vorm, hoewel ietwat verbaasd, alsof ze aan alles weer moest wennen – althans, zo probeerde Rose het te bekijken. Maar het was in ieder geval fantastisch haar twee meisjes weer samen in haar eigen bad te zien. Anna was heel lief voor haar zusje, hielp mee haar haar te wassen en veegde met een washandje het water uit haar oogjes.

In hun pyjama's gingen ze naar de kamer van Gareth en Rose, lagen op bed en lazen *Winnie the Pooh*. Het boek was een van de weinige dingen die Rose had bewaard uit haar jeugd, en op de flap stond wel honderden keren haar naam gekrabbeld – oefeningen in het zetten van haar 'handtekening' voor als ze groot en beroemd zou zijn, wist ze nog.

Anna was dol op *Winnie the Pooh* en algauw lag ze, dicht tegen Rose aan gekropen, te giechelen om zijn tegenslagen. Op haar duim zuigend lag Flossie tegen Rose genesteld, ze reageerde totaal niet als Anna haar de plaatjes aanwees.

Toen ze klaar waren met lezen, legde Rose Flossie in haar bedje, dat Gareth op haar verzoek naar hun slaapkamer had verhuisd. Vervolgens ging ze met Anna naar haar kamer, waar ze op Anna's roze prinsessenbed tegen elkaar aan gingen liggen. Anna hield haar gezicht vlak voor dat van Rose. Ze zweeg geruime tijd alsof ze nadacht wat de beste manier was om iets te zeggen.

'Grappig dat ze vanavond weer allemaal daarheen verhuizen,' zei ze ten slotte.

'Hè?' zei Rose. Ze was al half weggedoezeld.

'Naar de Annexe.'

'Ja, Polly vond het beter dat de jongens daar vanavond sliepen, nu ons gezin weer bij elkaar is. Ik vond het erg lief van haar. Ze heeft helemaal gelijk.'

'Weet je, ik heb liever dit gezin,' zei Anna.

'Hoe bedoel je?' vroeg Rose, terwijl ze met halfgesloten ogen haar wang streelde.

'Alleen maar jij, ik, Floss en papa,' zei Anna.

'Ja,' mompelde Rose.

'Niet ik, Nico, Yannis, Polly en papa,' fluisterde Anna.

Er ging een schok door Rose heen, zo'n scheut die je uit je half-slaap haalt waarna je even niet meer weet waar je bent.

'Maar dat gebeurt niet meer,' zei Rose. 'Wij zijn weer terug.'

Ze riep welterusten van boven aan de trap en ging naar haar eigen kamer. Ze keek of alles in orde was met Flossie, en stapte in bed. Gareth kwam niet lang daarna. Hij ging naast haar liggen, boog zich over haar heen, kuste haar en viel meteen in slaap. Na bijna twee weken gescheiden te zijn geweest, vreeën ze niet. Dit was zo ongebruikelijk dat het Rose verontrustte. Ze had haar hand kunnen uitsteken en hem verleiden, maar eerlijk gezegd voelde ze er niet veel voor. En evenmin hielp het feit dat Flossie bij hen op de kamer lag.

Met de ruggen naar elkaar toe vielen ze in slaap; vanwaar hun ruggengraten elkaar raakten straalde warmte het koude bed in. Ergens in de nacht gingen ze ieder aan hun eigen kant liggen en toen Rose wakker werd van Flossie, die honger had, lag ze op de rand van het bed alsof het een uitstekende rots was. Gareth was kilometers ver weg, aan de andere kant van de lakens. Ze had het gevoel een extra lange arm of een luidspreker nodig te hebben om hem te bereiken.

Vierentwintig

Rose sliep als een blok. 's Nachts maakte Flossie haar eenmaal wakker en ze nam haar mee in bed, legde haar op haar zij en liet haar drinken als een biggetje bij een zeug.

Ze werd gewekt door een huilende Anna. Gareth lag niet naast haar. Een brok paniek schoot in haar keel toen ze op de klok keek: halfnegen. Ze had zich verslapen. Ze moest de kinderen naar school brengen. Waarom huilde Anna?

Ze sprong uit bed, schoof Flossie naar het midden en schermde beide kanten af met kussens om te voorkomen dat ze zou vallen. Ze greep haar kimono, die weer aan zijn haak hing en vloog de trap af.

'Anna!'

Als aan de grond genageld bleef ze op de overloop staan. Anna stond snikkend voor de deur van de wc. Nico en Yannis stonden verder naar binnen en keken gebiologeerd naar iets in de pot. En achter Anna stond Polly, met haar handen in haar zij.

Nico had een potlood in zijn hand en porde voorovergebogen naar het ding in de wc-pot.

'Laat hem met rust,' brulde Anna, die naar voren sprong en Nico wegtrok.

'Anna, wat is er aan de hand?' vroeg Rose.

'Ze heeft hem in de wc gegooid,' jammerde Anna; ze rende om Polly heen en wierp zich in Rose' armen.

'Wie gooide wie in de wc?' vroeg Rose, niet-begrijpend.

'Jason,' snikte Anna. 'Ze heeft hem gewoon in de wc gegooid. Ik ging plassen en toen lag hij daar.'

Rose en Anna keken ontsteld op toen ze hoorden dat de wc werd doorgetrokken. Polly kwam handenwrijvend naar buiten, gevolgd door Nico en Yannis, hun ogen groot van de schrik en de spanning, hun handen voor hun monden.

'Wat nou? Het was dood,' zei Polly, Rose en Anna aankijkend.

Anna jammerde: 'Ik heb hem niet kunnen redden, mama.'

'Ze denkt dat het haar schuld is.' Polly glimlachte naar Rose.

Rose streelde Anna's haar. 'Schat, hij was nog heel klein. Het is bijna onmogelijk zo'n jong vogeltje te redden als het uit zijn nest is gevallen.'

'Dat heb ik ook tegen haar gezegd,' zei Polly.

'Maar het ging zo goed...' Anna begon weer te snikken en Rose drukte haar tegen zich aan.

'Het was een beetje ongevoelig om hem zo weg te spoelen,' zei Rose tegen Polly. 'Ik denk dat we hem liever hadden begraven, of zo.'

'O mijn hemel,' mompelde Polly en ze liep de trap af.

'Waar is papa?' vroeg Rose aan Anna.

Polly draaide zich op de trap om. 'Hij is ongeveer een uur geleden naar zijn atelier gegaan,' zei ze. 'Ik moest je gedag van hem zeggen.'

Rose zei dat ze de kinderen naar school zou brengen, en tegen de tijd dat ze Flossie had ingepakt en op haar borst had gebonden, was het al erg laat.

'Dit is niet de eerste keer,' zei Yannis, toen Rose hen onderweg aanspoorde op te schieten. 'Soms kwamen we pas na tien uur op school.'

'Nu wordt alles weer normaal,' zei Rose. 'Dit is de laatste keer dat jullie te laat komen.'

De jongens holden vooruit, van boom naar boom, maar Anna bleef vlak bij Rose.

'Het ging juist zo goed met Jason, mam. Gisteren at-ie ladingen wormen.'

'Dat is de natuur,' Rose kneep in haar hand. 'Het is wreed, maar misschien was het niet de bedoeling dat hij in leven zou blijven.'

'Maar ik snap niet wat er met zijn nekje is gebeurd,' mompelde Anna.

'Hè?'

'Het zag er zo uit.' Anna boog haar hoofd naar één kant. 'Alsof het was geknapt.'

'Misschien probeerde hij op te vliegen en is hij gevallen,' zei Rose, die niet aan iets anders wilde denken. Nico's fascinatie voor de vogel was haar opgevallen. In het ziekenhuis had hij tegen Rose gezegd dat hij hem mee naar school wilde nemen om hem aan de onderwijzer te laten zien. Anna was tegen hem tekeergegaan als een kleine leeuwin en had 'Nee!' gebruld.

Rose ging met de kinderen de school binnen om de lijst van laatkomers te tekenen. De jongens stormden naar hun klaslokalen, maar Anna treuzelde.

'Ik wil niet naar school, mama,' zei ze. 'Ik wil thuisblijven bij jou en Flossie.'

'Je weet dat dat niet kan,' zei Rose, haar vasthoudend. 'Je moet sterk zijn, en naar school gaan en leren. Als je de hele dag thuis blijft kniezen, vergeet je de vogel nooit.'

'Moet dat dan?'

'Ja. En nu wegwezen, anders mis je de ochtendbijeenkomst.'

Anna omhelsde Rose nog een laatste keer, vermande zich en liep de lange gang door. Ze keek maar één keer om.

'Rose. En Flossie! Welkom terug.' Janet stak haar hoofd om de deur van haar kamer. 'Heb je even tijd?'

Rose ging de kamer binnen en nam plaats in de leunstoel in de hoek. Janet kwam naast haar zitten.

'Hoe is het met de kleine?' vroeg Janet, het hoofdje van Flossie aaiend.

'Goed,' zei Rose. 'Maar we hebben wel heel wat met haar te stellen gehad.'

'Ja, dat heb ik gehoord. Het is in elk geval heerlijk dat jullie er weer zijn. Ik wilde even met je spreken. Zie je, toen je weg was, eh, namen ze het niet zo nauw. De jongens werden... nou, onhandelbaar is het enige woord ervoor. Ik maak me in het bijzonder zorgen om Nico. Er is gevochten en ze kwamen bijna elke dag te laat.'

'Heb je er met Polly over gesproken?'

'Ik heb haar niet gezien. Ik heb geprobeerd de Lodge te bellen, maar er werd nooit opgenomen.'

'Maar 's ochtends kon je haar toch spreken?'

''s Ochtends kwam ze niet. En 's middags ook niet.'

'En Gareth dan?'

'De kinderen kwamen alleen, Rose.'

'Ze kwamen hier alleen naartoe gelopen?'

'Ja, en wat ik heb begrepen is dat ze, als ze eindelijk kwamen opdagen, kennelijk geen ontbijt hadden gehad.'

Rose voelde zich misselijk worden. Ze keek om zich heen. Er stond een stevige prullenmand; daarin kon ze zo nodig overgeven.

'Rose? Gaat het?'

'Hè?' Met moeite concentreerde Rose zich op haar omgeving. Ze slikte. 'Luister, Janet, ik zweer je dat alles gaat veranderen. Nico mag niet zo doorgaan en ik heb de touwtjes weer in handen. Maak je geen zorgen. Voor je het weet is alles weer als vanouds.'

'Mooi. Ik wist wel dat het een kwestie was van wachten tot je terugkwam. Maar die mevrouw Novak – ik weet dat ze een moeilijke tijd achter de rug heeft, maar heus; ik moet dit misschien niet zeggen, maar eerlijk gezegd beschouw ik jou meer als een collega dan als een ouder. Ze heeft twee kinderen. Ze moet haar eigen belangen opzijzetten en eens aan die van hen denken.'

Rose opende haar mond om Polly te verdedigen, maar er kwam geen geluid uit. Ze was het helemaal met Janet eens. Ze voelde zich vereerd dat die haar in vertrouwen had genomen. Eigenlijk was ze zo blij, dat ze een rilling van plezier moest onderdrukken.

Op de terugweg door het veld naar de Lodge dacht Rose aan Janets woorden.

'Muts,' zei ze hardop en ze schopte tegen de kale stengels van het fluitenkruid.

Ze bleef ineens staan. Er zat een man op haar bank. Zou ze omkeren en de weg nemen? Maar toen zag ze tot haar opluchting dat het Simon was.

'Hoi,' zei ze, terwijl ze naderbij kwam. Hij zat voorovergebogen, zijn armen stijf om zich heen geslagen, en rookte een sjekkie.

'Rose!' Hij maakte zijn armen los en stond op om haar een kus op haar wang te geven. 'En Floss. Godzijdank zijn jullie er weer. Ik heb jullie zo gemist.' Hij ging weer zitten.

'Je kunt niet weten hoe blij ik ben weer thuis te zijn,' zei Rose terwijl ze naast hem ging zitten.

'Ik heb geprobeerd langs te komen, maar omdat ik geen familie was, lieten ze me niet toe,' zei hij, Flossies hoofd aaiend.

'Ik weet het, bedankt voor de kaart.'

'Hoe gaat het nu met haar?'

'Een beetje suffig. Maar dat gaat over. Volgens de doktoren heeft ze alle kans door te kunnen gaan alsof er niets is gebeurd.'

'Wat is er precies gebeurd, Rose?' zei Simon.

'Het was een ongeluk.' Het antwoord kwam als te vanzelf, dacht Rose.

'Hoe krijgt een baby al die pillen per abuis binnen?' Simon keek haar recht in de ogen.

'Ze stopt alles in haar mond.'

'Dat is wat jij denkt?'

'Het is wat ik wil denken. Het is het enige wat je kunt denken,' zei Rose, en daarmee was de zaak afgedaan.

Simon leunde achterover en rolde nog een sigaret. Hij hield Rose het pakje tabak voor.

'Nee, dank je,' zei ze. 'Niet met Flossie bij me.'

Hij stak zijn sigaret op en blies de rook in het gouden morgenlicht. 'Kan ik je wat vertellen?'

'Oké.'

Simon zweeg. Uit het gras vloog een kraai op die de stilte verbrak.

'Ik geloof dat je wel wist dat er iets was,' zei hij uiteindelijk. 'Tussen haar en mij.'

'Ik denk van wel.'

'Je vertelt het aan niemand verder, hè? Ik bedoel, Miranda en ik, we doen weliswaar niet moeilijk over dat soort dingen, maar goed, dit werd wat lastig.'

Rose was er niet zo zeker van dat ze wilde horen wat Simon te vertellen had. Het was alsof ze op de rand van een rots stond en aandrang voelde te springen.

'Die nacht kwam ik. Je weet waar ik het over heb, Rose. Ik zag Gareth het keukenlicht uitdoen en jullie silhouetten waren duidelijk in het raam te zien. Ze nam me mee naar boven en, nu...'

'Ga verder.'

'Het is zo bijzonder, Rose, wat ze doet. Wat ze wil dat ik doe. Ik voelde me niet op m'n gemak. Ik ben zachtaardig – ik houd er niet van mensen pijn te doen. Maar ik kon er niet mee ophouden en ik kwam steeds weer terug.'

'Si, bespaar me alsjeblieft de details.' Rose was er niet zeker van dat ze nog meer wilde horen, vooral niet met Flossie op haar borst gebonden. Het voelde verkeerd, immoreel.

Hij herstelde zich. 'Ik liet me door haar overhalen, Rose. En ik betrapte me erop dat ik elk uur, elke minuut naar haar toe wilde en het steeds opnieuw wilde doen. Ze maakte iets in me los dat... nou ja, dat heel duister was. Iets wat ik niet van mezelf kende.'

Rose was verbijsterd. Te verbijsterd om weg te lopen.

'En ineens liet ze me niet meer binnen. Vorige week. Zei dat ze me niet meer wilde zien. Zei dat ze er genoeg van had – ik weet niet waarom.'

'Je vraagt toch niet of ik voor je wil bemiddelen?' Janets mededelingen over de kinderen hadden de kiem gelegd voor een woede die ze nu voelde oplaaien en die een diepe pijn in haar maag veroorzaakte. Waarom moest alles zo ingewikkeld worden?

'Ik probeer alleen maar te zeggen dat je misschien denkt die vrouw te kennen. Maar ze heeft iets wat zo duister is...'

'Waarom vertel je me dit?'

'Omdat... omdat dingen niet altijd zijn wat ze lijken.'

Rose stond op. 'Ze wil niet meer met je naar bed, Simon. Ze heeft genoeg van je, dat is alles. Ik heb geen zin om erover te praten. Ik heb geen zin betrokken te raken bij de spelletjes die Miranda en jij met elkaar spelen. Ik oordeel niet, maar ik laat me niet dwingen begrip te hebben voor wat je uitvreet en ik haat het om partij te moeten kiezen of te liegen. Ik ben dus niet de aangewezen persoon om je hart bij uit te storten. En Polly is...' hier aarzelde ze een tijdje in een poging het juiste woord te vinden, '... mijn hartsvriendin. En haar man is pas twee maanden geleden overleden, dus is het logisch dat ze in de war is.'

'Rose...' Simon pakte haar hand.

'Zal ik je eens wat zeggen? Ik wil helemaal niet weten wat jij van haar denkt of vindt.'

'Toe. Het spijt me.'

'Nee, Simon. Ik ga nu naar huis.' Ze liep door het hoge natte gras en tilde haar voeten zo op dat ze het plat kon trappen.

'Er was bloed!' riep Simon. 'Heel veel bloed.'

Het beven was opgehouden tegen de tijd dat Rose bij de Lodge aankwam. Gareth was er; hij schrok op toen Rose de keukendeur opende. Ze liep naar binnen en bleef midden in het vertrek staan.

'Gareth, wat weet jij van Simon en Polly?'

'En jij ook goedemorgen, schat.' Gareth liep naar haar toe en kuste haar op haar voorhoofd.

'Goedemorgen. Wat weet jij van Simon en Polly?'

'Nou, niets meer dan jij, denk ik.' Gareth haalde zijn schouders op.

'We zagen ze die avond in de Annexe.'

'Ja, en? Ze zijn immers oud en wijs genoeg.'

'Alleen dat...'

'Wat?'

'Niets.'

'Ik moet weer aan het werk, Rose. Met jou alles goed?'

'Wil je koffie?' vroeg ze, nog steeds midden in de keuken staand.

'Nee, dank je. Ik heb er net een op. Tot straks.' En weg was hij, door de achterdeur, die zo hard achter hem dichtsloeg dat de keukenramen rammelden.

196

Rose besefte dat ze het feit dat de kinderen alleen naar school gingen, niet ter sprake had gebracht. Ze wilde hem achternagaan, maar werd overvallen door een enorm gevoel van vermoeidheid. Misschien was het, nu ze terug was, beter een nieuw begin te maken in plaats van oude dingen op te rakelen.

Met Flossie nog steeds op haar borst gebonden ging ze aan de keukentafel zitten en staarde uit het raam naar de Annexe, waar ze in het raam het silhouet van Polly met haar gitaar zag.

Rose had de indruk dat Polly recht naar haar keek.

Vijfentwintig

Rose kwam al snel tot de ontdekking dat de opgeruimde aanblik van het huis bij haar terugkeer uit het ziekenhuis pure illusie was geweest. De chaos kwam aan het licht toen ze de kasten opende en onder de banken keek. Alles was gewoon weggeschoven, uit het zicht. Ze had heel wat te doen. Ze was een dag bezig pannen op hun plaats te zetten, borden netjes op te stapelen en de bestekla te ordenen. Ze bereidde tussen alle bedrijven door het avondeten en zat, terwijl ze Flossie voedde, uit het raam te kijken.

Ze had het veel te druk om Polly of Gareth te vragen wat zich tijdens haar afwezigheid had afgespeeld, en naarmate de dag vorderde besloot ze geen oude koeien uit de sloot te halen. Ze was weggeweest; het was een grote rotzooi geworden. Maar het was een speciaal geval. En het was eigenlijk te verwachten geweest.

De hele dag zag ze geen van beiden. Gareth had zichzelf opgesloten in zijn atelier en kwam zelfs niet voor de lunch, en Polly had het in de Annexe druk met haar gitaar. Van tijd tot tijd droeg de wind een akkoord mee door het open keukenraam. Rose zette Radio 4 op, om het geluid te overstemmen.

Om één uur kwamen de mannen de afvoer schoonmaken. Ze reden een stinkende vrachtwagen achteruit de oprit op. Daarna lieten ze een camera in het kwalijke mangat zakken. Een lange kerel met korstige wangen – kennelijk de baas – floot tussen zijn tanden en mompelde iets over beesten, vervolgens spoten ze vervaarlijke stralen water in een afvoerbuis achter het huis. Er klonk een diepe zucht en een luid gerochel, en de afvoer hoestte de verstopping op, het water werd helder en de stank loste op. De man met de wangen overhandigde Rose een rekening van vijfhonderd pond.

'Wat heeft u in godsnaam allemaal gedaan voor dat geld?' vroeg ze.

De man haalde zijn schouders op en gebaarde naar de camera, de slangen en de vier dure mannen die daarmee in de weer waren geweest.

'En wat was het probleem?' vroeg ze.

'Dat wilt u liever niet weten, mevrouw,' zei hij met een knipoog. 'Betaling binnen een week, alstublieft. Het adres staat op de rekening.'

Rose stond met open mond op de oprit terwijl de mannen in de vrachtwagen sprongen en wegreden.

Rose zat met de kinderen aan de keukentafel en probeerde hen hun huiswerk te laten maken. Ze hielp Nico met zijn sommen. Het was niet zijn sterke kant en hij kon er zijn aandacht niet bij houden.

'Wat is het antwoord?' vroeg ze.

Maar Nico vond het veel leuker om Anna te jennen, die nog steeds niet over het voorval van die ochtend heen was.

'Het was maar een vogel, Anna,' zei hij, met zijn ogen rollend.

Anna wierp hem over haar boek een blik toe alsof ze hem wilde vermoorden; Rose had haar nog nooit zo zien kijken. Nico's onverschilligheid zat haar dwars. Ze was er niet helemaal zeker van dat hij niets te maken had met de dood van het vogeltje. Ze kon niet geloven dat hij het opzettelijk had gedood, maar misschien was hij er, dacht ze, te hardhandig mee omgesprongen en had hij per ongeluk zijn nekje gebroken.

'Rose,' zei Yannis; hij keek op van de ingewikkelde tekening die hij aan het maken was van een Egyptisch lijk waarvan voorafgaande aan zijn mummificatie de hersenen via de neus naar buiten werden gehaald.

'Ja, Yannis?'

'Mogen we alsjeblieft weer in het grote huis komen wonen?'

Anna keek met een ruk op.

'Mama heeft de hele ruimte in beslag genomen en zit de hele nacht gitaar te spelen en te roken, en ik wil terug naar mijn schone kamer hier.'

Rose keek naar Anna, die smekend terugkeek. Ze keek weer naar de jongens, die hetzelfde deden. Ze had het gevoel in de Mexicaanse *stand-off*-scène van *Reservoir Dogs* te zitten waar iedereen onder schot staat en niemand kan schieten. Toen realiseerde ze zich dat daar in dit geval geen sprake van was. Hier was zij de baas.

'Natuurlijk,' zei ze tegen de jongens.

'Nee!' fluisterde Anna.

'Joepie,' juichten de jongens.

'We gaan onze spullen halen. Kom mee, Yannis.' Nico stond op en rende naar buiten.

'Dank je wel, Rose.' Yannis maakte een kleine buiging en rende toen achter zijn broer aan.

'Waarom, mam?' Anna keek naar Rose.

'Soms moet je ook aan anderen denken behalve aan jezelf, Anna. De jongens hebben goede verzorging nodig, en die krijgen ze niet in de Annexe. Ze moeten hier zijn.' Hoe meer Rose over Polly ontdekte, des te zekerder wist ze dat dit het geval was.

'Maar Nico...'

'Ik weet het. Maar heb ik niet gezegd dat ik ervoor zou zorgen dat jou niets gebeurt? Vertrouw je me niet, Anna?'

Anna sloeg haar ogen neer. 'Jawel, mam.'

'Goed. Ik weet dat de boel een beetje op zijn kop heeft gestaan, maar van nu af aan komt alles weer op zijn pootjes terecht. Daar kun je op vertrouwen.'

Het avondmaal dat Rose bereidde, bestond uit gegrilde citroenkip met gebakken aardappeltjes en groene sla. De maaltijd was op goed geluk samengesteld: de kip kwam uit de diepvries – ze had er altijd een in geval van nood. Eigenlijk had ze boodschappen moeten doen, maar ze was te druk geweest met het opruimen van het huis.

Toen het eten klaar en de tafel gedekt was, rinkelde ze de bel. Uit de woonkamer klonk gegrom.

'Mogen we dit afkijken?' vroeg Anna. Samen met Nico en Yannis keek ze in de woonkamer naar *The Simpsons*. Het was duidelijk dat Anna de les die Rose haar eerder had geleerd in de praktijk probeerde te brengen. Ze was een lieve meid.

'Hoe lang nog?'

'Een kwartier.'

'Goed, maar daarna komen jullie meteen aan tafel.' Het kon nooit kwaad een kip nog een kwartiertje te laten nagaren. En Gareth noch Polly leek haast te hebben om hun werk in de steek te laten.

Eindelijk stak Gareth zijn hoofd om de deur.

'Dag, vreemdeling,' zei ze en ze gaf hem een kus.

'Hoi.' Hij was met zijn gedachten nog steeds in zijn atelier. Ze herkende de signalen; het was voor haar enigszins frustrerend, maar voor zijn werk een goed teken.

'Goeie dag gehad?' vroeg ze terwijl ze hem een glas wijn inschonk.

'Het valt niet mee de draad weer op te pakken,' zei hij; hij pakte het glas en sloeg het in één keer achterover. 'Tijdens je afwezigheid had ik natuurlijk niet veel tijd.'

'Sorry.' Ze beet op haar lip en draaide zich om om in de saus te roeren.

'Zo bedoelde ik het niet.' Hij ging aan tafel zitten en wreef in zijn ogen. 'Het is alleen lastig in een ritme te komen als je alleen maar te hooi en te gras kunt werken.'

'Maar nu zijn we weer thuis en kun jij net zoveel tijd in je atelier doorbrengen als je wilt. En als je wilt, zal ik zelfs je eten daar brengen.'

'O, zover zal het niet komen, denk ik,' zei hij, zich nog een glas wijn inschenkend. 'Hoe gaat het met Flossie?'

'Die slaapt in haar buggy. Dat is het enige wat ze de hele dag heeft gedaan. O, Gareth,' ze pakte haar glas en ging naast hem zitten, 'ik weet echt niet of ze in orde is.'

'Schat, je moet ophouden je zorgen te maken.' Hij pakte haar hand. 'Kate zegt dat het tijd kost. We kunnen niets anders doen dan afwachten.'

'Dat is juist zo vervelend.'

'*Eat my shorts!*' Nico voerde de gniffelende kinderen vanuit de woonkamer aan met een perfecte Bart Simpson-imitatie.

'Nico, wil jij naar de Annexe gaan en je moeder halen?' vroeg Rose. 'Ik denk dat ze de bel niet heeft gehoord.'

Hij gromde, maar rende desalniettemin de voortuin in.

'Jason is dood,' zei Anna tegen haar vader.

'Wie?' Hij woelde door haar haren toen ze ging zitten, iets wat hij altijd deed. Uit de manier waarop ze het onmiddellijk weer in zijn oorspronkelijke staat gladstreek, maakte Rose op dat Anna dit liever niet had.

'Mijn vogel.' Anna keek gekwetst omdat Gareth dat niet wist.

'Je vogel? Ach, liefje, dat spijt me.'

Met een schok realiseerde Rose zich dat Gareth tijdens de ontdekking van de dode vogel in zijn atelier was en daar de hele dag was gebleven. In beslag genomen door zijn bezigheden had hij een vormende episode uit het leven van zijn dochter volledig gemist.

'Ze bloedt,' zei Nico toen hij terugkwam.

'Wat?' Rose draaide zich met een ruk om.

'Mama's vingertoppen bloeden omdat ze te veel speelt,' zei hij. 'Ze is getikt.'

'Komt ze eten?'

'Ze bedankt je, maar nee. Ze heeft het te druk. Of je wat voor haar apart wilt houden, dan komt ze als ze even tijd heeft.'

Het was nog geen week voor de gig, dus zo zou het van nu af aan waarschijnlijk gaan. Rose schepte eten op een bord voor Polly, dekte het met een ander bord af en stuurde Anna er na de maaltijd mee naar de Annexe.

Zesentwintig

Flossie lag beweginloos op haar speelkleed. Voor haar ziekenhuisopname – zo prefereerde Rose het te noemen; zo vatte ze deze nachtmerrie samen – was Rose van plan geweest het kleed weg te halen. De laatste keer had Flossie erop gezeten, gesteund door kussens. Ze had zelfs tekenen getoond dat ze weg wilde: de mentale voorbereiding van een baby om te gaan kruipen.

Sinds hun terugkeer had Rose geprobeerd haar te laten zitten, maar Flossie viel gewoon om. Ze had haar beduimelde boek over babyverzorging geraadpleegd. *Na een ziekte, vooral een die een ziekenhuisopname* – aha, alweer het gevreesde eufemisme – *vereiste, moet u erop voorbereid zijn dat hij qua ontwikkeling een of twee stappen terug doet. Een baby die bijvoorbeeld zat, is daartoe misschien niet meer in staat. Maar maakt u zich geen zorgen. In de meeste gevallen komt alles weer snel in orde.* Dit gaf Rose kracht en hoop.

'In orde.' Dat wilde Rose voor Flossie. 'Alles komt weer snel in orde.' Het klonk zo wetenschappelijk, zo geordend. Zo haalbaar.

Maar voorlopig lag Flossie op het kleed zonder haar beentjes te bewegen. Zonder met haar vuistjes te slaan. Haar ogen waren wel open en die reageerden op Rose' blik, volgden haar vinger die ze om het gezichtje bewoog. En ze glimlachte van tijd tot tijd flauwtjes. Maar Rose kon niet nalaten te denken dat er iets miste. Dat de baby iets wezenloos had. Niet de schone lei van de pasgeborene, maar meer in de zin van iets wat verloren was gegaan.

Rose had Kate verscheidene malen gebeld om hierover te praten. Kate was erg aardig geweest en erg meelevend, maar de derde keer had Rose het gevoel gekregen dat ze zich druk maakte om niks.

'Je moet gewoon geduld hebben, Rose. Het spijt me, maar hoewel de meeste dokters je iets anders willen doen geloven, is de medische wetenschap geen exacte wetenschap. Er zijn te veel grijze gebieden en ik ben bang dat Flossies toestand onder een van die gebieden valt.'

Rose wendde zich tot het grijze gebied van haar dochter op het kleed. Ze had haar in de steek gelaten en ze kon er niets aan verbeteren. Maar ze moest zichzelf dwingen hoop te hebben. Ze moest haar eigen verwachtingen bijstellen, een of twee stappen terug doen.

Niets van dat alles ging haar gemakkelijk af.

Zevenentwintig

De dagen die voorafgingen aan Polly's gig waren voor Rose vreemd en eenzaam. Ze zag Polly drie, misschien vier keer, als ze naar het huis kwam om borden terug te brengen en meer koffie of wijn te halen. Er was nooit gelegenheid om een gesprek te voeren; als ze erin slaagden enkele woorden te wisselen, gingen die over de gig en over de liedjes. Gareth leek in een vergelijkbare werkgerichte modus te verkeren en kwam alleen voor verse koffie en het avondeten uit zijn atelier.

Op de maandag na de ziekenhuisopname arriveerde er een groot pakket van Amazon, bestemd voor Gareth. Rose ging naar het atelier; terwijl ze om het natte gras heen liep, dacht ze aan de flagstones die ze wilde leggen als er weer tijd en geld was. Gareth, zag ze, stond gebogen over een schetsboek, terwijl een daglichtlamp op zijn werk scheen. Ze voelde zich bevoorrecht ongemerkt een glimp van zijn wereld te mogen opvangen, een wereld die haar mysterieus en exotisch voorkwam. Ze klopte op de deur en wachtte bij het raam – hij vond het vreselijk in zijn werk onderbroken te worden.

Gareth kwam met een schok overeind, geschrokken van de plotselinge inbreuk, maar vervolgens keerde hij zich om, met zijn hand op zijn borst, zag Rose en glimlachte.

'Er is een pak voor je,' zei ze, door het raam gebarend om aan te geven dat het in huis lag.

Hij knikte instemmend.

'Ik kom zo,' zei hij en ze ging terug naar het huis, waar ze op hem wachtte.

'Aha, daar is het monster!' riep hij toen hij ruim een halfuur later de keuken binnen kwam.

'Wat is het?' Ze had bijna niet kunnen wachten om het open te maken.

'Kijk maar eens, Rose,' zei hij terwijl hij de doos openscheurde en een dure espressomachine onthulde, niet ongelijk aan het exemplaar dat al in de keuken stond. Dit is je van het; hij heeft een filter voor hard water en een zelfreinigende melkstomer die gegarandeerd niet verstopt raakt.' Hij haalde het geval uit de doos en streelde de zwarte en chromen lijnen.

Zijn enthousiasme was vertederend en gewoonlijk zou ze het daarbij hebben gelaten, maar ze had de viercijferige prijs op de factuur gezien die uit de doos viel toen Gareth het apparaat eruit haalde. Het leek zo'n verspilling.

'Ik begrijp niet waarom we nog een koffiemachine nodig hebben, Gareth. Die oude is toch uitstekend?'

'Ja, die is prima. Maar deze is voor mijn atelier. Dan hoef ik niet steeds hierheen te komen als ik trek heb in koffie.'

'Klinkt heel tijdbesparend,' zei ze; ze vouwde de kartonnen doos zo op, dat die in de papiercontainer geschoven kon worden.

'Maar ik moet nog wel hier de bonen komen malen. Er gaat niets boven mijn ouwe koffiemolen.'

'Dat weet ik,' zei Rose.

'Dan ga ik hem nu inwijden.' Met die woorden kuste Gareth Rose op de wang, griste het blik met de koffie mee die hij na het opstaan voor de dag had gemalen, en ging naar zijn atelier. Hij hield de nieuwe koffiemachine onder zijn arm en liet die op zijn heup rusten als een bonkig en massief kind.

Rose zou het missen als hij niet meer voor zijn koffie kwam. Sinds Flossie en zij weer thuis waren, had hij de gewoonte aangenomen na het avondeten weer zijn atelier in te duiken zodat zij in haar eentje de kinderen naar bed moest brengen. De rest van de avond was ze alleen met een boek en een glas wijn. Ze had de bedtijd van de grotere kinderen wat verschoven om het moment van eenzaamheid uit te stellen, dat haar altijd het gevoel gaf dat ze iets niet goed had gedaan, al wist ze niet wat.

Er waren nachten dat ze helemaal niets van Gareths aanwezigheid merkte. Hij kwam naar bed als Flossie – die voorlopig weer bij hen in bed sliep – en zij al diep in slaap waren, en als ze 's ochtends vroeg wakker werden, was hij al vertrokken. Rose vermoedde dat hij soms 's nachts doorwerkte, omdat er ochtenden waren waarop ze geen enkel teken van zijn aanwezigheid in hun bed kon ontdekken: geen verkreukeld kussen, geen lakens die naar hem geurden.

De enige gelegenheid om met hem te praten was tijdens het avondeten, wanneer het gebabbel en gekibbel van de jongens weinig ruimte overliet voor andere zaken dan ge- en verboden. Ze moest zichzelf er steeds aan herinneren dat dit een stadium was dat Gareth vele malen eerder had doorgemaakt, een stadium dat voorheen altijd een goed voorteken voor zijn werk was geweest en daarmee uiteindelijk ook voor zijn gezin. Maar ze kon er niets aan doen dat het ditmaal anders aanvoelde. Misschien omdat zijn atelier zo dicht bij huis was? Ze kon het niet benoemen.

De dag van Polly's gig kwam naderbij. Anna, Nico en Yannis hadden allemaal naar The Lamb willen gaan om haar te horen, maar kinderen werden op doordeweekse avonden niet toegelaten. Rose dacht dat het misschien ook geen goed idee was als Nico de liederen van zijn moeder over zijn vader zo snel na diens dood zou horen. Ze vroeg zich af hoe passend het optreden eigenlijk was, gegeven de omstandigheden. Maar ze liet alles begaan, ervan uitgaand dat alles wat Polly naar een pad van onafhankelijkheid voerde, goed was.

De jongens konden niet geloven dat ze niet mee mochten. In Griekenland, betuigden ze, konden ze gaan en staan waar en wanneer ze wilden, en deden kinderen waar ze zin in hadden.

'Ik vrees dat wij daar anders over denken,' zei Rose.

'Maar mama zingt...'

'Sorry. De eigenaar heeft heel duidelijk gezegd: geen uitzonderingen. Ze verwachten een heleboel mensen en het zou niet veilig of goed zijn, jullie daarbij te hebben.'

'De eigenaar kan de klere krijgen,' snauwde Nico.

'Nico!' zei Rose.

Maar uiteindelijk vond Rose het sneu voor hen. Om goed te maken dat ze de gig niet mochten bijwonen, beloofde ze dat ze alles op video zou opnemen. Op die manier zou ze een oogje in het zeil kunnen houden als Nico voor de eerste keer in besloten kring de video bekeek en zijn reacties, indien nodig, temperen.

'Nou ik ga... tot straks.'

Op de dag van de gig gaf Polly een zeldzame acte de présence in de Lodge om afscheid van de kinderen te nemen voordat ze naar The Lamb vertrok voor de geluidstesten. Het was weliswaar een akoestische set, maar Polly zei dat ze een indruk van de ruimte moest krijgen.

'Wens me maar succes,' zei ze tegen Nico terwijl ze hem door zijn haar woelde. Hij keek haar stuurs aan.

'Dag, mama.' Yannis ging op zijn tenen staan en gaf haar een dikke zoen. Even sloot ze haar ogen, waarbij haar pikzwarte wimpers haar witte wangen raakten. Haar knalrood gestifte mond vertrok tot een zweem van een glimlach toen ze haar lange knokige hand op zijn kleine schouders legde. Toen was het moment voorbij.

'Nu moet ik gaan,' zei ze, zich losmakend. 'Het publiek wacht op me.' En ze beende de Lodge uit, haar gitaar op haar rug.

Rose staarde naar de bolognesesaus waarin ze stond te roeren. Polly had haar aanwezigheid nauwelijks opgemerkt. Maar het was goed haar zo opgewekt te zien. Iedere ontwikkeling was goed. Als die eenmaal was ingezet, kon er vaart worden gemaakt en misschien kon Polly, eenmaal op dreef, doorgaan en vertrekken. Maar vervolgens begon Rose zich zorgen te maken over de jongens en wat er kon gebeuren als ze niet meer binnen haar invloedssfeer verbleven.

Ze draaide zich om en zag hen bij de deur staan kijken naar de voortuin, die Polly net verlaten had.

'Nico, kun je even kijken of de videocamera nog steeds aan het opladen is? Die zit in het stopcontact naast de televisie.'

Een halfuur later kwam Gareth uit zijn atelier.

'Is het eten nog niet klaar,' vroeg hij aan Rose, die nog steeds in de saus stond te roeren. 'Vergeet niet dat we ons nog moeten omkleden.'

Ze droeg een oud, vuil T-shirt en haar tuinbroek – een heel oude, slobberige broek waarin ze had gewoond toen ze zwanger was en aan het huis werkte. Hij zat vol verf- en cementvlekken, en had een groot gat waardoorheen haar modderige knie stak. Ze had hem de laatste tijd erg veel gedragen. Eigenlijk wilde ze hem naar het café aanhouden. Ze had geen zin de indruk te wekken dat ze haar best had gedaan. Maar daar was natuurlijk geen denken aan. Het zou alleen maar roddels opleveren.

'Sorry, ik sta te suffen.' Ze kneep haar ogen half dicht en zette het water voor de spaghetti op en dekte de tafel terwijl Gareth zijn inktvingers boven de gootsteen schrobde.

'Een fantastische dag, vandaag,' zei hij. 'Een doorbraak in het rivierproject.'

'O ja?'

'Ik heb de vorm gevonden die ik zocht. Al dat gedoe met digitale bewerking, etsen en kruisarcering leek op de een of andere manier fout, niet oprecht. Dus, Rose, het worden houtsneden. Absoluut.'

'Houtsneden!'

'Ik ga het hout gebruiken van de bomen die langs de rivier staan.'

'Is dat wel verstandig?' Ze zag al een rivieroever voor zich met kale stompen, als een foto bij een artikel in een kleurensupplement over de verwoesting van het Amazoneregenwoud. Hectaren gedecimeerd land.

'Ik neem alleen hier en daar een tak. Hout kappen is onderdeel van het werk. Mijn interventie op het hout wordt minimaal, slechts een suggestie, om het stromende element van het water weer te geven. De nerf moet voor zichzelf spreken. En dan...' Hij zweeg terwijl hij zijn gedeeltelijk schone handen aan een theedoek afdroogde en zwarte vegen achterliet, wat betekende dat de doek gelijk in de was moest.

'En dan?' Ze had moeite zich voor te stellen waar hij het over had. Dat was altijd zo als hij over zijn werk praatte. Hij nam alle tijd om zijn theorieën uiteen te zetten, waardoor zijn ideeën zo duidelijk en eenvoudig klonken, dat ze op de een of andere manier te gemakkelijk leken, alsof ze de moeite die hij ervoor nam niet waard waren.

'Dan geef ik de stukken een menselijke vorm, hoe weet ik nog niet. Maar het gaat over schoonheid en destructie. Hoe we onszelf in de wereld plaatsen en hem zodoende plunderen en vermalen.'

'Ik zou graag willen zien wat je bedoelt.'

'Er is nog niets te zien, maar zodra er iets is, ben jij de eerste. Dat beloof ik.' Hij boog voorover terwijl zij de spaghetti afgoot en gaf haar een kus op haar haar.

Rose deed een stap opzij en rinkelde de bel. 'Eten,' riep ze.

'Ja, een goeie dag.' Gareth wreef zich in zijn handen en ging zitten.

Rose wist niet waarom, maar ze had het gevoel dat de moed haar in de schoenen zonk. Wijn, dacht ze, zou misschien helpen haar weer op te beuren. Dus opende ze een fles van de onderste rij uit het wijnrek – de rij betere wijnen – en schonk zichzelf een groot gras Bardolino in. Ze wilde zich omdraaien toen ze besefte dat ze was vergeten een glas voor Gareth in te schenken. Ze gaf zichzelf een klap voor haar hoofd, ging terug en haalde een glas voor hem, dat ze zorgvuldig met haar T-shirt opwreef voordat ze het vulde.

Na het eten liet Rose de oudere kinderen afruimen terwijl zij Flossie baadde en voedde en klaarmaakte voor de nacht. Flossie trappelde een beetje in het bad zodat er een paar zeepbellen ontstonden. Dat was het meest levendige dat Rose van haar had gezien sinds haar opname in het ziekenhuis. Het was feitelijk de eerste keer dat ze het gevoel had dat haar dochter geen blijvende schade had opgelopen. Het lukte haar een sprankje hoop te koesteren, maar misschien kwam dat gewoon door de wijn.

Ze was net bezig Flossie in bed te leggen, toen de bel ging. Dat moest Janka zijn, Simons au pair die die avond kwam babysitten. Simon had verkozen niet naar de gig te gaan, dus leek dit de perfecte oplossing voor het probleem dat Rose en Gareth beiden uitgingen.

'Doe jij even open, Gareth? Ik moet me nog omkleden. Geef haar maar een kop thee; ik ben zo beneden.'

Rose had een draaierig gevoel in haar buik toen ze Flossie instopte in haar bedje dat weer terug was verhuisd naar de kinderkamer. Ze was van plan haar daar te leggen totdat ze terugkwamen; dan zou Rose haar bij hen in bed nemen, de enige plek waar ze zich veilig met haar voelde. Haar in haar bedje stoppen was op zich al moeilijk, maar de hele avond werd een grote test. Het was haar allereerste avond zonder kinderen, behalve die keer van de housewarmingparty, toen Anna uit logeren was. Het feit dat het zo vlak na Flossies opname in het ziekenhuis kwam, maakte het voor Rose extra moeilijk. De afgelopen paar dagen had ze er behoorlijk buikpijn over gehad. Ze rende de hele tijd naar de wc. Toen ze Gareth haar angst had opgebiecht, had hij slechts geduldig betoogd dat The Lamb maar een paar honderd meter verderop was, dat Janka de kinderen kende, dat ze het telefoonnummer had en dat hij Charlie zou instrueren Rose onmiddellijk te waarschuwen als Janka belde.

Hij begreep het gewoon niet.

Rose ging naar haar garderobe en leunde tegen de manshoge spiegel, oog in oog met haar eigen spiegelbeeld. Misschien zou ze moeten zeggen dat ze ziek was? Als ze hoofdpijn had of zorgde dat ze misselijk was – en daar wist ze wel wat op – zou ze niet hoeven te gaan. Maar toen ze naar Christos' schilderij van Polly keek, dacht ze weer aan alles wat er ooit was. Ze had een verplichting, bijna een schuld, aan Polly, en het was ondenkbaar dat ze zich voor haar niet naar het café zou slepen.

Maar wat moest ze aantrekken? Ze pakte de zwarte jurk die onder de buste met lovertjes was afgezet, de jurk die Gareth echt mooi vond. Ze trok haar tuinbroek en T-shirt uit, liet ze op een hoop op de grond liggen en trok de jurk met moeite over haar hoofd. Hij zat veel strakker dan de laatste keer dat ze hem had gedragen, in Londen, vlak voor hun vertrek, op een vernissage van Gareths werk. Ze bekeek zich in de spiegel. De manier waarop haar borsten omhoog werden gedrukt en uitpuilden kon ermee door, meende ze. Bij hoe de rest eruitzag, stond ze niet te lang stil.

Ze pakte haar haar, draaide het omhoog en stak het van achteren vast met een grote haarklem. Ze plensde wat water over haar gezicht en stiftte haar lippen – voor het eerst sinds maanden. Ze bleef even staan en bekeek haar gezicht van dichtbij in de badkamerspiegel. In het ongenadige blauwe licht uit de lampen erboven zag ze er vaal en vermoeid uit. Ze zocht in haar kant van het badkamerkastje naar de Touche Éclat, haar enige cosmetische uitspatting, maar die bleek, tot haar ergernis, verdwenen.

Ze had echter belangrijkere dingen aan haar hoofd, dus schoot ze haar zwarte suède flatjes aan en ging naar beneden om Janka wegwijs te maken.

Tot haar verbijstering bleek hun babysitter samen met Gareth aan tafel een glas wijn te drinken. Het was toch niet verstandig om te drinken voordat je de zorg voor vier kinderen op je nam? Even overwoog ze Janka naar huis te sturen. Was dat niet het verstandigste? Uiteindelijk kon één glas al het beoordelingsvermogen aantasten.

Maar dat sloeg natuurlijk op autorijden, niet op de zorg voor kinderen en Rose moest toegeven dat ze zelf dikwijls voor vier kinderen zorgde met aanzienlijk meer op dan één glas wijn.

'Hallo, Rose.' Janka, een mooi Slowaaks meisje, richtte zich in haar volle lengte op en gaf Rose een hand.

'Hoi, Janka. Ik laat je het huis zien. Je bent hier nog nooit geweest, hè?'

'Jawel, Rose. Ik ben hier vijf, zes keer geweest toen jij en de baby weg waren.'

Rose keek met opgetrokken wenkbrauwen naar Gareth.

'Iemand moest toch op de kinderen passen als ik bij je op bezoek ging,' zei Gareth.

Rose vroeg maar niet waarom Polly dat niet had kunnen doen.

'Oké, dan laat ik je alleen maar zien wat je moet doen als Flossie wakker wordt. Je hebt het nummer van het café en Gareth heeft je al verteld dat je moet bellen zodra je denkt dat er iets mis is. En je moet om het uur bij haar gaan kijken. Oké?'

Rose was echt van plan geweest Janka alleen instructies te geven omtrent Flossie, maar ze betrapte zichzelf erop dat ze Janka het hele huis liet zien en haar aan de kinderen voorstelde, die opkeken, 'Hoi Janka' zeiden en verder keken naar *Futurama*.

Janka volgde en knikte instemmend op alle nauwkeurige en gedetailleerde instructies die Rose gaf. Dat deed ze op zo'n manier dat Rose zich afvroeg of er eigenlijk iets tot haar doordrong. Opnieuw voelde Rose de neiging de hele avond af te blazen, maar ze kon geen manier bedenken om eronderuit te komen zonder een ongelooflijk lompe indruk te maken.

Gareth en zij kusten de kinderen – alle kinderen; Rose had Gareth ervan overtuigd dat ze de jongens in dat opzicht moesten behandelen alsof ze hun eigen kinderen waren – en begaven zich op weg naar het café.

Het was een koude, wolkeloze avond, met het soort kilte dat in je neusholte bevroor, in je adem verdampte. Rose' ogen gingen ervan tranen en de door het maanlicht beschenen heg kwam er duidelijk door uit. Duidelijkheid, dacht ze, is wat vanavond nodig is. Houd alles duidelijk.

Ze liepen de weg af en Rose gaf Gareth een arm. Hij sprak over de avondlucht, hoe de silhouetten van de bomen zich aftekenden tegen de rand van de horizon. Ze vond het heerlijk hem te horen praten.

Ze bleven staan om te luisteren naar de stilte van de plattelandsnacht om hen heen totdat die werd verbroken door de kreet van een uil en de schreeuw van iets kleins. Ze liepen verder. In de buurt van het café, dat aan de rand van de dorpskern lag, nam straatverlichting het over van maan en sterren, en het lawaai van binnen verzwolg de stilte van de avond buiten.

Dat moest gezegd worden: binnen was het stampvol. Met alleen een telefoon en de post tot haar beschikking – ze beweerde dat ze niet eens wist hoe ze een computer moest aanzetten – was Polly erin geslaagd een publiek van tweehonderd of meer mensen naar het café te krijgen, genoeg voor een propvolle Lamb. Rose keek om zich heen terwijl Gareth naar de bar liep. Op enkele uitzonderingen na waren dit geen mensen van hier. In zijn vijfhonderdjarige bestaan had The Lamb niet zo veel piercings en leer bij elkaar gezien. Er waren heel wat zwaar opgemaakte, opgewonden dertigplussers in het zwart, die zich volgoten met wat op Snakebite leek. Dat waren duidelijk de fans van vroeger. Maar er waren ook beter geklede, meer blasé types die witte wijn dronken en probeerden of hun iPhones ontvangst hadden, hetgeen uiteraard, zoals Rose wist, niet het geval was. Dat moesten de mensen uit de muziekbranche zijn, degenen die een toekomst konden betekenen voor Polly. Een onafhankelijke toekomst. Het deed Rose genoegen te zien dat er heel wat van dat soort mensen rondliepen.

Als Polly succes had, weer wereldwijd ging optreden en platen maakte, kon zij misschien, dacht Rose, op een formelere basis voor de kinderen zorgen.

Gareth kwam eraan met haar drankje.

'Daar staat Jon.' Hij zwaaide in de richting van de bar. 'Vind je het erg als ik even naar hem toe ga? Hij zeurt me steeds aan m'n kop dat ik lid moet worden van het cricketteam.'

'Nou, nou, op-en-top Archers,' zei Rose.

'Mijn definitieve integratie in de Engelse cultuur.' Gareth legde zijn hand op zijn borst.

'Ga maar, meneer de Engelsman. Ik ga een plek zoeken waar ik goed kan opnemen.'

Ze ging op een barkruk staan naast de open haard, vrij vooraan, zodat ze over de hoofden van de staande mensen heen kon kijken, en controleerde of de videocamera juist was ingesteld. Zij was altijd degene die de camera bediende. Bij het bekijken van de familiekiekjes zou je denken dat zij niet bestond, omdat ze altijd aan de verkeerde kant van de lens stond. Omdat Gareth veel foto's voor zijn werk nam en beweerde dat elk ander gebruik van de camera voor hem was alsof hij in zijn vakantie moest werken, nam zij de gewone foto's voor haar rekening. Maar ze vond het niet erg. Ze vond zichzelf een vrij goede fotograaf, met oog voor de juiste compositie.

Aan de bar ging de telefoon. Rose voelde een scherpe steek van angst door zich heen gaan toen ze zich omdraaide en zag dat Charlie de eigenaar opnam. Hij lachte in de hoorn een door nicotine gekleurde hese groet aan een ouwe makker. Rose' paniekgevoel ebde weg tot het gebruikelijke restant van een bonkend hart. Om haar kalmte te hervinden, keek ze om zich heen en probeerde zichzelf af te stemmen op het publiek. De meeste mensen stonden al met hun gezicht naar het podium. Steeds als er vooraan iets bewoog, stokte het rumoer. Ze waren duidelijk in afwachting.

'Ik heb 'm gezegd dat ik volgende week woensdag naar de training kom. Hopelijk laat-ie me zolang met rust.' Gareth was het café door gelopen en stond naast haar. 'Ik ga even roken,' zei hij en weg was hij weer.

Rose dronk haar glas leeg en ging, met achterlating van haar jas over de kruk, naar de bar om nog een glas te bestellen. Ze zou het fijn gevonden hebben als Simon er was, maar ze begreep zijn afwezigheid. Ze probeerde Charlies blik te vangen terwijl hij de menigte aan de bar bediende, maar vanavond deelde hij geen gunsten uit en het leek wel een uur te duren voordat ze aan de beurt was. Het duurde zo lang, dat ze besloot een hele fles wijn te kopen en die mee te nemen naar de schoorsteen, zodat ze niet opnieuw terug hoefde te gaan.

Ze had zichzelf net geïnstalleerd, toen het publiek opnieuw, maar nu definitief, verstomde. Ze keek op en zag Polly met haar gitaar voor haar borst snel over de kleine verhoogde ruimte lopen die als podium diende. Ze bleef voor een microfoon staan en trok die dichter naar haar mond. Haar lippen waren bloedrood geverfd en ze droeg een lange zwarte jurk die op een spinnenweb leek. Ze leek ietwat zenuwachtig.

'Hallo.' Ze keek naar het publiek en glimlachte. 'Het is goed om weer terug te zijn.'

Daarop barstte het publiek uit in een hartstochtelijk gejuich, dat een flikkering van plezier op Polly's gezicht teweegbracht. Rose zette de videocamera aan. Polly boog zich over haar gitaar en tokkelde enkele akkoorden in mineur.

'Ik ben weduwe en dit is mijn verhaal,' zei ze met halfgeloken ogen. Toen begon ze haar eerste nummer.

Polly was in topvorm. Haar stem steeg in niet meer dan een maat van een laag gebrom naar een vrouwelijk gejammer. Haar nieuwe liedjes gingen over pijn, liefde, bloed en dood. Al haar woede en teleurstelling werden hier losgelaten, in dit kleine vertrek. Uit de aandacht waarmee geluisterd werd, bleek duidelijk dat de avond voor velen in het publiek een transcendente, zelfs transformerende ervaring was.

Rose keek eenmaal naar Gareth, die na zijn sigaret bij de eerste klank van Polly's stem was binnengekomen. Omdat hij zich door de drukke menigte geen weg naar Rose had kunnen banen, had hij zich aan de andere kant van het vertrek geïnstalleerd. Toen ze zag hoe hij naar Polly keek, voelde Rose zich ongemakkelijk. In zijn gezicht was iets wat ze niet wilde zien; iets wat haar het gevoel gaf heel gewoon te zijn, alsof ze het eigenlijk niet verdiende in dit vertrek te staan en naar deze muziek te luisteren. Ze voelde zich plotseling teleurgesteld in zichzelf en beschaamd dat het haar niet was gelukt zo iets prachtigs te worden als haar vriendin op het podium. Het was duidelijk slechts denkbeeldige winst die ze in de afgelopen tien jaar dacht te hebben gemaakt; ze was weer terug op de plek waar ze hoorde te zijn, die van triangelspeelster in het Polly-orkest.

Polly ging op haar hurken zitten en zwaaide de gitaar om zich heen alsof die haar slaaf was, vastgebonden aan haar heup. Het kruis van haar slipje was duidelijk zichtbaar, maar op een natuurlijk erotische manier, ontdaan van elke vunzigheid. Even voelde Rose groot ontzag.

Ze herinnerde zich nog heel duidelijk een hete zomerdag waarop Polly en zij en nog enkele andere meisjes geacht werden zich te bekwamen in kogelstoten, maar in plaats daarvan aan de rand van het speelveld zaten te niksen. Rose en de anderen hadden hun benen naast zich opgevouwen en trokken hun korte speelrokjes strak om zich heen; Polly echter zat wijdbeens, met opgetrokken rok en alles volop zichtbaar. Maar er was niet één schaamhaar die uitstak, noch vertoonde haar ongerept witte slipje een nat of donker plekje. O, zo te durven vertrouwen op het lastigste en grilligste deel van je lichaam, had Rose toen gedacht. En nu weer, Polly nog altijd even ongeremd, even gemakkelijk zichzelf te kijk zettend als toen ze dertien was.

Rose, die vanwege haar videocamera niet van haar plaats kon komen, voelde zich een lomperik.

De rots in de branding, dat was Rose geworden. Degene die altijd verstandig was. Haar meest extravagante, riskante handeling van de laatste tijd was de aankoop van een oud huis geweest, en twee jaar hard werken om het op te knappen. Vergelijkenderwijs niets opzienbarends. Tegenover de elektrische geladenheid op het podium en de betovering die daarvan uitging naar dit koele, gereserveerde publiek, voelde zij zich de burgerlijke huisvrouw van middelbare leeftijd die ze kennelijk was geworden – verreweg de minst opwindende persoon in het vertrek.

Met de twaalf nieuwe liedjes die Polly die avond speelde plus de beroemde titelsong van *Running Scared*, haar album uit 1992, en nog enkele andere oude nummers, had ze het publiek op haar hand. De akoestische nummers, met alleen haar eigen gitaarbegeleiding, vulden de kleine ruimte op een manier die zelfs de geur leek te transformeren.

Aan het einde barstte het publiek los. Er werd gestampvoet, gegild, om meer geroepen. Mensen tikten met hun zware zilveren ringen tegen de geheven glazen. Polly stond op het podium en maakte glimlachend met haar handen een *namasté*; vervolgens zette ze haar gitaar tegen de muur en liep door het publiek naar de bar. Men probeerde haar aan te raken.

Rose filmde nog steeds en deed haar best haar door het publiek heen te volgen, maar de mensen waren over het algemeen groter dan Polly. Die had vanaf het podium het vertrek tot in de hoeken met haar energie gevuld maar werd, nu ze op de grond stond, opgeslokt.

Rose was net bezig de camera op te ruimen toen ze in het publiek een schok van ontzetting hoorde, en keek op. Er was ruimte vrijgekomen rond Polly, die oog in oog stond met een lange blonde vrouw in een nauwsluitende spijkerbroek en een duur uitziend, soepel leren motorjack. De vrouw versperde Polly de weg en torende boven haar uit als een gemene Disney-heks. Rose rekte haar hals uit om te zien wat zich afspeelde.

'Weet je,' zei de blonde vrouw, 'het enige wat jou interessant maakt is het feit dat je man dood is.'

Met een hand in haar zij keek Polly de vrouw aan tot die haar ogen neersloeg. Toen haalde de vrouw uit en sloeg Polly onverwacht midden in haar gezicht, waarbij ze met haar diamanten ring in haar wang sneed.

Polly viel op de grond en vijf man, onder wie Gareth, snelden haar te hulp.

Een andere man, groot en donker en met een zwarte lok over zijn vermoeide blauwe ogen, pakte de blonde vrouw beet die, dat was nu duidelijk, erg dronken was.

'Je hebt gezegd dat je je zou gedragen als we hiernaartoe gingen,' siste hij.

'Tijdens de gig, heb ik gezegd. TIJDENS DE GIG,' snauwde ze terug.

Rose had de smoor in dat ze de camera al had teruggestopt in de gecapitonneerde tas.

'Hoe vaak heb ik het je niet gezegd? Het is allemaal verleden tijd!' schreeuwde de man.

'Ik zag je gezicht,' antwoordde ze. 'Je maakt mij niet wijs dat je niet nog steeds geilt op dat stinkende stuk rotte vis.'

Hij greep haar bij de arm en trok haar het café uit. Rose keek naar Polly, die nog steeds op de grond lag, omcirkeld door een kring van mannen. Een van hen was aan de bar een glas water gaan halen, en Gareth depte met een servet de inderdaad lelijk uitziende snee die de ring van de vrouw onder Polly's linkeroog had achtergelaten.

'Gaat het?' vroeg Rose, ook vooroverbuigend.

'Niets aan de hand.' Polly glimlachte, maar met een vertrokken mond. 'Vergeet het alsjeblieft. Ik ken haar van heel lang geleden. Ze is niet goed snik.'

Gareth en een andere man – een enorme kerel, glimmend en zonverbrand – hielpen haar overeind.

'Nu heb ik een borrel nodig,' zei Polly, Gareth aankijkend.

'Charlie, een fles champagne voor de diva,' riep Gareth terwijl hij haar voorging naar de bar. Iemand gleed van zijn kruk en bood die Polly aan.

'Van het huis, maat,' zei Charlie; hij greep achter de bar en haalde een bos rozen tevoorschijn die hij Polly met een buiging aanbood. Als ze het niet met eigen ogen had gezien, zou Rose nooit geloofd hebben dat deze kerel met zijn bierbuik, pokdalige neus en opgezwollen aderen tot zo'n gebaar in staat was. Hij stond eerder bekend om zijn talent lastposten uit zijn zaak te smijten door hen letterlijk aan hun achterwerk weg te trekken en op straat te gooien, dan om zijn hoffelijkheid en bloemen.

Gareth schonk de champagne in en gaf die aan Polly en Rose.

'Poll, het was fantastisch,' zei Rose.

'Dank je wel.'

'Was het niet geweldig?' Gareth sloeg zijn arm om Polly's schouders. 'Het zal je geen enkele moeite kosten om weer terug te komen, denk je ook niet?'

''k Weet niet,' zei Polly schouderophalend.

'Neem me niet kwalijk.' Een beschaafd sprekende blanke man met dreadlocks tot aan zijn middel kwam tussen Polly en Rose staan en stak zijn hand uit. 'Ik ben sprakeloos,' zei hij.

'Dank je wel.' Iets wat na de confrontatie met de blonde vrouw in Polly was gedoofd, begon weer terug te komen.

'Jem Williams, Karma Records,' zei de man.

'Wauw,' zei Gareth.

'Cool,' glimlachte Polly.

Rose liet haar blik over de menigte gaan totdat hij op een persoon viel die naast de deur tegen de muur stond geleund en met een biertje in zijn handen hun kant uit keek. Het was Simon.

'Ik ga even naar de wc,' zei ze tegen niemand in het bijzonder en liep naar hem toe. Ze kon niet geloven dat hij hier was.

'Wat doe jij hier? Wie past er op de kinderen?'

'Die slapen allemaal. Ik ben weggeglipt om even een kijkje te nemen. Niet tegen Miranda zeggen.'

'Dat is wel het laatste geheimpje dat ik haar zal vertellen.'

'Ik ga ervan uit dat alles in orde is. Ik kwam hier pas tijdens het applaus.'

'Het was... briljant,' zei Rose, zoekend naar het juiste woord. 'Fantastisch.'

'Ja.'

'Luister eens, Rose. Het spijt me van vorige week. Ik was een beetje... in de war. Ik wil alleen maar dat je weet dat ik er ben als je ooit behoefte hebt om te praten. Ik wil dat we gewoon vrienden zijn. Ik mis onze gesprekken.'

'Ik was het al vergeten.' Ze ging op haar tenen staan en kuste hem op zijn wang. 'Maar ik wil alleen je vriendin zijn als je nu meteen teruggaat naar je kinderen.'

'Ja, dame,' zei hij en hij gaf haar zijn glas. 'Ik ben al weg. Maar niet vergeten, hè, je belt me, ja? Wanneer je maar wilt.'

'Ja,' zei Rose, al begreep ze niet waarom ze behoefte zou hebben om te praten. Waarover? Hij was degene die er slecht aan toe was. Ze dronk de rest van Simons bier en liep weer richting de bar.

'Waar was je?' Gareth sloeg zijn arm om haar heen.

'De wc,' zei ze.

Het was alsof hij er een beetje bij hing. Polly zat op een barkruk en hield hof. Om haar heen stond een groepje mannen die met hongerige maar sympathieke gezichten luisterden naar wat ze te zeggen had. Rose merkte op dat de man met de donkere lok tussen hen in stond, vlak naast Polly, zo dichtbij dat haar dij de zijne moest raken. Kennelijk had hij zich van de blonde vrouw ontdaan.

'Het is tijd om naar Janka te gaan,' zei Rose. 'Maar jij kunt blijven als je wilt.'

'Nee, ik ga mee. Ik moet morgenochtend vroeg op,' zei Gareth.

Ze namen afscheid van Polly, die eruitzag alsof ze daar voor de nacht vastzat. Buiten had de maan haar hemelbaan afgelegd en ze hing nu in de nachtelijke lucht alsof ze een groot waakzaam oog op hen hield. Hoewel de lucht nog steeds fris was, geurde hij al naar de zomer. Onderweg leunde Rose op Gareth, blij weg te zijn uit het café.

Gareth lachte in zichzelf.

'Wat?' vroeg Rose naar hem opkijkend.

'Ik bedacht net dat deze avond over een jaar of twintig misschien in een aantal autobiografieën ter sprake zal komen.'

'Het was inderdaad een gebeurtenis.' Rose zag dat ver in het westen wolken zich samenpakten, vuilwit aan de maanverlichte hemel. Het zou gaan regenen.

Ze troffen een kalm huis aan. De avond was daar zonder incidenten verlopen. De kinderen waren naar bed gegaan toen ze moesten, niemand was wakker geworden en o ja, met Flossie ging het prima. Rose en Gareth stuurden Janka weg met twintig pond, en lieten zich vervolgens – nadat Rose zich ervan had vergewist dat Flossie nog steeds diep in slaap was – lichtelijk duizelig van de drank en uitgeput in bed vallen. Voor het eerst in wat maanden leken voelde ze dat ze haar man begeerde. Ze begon zijn lendenen te strelen en hij draaide zich naar haar om en nam haar gezicht in zijn handen. Hij kuste haar en daarna rolde hij haar op haar rug, bewoog zijn mond naar haar borsten, die hij eerst kuste, toen eraan zoog en daarna erin beet zodat ze een gilletje van verbazing slaakte.

Niet dat ze het niet prettig vond, maar hij was nooit zo ruw geweest. Hij bracht zijn hand tussen haar benen en streelde haar tot zij vochtig was. Toen stak hij één vinger diep in haar, en nog een.

Hij bewoog zijn vingers en stopte er een derde, een vierde bij. Ze raakte heel opgewonden en bewoog op en neer. Hij werkte zich dieper in haar, tot voorbij zijn knokkels totdat hij eindelijk, voorzichtig maar ferm zijn duim en hele hand in haar liet glijden alsof hij haar droeg als een handpop. Het was volslagen nieuw. Tot nu toe werden de tien jaar van hun vrijerij gekenmerkt door een tedere intimiteit. Rose kwam snel en explosief klaar, felle lichten ontploften in haar hoofd toen ze op zijn hand verslapte. Hij ging op haar liggen, pakte haar vingers en sloot die om zijn penis, bewoog hem wild op en neer totdat hij met een kreet klaarkwam over haar borst, en zijn kleverige zaad uitstreek rond haar tepels.

'Ik hou zoveel van je, Rose,' zei hij; hij draaide zich om naar zijn kant van het bed en viel onmiddellijk in slaap, zijn benen zweterig verstrengeld met de hare. Zij lag nog op haar rug, haar vulva brandde en trok zich van tijd tot tijd nog samen. Ze had in jaren niet zo'n orgasme gehad.

'We moeten dit niet vergeten,' mompelde ze in de nachtelijke stilte van hun slaapkamer.

Maar toen de regen tegen het raam van de dakkapel begon te tikken, kon ze niet nalaten zich af te vragen: hóé is hij op dit idee gekomen?

Achtentwintig

De volgende ochtend werd Rose wakker van Gareth, die onder de douche een van Polly's oude liedjes zong. Ze lag in het vierkant van een magere ochtendzon die door het Velux-raam boven het bed op haar scheen en probeerde zich te herinneren wat er dc avond tevoren was gebeurd terwijl ze zich afvroeg waarom ze zo'n gemangeld gevoel in haar buik had. Toen ze zich bewoog en de pijn tussen haar benen voelde, ging er een lichte huivering door haar heen.

Ze voelde zich zoals op haar eerste dag op school.

'Dag, schat van me.' Gareth kwam uit de douche en wreef zijn haar droog met een van de witte handdoeken die Rose altijd keurig opgevouwen op de eikenhouten planken in de badkamer legde. Hij boog zich voorover om haar te kussen.

'Ik heb geen koffie voor het atelier meer,' zei hij. 'We vliegen door de bonen heen, mijn nieuwe machine en ik.'

'Ik zal het op mijn boodschappenlijst zetten,' zei Rose.

'Wat hou ik toch veel van je,' zei hij.

'Dat zei je gisteravond ook al,' antwoordde ze.

'Omdat het waar is.'

Hij trok zijn werkkleren aan, een ouwe 501 en een lodengroene trui die Rose voor hem had gebreid toen ze zwanger was van Anna. Daarna streek hij eenmaal met zijn handen door zijn haar om er zeker van te zijn dat het opdroogde zoals hij het het liefst had, en vertrok.

Nadat Rose de kinderen naar school had gebracht ging ze neuriend naar de boerenmarkt. Die was in het volgende dorp, vijf kilometer verderop; dat betekende dat ze er met de auto heen moest, maar het voelde zoveel beter om naar de markt te gaan dan naar

Waitrose. Ze stapte in, nadat ze haar rieten mand, die ze speciaal voor deze marktbezoekjes had gekocht, op de achterbank had gegooid. Flossie in de draagdoek combineerde niet gemakkelijk met de mand aan haar arm, maar zonder mand te gaan was ondenkbaar. Die herinnerde haar eraan dat ze nu op het platteland woonde en gaf haar het gevoel compleet te zijn.

De ochtendmist loste op en onthulde een blauwe hemel toen Rose de Galaxy parkeerde op het parkeerterrein van het dorpshuis waar de markt wekelijks werd gehouden. Ondanks de nachtelijke regens leken de dagen steeds warmer te worden. En zo zag ze tot haar blijdschap dat iemand 's ochtends, ondanks de modder hier en daar, had besloten de markt op zijn zomerstandplaats te houden op het speelveld achter het dorpshuis. Als altijd heerste er grote bedrijvigheid en wemelde het van ouders die ze van school kende. Ze knikte naar enkele wat sympathiekere ouders terwijl ze neuriënd rondliep en haar mand volstouwde met Franse boerenkazen, lokale jam en een kilo bacon die ze er heimelijk van verdacht inferieur aan – en duurder dan – het speciale supermarktmerk te zijn, maar die ze kocht omdat hij werd gefabriceerd door een boer wiens landerijen ze vanaf het hoogste punt uit haar tuin kon zien liggen.

Ze sloot haar ogen en met de zon op haar gezicht verbeeldde ze zich dat ze op een markt in de Dordogne was.

'Koffie, niet vergeten koffie te kopen,' zong ze bij zichzelf op weg naar het kraampje waar hele, vers gebrande bonen van Gareths lievelingsmerk werden verkocht.

In de keuken borg ze, in een opperbeste stemming en al babbelend tegen Flossie, de laatste pot in het juiste kastje. Ze pakte de koffiemolen van de plank en maalde voldoende bonen om Gareth tot aan het avondeten zoet te houden. Gareth. Weer ging een huivering door haar heen bij de herinnering aan de avond ervoor. Het was ongelooflijk, dacht ze, hoe je je midden in de dagelijkse sleur door goede seks een heel ander mens kon voelen. Toen ze opkeek nadat ze de bacon in de koelkast had gelegd, zag ze Polly over het tuinpad naar de keuken komen; ze had een zwarte satijnen ochtendjas die Rose nog niet eerder had gezien, strak om zich heen geslagen.

Rose pakte haar mand en zette die terug op zijn plaats in de koele bijkeuken, waar het geurde naar de in kranten gewikkelde appels die ze in de herfst had opgeslagen.

Toen ze weer in de keuken kwam, zat Polly aan tafel; die keek haar onderzoekend aan.

'Wat kijk je blij, Rose,' zei ze.

Rose glimlachte.

'Hebben Gareth en jij een fijne avond gehad, gisteren?'

'We hebben ervan genoten. Hoe is het verder gegaan nadat we zijn vertrokken?'

'Best,' zei Polly.

'Hè?'

''k Weet niet.' Polly rekte zich uit. 'Ik voel me wat katterig.'

'Is het erg laat geworden?'

'Ik geloof van wel.'

'Nog mensen die interesse hadden?'

'O, 'k weet niet. Ze zeiden dat ze het goed vonden en dat ze nog contact zouden opnemen, maar dat is een hoop blabla.' Ze draaide een streng haar om haar vinger en keek die na op gespleten punten. 'Waar is Gareth?'

'In zijn atelier.'

'Fantastisch dat hij weer aan het werk is.'

'Hoe bedoel je?'

'Nou, toen jij weg was, kwam hij nauwelijks in zijn atelier.'

Rose keek naar Polly, die nog steeds aan haar haar zat te frunniken. Iets ondermijnde het gevoel van tevredenheid dat ze de hele ochtend had gehad. Waar ging dit over?

'Waarschijnlijk maakte hij zich ongerust. Over Flossie,' zei Rose kortaf.

'Hij was altijd hier, in de keuken,' zei Polly schouderophalend. 'Is er nog koffie?'

'Ik ga zo zetten.' Rose bedacht zich dat ze de koffie naar Gareth moest brengen. Die moest er inmiddels wel naar snakken, gezien zijn Noord-Amerikaanse onvermogen zonder koffie te kunnen werken. Ze trok haar tot overschoenen afgeknipte rubberlaarzen aan en liep via de achtertuin naar Gareths atelier. Onderweg riep ze Manky. Die was die nacht niet thuisgekomen, al was dat niet ongewoon. Maar hij was ook niet binnengekomen voor zijn ontbijt. Rose hoopte maar dat hij niet ergens anders eten kreeg. Natuurlijk werd men geacht dat niet te doen, maar mensen voerden dieren vaak uit misplaatste vriendelijkheid.

Ze klopte zachtjes op de deur van het atelier. Als zo vaak waren de jaloezieën neergelaten tegen de ochtendzon.

'Ja?' riep Gareth.

Ze opende de deur en haar adem stokte in haar keel. Sinds de laatste keer dat ze in het atelier was geweest, minder dan een week geleden, was elke vierkante centimeter muur bedekt met tekeningen en nog meer tekeningen, van de rivier, van bomen, van figuren die op een ongedwongen, soepele manier bewogen – of dansten? Iets in de houding van de figuren kwam haar bekend voor.

'Je hebt hard gewerkt,' zei ze met een blik op de explosie van werk om hem heen.

'Ja,' zei hij terwijl hij het vel papier waaraan hij zat te werken ondersteboven op de grond legde. Hij draaide zich naar haar om. 'Is er iets, Rose?' Ze wist dat niemand, zelfs zij niet, het werk dat hij onder handen had, mocht zien.

'Ik kom je koffie brengen,' zei ze.

'O ja, natuurlijk. Fantastisch. Dank je wel.' Hij keek haar aan alsof hij wachtte tot ze weer wegging.

'Goed, tot zo meteen bij de lunch.'

'Sorry, ik werk door. Maar vergeet me niet voor het avondeten.'

'Oké, dan zie ik je dan.' Rose liep naar buiten en sloot de deur achter zich.

Terwijl ze terugliep naar het huis, leek het grasveld in de felle zon te kantelen en ze voelde zich krimpen als Alice. Het huis leek eerder verder weg dan dichterbij te komen. Plotseling bleef ze staan. Stommeling! Ze had Flossie in de keuken in haar zitje achtergelaten, alleen met Polly.

Met een onzichtbare hand in haar rug rende ze over het gras-veld en stormde de keuken binnen, zodat Polly – die nog steeds aan de keukentafel zat en zichzelf in een schildpadden handspie-gel bekeek – opschrok. Flossie zat nog in haar stoeltje, aan de an-dere kant van het vertrek, diep in slaap. Rose rende naar haar toe.

'Wat gebeurt er?' vroeg Polly, de spiegel neerleggend.

Rose huilde bijna van dankbaarheid. Polly had Flossie niet eens opgemerkt. Die lag te slapen, onaangeraakt, onbeschadigd.

'Dan nu een kop koffie?' vroeg ze aan Polly.

Toen ze wat cafeïne had genuttigd, deed Polly heel wat minder somber over het verloop van de vorige avond. Ze bleek een hele serie afspraken te hebben in Londen en Bristol over mogelijke platencontracten en eventuele andere kleine akoestische gigs.

'Heb je die magere ouwe vent gezien met kort grijs haar en een neusring?' vroeg ze aan Rose.

'In die strakke spijkerbroek en dat leren jack?'

'Ja. Ja. Dat is Steve Blow.'

'Echt waar?'

'Ja, de bassist. Hij wil me volgende maand uitnodigen voor een gig in Camden.'

'En ga je?'

'Waarom niet? De enige gang is vooruitgang, nietwaar? Ik overweeg om er een paar dagen heen te gaan, m'n gezicht te laten zien. Jij zou het toch niet erg vinden om op de jongens te passen?'

'Natuurlijk niet.' Integendeel, dacht Rose, ze zou het heerlijk vinden.

De deur naar de tuin ging open en daar stond Gareth; met zijn gewicht op één been streek hij met zijn houtskoolvingers zijn haar uit zijn gezicht en wachtte tot zijn ogen gewend waren aan de schemering in de keuken.

'Ik heb geen melk meer,' zei hij.

'Je zou een soort pijpleiding moeten aanleggen,' lachte Polly. 'Dan hoefde je nooit meer hierheen te komen.'

'O hé, hallo.' Gareth kwam binnen en kuste haar op haar wang. 'De diva.'

'Het zou wat,' zei Polly effen.

'Neem de voorste fles,' zei Rose, terwijl Gareth in de ijskast rommelde.

'Zeg, gaat een van jullie vandaag toevallig naar Bath? Ik heb een snaar gebroken,' zei Polly.

'Sorry,' zei Rose, zich verontschuldigend voor hen beiden. Gareth was aan het werk en zij kon niet: het was onmogelijk op en neer te rijden voordat de kinderen van school gehaald moesten worden.

'Wacht eens even.' Gareth draaide zich om met de melkfles in zijn hand. 'Je kunt wel met mij meerijden. Ik heb papier nodig. Ik was van plan om morgen te gaan, maar het kan net zo goed vandaag.'

'Als je dat zeker weet...' zei Polly.

'Ja, prima. We gaan na de lunch. Wat heb je voor de lunch, Rose?'

Rose wist zeker dat hij had gezegd niet voor de lunch te zullen komen.

Negenentwintig

Rose maakte een Franse uiensoep, die ze aan de keukentafel op-
aten met brood en geitenkaas van de markt. Het was vreemd dat
iedereen er was – ze begon net te wennen aan haar solitaire dagen.
Terwijl Polly en Gareth praatten over hun werk, over wat ze van
plan waren, had Rose het gevoel tussen twee bosbranden te zitten.

Gareth zette zijn ideeën voor de rivierseries uiteen terwijl Polly
luisterde, voorover leunend en knikkend dat ze begreep waar hij
het over had. Rose' gedachten dwaalden af. Ze drukte op haar
borst om te zien of die enig teken gaf van premenstruele pijn. In
dat geval zou de eerste menstruatie sinds de geboorte van Flossie
zich aandienen en dat zou verklaren waarom ze zich voelde zoals
ze zich voelde. De ochtend was zo goed begonnen, dacht ze; helder en zonnig. Maar nu had ze het gevoel in een doos te zitten die
heel langzaam werd dichtgedaan.

Polly ging naar de Annexe om zich klaar te maken, en Rose
ruimde de spullen van de lunch af terwijl Gareth aan tafel een lijst
opstelde van wat er in Bath gekocht moest worden.

'Kan ik nog iets voor je meenemen, als ik daar toch ben?' vroeg
hij.

'Ik kan de netenkam niet vinden,' zei Rose, 'en Anna zit zich
weer te krabben.'

'Goed, die staat op de lijst.' Hij stond op en pakte de autosleu-
tels uit het houten kastje bij de achterdeur. 'We komen niet laat
thuis,' zei hij, haar op haar hoofd kussend. Toen ging hij naar
buiten en sprong de treden op als een hond die werd losgelaten.

Rose zag hoe Polly de Annexe uit kwam en naar Gareth glimlachte. Ze droeg een wijde witte hemdjurk die schitterde in het
zonlicht en waarin ze veel jonger leek dan ze was, als een maag-
delijk bruidje.

Nadat ze de keuken had opgeruimd en in de tuin nogmaals de kat had geroepen, brak Rose met een levenslange gewoonte en deed samen met Flossie een middagslaapje. Misschien zou dat haar goeddoen, dacht ze. Ze werd echter tien minuten voordat ze de kinderen moest gaan halen wakker, en niet alleen had ze een benauwd gevoel, maar ze was ook duf, alsof iemand tijdens haar slaap in haar hoofd was gekropen en een deel van haar hersens door watten had vervangen.

Daarom hoorde ze aanvankelijk Simon niet toen hij naar haar riep terwijl ze het open veld overstak. Maar hij rende om haar in te halen, en het eerste wat ze voelde was Trooper die vriendschappelijk langs haar benen schuurde.

'Hé.' Simon maakte grote sprongen, zodat hij nog jonger leek dan zijn hond. 'Ben je daar?'

'Sorry.' Rose draaide zich om en vertrok haar mond tot een glimlach. 'Ik was in gedachten.'

'Dat zag ik.' Simon regelde zijn stap naar de hare. 'Zin om een kop thee te komen drinken na school?'

'Ja, waarom niet?' zei Rose. Er was geen enkele reden om naar huis te gaan en ze kon voor het avondeten een lasagne uit de diepvries halen. Ze had helemaal geen zin om te koken.

Toen de kinderen van het plan hoorden, juichten ze zo dat Rose zich afvroeg wat er mis was met hun eigen huis.

In de korte tijd dat het had gekost om kinderen, schooltassen en broodtrommeltjes te verzamelen en de terugtocht te aanvaarden, leek het veld in bezit genomen door zwarte kraaien. De kinderen renden op de vogels af, die opvlogen als grote zwarte geesten en de lucht vulden met hun gekras. Anna, Yannis, Nico, Effie en Liam deden de wiekende vogels na: ze sloegen hun armen uit en draaiden rondjes onder hen totdat ze duizelig over elkaar heen neerbuitelden.

De kinderen van Simon waren een tweeling. Ze waren klein voor hun leeftijd en hadden onder het stroblonde haar van Simon de bleke Keltische huid en ronde donkere ogen van hun moeder. Rose vond het net kleine elfen, speels en vol ondeugende streken, die echter heel wat onschuldiger waren dan die van Polly's jongens.

'Waar is je gekke tante?' Effie sprong overeind en rende langs Anna. Beide meisjes deden of ze vlogen en gingen daar zo in op, dat ze niet in de gaten hadden dat Rose en Simon vlakbij waren.

'Ze is mijn tante niet,' zei Anna, wegschietend.

'Maar gek is ze wel, hè?' Liam kwam eraan gezoefd, meer vliegtuig dan vogel.

'Rot op,' zei Anna tegen Liam.

'Anna!' zei Rose.

'Nee, laat maar. Net goed, hij treiterde haar.' Simon raaktc haar arm aan.

Rose keek naar Nico, die grijnsde. Hij ving haar blik en hield die uitdagend enkele seconden vast, toen ging hij naar Yannis, die een eind verderop met een modderige stok tegen brandnetels stond te meppen. Waar Anna het idee vandaan haalde dat ze dit soort woorden kon gebruiken, was voor Rose zonneklaar. Sinds de komst van de jongens had ze ontdekt dat ze het vreselijk vond als kinderen vloekten. Vroeger meende ze dat het belangrijker was context en begrip uit te leggen dan lelijke woorden te verbieden, maar nu besefte ze hoe vreselijk ze de vuile taal uit de mond van haar dochter vond, en ze moest de aandrang om haar een klap te geven onderdrukken.

Terwijl ze naar de rondtollende Anna keek, besefte ze dat ze beniger was geworden. Ze had kennelijk een groeispurt doorgemaakt. Ze had aanleg om uit te dijen, dan langer te worden en weer af te slanken, maar over het algemeen had Rose dat in de gaten. Nu zag ze dat de kleren van haar dochter haar niet langer pasten – de mouwen waren zeker vijf centimeter te kort. Maar dat was niet alles. Anna vertoonde een gespannenheid die Rose niet eerder had opgemerkt. Ze probeerde zich voor de geest te halen hoe ze er een maand geleden had uitgezien, en wat een contrast ze toen vormde met die wildebrassen. Nu trof het haar als een donderslag bij heldere hemel dat er nog maar weinig verschil tussen de drie was. Ze leken uit eenzelfde mal te komen. Deze ontdekking schokte Rose. Ze had haar gezin altijd gezien als een algebraïsche term, keurig tussen zijn haakjes.

En ineens, toen ze op een boomwortel stapte, drong het tot haar door dat zij, Anna, Flossie en Gareth na de voltooiing van hun huis niet lang genoeg op zichzelf hadden gewoond om hun gezinsschutting te solideren. Ze hadden een pseudomuur opgetrokken die vol scheuren bleek te zitten.

Ze hapte naar adem en kon maar net voorkomen dat ze viel.

'Staan blijven, Rose.' Simon greep haar arm.

'Niets aan de hand,' zei ze, naar hem opkijkend. 'Ik struikelde alleen maar.'

'Laten we in de winkel een cake kopen,' zei hij en alle kinderen juichten in koor. De dorpswinkel verkocht een in alle dorpen befaamde chocoladecake waarvan het recept geheim was.

Het huis van Simon en Miranda lag iets minder dan een kilometer voorbij dat van Rose en Gareth, en ze hadden slechts een buurman tussen hen in. Het was een heel ander huis dan de onberispelijke nieuwe en schone Lodge. Het was krakkemikkig, vol rotzooi en overal lagen stapels brieven en boeken. Het had geen dure renovatie ondergaan zoals het huis van Rose en Gareth. Zelfs in deze tijd van het jaar had de tuin iets van een oerwoud, waar alweer nieuwe spichtige twijgen groeiden uit takken die in de herfst gesnoeid hadden moeten worden.

Simon maakte plaats aan de tafel door wat op kranten van een hele week leek, op een kruk te schuiven. Hij zette voor iedereen thee zonder te vragen of dat was wat ze wilden en serveerde die in mokken vol vlekken. Nico en Yannis, onbekend met dit Engelse ritueel, nipten van hun thee en trokken gezichten alsof het zelfgestookte likeur was.

De cake vielen ze met minder aarzeling aan. Hij droop bijna van de chocola en werd gemaakt door een vrouw uit een dorp verderop die vroeger in Londen voor Konditor & Cook had gewerkt. Alle kinderen aten hun bordjes schoon leeg, vroegen met gezichten en vingers vol chocola om meer en werden, voordat Rose tussenbeide kon komen, door Simon op hun wenken bediend.

'Tiger is weer van school gestuurd,' zei Anna.

'Anna, niet met volle mond praten, alsjeblieft.' Rose tikte haar op haar pols.

'Hij had Sammy een stomp in zijn gezicht gegeven,' zei Yannis.

'Niet hard genoeg,' mompelde Nico.

'Hij had wel een bloedneus,' verzekerde Anna Simon, die huiverde.

'Nico, wat bedoel je met "niet hard genoeg"?' vroeg Rose.

'Hij zei dingen over mama,' zei Yannis.

'Wat dan?' Rose ging rustig tussen de twee jongens zitten.

'Hij zei...'

'HOU JE KOP!' gilde Nico tegen zijn broertje. 'Het gaat er niet om wát hij zei. Hij had níéts moeten zeggen.'

'Nou, wat-ie ook heeft gezegd, daarom hoeft hij nog niet geslagen te worden,' zei Rose.

'Jawel. En het was een rotstreek om Tiger van school te sturen. Die nam het voor ons op,' gromde Nico.

'En Sammy ís een echte klootzak,' zei Yannis ernstig.

'Dat zal dan wel.' Rose keek naar haar handen. Ze miste gewoon de energie om hier iets mee te doen. Geheel ongebruikelijk kon ze hieruit geen les trekken voor de kinderen.

Er viel een pijnlijke stilte in het vertrek; alleen de zware ademhaling van Flossie was te horen die probeerde een brok platgedrukte chocoladecake in haar mond te proppen.

'Goed... wie wil er een dvd bekijken?' Simon klapte in zijn handen. 'We hebben een eersteklas illegale *Pirates of the Caribbean* nummer vier. Je kunt zelfs de mensen in de bioscoop zien opstaan om te gaan plassen!'

'Jaaa!' Liam en Effie stonden op hun stoelen en gebaarden wild in de lucht. Dit soort dvd's van twijfelachtige herkomst was kennelijk een topattractie in hun huis. De Tiger-affaire was vergeten toen de kinderen naar wat Simon de projectiekamer noemde dromden – in werkelijkheid een tweede woonkamer met een laptopprojector die op een grote witte muur was gericht.

'Nou, mannen,' zei Simon terwijl de kinderen zich comfortabel installeerden op de fluwelen zitzakken die her en der op het vloerkleed stonden, 'als er iemand opstaat om te gaan plassen moeten jullie *"Harr Harr"* roepen, oké? Dan komt Simon de zeeman met zijn speciale toffeepopcorn langs voor degenen die rustig blijven zitten, maar niet voor de plassers – oké, mannen?'

'Ay ay kap'tein,' salueerde de tweeling. Zelfs Nico moest glimlachen. De dvd begon en algauw waren de kinderen een en al stille aandacht.

Rose en Simon gingen terug naar de keuken.

'Hè, hè, nu kunnen wij even ongestoord praten,' zei hij. 'Je hebt je handen vol aan die jongens.'

'Vertel mij wat,' zei Rose. 'Vind je het erg als ik Flossie voed?'

'Er is niets mooiers.' Simon stond op om meer thee te zetten. Rose knoopte haar hemd los en legde Flossie aan terwijl ze om zich heen keek naar de stapels rommel, de half afgemaakte werkstukken van de tweeling. In een diep bord was een miniatuurtuin, met in aarde aangedrukt mos dat gras moest voorstellen. Er was een fort van papier-maché en plakkaatverf, met plastic soldaatjes die van wc-rollen gemaakte wallen bewaakten. Rose herinnerde zich hoe de Annexe vol had gestaan met dergelijke werkstukken en ze zuchtte bij de herinnering aan de laatste keer dat Anna en zij iets waren begonnen zonder anderen om zich heen, zonder kibbelende kereltjes, zonder blèrende baby.

'Is alles oké, Rose?' Simon ging tegenover haar zitten en zette een mok thee voor haar neer.

'Hoe bedoel je?' Ze schrok op uit haar gemijmer.

'Je lijkt vandaag een beetje... afwezig. Toch niet vanwege haar en mij?'

'Hè? O, nee. Ik heb toch al gezegd dat ik dat alweer ben vergeten.'

'Waar denk je dan aan?'

'O, aan niets. Ik ben waarschijnlijk gewoon erg moe; ben nog steeds niet helemaal op dreef sinds de ziekenhuisopname. En ik maak me zorgen. Je weet wel. Over Flossie.'

'Natuurlijk.' Simon dronk zijn thee en keek Rose onderzoekend aan. 'Afgezien daarvan is thuis alles oké? Ik bedoel tussen jou en Gareth?'

'Natuurlijk,' flapte Rose er uit. 'Wij kunnen wel tegen een stootje.'

'Uiteraard,' zei Simon, met neergeslagen ogen.

'Dat is altijd zo geweest. Daar mankeert niets aan,' zei ze.

'Mooi. En Polly?'

'Prima.'

'Al enige aanwijzing dat ze weggaat?'

'Misschien. Na gisteravond... maar zij moet beslissen.'

'Ja.'

'Ik kan haar niet dwingen tot iets waar ze nog niet aan toe is.'

'Natuurlijk niet.' Simon liet zijn blik uit het raam dwalen. Toen, alsof hij een beslissing had genomen, wendde hij zich weer tot Rose en greep over de tafel heen haar hand.

'Rose, je moet zorgen dat ze je huis uit gaat. Zij wordt je ondergang. Ze is gevaarlijk.'

'Dat zeg je alleen maar omdat je gekwetst bent.'

'Kan zijn. Maar ik heb ogen in mijn hoofd en ik weet wat ik zie. Ik heb moeten aanhoren hoe ze over jullie tweeën praatte als jij niet in de buurt was. Gooi haar het huis uit, Rose.'

'Ik wil dit niet horen, Simon.'

Hij stond op, liep naar haar kant van de tafel, ging naast haar zitten en pakte haar bij haar schouders. 'Luister, Rose. Ik zal je de details besparen, maar ik kan het niet genoeg benadrukken. Schrap haar uit je leven. Wat je ook van plan bent, zij zal het in de war sturen. Zij heeft al mijn hele leven op z'n kop gezet. Ik zeg het niet uit zelfbelang – al zou het me heel goed uitkomen als ze niet zo vlakbij woonde. Dit gaat om jou, mijn vriendin en ik wil niet dat ze ook jouw leven in de war stuurt. Denk erover na, gooi haar je huis uit.'

Liam viel de keuken binnen. 'Hé pap, waar blijft de popcorn?'

Simon schoof iets op. 'Komt eraan, Lee. Ga er zo aan beginnen.'

'Schiet dan een beetje op, pap,' zei Liam en hij verdween weer in de projectiekamer. 'Er zitten hier Griekse jongens te wachten.'

'Ik wil er niets meer over horen,' zei Rose; ze rechtte haar rug en streelde Flossies wang.

'Ga nou bij jezelf na, Rose. Hoe kan een baby al die pillen op-eten?'

'Si, het was een ongeluk.' Maar terwijl ze het zei, bloosde ze.

'En,' zei Simon, die opstond om de speciale pan met dikke bodem voor de popcorn tevoorschijn te halen, 'waar is Polly nu, Rose?'

'Met Gareth naar Bath,' zei Rose. 'Snaren kopen.'

Simon keek Rose een ogenblik aan, draaide zich om en maakte voor de kinderen zijn speciale toffeesaus voor de popcorn.

Dertig

Simon voorzag hen allen van avondeten, een snelle tonijnpasta. Rose had geprobeerd Gareth te bellen om te zeggen dat hij kon komen eten en Polly ook, als ze er zin in had. Maar zijn mobiel stond uit en de vaste telefoon nam hij niet op.

Het was na achten toen Rose en de kinderen teruggingen naar de Lodge – later dan ze van plan was geweest, maar het was vrijdag, dus de volgende dag was er geen school. Het huis was donker en de auto stond niet op de oprit; Polly en Gareth waren nog niet thuis.

Ze ging naar de zijkant van de Annexe om de buitenlichten aan te doen zodat ze de treden naar hun huis konden zien en vloekte toen ze in iets, vermoedelijk een dierlijke hoop afval, trapte.

Toen ze het licht aandeed, zag ze de volledige verschrikking van wat ze onder haar voeten had gevoeld.

'Niet kijken, Anna!' riep ze met verstikte stem.

Maar het was al te laat. Anna had Manky gezien of wat er nog van Manky over was, op de oprit vlak voor de Annexe, daar waar gewoonlijk de Galaxy stond. Iets had hem te pakken gekregen en aan stukken gescheurd; Rose' eerste gedachte was dat Polly onderweg naar de auto een met rood gevoerde bontstola had laten vallen.

Maar nee, de verminkte massa bestaande uit vacht, bloed en ingewanden was haar trouwe ouwe kat. Wat hem had gedood, had echter zijn hoofd intact gelaten, zodat ze hem kon herkennen.

Anna gilde, draaide zich om en braakte tonijn, pasta, chocolade en popcorn in Rose' kruidentuintje uit. Nico en Yannis hurkten neer bij het treurige lijfje, trokken hun neuzen vol afkeer op maar konden hun ogen er niet van afhouden.

'Dat moet de vos gedaan hebben,' zei Rose, die Anna naar het huis hielp, in een poging een verklaring te vinden. 'Of misschien een das. Ik heb me laten vertellen dat die heel gemeen kunnen zijn tegen katten.'

'Maar Foxy zou Manky nooit pijn doen,' snikte Anna.

'Kom, jongens,' zei Rose. Ze had het heel erg koud en was heel erg moe.

'Mama, vanavond wil ik bij jou slapen,' zei Anna, terwijl Rose haar afdroogde na een verdrietig bad.

'Ja hoor, we slapen bij elkaar, jij, Flossie en ik,' zei ze. Ze deed het maar al te graag, ze wilde vanavond niet nog iets wat haar dierbaar was uit het oog verliezen.

Ze stopte Anna en Flossie in in haar bed, en ging daarna het licht bij de jongens uitdoen. Nico lag te lezen en keek niet op, maar Yannis gluurde, bleek en kleintjes, van onder zijn deken vandaan.

'Rose,' zei Yannis; zijn stem klonk heel klein, 'gaat Manky naar de kattenhemel?'

'Daar ben ik niet zo zeker van, Yannis,' zei ze. Ze was niet in de stemming voor grootmoedigheid. 'Ik ben nergens meer zeker van,' ging ze verder en hij drukte zijn vuisten tegen zijn ogen.

'Welterusten,' zei ze en ze deed het licht uit.

Ze ging de trap af naar de keuken, deed alle lichten aan en trok een fles wijn open. Het was de tweede, die avond; Simon en zij hadden er al een gedeeld.

Als een wacht stond ze midden in de kamer en keek naar de Annexe, en terwijl ze haar glas leegde en weer vulde was haar enige wens dat de auto terugkwam.

Tegen de tijd dat de fles leeg was, was er nog steeds geen spoor van de Galaxy. Ze besefte dat haar benen pijn deden van het staan. Ze was dronken, koud en moe. Ze dwong zichzelf naar boven, naar haar meisjes, te gaan en zich diep onder de deken nestelend ging ze tussen hen in liggen.

'Rose, Rose!' Gareth schudde haar wakker. 'Hé, Rose.'

Ze droomde dat ze in een soort Alice in Wonderland-gat was gevallen waar episoden uit haar leven zich in lagen afspeelde: hier was haar moeder, boos over iets wat Rose verkeerd had gedaan; daar was Christos, die naast haar lag en glimlachte met de zon in zijn gezicht; daar was Manky, die achter een speeltje aan holde dat Anna had gemaakt; en daar was de baby, die werd meegenomen.

Ze belandde met een schok in bed. 'Waar was je?' fluisterde ze.

'Het spijt me ontzettend. We liepen Dave Morgan tegen het lijf en die nam Polly en mij mee naar zijn studio.'

'Wie?' Rose kon niet helder denken.

'Je weet wel, Dave, de geluidsman – heeft een studio in Lansdown? Hij had van de gig gehoord. Ziet ernaar uit dat hij en Polly iets gaan doen. Ik heb geprobeerd je te bellen. Heb je de voicemail afgeluisterd?'

Rose snapte niet waarom ze er niet aan had gedacht die af te luisteren, maar ineens wist ze het weer. 'Manky...'

'Manky?'

'Jij zult hem moeten opruimen, Gareth. Ik kan het niet.'

'Wat bedoel je?'

'Hij is dood.'

'Wat?'

'Op de oprit. Je hebt hem waarschijnlijk niet gezien. Je hebt de auto er waarschijnlijk overheen geparkeerd.'

'Mijn god.'

'Hij is aangevallen, hij is...' En nu begon Rose te beven totdat ze haar tranen niet langer kon bedwingen.

Gareth legde Flossie aan haar andere kant en drukte Rose tegen zich aan, streelde haar haar totdat ze gekalmeerd was.

'Hij hoorde bij mij.'

'Ik weet het.'

'Ik voel me zo verschrikkelijk, Gareth.'

'Laat hem maar aan mij over, liefje. Maak je geen zorgen.' Hij tilde Flossie op en legde haar in Rose' armen. 'Jij blijft bij de meisjes en gaat nu eerst wat slapen. Maak je over mij geen zorgen, ik maak een bed in het atelier. En kom morgen niet naar buiten voordat ik alles heb opgeruimd. Oké?'

'Oké,' zei Rose en ze liet zich instoppen als een klein kind. Het duurde even voor het beven ophield, voordat de beelden van haar uiteengerukte kat niet meer op haar netvlies verschenen, maar eindelijk viel Rose opnieuw in een diepe, zwarte slaap. Ditmaal waren er geen dromen. Er was helemaal niets.

Eenendertig

Bij het aanbreken van de dag maakte Flossie Rose wakker door te huilen en haar met haar open handjes op het gezicht te slaan. Het waren kleine, zweterige en kleverige klapjes. Even was Rose in paniek: haar armen waren volslagen gevoelloos omdat er een kind op had gelegen. Ze trok ze naar zich toe en balde en ontspande haar vuisten tot ze weer genoeg gevoel hadden om te functioneren. Ze kneep haar ogen stijf dicht tegen het zware drukkende gevoel na die lethargische slaap, pakte Flossie op en sloop de trap af, er zorg voor dragend Anna niet wakker te maken, die op een zij was gaan liggen en, haar kussen omklemmend, zachtjes snurkte.

Beneden was het rustig en stil. Het huis voelde vreemd leeg aan. Toen wist Rose waarom: er was geen kat die haar op de trap vergezelde, niets wat zich tegen haar benen schuurde en water en eten wilde en een ochtendaai onder zijn kin of tussen zijn oren.

Ze zette Flossie in de kinderstoel en gaf haar een beschuit. Daarna pakte ze de water- en etensbakken van Manky, gooide het onaangeroerde restje eten in de afvalbak, dacht na en gooide allebei de bakken ook weg, als een soort afscheidsgebaar. Toen ging ze aan het aanrecht staan en keek naar de Annexe; ze vroeg zich af of Gareth het lijkje al had opgeruimd.

'Ben zo terug, Floss,' zei ze. Ze schoot in haar overschoenen en liep de treden op, weg van het huis, waarbij ze wolken lichaamswarmte uitwasemde in de ochtendlucht die nog steeds wat killig was. Het had die nacht alweer geregend: op de bladeren lagen meer dan dauwdruppels, en in de putjes van de Yorkstone-treden lagen plasjes. Het was het moment vlak voor de zon boven de horizon uit zou komen en de lucht nog steeds in een dikke nachtmantel was gehuld.

Dood is evenzeer een begin als een einde, dacht Rose, maar ze vond er weinig troost in terwijl ze het kadaver van haar kat zocht. Ze zakte door haar knieën, haar gezicht vertrekkend toen de steentjes in haar benen prikten, en zocht onder het stoffige chassis van de Galaxy. Manky lag er niet meer. Het grint was weggeschept en alles wat er van hem restte, was een kwakje dat op een geplette framboos leek. Gareth had dat waarschijnlijk in het donker niet kunnen zien.

Hopelijk had hij iets bewaard om te kunnen begraven, een ritueel waaruit Anna en zij troost zouden kunnen putten voor hun verdriet. Twee dode dieren binnen veertien dagen. Het zag er niet goed uit voor de dieren op de Lodge. Hopelijk had Gareth wat nog over was opgeborgen in een doos. Niet in een zak: haar maag draaide zich om bij de idee dat Manky's overschot in een zak gekwakt onder de grond lag.

Op haar hurken leunde Rose tegen de blauwe zijkant van de auto en deed haar best niet te kokhalzen. Plotseling klonk er een snerpend geluid in de lucht, als een papiersnijmachine die stapel na stapel pakpapier doorsneed. Ze kromp ineen, maakte zich klein en hield haar handen over haar oren. Toen ze zichzelf dwong omhoog te kijken, zag ze een koppel zwanen vliegen, de lucht klievend met hun vleugels.

Toen waren ze verdwenen, in hun zog een galmende leegte achterlatend. Rose kwam overeind en veegde het gruis uit de putjes van haar knie. Ze keek door het raampje in de auto. Daarin lagen een lege pizzadoos en – ze telde aandachtig – acht lege blikjes Mexicaans bier. Iemand had een feestje gehouden de vorige avond.

Ze richtte haar blik op de ramen van de Annexe en luisterde ingespannen of er binnen enig levensteken was. Maar nu de zwanen voorbij waren, was de stilte ondoordringbaar. Het enige wat ze hoorde was het suizen in haar oren alsof ze de afgelopen nacht met haar hoofd in een luidspreker had doorgebracht. Het gesuis werd luider toen ze weer naar het huis liep, en ze moest met haar platte handen over haar oren wrijven in een poging het te doen ophouden. Ze keek door het keukenraam naar Flossie, die volledig opging in het uitsmeren van haar half gekauwde beschuit over het blad van haar kinderstoel.

Goed, dacht Rose.

Ze haalde diep adem en besloot nog niet naar binnen te gaan. In plaats daarvan liep ze langs de pizzaoven over het doorweekte gras naar Gareths atelier. We moeten hier, met al deze regen, echt een paar flagstones leggen, dacht ze.

Ze bleef midden op het grasveld staan en hoorde haar bloed pompen als het ruisen op een foetale hartmonitor. Ze haalde heel diep adem en de koude lucht schoot in haar keel en brandde in haar borst. Wat geurde de ochtend. In de lucht hing de zoete geur van een te vroege kamperfoelie. Het had allemaal zo prachtig kunnen zijn, als haar oren niet zo hadden gesuisd, haar ogen niet zo hadden geprikt.

'Een begin betekent een dood,' zei ze hardop.

Zachtjes probeerde ze de deurknop van het atelier. Die was op slot. Maar Gareth deed nooit deuren op slot. Had hij haar niet altijd uitgelachen omdat ze daar moeite mee had? Ze bukte zich en hield haar oog voor het sleutelgat. De jaloezieën waren neer – verduisteringsjaloezieën die geen licht doorlieten, van binnen noch van buiten. Ze hield haar adem in en luisterde. Ze wist zeker dat ze zijn ademhaling hoorde, diep en langzaam. Tenminste? En als ze die hoorde, hoorde ze dan ook een contrapunt? Een lichter geluid? Hoorde ze een duet?

Kon ze die geluiden die uit haar zelf kwamen maar stoppen, zodat ze beter kon luisteren. Maar ze leek er niets tegen te kunnen doen. En de ochtend voelde aan of ze door een dikke stroop probeerde te zwemmen. Misschien, dacht ze, moet ik naar de dokter.

Ze richtte zich op en strekte haar rug, met haar gezicht naar het huis. Op dat moment schoot de vos over het grasveld, zijn rode kleur stak bijna pijnlijk af tegen het weelderige groen van het natte gras. Hij bleef midden op het veld staan en keek haar recht aan, oog in oog. Zij had het gevoel naar zichzelf te kijken.

Het was onmogelijk dat hij Manky kwaad had gedaan. Ze had

ooit ergens gelezen dat vossen uit de buurt van katten bleven, wetend dat ze in een gevecht het onderspit zouden delven. En Foxy had wel belangrijker dingen te doen. Konijnen verslinden, bijvoorbeeld. Wat zou hij zich druk maken om een scharminkelige kat?

Opnieuw moest ze vechten tegen het misselijke gevoel dat vanuit haar buik omhoog golfde naar haar hoofd. De vos verdween in de struiken tussen het huis en het open veld.

'Niet de weg op gaan,' waarschuwde ze hem.

Toen hoorde ze Flossie in de keuken huilen. Ze holde naar het huis en merkte te laat op dat haar overschoenen, bij het naar binnen rennen, de keukenvloer met modderige voetstappen bedekten.

Ze keek naar Flossie en haalde opgelucht adem: haar probleem behelsde slechts een volledig uit elkaar gevallen beschuit. Rose gaf haar een nieuwe. Vervolgens pakte ze een emmer en een dweil om de vloer schoon te maken. Als Anna, Gareth of de jongens zo binnen waren gekomen, zou ze uit haar vel zijn gesprongen. Maar voor zichzelf kneep ze een oogje dicht. Ze had het de laatste tijd al zwaar genoeg.

'Maar een smerige keuken is het begin van het einde,' zei ze tegen Flossie, die haar uitdrukkingsloos gadesloeg.

Ze wrong de dweil uit; daarna veegde ze met een schone theedoek de beschuitkruimels van Flossies blad. Ze pakte Anna's mand met onyxeieren en koos twee kleine exemplaren, die Flossie kon vasthouden maar die te groot waren voor haar mond en waarmee ze over haar blad heen en weer kon rollen. Ze waren schoon, glad en perfect. Ze keek toe hoe Flossie eerst het ene, toen het andere vastpakte, ze geklemd in haar hete kleine vingertjes omhooghield, en ermee op het blad sloeg. Als ze erbij had gelachen of geglimlacht, zou Rose dit minder verontrustend hebben gevonden. Maar Flossie volbracht elke opwaartse beweging als een hardnekkige kleine robot, als een verveelde bezoeker van een fitnesszaal.

Rose keerde haar rug naar haar baby en zette water op. Dat had ze die ochtend al tweemaal gedaan, maar tot nu toe was ze niet verder gekomen met het maken van een kop thee. Ditmaal dwong ze zichzelf water in de klaarstaande mok te schenken, het theezakje eruit te vissen en de thee aan te vullen met melk. Toen ze die taak had volbracht, ging ze voor de Aga staan om haar benen op te warmen terwijl ze de thee uit haar favoriete, grote, schone mok dronk. De vertrouwde warmte van de Aga, het feit dat hij daar altijd was, deed haar goed. Hij was als een rots te midden van schuimende stroomversnellingen en hij hielp haar het interne geruis te doen vervagen tot niet meer dan een zacht zoemen, als de stilte aan het einde van een ouverture.

Ze liet haar blik weer naar de Annexe gaan. Was dit een ochtend die in cirkels verliep? vroeg ze zich af. Zou ze weer naar buiten moeten gaan om onder de auto te kijken en dan omlopen naar het atelier om te zien of Gareth enig levensteken gaf? Misschien wel, dacht ze, als er niets gebeurde.

Maar het moment werd snel verbroken. Polly kwam van achter de Annexe vandaan. Rose keek toe hoe ze voorzichtig over de stenen treden naar de voordeur liep, op haar pantoffels en in haar nachthemd. Polly was voor haar doen erg vroeg op. Ze zag er moe uit.

'O, Rose, Ik vind het zo erg.' Polly kwam de keuken in, sloeg haar armen om Rose heen en drukte zich tegen haar aan, waarbij ze Rose' warmte afnam en naar zichzelf trok.

Rose deed een stap achteruit en bekeek haar vriendin. Ze voelde haar hals warm worden.

'Wat?' fluisterde ze, bang voor het antwoord. 'Wat?'

'Onze arme ouwe kat. Onze arme ouwe Manky. Wat verschrikkelijk,' zei Polly en ze nam Rose' gezicht in haar handen. 'Het moet vreselijk voor je zijn, Rose.'

'Ja.'

'Kom. Ga zitten. Kan ik iets voor je doen?'

'Nee, dank je, ik heb niets nodig.' Rose toonde Polly haar kop thee.

Polly begon het door Gareth goedgekeurde koffiezetritueel, en

Rose ging zoals haar was gezegd aan tafel zitten.

'Gareth was een echte held, gisteravond,' zei Polly. 'Hij heeft Manky in een van de houten champagnekisten gelegd die hij van Andy heeft gekregen. We kunnen hem echt begraven. Hem naar behoren te ruste leggen.'

'Er zit modder aan je pantoffels,' zei Rose.

'O god, sorry.' Polly liep naar de deur waar het schoenenrek stond en deed haar pantoffels uit. 'Mag ik deze zolang aan?' Ze wees met haar grote teen naar Rose' Birkenstocks.

'Ga je gang,' zei Rose. 'Maar ze zullen je waarschijnlijk te groot zijn.'

'Het is omdat de vloer vanochtend een beetje koud aanvoelt.'

Rose stond op en haalde weer een emmer en een dweil om Polly's voetstappen weg te vegen. Hoe kwam er modder aan je slippers als je over stenen treden liep? vroeg ze zich af. Ze kende die treden maar al te goed, ze had ze, toen ze acht maanden zwanger was, zelf gelegd, zorgvuldig, op haar knieën.

'Was het gezellig, gisteren?' vroeg ze Polly.

'Fantastisch!' zei Polly. 'We hebben nog geprobeerd te bellen, maar je was niet thuis.'

'Ik was bij Simon,' zei Rose en ze keek of Polly misschien reageerde. Maar die was een koele kikker. Altijd al geweest.

'Die vriend van Gareth, met zijn studio, dat is echt een interessante figuur. Hij liet me wat van zijn muziek horen. Hij heeft met PJ Harvey gespeeld, weet je.'

'Ja.'

'Mijn eeuwige rivale, natuurlijk. Als zij er niet was geweest, had ik op haar plaats gestaan, zeggen ze.' Polly streek met haar vingers door haar haar en draaide strengetjes.

Rose ging tegenover Polly zitten en nam het grootste ei uit Anna's mand. Het was een zwaar, geel geval met rondom amberkleurige nerven, te groot om in één hand te houden. Ze rolde het heen en weer over haar handpalm.

'Zelfde naam en zo,' zei Polly.

'Waar is Gareth?' vroeg Rose

'Ik denk dat hij nog in bed ligt.' Polly haalde haar schouders op. Beiden zwegen en nipten aan hun drank. Het enige geluid kwam van Flossie, die de marmeren en onyxen eieren oppakte en neerlegde op haar blad, en van het rollen en ploffen van het ei dat Rose onder haar handpalm over de tafel bewoog.

'Kunnen jullie daar niet mee ophouden?' Polly draaide zich om en pakte de eieren van Flossie af, die naar haar handen keek alsof de dingen plotseling in het niets waren verdwenen. 'Het werkt ontzettend op m'n zenuwen,' zei ze. Ze pakte ook het grote ei van Rose af, legde alles terug in de mand, ging op een stoel staan en zette die boven op de plank van het buffet.

Ze keek naar Rose en zuchtte. 'Ach, Rose, wat moeten we toch met je beginnen?'

Rose kromp ineen.

'Ik heb een idee,' zei Polly. 'Daar knap je vast van op.'

'Moet wel een heel goed idee zijn,' zei Rose.

'Arme Rose,' zei Polly. 'Je ziet het niet meer zitten, hè? Ik bedoel, je bent helemaal kapot van Manky' – Rose wilde dat ze een ander woord had gebruikt – 'en ik wil wedden dat het voor Anna helemaal te veel is. Die is immers zo gevóélig? Nou, dit is mijn idee: straks houden we een kleine ceremonie. Gareth graaft met alle plezier een gat en hij zei dat hij een soort grafsteen van hout gaat maken. En daarna kunnen we misschien naar de rivier gaan en picknicken. Om alles een beetje te vergeten?'

'Dat klinkt...' Rose keek op; Anna stond op de trap; ze krabde op haar hoofd en zag eruit als een verdwaalde kleine geest, '... heel goed. Echt waar.'

'Volgens de weersvoorspelling wordt het een prachtige dag. Nog warmer dan gisteren. Echt een te gekke aprildag. O hoi, Anna. Havermout?'

Zonder het antwoord af te wachten ging Polly naar de bijkeuken om de havermout te pakken. Anna ging naast Rose zitten en begroef haar gezicht tegen haar schouder.

Waren we maar met ons tweeën, dacht Rose.

Tweeëndertig

Later op de ochtend hielden ze een plechtige ceremonie voor Manky. Anna huilde en gooide handenvol narcissen in het graf dat Gareth in de verste hoek van de boomgaard had gegraven. Polly speelde op haar gitaar en zong een klaagversie van 'Cool for Cats', met aan Manky aangepaste coupletten.

Voor Rose had het niet gehoeven. Het leek te ironisch voor wat uiteindelijk haar kleine persoonlijke tragedie was. Maar het leek Anna goed te doen; die zong, in alle ernst, mee met het refrein:

> *Cool for Cats.*
> *Cool for Cats.*

Gareth stond er leunend op zijn schop bij, zijn gezicht eerbiedig uitgestreken, als een professionele doodgraver. Zelfs de jongens waren onder de indruk. De zon stond hoog en zoals Polly had voorspeld was het heet voor de tijd van het jaar. Rose voelde in haar lendenstreek een plasje zweet. Dit was voor april bijzonder weer.

Gareth ging niet mee naar de picknick. Hij bleef achter om het graf dicht te gooien en een constructie voor de grafsteen te maken. Rose had geprobeerd hem tot andere gedachten te brengen, maar hij was onvermurwbaar. Ze had het gevoel dat ze hem al jaren niet had gezien, niet echt. Ze wilde de middag met hem doorbrengen, ook al was Polly erbij, maar hij dacht er duidelijk anders over.

'Kunnen we ons tochtje naar de rivier niet uitstellen tot een andere dag?' zei ze tegen Polly toen ze na de begrafenis vanuit de boomgaard terugliepen naar huis.

'Wat, en deze prachtige dag voorbij laten gaan?' zei Polly, met haar gezicht naar de zon gekeerd. Haar bleke gelaat gloeide bijna.

'Ja, maar...'

'O, mama,' zei Anna, die haar hand in die van Rose stak en met rode ogen naar haar opkeek. 'Kunnen we alsjeblieft gaan?'

'Daar kun je toch geen nee tegen zeggen?' zei Polly, haar haren naar achteren gooiend. 'Tot over ongeveer een halfuur. Jongens, pak jullie spullen en vergeet niet Rose een handje te helpen.' Ze slingerde haar gitaar over haar schouder, maakte zich los van de anderen en liep richting de Annexe.

Gareth hielp de jongens en zocht de rest van de zwemspullen bij elkaar terwijl Rose een picknick probeerde samen te stellen met wat ze in de keuken vond.

'Gaat het wel, schat?' vroeg Gareth toen hij de tas met zwemspullen op de tafel zette.

'Ik heb me beter gevoeld.'

'Wat is het nou stil hier, hè, zonder hem?'

Rose keek in alle koektrommels. Afgezien van het bezoek aan de boerenmarkt, dat, wat inkopen betrof, meer voor de goede sier dan praktisch was geweest, had ze in geen tijden boodschappen gedaan en alles was leeg. Haar huishouding was niet meer wat het was geweest.

'Dit wordt niks,' zei ze tegen Gareth. 'Ik moet naar de winkel in het dorp.'

Met de mand aan haar arm ging ze op weg met Anna, die moest helpen lekkere dingen uit te zoeken; onderwijl maakte Gareth Flossie klaar. Op de terugweg werden ze aangesproken door Polly, die haar hoofd uit het raam van de Annexe stak.

'Rose! Zijn jullie nog niet omgekleed? Jullie moeten jullie mooiste zomerjurken aantrekken. We doen het in stijl.'

Rose keek omhoog en kneep haar ogen dicht. 'Ik geloof niet...'

'Tien minuten om jullie om te kleden; ze gaan nu in.' Polly sloot het raam en duldde geen tegenspraak.

'Kom dan, mama. Het wordt leuk.' Anna trok Rose mee naar de Lodge. Ze zetten de mand op de tafel en gingen naar boven.

Het was natuurlijk volslagen belachelijk. Rose zat op haar bed en bekeek zichzelf in de spiegel van haar toilettafel, terwijl Anna zich naar haar kamer haastte. In een onmogelijk korte tijd had Anna een enorme verandering weten te bewerkstelligen en ze kwam weer tevoorschijn in haar lievelings- – of beter gezegd enige – zomerjurk: een witte met een wijde rok, bedrukt met enorme kersen.

'Toe, mam, doe nou even je best,' zei ze terwijl ze in Rose' garderobe zocht. Ze haalde een oude zomerjurk tevoorschijn. Het was een vintage jurk die ze een paar jaar terug op een tweedehandsmarkt had gekocht, voordat ze Flossie kreeg; hij was bedekt met schreeuwerige grote roze bloemen. Ze probeerde zich te herinneren hoe het was om de vrouw te zijn die dit extravagante kledingstuk had uitgekozen in de veronderstelling dat 'zij' dat was.

'Ik denk niet dat ik die nog aan kan.'

'Natuurlijk wel. Trek hem maar aan.'

Tot Rose' verbazing zat de jurk haar als gegoten, alsof hij was gemaakt na vele langdurige en minutieuze pasbeurten. Anna ging haar voor de trap af, naar een klein applausje van Gareth. Aan Flossie, die in zijn armen lag, ging het geheel voorbij.

'Jullie zien er geweldig uit,' zei Gareth tegen Rose en Anna.

'Gareth, kun jij Flossie in haar autostoeltje zetten?' zei Rose, die de nieuwe inkopen in de picknickmand stopte.

'Kom mee, jongens!' riep Gareth.

Beladen met picknick- en zwemspullen liepen ze in optocht naar de auto, net op tijd om Polly de trap van de Annexe te zien afdalen met twee flessen gekoelde champagne.

'Goeie god' zei Gareth tegen zichzelf.

'Kijk nou 's!' zei Polly.

Polly droeg een jurk die erg veel op die van Rose leek. Het grote verschil was, zag Rose, dat die van Polly maatje 34 was, en de hare een ruime 42. Zoals die van haar had Polly's jurk een strak lijfje en een wijde rok, en hij was eveneens bedrukt met rozen, maar daartussenin stonden – typisch Polly – kleine witte doodskoppen met doornige rozenstelen die zich in en om de oogkassen slingerden.

De champagne omhooghoudend, maakte Polly een rondedansje voor hen allemaal en Rose zag, en herinnerde zich nu weer, de tatoeages op haar schouders. Op de linker stond een roos, op de rechter een doodskop, die volmaakt pasten bij haar zomerjurk. Rose was erbij geweest toen ze ze in een schemerige salon in Streatham had laten zetten; ze waren net twintig en het was een rijkelijk van coke voorziene avond geweest. Het idee was dat Rose diezelfde avond dezelfde afbeeldingen op haar schouders zou krijgen, maar ze had zich verzet toen ze begreep wat dat inhield. Ze had, herinnerde ze zich, op een overtuigende manier te kennen gegeven van gedachten te zijn veranderd, door eerst op de vloer van de salon flauw te vallen en vervolgens over te geven.

'De jurk past helemaal bij het lichaam,' zei Gareth, die haar opnam met wat de blik van een kunstenaar leek.

'Ik ga een koeltas voor de flessen halen,' zei Rose. 'Gareth, zet jij alsjeblieft Flossie vast?'

Na een laatste controle of iedereen zijn gordel om had, startte Rose de auto. De kinderen zwaaiden naar Gareth totdat ze de hoek om waren en hij niet meer te zien was.

De plek waar gezwommen kon worden lag ongeveer zesenhalve kilometer stroomafwaarts van de Lodge, voorbij het volgende dorp. Het bestond uit een terrein met een paar huisjes en was een particuliere club, waarvan Rose en Gareth, zoals de meeste mensen uit de buurt, lid waren. In dit ver van de zee verwijderde gebied bood het een welkome verkoeling bij heet weer. Gewoonlijk waren ze in deze tijd van het jaar gesloten, maar de club had de schoolkinderen briefjes meegegeven met de mededeling dat ze, vanwege het voor het jaargetijde warme weer, in het weekend geopend zouden zijn. Rose was blij geweest met het bericht. Ze vond zwemmen in buitenwater heerlijk. De zee was het enige wat ze van haar jeugd in Brighton miste. Ze had daar toen, ongeacht het weer, bijna dagelijks gezwommen.

Ze parkeerde de auto op een begrint stuk grond aan de ingang van het strand. Anna en de jongens gooiden de deuren open en renden naar de rivier.

'Hé, terugkomen jullie allemaal!' gilde Polly. 'Help Rose met dragen.'

De drie gromden maar kwamen terug en wachtten ongeduldig achter de auto, waarbij ze Rose in de weg stonden.

Ze opende de achterklep en haalde picknickmand, koeltas, zwemtassen en zwembanden uit de auto. Ze hing Flossies autozitje om haar arm zodat het tegen haar heup stootte en gaf wat zij de strandtas noemde aan Polly. Bepakt en bezakt klauterden ze over een houten overstap en liepen door het gras naar de rivier. Het was een volmaakte plek om te zwemmen. Er was een ondiep gedeelte waar kleine kinderen konden poedelen, afgesloten door een dam waar je bijna onmogelijk per ongeluk overheen kon gaan. De dam was een fantastische waterglijbaan voor de grotere kinderen, en begroeid met mos liep hij steil af in een koud en diep bassin dat een grotere uitdaging vormde voor de echte zwemmers. Aan die kant was de rivier behoorlijk breed – zo'n dertig meter – en ideaal om baantjes te trekken.

Door de nachtelijke regen voelde de grond nog steeds zacht aan aan de voeten; hij gaf enigszins mee als nog niet geheel uitgeharde toffee. Maar de zon scheen nu zo hard, dat het veld snel opdroogde en de lucht zich vulde met een geur van klamme aarde die, als Rose op het platteland was opgegroeid, iets nostalgisch bezat.

'Bah,' zei Polly; ze zochten naar een plekje op het gras. 'Mensen.'

Het terrein was afgeladen, dat was duidelijk. Het werd bijna volledig bezet door kleine groepjes gezinnen, die met hun bleke Engelse benen uitgestrekt in de zon op helder gekleurde Mexicaanse dekens hun picknick verorberden. De lucht gonsde van burgerlijk gekeuvel: mannen die zeiden dat het vandaag net als in Toscane was, en moeders die hun kinderen riepen.

'Leo!'

'Anastasia! Kom eens hier, schat.'

'We gaan daarheen.' De kinderen kreunden terwijl Polly hun voorging naar een plek ver weg van de drukte, boven aan de helling van het terrein, minstens vijftig meter van de rivier. Rose zou die plek nooit gekozen hebben. Hij was onpraktisch, typisch de keuze van iemand die het duidelijk niet kon schelen of haar kinderen zwommen of verdronken.

Rose had last van de warmte; haar lichaam voelde klam aan. Ze wist zeker dat er zweetplekken op haar jurk zaten. En haar buik deed pijn, de onmiskenbare stekende pijn van een op handen zijnde menstruatie, die, had ze ooit eens gehoord, werd beschreven als een worm die zich langzaam een weg door je lichaam vreet. En zo voelde het precies.

Polly legde de deken neer, en de kinderen begonnen hun zwempakken aan te trekken. Yannis trok gewoon al zijn kleren uit, maar Nico en Anna waren wat omzichtiger en verborgen hun lichaam door handdoeken om zich heen te wikkelen, en Anna verhulde wat ze niet bloot wilde geven in een lange badstoffen jurk van Rose.

'Mama, mogen we nu gaan?' vroeg Anna, terwijl ze een zwemband over haar schouder trok.

'Ja, maar niet verder dan de dam,' zei Rose. 'En dat geldt net zo goed voor jullie,' zei ze tegen Nico en Yannis.

'Vind je?' zei Polly. 'Het zijn goeie zwemmers.'

'Er staat een stroom,' zei Rose, terwijl ze naar de rivier keek, die enigszins gezwollen was door de recente regen. Wat de jongens deden kon haar niet echt schelen, maar ze wilde niet dat Anna achter hen aan ging.

'Oooo...' klaagde Nico en hij probeerde Polly's aandacht te trekken. Maar die had het te druk met het aantrekken van haar eigen kleine badpak om notitie van hem te nemen.

'Ik stel voor dat jullie in het badgedeelte spelen tot na het eten. Als Flossie dan slaapt ga ik met jullie naar de andere kant,' bood Rose aan.

Nico besefte dat er niets anders op zat, haalde zijn schouders op ter instemming en liep voor de anderen uit de helling af naar de rivier.

'Verkleed jij je niet?' zei Polly in haar volmaakte jarenvijftig-bikini. De aanblik van Polly's ongeklede lichaam was nogal een schok voor Rose. Ze was bedekt met donker donshaar en haar botten en pezen waren duidelijk zichtbaar, alsof ze een soort van driedimensionaal anatomisch diagram was. Behalve de tatoeages was er nog een verhaal op haar huid geëtst: een netwerk van dunne littekens kriskras over haar dijen en armen. Sommige waren, zag Rose, ouder en verdikt, andere, die van recentere datum moesten zijn, waren nog korstig. Ook waren er blauwe plekken of wat daarop leek. Aan de binnenkant van haar been, boven haar borst. Afdrukken van vingers.

Wat ziet dat eruit, dacht Rose. En ondanks de verharding die zich de afgelopen paar dagen in haar had ingezet, vertederde ze gedeeltelijk bij de gedachte aan alles wat Polly zichzelf had aangedaan. Natuurlijk, ze moest aardig voor haar zijn en dat was Gareth ook. Dat was zijn enige streven: proberen aardig te zijn voor Polly.

'Zo meteen. Ik moet eerst Flossie voeden,' zei Rose, terwijl ze de baby uit haar autozitje haalde.

Polly smeerde zonnebrandcrème op haar perkamenten benen, kwam overeind en rekte zich uit. Ondanks haar huid, botten en littekens keken de mensen naar haar. Of was het daarom? Maar Rose wist ook dat het haar uitstraling was die mensen aantrok. Ze vroegen zich af of ze misschien een ster was. En natuurlijk was ze dat – of was ze er een geweest en dus staarden ze nog meer.

'Ik zal de picknick klaarzetten,' zei Polly, hetgeen voor haar doen nogal ongewoon was. In haar kleine bikini begon ze op haar knieën het voedsel dat Rose eerder die ochtend had klaargemaakt uit de mand te halen. Met de baby aan haar borst probeerde Rose zich te herinneren wat ze had gemaakt, maar ze slaagde er niet in. Het was alsof de ochtend zich in een ander land had afgespeeld. Het enige wat ze kon bedenken was dat ze voor het eerst sinds jaren eten had bereid zonder liefde. Dus waren er boterhammen met ei, zonder tuinkers. En een kant-en-klare voorgesneden pizza. Boterhammen met kaas en boterhammen met pindakaas. Worstjes zonder prikkertjes of broodjes, zakken chips en repen Mars die Rose en Anna in de dorpswinkel hadden gekocht. En een paar paarse plastic flesjes met het een of andere goedje. Alleen de grote zak kersen had te maken met wat Rose begon te beschouwen als haar vroegere ik, maar die waren niet van het seizoen, iets waar ze gewoonlijk niets van moest hebben.

'Dit ziet er prachtig uit,' zei Polly, terwijl ze een van de champagneflessen ontkurkte. 'Ad fundum!' Ze schonk een grote beker in en gaf die aan Rose.

Met Flossie wiegend op één arm dronk Rose haar champagne. Ze keek hoe de kinderen in het water poedelden. Ze waren zo ver weg, dat ze hen alleen kon herkennen aan de roze zwembanden. Zo te zien speelden ze een spel waarbij ze op alle mogelijke manieren moesten proberen een van de twee zwembanden te pakken te krijgen. De andere kinderen in het water leken op ruime afstand te blijven. Rose hoopte maar dat dit door het wilde gespetter kwam en niet door wat er werd gezegd. Polly boog zich voorover en vulde Rose' beker opnieuw.

Toen Rose klaar was met Flossies voeding, legde ze haar op de deken, waar ze, omhoogkijkend, bleef liggen zonder zich te verroeren. Rose probeerde zichzelf wijs te maken dat de baby zich concentreerde op de bloesems, paardenkastanjes in volle bloei, boven haar. Ze ging naast haar liggen en probeerde met haar mee te dromen.

'Kijk nou eens, Flossie, bloemen in de lucht. Is dat niet raar?'

Polly zong binnensmonds een van haar eigen melodieën.

Flossie reageerde niet. Rose keek naar de bladeren en bloesems die heen en weer bewogen in de zachte bries en luisterde naar het vriendelijke geritsel dat zich mengde met Polly's geneurie en het gepraat van de mensen om hen heen. Ze moest rustig aan doen. Ze had de hele dag nog niets gegeten. Ze moest geen alcohol meer drinken tot na de picknick.

'Daar ga je!' Ongevraagd schonk Polly Rose's beker bij die Rose, ondanks haar slechts enkele minuten daarvoor genomen besluit, leegdronk. Over hoe ze straks naar huis moesten als zij dronken was, maakte ze zich niet druk.

Polly stond op, stopte haar vingers in haar mond en floot. Het gepraat hield op terwijl alle hoofden zich omdraaiden om te zien wie zo'n indringend geluid had geproduceerd.

'Godskolere, mam!' gilde Nico door de stilte en Rose hoorde de snelle ademhaling van verontwaardigde ouders die zich omdraaiden en kwaad naar de kleine donkergetinte boosdoener in zwembroek staarden.

De drie kinderen stampten de heuvel op naar hun picknick. Rose zag hoe Anna haar best deed niet naar Polly's vreemde lichaam te kijken.

'Ik houd niet van deze boterhammen,' zei Yannis met een blik op de treurige bordjes.

'Je moet toch wat eten,' zei Rose.

Polly wierp hem een zakje chips en een Mars toe. De anderen begonnen plichtsgetrouw te eten.

Rose had geen honger, maar ze dwong zichzelf een boterham te nuttigen om nog een paar bekertjes champagne te kunnen drinken; de tweede fles was al behoorlijk aangesproken. Als altijd at Polly niets.

'Mogen we nu weer het water in?' vroeg Anna, met een van kersensap rode mond.

'Je moet eerst je eten laten zakken,' zei Rose. Ze moest op haar woorden passen, ze voelde haar tong een beetje dik worden. 'Kom maar naast me liggen.'

Anna liet zich overhalen en nestelde zich aan haar zij. Met Flossie aan de andere kant tegen zich aan gevlijd doezelde Rose weg, haar gezicht verwarmd door spikkels zonlicht.

Klam van het zweet werd ze wakker. Anna en Flossie lagen diep in slaap als drukknoopjes tegen haar aan. Ze had het verschrikkelijk warm. Ze duwde de kinderen van zich af en kwam half overeind – duizelig, van de champagne en de hitte, dacht ze. Polly en de jongens sliepen los van elkaar, op hun rug met hun handen open; vanuit de lucht bekeken zouden ze slachtoffers kunnen zijn van een catastrofe, een beeld dat door de kersensapvlekken op de gezichten van de jongens en de bloedrode bloemen op de jurk van Polly iets authentieks kreeg.

Het terrein was nu rustiger. De stemmen van de paar kinderen die in het water speelden, klonken gedempt en de meeste gezinnen zaten aan hun lunches; hun welopgevoede kroost kauwde, met hun blote benen gespreid op het gras, kalmpjes op kippenpootjes en huisgemaakte quiches. Er waren groepjes met barbecues. Uit hun kampementen stegen rookpluimpjes op die de geur van geschroeid vlees meevoerden. Als je zoals Rose je ogen half dichtdeed, kon dit een slagveld na de strijd zijn.

Ze hield het niet meer uit van de warmte. Voorzichtig, om niemand wakker te maken, stond ze op en balde en ontspande afwisselend haar handen, die opnieuw gevoelloos waren geworden onder het gewicht van haar dochters. Met een van de champagne licht hoofd zocht ze in de badtas naar haar badpak. Het was eenvoudig en zwart, met een verstevigde buik en een diep uitgesneden hals die haar decolleté goed deed uitkomen. Het kon er, vond ze, net mee door. Tegen een boom geleund trok ze het aan en maakte, onder haar zonnejurk, de bandjes vast.

Bevrijd van haar knellende kleren trok ze haar strandschoenen aan. Ze vond het vreselijk blootsvoets in open water te gaan. Wie weet waarop je kon trappen? Met haar armen om haar middel geslagen zocht ze, niet echt op haar gemak, een weg over het terrein naar de rivier. Terwijl haar adem door de kou stokte, wierp ze zich in het water en ging kopje-onder zodat haar haren nat werden. Ze kwam snel boven, met kloppend hart, hijgend van de schok. Toen liet ze zich opnieuw onder water zakken. Dat was hier ondiep, niet hoger dan haar dijen, maar ondanks de inspanningen van de zon was het water nog steeds kil. Later in de zomer, na een seizoen lang te zijn opgewarmd, kon dit bassin even warm zijn als een bad. Maar het was het snelstromende water verderop dat Rose lokte. Ze hees zichzelf op de dam en liet zich op haar buik liggend van de met groene algen begroeide helling in het bruine kolkende water glijden.

Het bassin was koud geweest, maar het diepe water was als ijs. De schok bezorgde haar hoofdpijn en ze voelde haar tenen en vingertoppen niet meer. Ze probeerde weer op de dam te klimmen, zich vast te grijpen aan een van de daarop groeiende geleiachtige slierten wier, maar die glibberde uit haar hand. Ze snakte naar adem maar voelde nog geen paniek en probeerde haar voeten op de bodem te zetten; door de recente regens was de rivier echter te hoog. Hij voerde haar weg van de zwemplaats.

Aanvankelijk probeerde ze tegen de stroom in te zwemmen, in een poging terug te gaan naar waar ze vandaan was gekomen; toen dat onmogelijk bleek, probeerde ze naar de andere oever te zwemmen, waar ze zich tenminste aan iets zou kunnen vasthouden. Maar door de kou en mogelijk de champagne waren haar bewegingen traag. Hoewel ze een goede zwemmer was, hadden haar slagen geen enkele kracht. Toen besefte ze dat ze de strijd aan het verliezen was. Haar hart begon te bonken, de adrenaline schoot door haar lichaam en ze veerde als geëlektrocuteerd op. Onwillekeurig haalde ze heel diep adem. Met de lucht kreeg ze een enorme hoeveelheid bruin, modderig rivierwater binnen. Ze kuchte en zwaaide met haar nutteloze armen totdat ze voelde hoe ze onder water verdween alsof de waterbaby's uit het sprookje haar naar hun hol trokken. Iets diks en borsteligs streek langs haar been en even was ze bang voor snoeken met messcherpe tanden voordat het licht vervaagde tot een kolkend groen bruin dat zich boven haar hoofd sloot.

Heel even gaf ze op, met een enorme opluchting dat ze het gevecht kon staken, maar toen werd ze door twee sterke handen gegrepen, de ene onder haar arm, de andere onder haar kin, en die trokken haar naar achteren, omhoog en uit het water, waar, als een baby die werd geboren met zijn luchtwegen vol slijm, haar reflexen in beweging kwamen in een poging adem te halen. Niet in staat lucht te krijgen, was ze zich er wel van bewust dat nog meer handen haar over modder en stenen naar het gras trokken, waar vuisten op haar borst pompten en in haar schouders duwden, vingers in haar mond werden gestoken en om haar verlamde tong werden gehaakt. Ze kokhalsde, kuchte en braakte water en kersen, sproeide afval op de aarde naast haar wang.

'Rose, Rose...'

Ze sloeg haar ogen op en keek in die van haar dokter en vriendin Kate, die in haar Speedo-pak en met een badmuts op over haar heen gebogen stond.

'Waar is Flossie,' probeerde Rose te zeggen, maar er kwam geen geluid uit haar mond.

'Ze is weer bij,' hoorde ze Kate zeggen. 'Rose, is Gareth hier?'

Het laatste wat Rose zich herinnerde voordat ze het bewustzijn verloor was dat Kate een nummer intoetste in een mobiele telefoon die iemand haar in haar handen had gedrukt.

Drieëndertig

Door de spleet tussen de gordijnen vloeide een zachtoranje licht de kamer binnen. Rose deed met moeite één oog open. Ze lag in haar nachthemd in haar eigen bed. Ze probeerde zich voor de geest te halen wat er was gebeurd, maar kwam niet verder dan het moment waarop ze na de picknick in slaap was gevallen. Haar keel voelde aan alsof iemand die met schuurpapier had bewerkt.

'Floss?' kraakte haar stem.

'Ha, daar ben je.' Haastig stond Kate op uit de armstoel en liep naar haar toe met een exemplaar van The Guardian.

Wat doet Kate in mijn slaapkamer? was alles wat Rose kon denken.

Kate legde een koele hand op Rose' voorhoofd en nam met twee andere vingers haar polsslag op.

'Waar is Flossie?' vroeg Rose.

'Maak je geen zorgen, die is beneden bij Gareth. Jij moet rusten. Het is niet niks wat je hebt meegemaakt.'

Rose probeerde rechtop te gaan zitten, maar het leek of de persoon die haar keel had bewerkt ook een paar hamers in haar schedelholte had laten slingeren.

'Wat heb ik?' vroeg ze terwijl ze haar hoofd stil probeerde te houden.

'Afgezien van de rest,' zei Kate, 'heb je een gemene griep. Die alleen al was voldoende om je uit te schakelen. Hij heerst heel erg. Ik heb ervoor gezorgd dat de anderen een prik krijgen. Maar je bent ook bijna verdronken omdat je ging zwemmen terwijl je stomdronken was.'

'Jemig,' zei Rose.

'Hoeveel had je eigenlijk op, Rose?' vroeg Kate.

'Ik weet het niet,' zei Rose, door schaamte bevangen.

'Als Tim en ik niet waren gaan zwemmen...' Tim was Kates man, een bijna twee meter lange triatlonatleet en orthopedisch chirurg. 'In mijn eentje had ik je er niet uit kunnen halen.'

'Het spijt me,' zei Rose.

'Ik ben alleen maar blij dat je het goed maakt. Ik snap niet wat je bezielde om in die staat te gaan zwemmen.'

'Het waren maar een paar glazen champagne.'

'Het leek alsof het er heel veel meer waren.'

'Nou, ik weet het echt niet meer. Misschien wel. Polly is typisch iemand die maar blijft schenken.'

'Het was alsof...'

'Wat?'

'Alsof je nog iets anders had gebruikt.'

'Doe niet zo bespottelijk,' zei Rose.

'Ik heb ervoor gezorgd dat het te laat is voor een urinetest. Je wilt toch geen bezoek van de narcoticabrigade?'

'Ik heb niets geslikt. Dat doe ik niet.'

'Dan kwam het vermoedelijk door het feit dat je ziek was,' zei Kate. 'Met daarbovenop de drank.'

'Hoe laat is het?'

'Zes uur.'

'Mijn hemel. De dag is omgevlogen.'

'Nee, Rose, het is, om zo te zeggen, zes uur de volgende dag.'

Rose snakte naar adem. 'Flossie!'

'Die maakt het goed. Ze eet nu genoeg vast voedsel, en Gareth heeft haar flessen opvolgmelk gegeven.'

'Nee.' Rose wendde haar hoofd af.

'Je was af en toe wakker, maar je was niet erg coherent. Je had hoge koorts, maar ik heb je in de gaten gehouden. Ik nam aan dat je liever niet naar een ziekenhuis afgevoerd wilde worden.'

'Het spijt me.'

'Daar wil ik niets van horen.' Kate ging op Rose' bed zitten. Met haar van achteren bijeengebonden haar, haar sproetengezicht en heldergroene ogen zag ze er zo zuiver uit dat Rose in haar benevelde, ontredderde staat wel had kunnen huilen.

'Rose, gaat het wel goed met jou, momenteel?'

'Hoe bedoel je?'

'Het is... ik heb je een beetje geobserveerd sinds Flossie... nou ja, sinds de ziekenhuisopname.'

'Ik heb je nauwelijks gezien.'

'Ja, maar vergeet niet dat ik de dorpsdokter ben. Er is niet veel wat me ontgaat.' Kate nam Rose' hand en drukte die stevig en met zo veel bezorgdheid dat Rose haar keel dik voelde worden alsof iets op het punt stond te barsten. En toen kon ze er niets aan doen, de tranen kwamen en ze liet zich volledig gaan in een cathartische huibui. Ze begroef haar gezicht tegen Kates schouder,

'Het is oké,' zei Kate aldoor, terwijl ze haar vasthield en haar rug streelde en haar tranen opving in haar schone, naar lavendel geurende T-shirt.

'Het spijt me zo, Kate,' zei Rose steeds opnieuw. 'Het spijt me zo.'

Uiteindelijk viel Rose terug in de kussens, haar ogen gezwollen en haar gezicht vol vegen van snot en tranen. Met een zakdoek die Kate haar overhandigde knapte ze zich op.

Rose kon zich er niet toe zetten haar vriendin en dokter aan te kijken, uit angst dat haar vriendelijkheid haar weer in tranen zou doen uitbarsten.

'Ik weet niet, Kate. Ik denk dat ik tijd nodig heb. Het was zo erg dat Flossie er zo aan toe was. En...'

'En?'

'En, nou, ik voel me zo alleen. Zo vreselijk alleen. Ik heb me mijn hele leven niet zo eenzaam gevoeld.' Rose' stem was gekrompen tot een fractie van haar normale volume. 'Ik heb het gevoel dat er een soort buffer, een soort krachtveld tussen mij en de wereld staat. Ik bedoel, ik ben hier voor de kinderen, maar dat is ongeveer alles wat ik momenteel doe. Ik voel me zo nutteloos...' Van zelfmedelijden moest ze weer huilen.

'Heb je daar met Gareth over gesproken?'

'Nee,' zei Rose snel, 'hij mag het niet weten.'

'Maar zou hij kunnen helpen?'

'Hij mag het niet weten.'

'Goed, goed.'

Er werd op de deur geklopt en Polly kwam binnen met een kop thee voor Kate. Rose keek de andere kant uit.

'Hoe gaat het met haar?' vroeg Polly met een stem die droop van bezorgdheid.

'Ze is wakker,' zei Kate. 'Ik denk dat ze ook wel een kop thee wil. Hè, Rose?'

Rose knikte.

'Ik laat Gareth haar zo meteen een kop brengen. Ik moet nu de kinderen in bad doen.'

'Breng Flossie hierheen,' mompelde Rose.

'Wat?' Polly had Rose niet verstaan en boog zich naar haar toe. Rose stak haar hand uit en greep Polly's magere pols.

'Breng me Flossie, nu.'

'Vind jij dat goed, Kate?' vroeg Polly, die haar arm terugtrok en haar pols wreef. 'Is ze in staat de baby vast te houden?'

'Rose wil dat nu eenmaal. Flossie heeft haar prik gehad, dus breng haar alsjeblieft hier,' zei Kate, terwijl ze Rose over haar schouder streelde.

'Nou, als jij vindt dat...' Polly ging de kamer uit en sloot de deur.

'Ik wil niet dat ze alleen is met mijn baby,' zei Rose tegen Kate.

'O, Rose.' Kate vouwde haar handen in haar schoot en keek Rose een lange tijd aan. De stilte tussen hen werd door Kates pieper verbroken. 'Verdorie.' Ze bekeek hem. 'Ik moet gaan.' Ze stond op, trok haar tas naar zich toe en haalde haar receptenblok eruit.

'Ik wil geen medicijnen,' zei Rose. 'Ik wil ze niet in mijn melk.'

'Ik denk dat je de eerstkomende achtenveertig uur Flossie beter niet zelf kunt voeden, Rose. Voor het geval dat.'

'Voor het geval dat wat?'

'Om zeker te zijn; voor het geval er iets mis was. Afgezien van de alcohol.'

Rose draaide haar gezicht naar het kussen en voelde opnieuw de tranen opkomen.

'Hier is je recept.' Kate legde het groene velletje papier op het nachtkastje en boog voorover om Rose te kussen. 'Drink mijn thee maar. Ik denk niet dat Gareth al weet dat je wakker bent. Ik zal het hem zeggen als ik het huis uit ga, en ervoor zorgen dat je Flossie krijgt. Zorg goed voor jezelf en bel me als je hulp nodig hebt.'

Ze liep de kamer uit en sloot zachtjes de deur.

Rose lag enkele minuten met een gevoel van volledige verslagenheid. Vervolgens lichtte ze haar zware arm op naar het nachtkastje en grabbelde totdat ze het recept vond. Ze vouwde het open en hield het voor haar gezicht totdat haar ogen konden focussen. In Kates energieke handschrift stonden vijf woorden: *Gooi haar je huis uit.*

Rose vouwde het papiertje op en stopte het in de lade van het nachtkastje. Als dit een recept was, was het een goed recept, maar voorlopig zou ze het voor zichzelf houden.

Vierendertig

Rose was weer weggedoezeld; ze voelde dat er iemand in de kamer was, en dwong zichzelf haar ogen te openen. De vermoeidheid omhulde haar als een strak net waardoor ze ternauwernood kon denken en ademhalen.

Het was Gareth, die bij het bed draalde met een kop thee.

'Hé, jij,' zei hij; hij zette de thee op het nachtkastje en ging op zijn knieën op de grond naast haar zitten. Hij streek haar haren uit haar ogen.

'Gareth, wat is er gebeurd?'

'We weten het niet zeker, maar we denken dat je die verkoudheid al onder de leden had en daarna dronk je al die champagne – en het plotselinge koude water was de trigger. Je hebt geluk gehad dat je niet bent verdronken.'

Rose keek de andere kant uit. Ondanks zijn vriendelijke toon leek hij niet van zins haar er zo gemakkelijk van af te laten komen.

'Maar volgens Kate ben je aan de beterende hand. Je moet nu uitrusten. Minstens drie dagen in bed blijven, zei ze.'

'Dat kan niet. Hoe moet het dan met de kinderen?'

'We hebben alles onder controle. Polly is heel lief ingesprongen en verricht wonderen in de keuken. Je hoeft je nergens druk om te maken. Ze doet het echt fantastisch. Wie had ooit kunnen denken dat ze zo competent was?'

Rose had het gevoel in elkaar te krimpen. Deken en kussen dreigden haar te verzwelgen.

'En nu moet je deze thee helemaal opdrinken. Ik heb er drie suikerklonten in gedaan.'

Rose trok een vies gezicht. Ze hield helemaal niet van suiker in haar thee.

'Je moet. Je hebt al bijna twee dagen niets gegeten. Toe, nu.' Hij hield de mok voor haar mond en ze dwong zichzelf een slokje te nemen.

'Brave meid. We brengen je zo meteen het avondeten,' zei hij, 'maar intussen zijn er twee jongedames die jou willen zien.' Hij deed de deur van de slaapkamer open en daar stond Anna met Flossie in haar armen.

'Voorzichtig!' riep Rose.

'Anna is nu een grote meid, Rose,' zei Gareth en hij ging achter de meisjes staan. 'Ga maar, schatje, je hoeft niet bang te zijn.'

Anna liep langzaam naar Rose en keek alsof ze niet wist waar ze was.

'Ik ben nu beter,' zei Rose. 'Kom maar bij me zitten.' Ze strekte haar armen uit naar Flossie, en Anna liet haar maar al te graag in haar armen glijden. Flossie zat op Rose' schoot en keek haar met grote ogen aan alsof ze zich afvroeg wie ze was. Toen lichtte ze haar kleine dikke handje op en stak haar duim in haar mond, waarbij ze zich in de beschermende armen van haar moeder rustig opkrulde als een komma.

Hierom moest Anna glimlachen en nu het ijs door haar zusje was gebroken, klom ze aan de andere kant op het bed en vlijde zich tegen Rose aan.

'Ben je echt beter, mama?' vroeg ze.

'Bijna.' Rose sloeg een arm om haar heen.

Ze lag daar een uur lang met hen en laafde zich aan de nabijheid van hun warme lijfjes. Anna en zij kletsten over koetjes en kalfjes en Flossie schurkte zich, knikkebollend, net zo lang tegen haar aan tot ze in slaap viel. Toen klopte Gareth op de deur en hij kwam binnen met een blad met eten voor Rose.

'Anna, het eten is klaar. Ga naar beneden,' zei hij.

'Kan ik niet hier met mama eten?' vroeg Anna smekend.

'Nee, lieverd. Het is soep en dan ga je morsen. Maar daarna mag je meteen weer naar boven.'

'Mag ik vanavond bij haar slapen? Ja?'

'Natuurlijk mag dat,' zei Gareth vriendelijk.

'En jij dan?' zei Rose hees.

'Maak je om mij geen zorgen. Ik vind het niet erg om in mijn atelier te slapen. Ik woon daar praktisch,' zei Gareth. 'En nu is het jouw beurt, mevrouwtje.' Hij zette het blad naast Rose en pakte Flossie van haar weg.

'Als ik in bad ben geweest kom ik terug,' zei Anna terwijl Gareth haar de kamer uit duwde.

Hij sloot de deur en Rose bleef alleen achter. Ze keek naar haar soep. Het was een dunne, waterige groentesoep zonder enig spoor van olie, boter of bouillon, opgediend met een stukje volkorenbrood. Een kale appel moest kennelijk het dessert voorstellen. Als drank was er een glas kraanwater.

Het was ongetwijfeld gezond en vetarm, maar dit zou haar honger, als ze die had, allesbehalve stillen. Ze lijnt ons allemaal dun, dacht Rose. Net de heks van *Hans en Grietje*, maar dan omgekeerd.

Ze at wat ze kon, daarna zette ze het blad op de grond en zakte achterover in de kussens. De dag die ze had gemist was nu bijna voorbij en de laatste resten van de oranje ondergaande zon maakten vlekken op de witte gordijnen. De slaapkamer gloeide alsof hij in brand stond. Rose doezelde weg bij het beeld van hitte en knisperende vlammen.

Het eerstvolgende wat ze wist was dat de slaapkamerdeur openvloog en Anna binnen kwam gestormd met een nogal grote rieten mand tegen haar borst gedrukt.

'Mama, kijk eens. Kijk eens wat ik van Polly heb gekregen.'

Terwijl Rose zichzelf slaapdronken omhoog hees om te gaan zitten, zette Anna de mand op het bed. Voorzichtig hield ze een kleine donzen bal voor haar gezicht, sloot haar ogen en hield haar hoofd schuin om de zachtheid tegen haar wangen te voelen.

'Een kitten,' fluisterde Rose.

'Ik ga hem Monkey noemen,' zei Anna. 'Hij is een soort vervanging van Manky, maar niet helemaal natuurlijk, niets kan Manky vervangen. Maar hij gaat ons allemaal helpen over het verlies heen te komen.'

'Wie heeft dat gezegd?'

'Papa en Polly. Polly heeft hem van het café gekregen. De kat van de eigenaar had drie jongen gekregen. Is-ie niet lief?'

'Maar ik ga hem nog niet vasthouden,' zei Rose, haar blik afwendend. 'Sorry.'

'Waarom niet? Is hij niet allersnoezigst?' Anna hield het jong weer voor zich uit.

'Schattig. Wij zeggen schattig.'

'Schattig. Is hij niet schattig?' Anna hield de kitten voor haar uit zodat zijn lijfje hing en zijn voorpootjes omhoogstaken alsof hij naar onzichtbare tralies klauwde.

'Ja hoor, hij is heel schattig. Echt waar.' Rose keek naar haar dochter, wier glimlach brak en omsloeg in onbegrijpende tranen. Maar ze kon zichzelf er gewoon niet toe brengen dit diertje dat Polly hun opdrong, aan te pakken. Het leek allemaal zo onfatsoenlijk, net twee dagen nadat ze hun oude kat hadden begraven. Het maakte duidelijk dat Polly haar helemaal niet had begrepen. En anders was het een kwaadaardige poging haar van streek te brengen. Rose wist niet wat ze erger vond.

Terwijl ze probeerde haar tranen te verbergen, zette Anna de kitten op het bed.

'Ik dacht dat je blij zou zijn,' zei ze, haar neus ophalend.

'Nou ja, het is een lief beestje.' Dit was alles wat Rose kon opbrengen teneinde Anna op te vrolijken. 'En je zult vast en zeker heel goed voor hem zorgen.'

De kitten keek naar hen op met ogen als te grote opgenaaide lovers, een en al glitter aan de buitenkant met niets erachter. Rose beefde.

'Is hij niet fantastisch?' Gareth kwam de kamer binnen met Polly en de jongens achter hem aan. Polly, zag Rose, droeg Flossie, die gekleed was om naar bed te gaan.

'Geef haar aan mij,' zei ze, haar armen uitstrekkend. Schouderophalend glimlachte Polly, boog voorover en overhandigde haar Flossie. Ze deed een stap achteruit en veegde haar vingers af aan haar schort dat uiteraard een schort van Rose was. Met haar keurig vastgebonden haar, haar gezicht zonder eyeliner en haar

eenvoudige zwarte, wijde jurk speelde Polly vanavond duidelijk
de rol van huiselijke engel.

'Goed hè, van Polly, vind je niet, Rose?' Gareth had de kitten
vastgepakt en hield hem onhoog, terwijl hij ertegen lachte en zijn
neus rimpelde alsof het een baby was. Rose legde haar arm om
haar dochters. Ze had het gevoel dat haar gezicht losliet van haar
schedel.

'Prachtig,' zei ze.

'Heeft de soep gesmaakt?' Polly ging op de rand van het bed
zitten; haar hand op die van Rose leggend gaf ze er een heel licht
klopje op.

'Heerlijk.' Rose vertrok haar mond tot een glimlach.

'Ik ga al mijn gezonde, versterkende maaltijden voor je maken,' zei Polly. 'Voor je het weet ben je weer helemaal de oude.'

Achter zijn moeder trok Nico, zag Rose, een vies gezicht en hij
stak zijn vinger in zijn mond alsof hij overgaf. Het leek er dus op
dat hij aan haar kant stond. Rose zou dat niet vergeten.

'Mogen we nu naar South Park kijken?' zei Yannis. Hij had zich
afzijdig gehouden en leunde tegen de muur. Rose vroeg zich af
of ze er soms eng uitzag, met haar losse, verwarde haren en haar
ongewassen gezicht. Ze rook nog steeds de bruine rivier op haar
huid en ze vroeg zich af wanneer ze voor het laatst een bad of een
douche had genomen. Ze ging verliggen en een muffe, oudbakken lucht steeg van onder de deken op.

'Vooruit, ingerukt. Je krijgt nog eens vierkante ogen,' zei Gareth, terwijl hij Yannis' haar door de war maakte. De jongens gingen er juichend vandoor, maar Anna bleef achter in afwachting
van de haar beloofde nacht bij Rose.

'Anna, ga je tanden poetsen, dan kun je bij mama gaan liggen,'
zei Gareth.

Toen Anna weg was, boog Polly zich naar Rose, met een blik
die droop van bezorgdheid, en legde een hand op haar voorhoofd. 'Hoe voel je je nu? Klaarblijkelijk hebben meerdere dingen
tegelijk je parten gespeeld: te veel drinken, bijna verdrinken en
ziek zijn,' zei ze. 'Arme schat.'

'Polly heeft een fantastisch idee,' zei Gareth, die op de andere rand van het bed was gaan zitten. Hij pakte Rose' hand en kneep erin.

'Rose, het zou heel goed voor je zijn als je er even tussenuit ging,' zei Polly. 'Je bent overspannen. Niet alleen had je de hele nasleep van Flossies ziekte, maar nu ben je ook nog eens zelf ziek geworden. Lichaam en geest zijn nauw met elkaar verbonden. Toeval bestaat niet, weet je. En we vinden allebei dat je een kleine vakantie nodig hebt, dus kijk!' Ze legde tien treinkaartjes op het bed. 'Vijf kaartjes heen en vijf kaartjes terug. Voor Flossie hoeven we kennelijk niet te betalen. Het is echt een koopje.'

'Hè?' Rose staarde naar de kaartjes.

'Ik wilde het als verrassing bewaren, maar ik geloof dat het nu tijd is. We gaan naar Brighton! Jij, ik, Yann, Nico, Anna en Flossie. Ik heb de kaartjes gekocht toen we laatst in Bath waren. Ze zijn heel voordelig als je ze van tevoren koopt.'

'Wat? Wanneer?'

'In het weekend. We vertrekken op donderdagochtend en komen op maandag weer terug.'

'Maar de school dan? En Gareth?'

'Dat komt in orde. Gareth is oud genoeg om voor zichzelf te zorgen, geloof me maar.'

'Maak je om mij geen zorgen.' Gareth kneep nogmaals in haar hand. 'Het enige wat ons te doen staat is zorgen dat jij beter bent voor de reis.'

'En wat de school betreft,' ging Polly verder, 'dit wordt verdomme een opvoedkundig uitstapje. Ze gaan de plekken zien waar hun ouwe moeders zich plachten op te houden.'

Rose keek weer naar de kaartjes, alsof het lezen van de details haar opheldering zou verschaffen.

'Maar waarom gaan we niet met de auto?'

'Ik wil niet dat je rijdt,' zei Gareth. 'Het is de bedoeling dat je tot rust komt.'

'En de trein is echt cool,' drong Polly aan. 'Die rijdt dwars door het land, zodat wij onderweg van het prachtige Engelse landschap kunnen genieten.'

Rose fronste haar wenkbrauwen. 'Ik weet niet zo zeker of ik zin heb om terug te gaan naar Brighton,' zei ze.

'Natuurlijk wel. Het zal zijn alsof we nooit zijn weggeweest.'

'Maar we zijn wél weggegaan. En wat mij betreft heel bewust.'

'Weet je wat, Rose? Je kunt je niet je hele leven blijven verbergen voor je verleden. Je moet dingen onder ogen zien, anders krijgen ze jou uiteindelijk te pakken. Geloof me, ik weet er alles van.'

'Luister, als je dit als een soort therapie voor mij hebt bedacht...' Rose werd in haar tegenwerping belemmerd door het feit dat ze niet over al deze dingen wilde praten waar Gareth bij was. Polly wist dingen die hij niet wist, en Rose wilde dat maar al te graag zo houden. Maar hij leek zich van geen verborgen gevoelens bewust, en zat daar maar op het bed met haar hand in de zijne, glimlachend – een beetje, dacht ze, als een zombie of een bezetene.

'Doe niet zo mal,' ging Polly verder. 'We gaan alleen maar terug naar de stad van onze jeugd, ontmoeten een paar vrienden, gaan met de kids naar de pier en het Sea Life Centre, laten hun de plekken zien waar we ons in onze jeugd hebben misdragen, bezoeken een paar cafés van vroeger en dan nemen we weer de trein terug. Kan het eenvoudiger? De jongens willen zo graag Brighton zien. En ze hebben Anna ook helemaal enthousiast gemaakt.'

'Maar waar logeren we dan?'

'Bij Lucy; die heeft ruimte, nu twee van haar kinderen het huis uit zijn.'

'Lucy?'

'Je weet wel... Lucy Gee. Lang, mager, rood haar? Zat bij ons op school? Werd zwanger? Ging van school af en trouwde heel jong? Nu, meneer Lucy ging ervandoor en liet haar zitten na de geboorte van het vierde kind. De klootzak. Maar dat was jaren geleden en de kids zijn allemaal al betrekkelijk groot. Ze kan het huis houden tot de laatste vertrekt, dus ze heeft heel veel ruimte. We zijn altijd min of meer met elkaar in contact gebleven, zij en ik.'

Rose was verrast. Als dat zo was, waarom was Polly dan na

Christos' dood niet naar deze Lucy gegaan in plaats van zich aan haar en Gareth op te dringen?

Ze sloot haar ogen. Natuurlijk wist ze nog wie Lucy was. Het was nauwelijks mogelijk dat niet meer te weten. Maar ze had niet geweten dat Polly zulke goeie vrienden met haar was geweest. En zijzelf was zeker niet dik met Lucy geweest. In feite kon ze zich niet herinneren een andere vriendin dan Polly te hebben gehad. Maar haar geheugen was onbetrouwbaar, er waren stukken in haar leven die ze had uitgewist.

Naar Brighton gaan was echter het laatste waar ze zin in had. De grond was haar daar nog steeds te heet onder de voeten. Maar ze zat in de val. Klem tussen de stralende gezichten van Gareth en Polly kon ze het niet maken nee te zeggen. De reis was zo pertinent geregeld dat annuleren geen optie was.

Maar Polly bewees haar, vond Rose, gezien haar kennis van bepaalde zaken, een vreemde attentie.

'Nou moeten jullie allemaal uit de weg.' Anna was weer binnengekomen, de kitten in haar armen geklemd. Ze klom op het bed. 'Ik wil mijn mama voor de nacht.'

Gareth glimlachte en streelde Rose' haar. 'Welterusten, lieverd; trusten, Flossie, Anna.' Hij boog zich voorover en kuste hen alle drie. 'Kom, Poll, we laten de dames slapen. En ik neem die kleine Monkey mee, juffrouw Anna.' Hij pakte de kitten op en liep naar de deur, wachtend op Polly.

'Welterusten, Rose.' Polly kuste haar op de wang en liep achter Gareth aan de kamer uit. Toen ze de deur sloot, hoorde Rose haar lachen om iets wat Gareth zei.

Anna nestelde zich tegen haar moeder aan en trok de deken over haar schouder.

'Bah. Mam. Wat een vies stinkbed.'

Vijfendertig

Rose kon niet slapen. Ze lag te baden in het zweet, ingeklemd tussen haar twee dochters en moest vreselijk nodig plassen. Ze hees zich over Flossie heen, moest ongeveer over haar heen springen om haar niet wakker te maken. Het was pas de derde keer dat ze opstond in twee dagen en ze moest een paar tellen wachten tot het bloed weer naar haar hoofd stroomde. Haar blote voeten krulden om op de kille houten vloer toen ze zwaaiend midden in de kamer stond te wachten tot de zwarte vlekken voor haar ogen wegtrokken.

Het huis was volledig stil. Ze keek op de klok die aan Gareths kant van het bed stond. Het was drie uur. Ze had dus geslapen. Ze plaste, pakte haar kimono van de haak en voelde zich, toen ze die strak om haar heen trok, wat lichter dan een paar dagen tevoren. Ze deed voorzichtig de slaapkamerdeur open. De gang was aardedonker. Er was geen maanlicht om haar op de trap bij te lichten. Ze wilde niet het ganglicht aandoen dus ging ze terug naar de slaapkamer en pakte de zaklantaarn van haar nachtkastje. Die gebruikte ze vaak als Flossie wakker werd, om Gareth niet wakker te maken. Maar de lamp was min of meer overbodig geworden, aangezien Gareth al drie nachten niet meer in hetzelfde bed sliep als zij.

Als een inbreker de lantaarn op de trap richtend, liep Rose op haar tenen naar de keuken. De haar meest vertrouwde plek kwam haar bij dit licht vreemd en onbekend voor, alsof hij opnieuw was ingericht. Ze knipte de lantaarn uit en keek, opnieuw in het donker staand, ingespannen of ze enige beweging in de Annexe kon waarnemen. Alles was stil. Alles was donker.

Ze liep over de stenen die nog kouder aanvoelden dan de houten vloer en deed de lichten onder de keukenkastjes aan. Dat was

273

het enige licht dat ze op dit moment verdroeg. Ze draaide zich om en keek om zich heen. De ruimte wás veranderd. Onder haar bewind had hier orde geheerst, waren de werkbladen schoon en stond alles op zijn plaats. Nu was het zoals de eerste keer dat ze uit het ziekenhuis was thuisgekomen. Op het aanrecht stond een schaal met groenteschillen die de lucht vulden met een zweterige stank van rotte uien. De gootsteen stond vol ongewassen pannen. De keukenmachine, vol aangekoekte soep, wachtte op een schoonmaakbeurt. De tafel lag nog vol met wat een dessert van sinaasappels leek. Aan één kant stonden twee lege wijnflessen met twee tot de laatste druppel leeggedronken glazen. De stoelen stonden schots en scheef; je kon precies zien hoe eenieder van tafel was opgestaan en in wat voor humeur.

Ze schrok op bij wat het verre geluid van een pasgeboren baby leek, keek waar het vandaan kwam en zag de kitten, klein en pluizig, ingepakt in een deken in een ondiepe kartonnen doos. De deken was Anna's, door Rose gehaakte, babydeken. Terwijl ze probeerde haar agressie niet op de kitten bot te vieren – ze wilde niet nog een dood dier in haar handen – pakte ze hem uit de doos en sloot hem op in de woonkamer. Als hij daar zou poepen, was dat niet haar probleem. Ze raapte de deken op, schudde die uit, vouwde hem netjes op en legde hem zorgvuldig terug op een stoel.

Rose had een draaierig gevoel in haar maag en ze besefte dat ze honger had. Ze liep naar de koelkast. Die was leeg, op een homp goedkope cheddar, twee gekookte worstjes en een schaal noedels na: restanten van haar onbekende maaltijden. In de deur stond een pot gewone yoghurt, een halve pot hummus, sinaasappelsap en melk, en achterin een paar ouwe blikken.

Ze stond voor de koelkast en zonder erbij na te denken propte ze de worstjes in haar mond. Met haar vingers schepte ze de noedels op. Daarna nam ze een paar happen van de cheddar, die ze vasthield alsof het een stuk cake was. Ze nam de hummus mee naar de broodtrommel en maakte hem op met bijna een heel oudbakken brood, dat ze in de pot doopte en schraapte tot die helemaal leeg was. Ze liet de lege pot achter op het werkblad vol broodkruimels, ging weer naar de koelkast en wierp zich op de yoghurt. Nu werkte ze snel, ze spoelde het voedsel weg met afwisselend slokken melk en sinaasappelsap. Ze knielde op de vloer, trok een lade van de vrieskast open en haalde er een pot Ben & Jerry's Rocky Road-ijs uit. Die drukte ze uit zijn bevroren verpakking en ze beet erin alsof het een reuzenlollie was; ze merkte nauwelijks dat de ijzige kou pijn deed aan haar tanden.

Ze dacht terug aan een ver verleden waarin ze dit soort dingen deed, terwijl ze een zak doperwtjes in haar mond leeggoot; ze zoog er heel even op om ze te laten ontdooien voordat ze ze doorslikte.

Ze sloot de deur van de vrieskast en stond op; haar ingewanden waren ijskoud. Nu had ze iets nodig om zichzelf op te warmen, dus klom ze op het keukentrapje en pakte de koekjestrommels. Die waren nog even leeg als toen ze eten voor de picknick bij elkaar zocht. Maar ze vond een pot met rozijnen en propte die met handenvol tegelijk in haar mond; vervolgens pakte ze een pak haverkoekjes dat ze meenam naar de koelkast en wegwerkte met de laatste melk.

Toen ze eindelijk het gevoel had de leegte te hebben gevuld, ging ze op de vloer liggen. Ze staarde naar het plafond, terwijl haar handen over haar buik gingen en de nu stevige, bolle vorm streelden. Even ervoer ze niets anders dan een solipsistisch genot.

Maar toen, en ze wist dat dat zou gebeuren, bekroop haar het andere gevoel. Een druilerige misselijkheid, als de geur van nieuw tapijt, kroop in haar tenen en verspreidde zich door haar lichaam. Wat deed ze in godsnaam hier op de keukenvloer, met de restanten van die walgelijke bevlieging om zich heen? Het was al bijna twintig jaar geleden sinds ze dit had gedaan, maar het was teruggekomen als een kwade droom die je nooit helemaal uit je geest kunt bannen. Ze ging rechtop zitten en kroop naar de bijkeuken; daar vond ze de rode plastic schaal waarin ze gewoonlijk de handwas deed, ze stak een vinger in haar mond en braakte haar actie tot het laatste restje uit.

Toen ze de laatste gal had uitgespuugd voelde ze zich bevrijd, gezuiverd, klaar om handelend op te treden.

Ze stond op, pakte haar Barbour en stak haar voeten in haar overschoenen. Ze pakte de lantaarn en met een zure adem en klonten braaksel nog achter in haar keel, liep ze op haar tenen over de stenen treden naar de Annexe. Ze knipte de lantaarn uit en bleef met ingehouden adem roerloos staan, terwijl ze ingespannen luisterde of ze enig teken kon opvangen dat Polly wakker was. Er viel, zoals het die nacht kennelijk regel was, niets te horen. Prima. Rose wilde de deur die beneden aan de trap naar het woongedeelte voerde, openmaken. Ze wist niet wat ze van plan was, evenmin waarom ze het deed, maar ze voelde dat er iets bewezen moest worden. Er moesten spijkers met koppen worden geslagen.

Een schok ging door haar heen: de deur zat op slot. Voor zover Rose wist was die nooit eerder op slot geweest. Zelfs toen zij, Gareth, Andy en Anna daar hadden geslapen en zij zich van alles in haar hoofd haalde bij de stilte van het platteland, was die deur nooit op slot geweest. Wat was er toch aan de hand dat tegenwoordig alle deuren op slot gingen?

'Shit,' zei ze bij zichzelf. 'Shit.'

Ze rammelde even aan de deur, met de gedachte dat ze daarmee misschien Polly zou wakker maken. Als dat gebeurde en Polly kwam naar beneden, zou Rose wel een verklaring vinden voor het feit dat ze daar om vier uur 's nachts stond en alles zou in orde zijn. Polly moest toch afkomen op het geluid van de bewegende knop aan de andere kant van de deur; het geluid dat in de donkerte leek te weerkaatsen. Maar nee, er gebeurde niets. Er was geen enkele reactie te horen, behalve ergens, niet zo ver weg, het opgewonden vogelachtige gekrijs van een stel parende egels.

Rose rende de treden weer op en keek door het raam van de Annexe, zoekend naar beweging. Maar het raam keek nietszeggend terug, zodat ze weer aan Flossies blik moest denken.

Haar zenuwen waren nu tot het uiterste gespannen. Ging ze het allemaal nog eens doen? Zou ze weer achter haar huis om sluipen en Gareths atelier gaan bespieden? Terwijl ze zich die vragen stelde, betrapte ze zich erop dat ze op haar tenen over het zwarte grasveld naar het massieve silhouet van het atelier liep. Weer was de deur op slot, waren de jaloezieën naar beneden. Ze drukte haar oor tegen een raam. Niets. Het was alsof iedereen midden in de nacht was vertrokken. Even vloog die gedachte haar naar de keel – misschien was het wel zo. Toen herinnerde ze zich dat ze de auto op de oprit bij de Annexe had zien staan. Ze moesten wel hier zijn. Ja, toch?

De kilte beving haar als iets onzichtbaars en vormeloos dat achter haar hoofd opdook. Ze was altijd bang geweest in het donker, bang van de stilte op het platteland. Tot aan de overval in Hackney had ze het fijn gevonden, met enige voorzichtigheid, op elk uur van de dag of de nacht door de straten van de stad te lopen. Maar het donker van de plattelandsnachten had haar altijd angst ingeboezemd. Nu, staande voor het atelier, was het de allereerste keer sinds ze buiten de stad waren gaan wonen dat ze daaraan terugdacht. Heel lang geleden, nog voor de geboorte van Anna, waren Gareth en zij er een keer tussenuit geknepen naar een klein huisje in Noord-Wales. De achterkant van het huisje keek uit op een meer dat overdag prachtig blauw was en zachtjes deinde door de wind uit de bergen. Maar 's nachts kreeg het in Rose' ogen iets kwaadaardigs. Op een stille warme avond had Gareth een deken gepakt en voorgesteld een wandeling te maken naar het meer. Rose, die haar gebrek aan moed in het vroege stadium van hun vriendschap maar al te graag verborgen hield, was met hem meegegaan. Op weg naar het meer had hij met zijn beste country-and-western-accent 'Blanket on the Ground' gezongen.

Maar halverwege had Rose, zelfs aan zijn zijde, de aandrang niet kunnen weerstaan om naar de bescherming van een gebouw te rennen. Haar voeten waren van hem vandaan gerend, ze was terug het pad op geholt, uitgegleden op het gras, gestruikeld over stukken steen, niet in staat te stoppen totdat ze weer terug was in het huisje met alle lichten aan.

Die aandrang voelde ze ook nu, voor het atelier, in haar eigen tuin. Ze draaide zich om en rende naar het huis zonder zich erom te bekommeren of ze herrie maakte. Onderweg struikelde ze over het Yorkstone-terras en ze schaafde haar scheen gemeen aan de rand. Zonder haar vaart te verminderen kwam ze overeind en rende naar de keukendeur.

Ze vloog naar binnen en gooide de deur dicht; hijgend leunde ze ertegenaan, absoluut niet begrijpend wat haar zo snel terug had gedreven. Terwijl ze om zich heen keek naar het afval in wat haar keuken was geweest, voelde ze geen enkele verplichting te gaan opruimen. In plaats daarvan ervoer ze een gevoel van verslagenheid die grensde aan opluchting. Ze liet haar ogen over het werkblad gaan en zag het blik met de koffie voor Gareths atelier. Ze liep ernaartoe, opende het en rook aan de warme binnenkant. Het was leeg en wachtte om weer gevuld te worden.

Ze kreeg een ingeving. Het was een soort plan om iets te bewijzen. Rose kwam nu snel in beweging en ging naar de koelkast om de hermetisch afgesloten tupperwaredoos te pakken waarin Gareth zijn speciale merk bonen bewaarde. Wat doen Amerikanen toch kieskeurig over hun koffie, dacht ze. Ze ging naar Gareths prachtige oude koffiemolen, schudde de bonen in de trechter bovenin en zette het blik eronder om er de gemalen bonen in op te vangen.

Toen liep ze naar de bijkeuken en klom op een kruk om bij het hoge kastje te kunnen dat als huisapotheek diende. Na de geboorte van Flossie had Rose last gehad van zulke grote aambeien dat die, als ze ging zitten, eerder dan haar achterste het bed raakten. Omdat ze de borstvoeding niet in de war wilde sturen door medicijnen, ging Rose te rade bij een herborist van wie ze donkergroene tabletten had gekregen, die met zo veel kracht haar ingewanden bestookten dat ze er maar een had gebruikt. De andere had ze in het medicijnkastje bewaard.

Ze vond het flesje, klom van de kruk en ging naar de molen in de keuken. Ze herinnerde zich dat de tabletten een zware chlorofylsmaak hadden, maar een roker als Gareth, die zijn koffie sterk en zonder suiker dronk, zou dat, dacht ze, niet opmerken.

Ze schudde de fles, op enkele pillen na, leeg in de trechter van de koffiemolen en draaide aan de chromen hendel, terwijl ze het voor het atelier bestemde blik heen en weer schudde om het donkergroene poeder met de bruine koffie te mengen.

Ze zette het blik op de plank van het buffet, achter de mand met Anna's eieren. Iets in haar zei dat ze, alvorens haar daad op haar slachtoffers uit te voeren, bij koel daglicht moest nadenken. Nadat ze de bijna lege pillenfles weer had opgeborgen, zette ze water op voor een kop thee. Nu voelde ze zich goed. Goed genoeg om te proberen iets aan de keuken te doen. Ze maakte op haar gebruikelijke, methodische manier schoon: beginnend bij het noordelijke deel van de keuken ruimde, poetste en veegde ze met de klok mee. Sommige dingen gooide ze weg, andere zette ze recht. Op haar knieën nam ze de keukenvloer af met het aanrechtdoekje. Normaliter zou ze nooit van haar leven iets dergelijks doen, maar de duivel was in haar gevaren. In haar ogen was het een subversieve daad – en van de beste soort – een waarvan alleen zij weet had.

Pas toen ze achteruitschoof om het stukje schoon te maken waar ze met haar knieën had gelegen, ontdekte ze het bloed. Even ging ze op haar hurken zitten om ernaar te kijken; ze vroeg zich af waar het bloed vandaan kwam. Maar toen voelde ze een stekende pijn in haar scheen en ze stak haar been uit om het te onderzoeken. Uit een ruim zeven centimeter lange snee die ze waarschijnlijk had opgelopen toen ze op het terras was gestruikeld, sijpelde bloed. Ze spoelde en wrong de theedoek uit en veegde met een gevoel van genot het bloed van haar been. Ze tuurde, verwrong zich om de wond van dichtbij te bekijken en zag met een zekere onverschilligheid dat de snee helemaal tot op het bot doorliep. Ze had zichzelf kennelijk goed te pakken gehad.

Ze ging weer naar het medicijnkastje en pakte de welvoorziene EHBO-doos. Ze goot jodium op een gaasje en was verbaasd over de stekende pijn toen ze de wond schoonmaakte. Ze vond de wondhechtpleisters die ze had gekocht toen Gareth zich tijdens de verbouwing in zijn hand had gesneden, trok de randen van de wond naar elkaar toe en plakte er vervolgens een grote pleister overheen. Van nu af aan zou ze een broek moeten dragen; ook deze wond was haar geheim. Waarschijnlijk zou ze die moeten laten hechten, maar ze was niet van plan naar het ziekenhuis te gaan. Er was geen denken aan dat ze nu het huis verliet, niet nu er op zo veel dingen gelet moest worden.

Ze ging terug naar de keuken en pakte de emmer en dweil. Ze had er een behoorlijk troep van gemaakt, zag ze nu. Overal lag bloed, alsof iemand met een net geslacht kadaver door de keuken was gelopen en daarbij overal bloedsporen had achtergelaten.

Ze was nog een tijd bezig met opruimen, en toen Rose weer tussen haar twee dochters in haar bed stapte was het al bijna ochtend. Ze vond het heel bijzonder dat de twee hadden geslapen terwijl zij zo druk in de weer was geweest. Ze reikte over Flossie heen om de lade van haar nachtkastje te openen. Daar lag het recept van Kate, weggestopt onder een tube handcrème.

Ze vouwde het open en las het. Toen ging ze liggen en tuurde naar het plafond met zijn balken die volgens Andy afkomstig moesten zijn van een oud schip.

Dit is de slotronde, dacht ze. Ik zal het einde van dit alles meemaken.

Zesendertig

Even was Rose in paniek toen ze wakker werd en besefte dat ze alleen in bed lag. Haar dochters waren weg. Ze keek op haar wekker en zag dat het tien uur was. Die waren natuurlijk al op. Anna was naar school. Rose lag in het grijze licht van de kamer met gesloten gordijnen en probeerde zich te herinneren wat er die nacht was gebeurd. Haar keel deed pijn en haar scheenbeen klopte. Toen ze zich omdraaide om op haar rug te gaan liggen, had ze het gevoel dat haar ruggengraat en bekken kraakten. Het was of ze een pak slaag had gehad.

Uit de keuken hoorde ze vaag muziek. Dat was niet Gareth, want die had altijd Radio 4 aan als hij in huis was. Wie was er dan bij Flossie? In plotselinge paniek schoot Rose het bed uit en verspreidde daarbij haar muffe geur door de kamer. Ze griste haar peignoir en rende naar de trap.

Wat ze vanuit de gang boven de keuken zag was meer dan verschrikkelijk. Met opgetrokken benen zat Polly, met Flossie in haar armen, in de leunstoel uit een prentenboek voor te lezen. Beiden zagen er uiterst tevreden uit alsof ze ervoor gemaakt waren daar te zitten. Rose hapte naar adem en legde haar hand op haar borst. Bij het horen van dat geluid keek Polly op, en de glimlach die ze met Flossie had gedeeld bevroor op haar gezicht.

'Rose, je mag niet opstaan,' zei ze.

'Ik voel me prima,' zei Rose.

'Zo zie je er niet uit,' zei Polly, zonder op te staan.

Rose liep de trap af en met uitgestrekte armen naar Polly toe.

'Geef Flossie,' zei ze.

'Dat is geloof ik niet nodig. Ze heeft het naar haar zin, nietwaar Floss?'

Flossie draaide zich om en toen ze naar Rose keek, brak een

glimlach op haar gezicht door. Ze zag er alerter uit dan ze in weken had gedaan.

'Bovendien moet jij rusten. Je bent nog steeds ziek. En Rose, ga alsjeblieft 's nachts niet schoonmaken. Ik doe nu het huishouden en ik kan me heus wel redden. Mensen doen dingen soms anders dan jij.'

Rose stond daar, haar mond ging open en dicht als die van een uit zijn kom geplukte goudvis.

'Waar is Gareth?' wist ze eindelijk uit te brengen.

'Weg.'

'O.' Rose liep naar de ketel. 'Ik zet een kop thee voor mezelf en dan wil ik Flossie.'

'Als je erop staat. Sorry, Floss.' Polly stond op en legde Flossie op een speelkleed dat Rose niet kende. 'Je moet terug naar mammie.'

Rose zag haar kans schoon, pakte haar dochter en rende de trap weer op; de thee was vergeten. Ze griste een paar boeken uit de kinderkamer, ging naar haar kamer en stapte in bed. Ze legde Flossie naast zich en begon haar voor te lezen. Dat kon ze beter dan Polly.

Een tijdlang hielden de heldere kleuren en duidelijke vormen Flossie zoet, en Rose begon enthousiast, wees op de eenden en deed 'Kwaak, kwak kwak' met een passend hese stem. Maar algauw waren beiden uitgeput. Gelukkig begon Flossie te graaien naar en te slaan op Rose' borst en Rose was maar al te blij haar weer aan te kunnen leggen. Vaag herinnerde ze zich dat Kate iets over borstvoeding had gezegd, maar ze verkoos er niet bij stil te staan. Bovendien hadden ze dit beiden hard nodig. Na een paar dagen zonder kostte het even tijd om het juiste ritme te vinden, maar dat kwam snel terug.

Rose voelde net de vertrouwde prikkeling van de vloeiende melk toen de deur met een ruk werd opengedaan zodat Flossie van schrik beet en Rose een kreet van pijn slaakte, die Flossie aan het huilen maakte.

'Zie je nou wel? Ik had toch gezegd dat je het nog niet aankunt.'

Het was Polly met een mok thee. 'Ik kwam je dit brengen; je was kennelijk vergeten die voor jezelf te maken. En geef haar nu aan mij.'

'Dank je voor de thee, maar Flossie en ik maken het prima,' zei Rose.

Met pruilende lippen zette Polly de thee op het nachtkastje.

'Drink dit dan tenminste op. Je moet genoeg vocht binnenkrijgen.' Ze draaide zich om en verliet abrupt de kamer, de deur met een klap sluitend.

'Poe, Floss. Geen idee wat we met haar moeten beginnen,' zei Rose. Ze nipte zwijgend van haar thee. De gordijnen waren nog steeds dicht en het warme licht van haar bedlampje gaf haar een gevoel van geborgenheid. Dit was haar toevluchtsoord, voor haar en haar baby. Als Anna van school kwam, zou ze haar onderscheppen en naar deze veilige plaats brengen.

Terwijl ze van haar thee dronk, trok een warm gevoel van tevredenheid door haar heen; ze begon zich te ontspannen en had het gevoel dat ze nog best wat kon slapen. Flossie was volslagen rustig; onder haar zware oogleden draaiden haar oogjes weg op een manier die baby's eigen is. Dus trok Rose de deken over hen beiden heen en nestelde zich daaronder als in een oerschuilplaats.

Veel later werd ze gewekt door een schone medicinale geur. Het duurde even voor ze wist waar ze was: aanvankelijk dacht ze dat ze weer in het ziekenhuis lag. Toen herinnerde ze zich dat ze in slaap was gevallen met Flossie in haar armen en nu was daar niemand. Ze draaide zich snel om en wist maar net de schreeuw die omhoog welde te onderdrukken.

Naast haar lag niet Flossie, maar Anna. Een van haar ogen was afgedekt met een groot verband dat met zwachtels om haar hoofd zat gebonden. Ze was wakker geworden door Rose' beweging en opende langzaam haar goede oog.

'Anna, wat is er gebeurd?'

'Monkey heeft me gekrabd. Ze probeerde m'n wimpers te pakken. Ik vond het eerst grappig, maar toen raakte ze m'n oog.' Anna had een klein stemmetje. 'Het was mijn schuld.' In haar goede oog welden de tranen op. 'Je moet niet boos zijn op Monkey.'

'Is het heel erg?' vroeg Rose. Waarom had niemand haar iets verteld? Hoe laat was het?

'Ze denken dat het goed komt. Maar het is wel een gemene krab, mama. Het doet heel erg pijn.'

'Arme schat,' zei Rose en ze trok Anna naar zich toe.

'Ze druppelden iets in mijn oog, het leek wel een scherp mes. Maar nu is het veel beter. Zonder licht.'

'Arme Anna.'

Er werd zacht op de deur geklopt, en Gareth kwam binnen met Flossie op zijn arm.

'Hoi liefje,' zei hij; hij ging op het bed naast Anna zitten en stak zijn hand naar die van Rose uit.

'Wat is er allemaal gebeurd, Gareth?' Rose ging rechtop zitten.

'Het valt wel mee, Rose. Ze zeggen dat ze weer kan zien.'

'Weer?'

'Nu doet het te veel pijn om haar oog open te doen. Dat is alles. Het is een diepe krab over het hoornvlies. We moeten infectie voorkomen. In het ziekenhuis hebben ze het schoongespoeld en...'

'Ziekenhuis?'

'Ja.'

'Wanneer zijn jullie daar geweest?'

'Vanochtend. Het gebeurde vlak voor schooltijd, dus ik ben in allerijl met haar naar Bath gereden. Wist je dat niet?'

'Nee, Polly heeft niets verteld.'

'Ze wilde je waarschijnlijk niet ongerust maken. Het is niet zo erg als het eruitziet of klinkt.'

'Vind je niet dat ik het recht heb te weten dat mijn eigen dochter naar het ziekenhuis wordt gebracht?' Rose besefte dat ze haar stem had verheven en ademde zwaar. In Anna's ene oog was paniek te zien en ze leunde naar Gareth, die zijn hand van Rose had weggetrokken en op zijn dochter had gelegd.

'Nu laat je precies zien waarom het beter was het je niet te vertellen,' zei Gareth. 'Je bent zelf niet in orde. Je moet rustig aan doen.'

'Nu is het genoeg geweest,' zei Rose. Ze sprong uit bed en liep naar de douche. Ze was het aan haar dochters en aan haarzelf verplicht de touwtjes weer in handen te nemen. 'Ik sta op. Ik ga eten maken. Ik ben kerngezond.'

Ze bleef even staan toen de zwarte vlekken weer kwamen. Ze deed haar uiterste best niet te zwaaien of te struikelen.

'Weet je zeker dat het gaat, Rose?' vroeg Gareth. Hij had zich omgedraaid op het bed zodat hij met zijn rug tegen het hoofdeinde zat, zijn grote arm veilig om Anna.

'Ik ben absoluut in orde,' zei Rose knarsetandend, deels door de inspanning die het kostte om bij bewustzijn te blijven en deels door de woede die ze voelde opkomen. Als iemand haar die dag nog een keer die vraag stelde, zou ze – hoogstwaarschijnlijk letterlijk – uit haar vel springen.

'Rose?' vroeg Gareth.

'Wat?' Zeg het niet nog eens, dacht ze. Ze draaide zich om en zag dat hij naar haar bebloede en verbonden scheenbeen keek.

'Rose, wat heb je met je been gedaan?'

'O, niets. Ik ben gevallen.'

'Wanneer? Hoe?'

Rose rende de badkamer in en sloot de deur achter zich; ze leunde ertegenaan totdat ze zichzelf weer onder controle had.

Zevenendertig

Rose liet Anna, Gareth en Flossie achter en ging de trap af. Het was vroeg in de middag en de keuken was verlaten. Ondanks alle rommel was er geen spoor van voorbereidingen voor het avondeten. Dat was voor haar een uitnodiging om die taak op zich te nemen.

Van de haak aan de keukendeur nam ze haar schort met blauwe en roze bloemen. Ze stak haar hoofd erin, trok de banden strak om haar middel en knoopte ze van voren vast. Ze greep in de voorzak, vond de haarspeld die ze in deed als ze kookte en trok haar haar uit haar gezicht.

Tegen de deur van de bijkeuken leunend overzag ze de lege planken. Waar was al het voedsel gebleven? In de groentemand lag een eenzame ui met naast zich een verdwaald, halfleeg pak *conchiglie*. Wat nog over was van al haar jams, chutneys en pickles die ooit in robuuste potten de hele muur hadden bedekt, stond in een klein groepje op een plank die te hoog was om er zonder ladder bij te komen.

Wat vreemd. Ze konden toch niet alles hebben opgegeten? Zeker niet met de porties die Polly opdiende. Het was alsof Rose' invloed uit de keuken was verwijderd. Eerst was de vorm – haar gevoel voor orde – ontmanteld, en nu was de inhoud verwijderd. Lichtelijk in paniek haastte ze zich naar haar pannenkast en messenblok. Tot haar opluchting zag ze dat haar Le Creuset en Henckels' onaangeroerd waren.

Ze pakte haar lievelingsmes, een dertig centimeter lang diep gekarteld lemmet met een geklonken zwart handvat. Terwijl ze het stevig vasthield in haar rechterhand, gleed ze met de wijsvinger van haar linkerhand over de scheermesscherpe rand en zag tot haar voldoening hoe de kleine snede eerst een beetje openging en toen volliep met bloed.

Sommige dingen konden niet ongedaan worden gemaakt.

Ze veegde het mes aan de zijkant van haar schort af, zette het terug in het blok en ging met pen en papier aan tafel zitten om een lijst op te maken van dingen die in de dorpswinkel gekocht moesten worden. Ze moest voor het avondeten wat bij elkaar flansen. Ze staarde uit het raam naar de regen die, zich niet meer beperkend tot zijn nachtelijke heerschappij, nu gestaag overdag viel en daarmee de voorspellingen van een vroege, warme zomer weersprak. Het kostte Rose moeite zich zo te concentreren dat ze haar boodschappenlijstje op papier kreeg. Al figuurtjes tekenend werd ze zich bewust van een tikkend geluid dat uit de woonkamer kwam. Ze sloop door de keuken en bleef staan als een spion, zich zo ver vooroverbuigend naar de half openstaande deur dat ze kon zien wat er gebeurde.

Polly zat op de bank. Ze had de met schapenvacht gevoerde pantoffels van Rose uitgeschopt en haar benen onder zich opgetrokken. Op de bankleuning stond een lege koffiemok en naast haar stond een doos *loukoum* die Rose twee zomers terug van Karpathos had meegenomen maar nooit geopend. De inhoud was voor de helft op.

Polly kauwde en keek naar iets op de op haar knie rustende laptop. Tot Rose' grote verbazing was dat Gareths 17 inch MacBook. Gewoonlijk mocht die zijn atelier niet verlaten.

Polly's haar lag als een gordijn van zeewier om haar gezicht en schouders, en ze droeg een prachtige lange, zwarte gebloemde fluwelen jurk die haar als gegoten zat. Ze zag eruit als een zigeunerkind.

'Hé, hallo G. Hoe maakt mevrouw het?' Ze praatte en bediende zich van nog een stuk loukoum, zonder haar ogen van het beeldscherm te halen.

Rose duwde tegen de deur; die ging langzaam, enigszins krakend, verder open zodat nu te zien was dat zij aan de andere kant stond.

Polly keek op. 'O!' zei ze.

'Ik maak het goed, dank je wel,' zei Rose. 'Kijk maar – ik ben op. Dat had je niet verwacht, hè?'

'Hoe gaat het met Anna?' Polly klapte de MacBook dicht.

'Doe je voorzichtig,' zei Rose.

'Waar is Gareth?'

'Boven, bij haar. Het komt allemaal in orde. Wat een rotkat.'

'Het was niet de kat z'n schuld. Ze hield hem te dichtbij.'

'Wat ben je aan het doen?' Rose ging naast Polly op de bank zitten, pakte de laptop en klapte hem open. Polly trok hem terug op haar schoot en sloeg, voordat het beeldscherm oplichtte, een aantal toetsen aan om de vensters te sluiten, zodat Rose slechts een lapje huid en een stukje leer te zien kreeg voordat die oplosten in de effen, onopvallende, blauwe bureaubladachtergrond die Gareth niet wenste te veranderen.

'Ik dacht dat je niet wist hoe je een computer moest aanzetten, Polly.'

'Ik heb les gehad.'

'Aha.'

'Ik werk aan ons uitstapje naar Brighton. Kijk wat er te beleven is. Misschien kunnen we op zaterdag zonder de kinderen op stap. Lucy heeft een babysitter.'

Brighton. Rose was het glad vergeten.

'Ik weet eigenlijk niet zeker of ik de kinderen van school wil houden.'

'Ach, dat zijn maar bijkomstigheden.' Polly wuifde met haar hand in de lucht. 'We melden hen ziek. Kijk,' zei ze, met haar vingertop naar het scherm wijzend. 'fusion: een avondje house, r&b en indierock in de Honey Club. Herinner je je de Honey Club nog, Rose?'

'Maar Anna's oog dan?'

'Je probeert nog steeds excuses te vinden. Het is maar een schram, en die is waarschijnlijk genezen tegen de tijd dat we gaan. In het ergste geval zijn er ook nog dokters en ziekenhuizen in Brighton, weet je.'

Rose had het heet, alsof ze koorts had.

'Wat is dat op je wang?' vroeg Polly, zich naar haar toe buigend en haar met haar duim betastend. 'Het lijkt wel bloed.'

Rose wreef over haar wang. Het kwam waarschijnlijk van de snee met het mes.

'Je moet beter opletten, Rose. Hoe dan ook, Lucy wil je vreselijk graag zien. En ons, natuurlijk. Het is zeker, laat 's kijken – achttien? – jaar geleden dat we voor het laatst in Brighton waren.'

'Twintig jaar, drie maanden en twee dagen,' zei Rose.

'Wauw.' Polly keek haar, ietwat fronsend, recht in het gezicht. Als haar uitdrukking veelzeggend of meelevend was, verkoos Rose dat te negeren.

Ze stond op. Tot nu toe was teruggaan naar Brighton iets abstracts geweest, maar nu was het ineens verschrikkelijk echt. Waar het echter om ging was hoe ze de confrontatie aanging met die plek en alles wat zich daar had – of niet had – afgespeeld sinds ze haar geboortestad had verlaten.

De terrasdeur werd opengegooid en Nico en Yannis tuimelden de kamer binnen, in een wervelwind van schooltassen, modder en blozende, snotterige gezichten.

'Klootzak!' Nico sloeg Yannis om de oren.

'Lazer op!' gilde Yannis. 'Mam,' riep hij pleitend.

'Houden jullie verdomme allebei je kop eens,' zei Polly, die weer terugkeerde tot haar beeldscherm. 'Er zijn hier mensen die werken.'

Rose had veel zin tegen de jongens te zeggen weer naar buiten te gaan en binnen te komen via de keukendeur, waar een deurmat lag voor vieze voeten. Anna zou dat gedaan hebben zonder erbij na te denken. Maar Rose voelde zich niet in staat tussenbeide te komen. Haar invloedssfeer scheen in te zijn gekrompen tot een stip.

'Leuke dag gehad?' vroeg ze, terwijl de jongens languit op de andere bank gingen liggen en met de afstandsbediening de televisie aanzetten. Ze droegen nog steeds hun modderige schoenen. Als haar bank niet praktisch leisteengrijs was geweest, had die er inmiddels heel treurig uitgezien.

'Best,' zei Nico, met z'n hoofd al ergens anders en gefocust op de opflikkerende kleuren en harde geluiden die hij op de woonkamer had losgelaten.

'Morgen geen school,' zei Yannis. 'De verwarmingsketel is kapot.'

'En de dag erna ook niet,' zei Nico met een stuurse blik.

'Misschien wel tot volgende week, zei mevrouw Richardson,' bracht Yannis over aan Rose.

'Zie je nou wel,' zei Polly. 'Dat is een teken.'

'Rose, hoe gaat het met Anna?' Yannis pakte kalmpjes haar hand en keek haar onderzoekend aan.

'Gaat wel. Beetje slaperig. Waarom gaan jullie niet naar boven om zelf een kijkje te nemen?'

Hij glipte weg. Enkele minuten later maakte Nico zich zuchtend los van het beeldscherm en stond op om zijn broer te volgen.

Polly keerde weer terug naar de laptop. Ze zocht zichzelf via Google. Rose keek toe toen ze een link aanklikte. Daar was ze, als twintigjarige, op de iconische foto waarop ze, broodmager, de microfoon streelde, er praktisch fellatio mee bedreef. Het was een smerige foto, in alle betekenissen van het woord, maar op een vreemde manier ook mooi.

'Moet je mij zien,' giechelde Polly tegen zichzelf.

Rose liep naar de deur waar de jongen hun tassen hadden neergesmeten. Ze raapte ze op en ging, Polly aan zichzelf overlatend, naar de keuken om ze aan de jashaken op te hangen, onderwijl de brooddozen eruit halend. Toen ging ze aan de tafel verder met haar boodschappenlijst.

Ze kauwde op haar potlood, totdat haar mond vol zat met splinters hout, harde brokjes verf en stukjes grafiet die knisperden als houtskool. Ze stond op het punt te gaan schrijven toen Gareth met Flossie de trap af kwam.

'Ik heb de jongens even boven bij Anna gelaten,' zei hij, 'maar ze is behoorlijk slaperig. Ze hebben haar nogal zware pijnstillers gegeven.'

'Mooi,' zei Rose zonder op te kijken.

'Je moet echt kalmpjes aan doen, Rose.' Hij zette Flossie op haar speelkleed.

'Gareth, ze kan niet meer rechtop zitten. Je moet haar ondersteunen met kussens, anders valt ze om.'

Gareth liep naar de woonkamer om een paar kussens te pakken. Hij was maar even weg, toen Flossie, zoals Rose had voorspeld, naar links helde en vervolgens op haar zij rolde, waarbij ze hard met haar hoofd op de stenen vloer terechtkwam.

'Gareth!' Rose schreeuwde en sprong op om Flossie op te pakken, die, aanvankelijk stil van schrik, diep ademhaalde, de perplexe stilte voor de storm van de schreeuw die ergens diep vanuit haar binnenste opwelde.

Gareth kwam met een paar kussens naar de keuken.

'Ik zei toch dat ze zou omvallen.' Rose keek hem aan. Gareth gooide de kussens op het kleed.

'Ik moet weer aan het werk,' zei hij. 'Heb jij mijn koffieblik gezien? Ik kan het nergens vinden.'

Licht bevend herinnerde Rose zich haar geknoei met de koffie. Met de krijsende Flossie onder haar arm reikte ze achter de mand met Anna's eieren en gaf het blik aan Gareth.

'Waarom heb je het daar gezet?' vroeg hij.

'Ik hou gewoon de boel op orde,' zei ze, terwijl ze Flossie op en neer bewoog om haar te kalmeren.

'Nou goed. Daag,' zei hij, duidelijk blij het huis te kunnen verlaten, weg van het schreeuwende kind en de beschuldigende vrouw.

'We eten om zeven uur,' zei Rose. Ze zette Flossie op haar knie en ging weer verder met haar lijst. Met het koffieblik onder zijn arm geklemd haastte Gareth zich via de achterdeur naar buiten. Als Rose iets van haar man kon zeggen was het dat hij een gewoontedier was.

Even later kwam Polly met de laptop.

'Ik denk dat ik naar de Annexe ga om wat te schrijven,' zei ze, zich uitrekkend als een kat in de zon.

'Voorzichtig met Gareths laptop,' zei Rose.

'Die breng ik terug naar het atelier,' zei Polly. 'Ik kan op deze dingen niet schrijven. Ik houd het bij pen en papier.' Ze liep naar de achterdeur.

'Polly,' zei Rose, na diep ademgehaald te hebben.

Polly bleef staan en draaide haar gezicht naar Rose toe, haar hand op de deurknop.

'Heb je al een beetje een idee,' zei Rose, 'wat je van plan bent te gaan doen?'

'Ik werk eraan.' Polly's glimlach verdween. 'Let maar op.' Toen liep ze snel de deur uit en het pad af naar het atelier.

Wat maakt het ook uit? dacht Rose. Ze konden niet zeggen dat ze niet geprobeerd had een gesprek te beginnen.

Ze ging zitten en keek de keuken rond alsof ze een vertrek vol onbekenden opnam. Ze had het merkwaardige gevoel dat het niets met haar had te maken. Voor de eerste maal kon ze naar het geboende houten werkblad kijken zonder te denken dat ze dat opnieuw in de olie moest zetten. Het was duidelijk kaal. De koperen steelpannen aan het plafondrek zagen eruit als levenloze voorwerpen, de glimmende soeplepels, lepels en tangen aan de muur naast de Aga als de instrumenten van hun ondergang.

Kennelijk was ze, nu Gareth en Polly verdwenen waren naar hun werk, weer degene die voor de kinderen zorgde. Maar het voelde niet als voorheen, toen ze genoot van de rol als moeder des huizes. De boel was ingestort. Ze had het gevoel binnengehaald te zijn omdát er geen moeder was en dat zich nu een vacuüm bevond waar ooit de vrouw stond die ze dacht te zijn; daar stond zij naast en ze keek ernaar.

Wie, dacht ze, vult in dat geval de ruimte die ik nu bezet? En dit was een vraag die ze echt niet wilde beantwoorden.

Achtendertig

Omdat Rose Anna niet alleen wilde laten, riep ze de jongens en stuurde hen met de boodschappenlijst en twee biljetten van twintig pond naar de dorpswinkel. Ze gaf Nico ook haar rieten boodschappenmand mee. Ze moest lachen toen ze zijn verontwaardiging zag bij dat onmiskenbare vrouwelijke voorwerp. Eerst probeerde hij de mand over zijn schouder te gooien als een niet-meegevende plunjezak, maar uiteindelijk moest hij het ding op de enig mogelijke manier dragen: aan zijn arm.

'Net Roodkapje,' zei Rose, er nog een schepje bovenop gooiend toen hij haar een chagrijnige blik toewierp. Yannis giechelde stiekem.

'Hou je kop, sukkel,' snauwde Nico. Maar ere wie ere toekomt, dacht Rose. Nico liep zo mannelijk als maar kon de stenen treden op naar de weg. Uit zijn houding kon ze aflezen dat hij klaar was om het op te nemen tegen iedere honende leeftijdgenoot, zo nodig met een knokpartij.

Haar hart verzachtte bij die aanblik. Wat bezielde haar in 's hemelsnaam om zich af te reageren op deze twee berooide jongens? En ze kon – of liever gezegd ze wilde – niet haar vinger leggen op 'wat' ze nou precies op deze jongens afreageerde, wat haar gedrag nog minderwaardiger maakte.

In de keuken hing de zware lucht van een volle luier, dus nam Rose Flossie onder haar arm en ging met haar naar de slaapkamer, waar Anna lag te doezelen. Rose was het oog deels vergeten en de aanblik van haar met pleisters beplakte dochter deed haar adem even stokken.

Toen ze haar hoorde, deed Anna haar goede oog open.

'Mama, het doet zo'n pijn.'

Rose legde de onwelriekende Flossie op het bed en pakte het

doosje pillen op dat Gareth nonchalant op de rand had laten liggen. Ze las dat er afhankelijk van de pijn om de twee of drie uur een of twee genomen moesten worden. Ze verifieerde voor alle zekerheid of Anna's naam op het doosje met pillen stond – dat het niet Polly's medicijnen waren – en toen verifieerde ze de tijd. Het was minstens twee uur geleden dat ze naar beneden was gegaan om het roer weer in handen te nemen, dus ze kon Anna veilig de pillen geven. Maar waar waren die twee uren in 's hemelsnaam gebleven? En was het haar gelukt? Was ze weer de baas?

Met haar handen veegde ze enkele onzichtbare kruimels van haar schort, ging zitten en gaf Anna de pillen met wat water dat al dagen in een glas naast haar bed had gestaan. Er hadden zich enkele luchtbelletjes gevormd die zich vastklampten aan de wand van het glas in een poging aan de verschaling te ontsnappen.

'Bah, mam,' zei Anna met opgetrokken neus.

Rose was de luier vergeten. Ze stond op en legde Flossie op het verschoonkleed op de grond, trok haar haar maillootje uit en vervolgens de doorweekte, uitpuilende luier. Die was heel zwaar. Rose wilde altijd echte luiers gebruiken, maar tijdens haar ziekte hadden Gareth en Polly, veronderstelde ze, besloten over te stappen op wegwerpluiers.

Gareth en Polly.

'Geef me de doekjes eens aan,' zei ze tegen Anna, wijzend op het plastic doosje op de grond aan Rose' kant van het bed. Haar slaapkamer begon te lijken op een zelfbedieningsziekenkamer. Er hing een sfeer van ongewassenheid die zelfs door Flossies luier niet verhuld kon worden.

Door haar mond ademend maakte Rose zorgvuldig de lichtbruine drab rond Flossies achterste schoon. De lucht van stront – zelfs van die van haar eigen kinderen – deed haar kokhalzen. Ze hield de dikke babybeentjes omhoog zodat het onderruggetje loskwam van het kleed en ze daar kon komen waar het vuil van de luier helemaal was opgekropen. Flossie lag erbij als een grote pop die met zich liet sollen. Waar was haar vechtlust gebleven? Rose wist zeker dat Flossie zich, voor haar opname in het ziekenhuis, heldhaftig verzette tijdens het verschonen. Ze wierp een blik op Anna, die als een spook in de kussens lag, als Het zieke kind van Munch.

Rose liet haar hoofd zakken en voelde haar scheenbeen steken. De uitputting door te weinig eten sinds haar prille herstel voelde ze tot in haar botten.

We komen hier geen van allen zonder kleerscheuren af, dacht ze.

'Ik voel me geloof ik wat beter,' piepte Anna vanaf haar kussen. 'Mag ik nou opstaan?'

'Laten we nog even wachten,' mompelde Rose. 'Kom maar naar beneden voor het eten, als je dat kunt.'

'Maar ik wil tv-kijken,' zei Anna. 'Met Nico en Yannis. Ik verveel me hier.'

Rose kwam overeind; ze hield in één hand de stinkende luier en onder de andere arm een fris gepoederde en verschoonde Flossie als een opgerolde deken of een bos brandhout.

'Als je je hier boven niet kunt vermaken, moet je maar naar beneden gaan,' zei ze ietwat gemelijk. 'Maar ik kan me niet met je bemoeien, ik moet het eten klaarmaken.'

'Dank je wel, mam,' zei Anna, enigszins van haar stuk door wat, voor Rose' doen, neerkwam op een uitval. Behoedzaam stapte ze uit bed, stak haar voeten in haar pantoffels en sloeg haar ochtendjas om zich heen. Ze leek dit alles met een zekere bedeesdheid te doen alsof ze probeerde haar moeder ervan te overtuigen dat ze echt lief was.

Iets minder streng voegde Rose eraan toe: 'Je kunt me helpen door je zusje bezig te houden.'

'Natuurlijk,' zei Anna, opgelucht dat ze weer in haar moeders gratie was.

Op de trap moest Anna voorzichtig aan doen. Ze ontdekte dat ze met een afgedekt oog moeite had de juiste afstand in te schatten. Dus hield Rose haar bij de hand en hielp haar zo de hele trap af.

In de keuken zag Rose de twee kleine jongens terugkomen van

de winkel; de mand tussen hen in zwaaiend liepen ze de stenen treden af naar de voordeur. Ze kibbelden, maar uit hun gezichten bleek dat het deze keer goedaardig was.

Overlopend van jeugdige energie vielen ze de keuken binnen. Nico zette de mand op de tafel en viste de verkreukelde boodschappenlijst uit de zak van zijn spijkerbroek.

'Een kilo biologisch lamsgehakt, gedaan. Uien, knoflook, rabarber, spaghetti, tomaten in blik – alleen maar Napolina – vérse Parmezaanse kaas, halfvolle biologische melk, een pot *double cream*, havervlokken en twaalf biologische scharreleieren, gedaan. Maar ze hadden geen zeezout van Maldon,' zei hij, 'dus heb ik tafelzout genomen. Ik hoop dat dat goed is.'

'Dank je wel, Nico. Dat is prima,' zei Rose. Natuurlijk was tafelzout niet hetzelfde, maar Nico had een praktische beslissing genomen en ze was hem dankbaar dat hij blijk had gegeven van zo'n initiatief. Ze wist zeker dat Gareth in een dergelijk geval helemaal geen zout zou hebben gekocht.

'En hier is het wisselgeld, Rose,' zei Yannis, en hij legde de munten op een stapeltje op tafel. 'Zeven pond en eenendertig cent.'

Rose keek naar deze jochies en in plaats van de beschadigingen die ze bij haar zelf en haar kinderen had moeten vaststellen, zag ze bij de jongens alleen mogelijkheden tot beterschap. Als er iets was waaraan ze zich moest vastklampen, dan zat het daar, in die twee pezige lijfjes.

'Nou, jongens, wegwezen, ga maar spelen terwijl ik ga koken.'

Terwijl Rose de gehaktballen en tomatensaus bereidde, kwam de keuken haar wat vertrouwder voor, alsof die deel uitmaakte van haar ouderlijk huis waarnaar ze nu weer terugkeerde. Natuurlijk was het niet mogelijk om terug te gaan naar het huis waarin ze was opgegroeid; het was verkocht toen haar ouders haar uit huis hadden gegooid en aan haar lot overgelaten. En kijk eens hoe goed ze zich had gered. Leefden ze nog maar, zodat ze hun dit alles kon laten zien – het huis, de tuin, haar leven – hen er met hun neus op kon drukken.

Het was haar gelukt in de laatste levensjaren van haar vader en moeder een soort wapenstilstand met hen te sluiten. De geboorte van Anna had hen doen zwichten. Een kind dat voor iedereen welkom was op aarde, vonden ze ten slotte acceptabel. Maar Rose kon zich nog steeds opwinden over de pure hypocrisie. Zelfs nu nog, zo veel jaar later, voelde ze hoe in haar een gebalde vuist als op een veer werd aangespannen, als de flipper aan een flipperkast. Elk moment kon die veer loslaten en dan zou de hel losbreken.

Ze vroeg zich af of Brighton zo'n slecht idee was dat ze moest weigeren te gaan. Maar wat uiterlijk een bedreiging leek, had ook zijn sterke punten en kansen. Ja, het kon, in dat afgrijselijke Pollyeske psychotaaltje, ook bevrijdend zijn om 'haar demonen onder ogen te komen'. En haar praktische ik zag ook in dat het uitstapje haar de ideale omstandigheden zou verschaffen om met Polly te praten en zodoende een begin te maken met haar verwijdering uit hun leven. Misschien leverde dat het uitgangspunt waarvan uit haar gezin – en als ze haar kaarten goed speelde ook de jongens – verder kon werken aan de perfectie waarvoor ze oorspronkelijk hun prachtige huis hadden ingericht.

Ze bukte zich en opende de deur van de Aga om de gehaktballen die lekker in hun rode saus pruttelden te inspecteren. Ze plukte een paar basilicumblaadjes, doopte die in de olijfolie, strooide ze eroverheen en sloot de hete, zware deur weer met de vergrendeling. Ze was het nog niet helemaal verleerd. Hierdoor aangemoedigd maakte ze een lading koekjes om de lege koekblikken te vullen.

Ze schonk zichzelf een goed glas rode wijn in en terwijl ze genoot van de smaak van zwarte bessen en vanille die door haar keel gleed en haar buik met warmte vulde, keek ze vanuit de keuken naar de Annexe. Het was een prachtige avond. De zon die naar ze wist achter haar onderging, maakte op het oostelijke deel van de hemel felroze vlekken. Nonchalante witte wolkjes dreven her en der. Een Tiepolo-lucht, dacht ze. Het zou haar niets verbazen als er dikke kleine putti naar beneden kwamen buitelen en vanuit de tuin aanhollen om haar te helpen met het opdienen van het avondeten.

Hoe meer ze in dit nieuwe licht aan het uitstapje naar Brighton dacht, des te sterker was de indruk dat er een kalmerende hand werd gelegd op het draaierige gevoel dat ze sinds enkele weken in haar buik voelde.

De keukendeur ging open. Gareth was vroeg voor het avondeten. Zijn haar zat in de war, zijn kleren waren vlekkerig en vies. De verwilderde blik waarmee hij op de drempel om zich heen keek, maakte een einde aan Rose' kalmte.

'Dag schat, goeie dag gehad?' vroeg ze met haar beste Doris Day-stem.

'Hebben we nog zekeringen?'

'In de lade naast de wasmachine.' Ze wees naar de bijkeuken, alsof hij misschien niet zou weten waar die stond.

'Die nieuwe koffiemachine. Wat een kloteding.'

Shit, dacht ze.

'Ik ga naar m'n atelier, snak naar een kop koffie en wat gebeurt er? Prrt – pff – en verder niets. Ik kijk eerst of het de zekering is, en anders stuur ik die rottroep terug naar Amazon.'

'O, dus vandaag heb je nog geen koffie gehad?' zei Rose. 'Hoe heb je dat volgehouden?'

'Whisky.' Hij grinnikte.

'Nou, nou.'

'O, verdomme, begin nou niet,' zei hij. Hij liep pal langs haar heen en ze hoorde hem vloekend in de lade rommelen.

'Het eten is bijna klaar,' zei ze.

'Ik doe het straks wel,' Gareth legde de zekering en een kruiskopschroevendraaier op het buffet.

'Nico, kun jij even naar je moeder rennen om haar te roepen?' riep Rose naar de woonkamer. Ogenblikkelijk sprong de jongen, haar nieuwe kleine ster, overeind, schoot in zijn gympen en rende naar Polly's schuilplaats.

Ze wist niet waarom hij haar vandaag plezier wilde doen, maar ze was allang blij.

'Anna en Yann, willen jullie de tafel dekken?'

De kinderen kwamen vrolijk binnen en begonnen de tafel te dekken. Als die kleine gouden cherubijnen inderdaad met de ondergaande zon waren afgedaald hadden ze haar niet meer plezier kunnen doen. Misschien kwam het door de wijn, maar het stemde haar hoopvol voor de avond.

Gareth ging zitten en schonk zichzelf een groot glas rode wijn in. Zij keek naar zijn rood aangelopen gelaatskleur en vroeg zich af hoeveel whisky's hij die middag had gehad.

'Maar ik meen het, hoe ging je werk?' Ze haalde een uit haar kasje afkomstige krop sla af en deed de bladeren in de slacentrifuge.

'Ik zit nu enigszins op een zijspoor,' zei hij, in zijn glas turend. 'Door het tekenen. Ik besef dat ik de laatste tijd niet genoeg heb gekeken... nou ja, de laatste paar jaar, met het huis en alles... dus richt ik me op mijn omgeving en ben ik alleen maar aan het tekenen. Zo komen de hersenen tot rust en maken de synapsen weer contact met elkaar.' Hij zuchtte en wreef in zijn ogen. 'Om eerlijk te zijn, het gaat niet echt gesmeerd.'

'Het zal gauw genoeg weer gaan zoals het moet.' Ze boog zich voorover en raakte zijn hand aan. 'Ik heb alle vertrouwen in je.'

'O ja?' zei hij, haar blik vasthoudend. Iets in zijn ogen verkilde haar. Haar hand tintelde.

'Pardon, mevrouw, meneer.' Yannis zwaaide met een voor Gareth bestemde placemat. Gareth liet Rose' hand los en leunde achterover.

'Dankoewwel m'nier.' Op onverklaarbare wijze was Yannis een Franse kelner geworden. 'Kan iek ietz voor oe doen, m'nier?'

'Nou, nee, alles is puik,' zei Gareth, in een poging joviaal te doen.

'Gheen ghartighe ghapjes?' Anna, die Flossie in de kinderstoel had gezet, hield aan.

'Heeft u ook olijven?'

'Ik zal het de chef vragen. Chef, ghebben wij ook olieven?'

'Oui.' Rose liep naar de koelkast en pakte een vrij oude pot

299

waarin de olijven als een laboratoriumkweek op wolkig sterk water stonden.

'Alstoeblief, m'nier.' Met een klap zette Yannis de pot voor Gareth neer.

'Nou, nou, de bediening in deze gelegenheid is tiptop.' Gareth wreef in zijn handen.

'Ze komt niet.' Buiten adem stormde Nico de keuken binnen. 'Ze zegt dat ze uitgevloerd is.'

'Wat heeft ze dan in godsnaam gedaan?' vroeg Rose, terwijl ze de spaghetti uit de Aga pakte.

'Ze moest het huishouden doen toen jij ziek was, Rose. Misschien wil ze alleen maar een avondje rust,' zei Gareth, die de deksel van de pot olijven schroefde en er een met zijn vork uit viste.

Rose hoopte dat haar verontwaardigde zucht gemaskeerd werd door de plens water waarmee ze de spaghetti overstortte in een grote zeef. Met opeengeklemde lippen liep ze heen en weer door de keuken om de rest van de maaltijd op tafel te zetten; ze deed haar uiterste best niet met de potten en pannen te smijten.

'Kun je hier wat van raspen?' Ze hield Gareth een homp Parmezaanse kaas, een Microplane-rasp en een bordje voor.

Ze verdeelde de gehaktballen over de borden waar ze de spaghetti op had gelepeld. Yannis ging ermee de tafel rond en zette ze met een keurige kleine buiging voor elke bestemmeling neer.

'Wat ik wil zeggen,' ging Gareth verder, de laatste kruimels Parmezaanse kaas van de Microplane op het bord vegend, 'Polly heeft nou eenmaal niet jouw lichamelijke conditie.'

'Wat bedoel je daar in godsnaam mee?'

'Nou, kijk eens naar jezelf, Rose. Gisteren lag je nog in bed, geveld door een of ander virus en nu ben je weer op de been en zwaai je de scepter. Niet iedereen is zoals jij, weet je.'

'Gelukkig niet,' giechelde Anna.

'Hè?' Rose draaide zich met een ruk om naar haar dochter.

'Grapje?' Anna spreidde haar handen.

'Dat is niet grappig, Anna,' zei Gareth.

'Sorry.' Ze sloeg haar ogen neer.

'Oké, schat.' Rose leunde voorover en streek Anna door haar haar.

'Je bent een wonder, Rose. Dat kan niemand ontkennen.' Gareth stak mes en vork in zijn spaghetti en ontweek haar blik. 'Dit is fantastisch.'

'Nico, kan ik je vragen dit na het eten naar Polly te brengen?' Rose plaatste een schaal over de extra portie die ze op een bord had geschept en zette het op de aanrecht. Het was geen poging te bewijzen dat Gareths woorden over haar briljante huishoudelijke talent terecht waren. Het was iets wat ze hoe dan ook gedaan wilde hebben.

'Ze eet het toch niet op,' zei Nico.

'Nou, het kan geen kwaad het te proberen,' zei Rose.

'Ik ken niemand zoals jij,' zei Gareth. 'Deze gehaktballen zijn verrukkelijk. Nog lekkerder dan anders. Wat heb je erin gedaan?'

'Dat zal het zout wel zijn dat Nico heeft gekocht.' Rose knikte naar de jongen, haar bondgenoot. Nico glom als een kat die urenlang op een tafel heeft zitten wachten tot hij geaaid zou worden.

'Verrukkelijk,' zei Gareth; hij schonk klotsend nog een glas uit de fles. 'Zal ik nog een fles openmaken?'

'Waarom niet?' zei Rose schouderophalend, terwijl hij opstond en naar het wijnrek liep.

Na een dessert van rabarbermoes met crème brûlée dat Gareth 'een compleet wonder' noemde, ruimden de kinderen af terwijl Gareth en Rose aan tafel de tweede fles leegdronken.

'Gezellig,' zei Rose. 'Net als vroeger.'

'Hoe vroeger?' zei Gareth.

'O, je weet wel,' zei Rose vaagjes, om zich heen kijkend. 'Wil je dat met de hand afwassen?' vroeg ze aan Nico, die op het punt stond een speciaal mes in de afwasmachine te stoppen. 'Ach nee, ik doe het zelf wel. Het is vreselijk scherp.'

Ze draaide zich weer om naar Gareth, die, zijn glas leegdrinkend, net wilde opstaan.

'Kan maar beter nu gaan,' zei hij. 'Die tekeningen komen er niet vanzelf.'

'O, oké, goed. Vergeet de zekering niet,' zei Rose erachteraan terwijl ze opstond om het mes af te wassen.

'Dan zie ik je morgen,' zei hij. Hij boog zich voorover en kuste haar op de wang.

'Hè?'

'Anna zal vanavond bij jou willen slapen, en met Flossie en zo denk ik dat ik beter in mijn atelier kan blijven. Ik ben sowieso van plan laat door te werken.'

'Oké,' zei ze. 'Oké.'

Met de zekering en de schroevendraaier in zijn hand keerde Gareth haar de rug toe en liep de deur uit om nog een nacht in zijn atelier door te brengen, weg van Rose.

Negenendertig

Ondanks Gareths beweringen over haar conditie voelde Rose zich behoorlijk uitgeput. Van de wijn was ze ook niet energieker geworden, dus nadat ze de kinderen in bad had gedaan, voorgelezen en in bed gestopt, nam ze zelf, na een paar kaarsen aangestoken te hebben, een lang, uitgebreid bad met een royale scheut van haar beste Aveda-rozenbadolie. Daar in haar badkamer, omringd door geurige stoomwolken, dacht ze aan de blik in Gareths ogen, eerder op de avond. Die had ze vroeger ook eens gezien...

Toen schoot haar iets te binnen. Als Rose eerlijk was tegenover zichzelf, moest ze toegeven dat ze op gespannen voet stond met de waarheid. Zoals de meeste mensen, veronderstelde ze, had ze veel geheimen die ze aan niemand zou vertellen, maar ook een aantal geheimen die sommige mensen kenden en anderen niet. En een of twee waren alleen bekend aan een of twee mensen, en ze zou er een moord voor doen om te voorkomen dat die Gareth ter ore kwamen. Zoals het Griekse strand met Christos. Maar daarvan wist alleen zij. Er was geen moord voor nodig om dat geheim te houden.

Bij de herinnering aan Christos bewoog ze onwillekeurig. Daardoor werd de rozengeur versterkt en een roezig moment lang was ze weer bij hem; zijn glimlach was opnieuw tastbaar. Maar algauw werden zijn ogen die van Gareth, en ze herinnerde zich wanneer ze die blik eerder had gezien. Ze had, tijdens een van Gareths depressieve perioden gedurende de verbouwing, een avond met Andy doorgebracht. Ze wilde het huis uit, weg van Gareths rothumeur, en had voorgesteld naar het café te gaan in de wetenschap dat Gareth niet mee zou willen komen; hij kon dus op Anna passen.

Zo waren Andy en zij na het eten de weg af gelopen, de zwartblauwe avond in. Het was aan het begin van de lente en de haag stond volop in de knop. Rose zag de lichte spikkels van de sleutelbloemen tegen de donkere achtergrond als vriendelijke lichtjes die hen onderweg bijlichtten. In de lucht hing een verrukkelijke citroenachtig parfum van jeugd en nieuw begin. In haar zwangere conditie met een verhoogde reukzin meende Rose de geur van een pasgeborene te ontdekken.

In het café dronk Andy drie glazen lokaal bitter bier en zij nipte aan een halve pint Guinness. Rose was tijdens haar zwangerschap een onverbeterlijke verbruikster van donker bier, sinds haar eerste vroedvrouw in Londen, een eerbiedwaardige uit Jamaica afkomstige dame, haar had gezegd dat zij dat vanwege het ijzergehalte als een medicijn beschouwde.

Andy dronk en praatte. Hij vertelde haar voor de eerste keer van zijn eerdere romantische maar rampzalige huwelijk met een Française en dat hij sindsdien nooit meer van iemand had kunnen houden. Hij vertelde hoe hij, na zijn scheiding van Françoise, was teruggaan naar de Verenigde Staten om dichter bij zijn ouders te zijn, maar toen gingen die dood, en Bush werd gekozen en de oorlog tegen de terreur begon. Beu van dit alles was hij teruggekeerd naar de pied-à-terre die hij in Frankrijk had aangehouden met het tweeledige doel dichter bij zijn broer te zijn en een simpeler leven te leiden. En terwijl Andy praatte zat Rose zich, nogmaals, af te vragen of ze niet de verkeerde broer aan de haak had geslagen.

Deze herinnering deed haar, terwijl ze in haar naar rozen geurende bad lag, ineenkrimpen. Maar ze moest niet vergeten dat Gareth in die periode, om het zo maar eens te zeggen, een echte lomperik was. Zodat ze zichzelf alles wat die avond in het café en daarna was gebeurd eigenlijk kon vergeven.

Nippend van haar fluwelige halve pint kreeg ze de indruk dat Andy al Gareths goede kwaliteiten had zonder iets van diens negatieve kanten. Net als zijn broer was hij lang en knap. Creatief en intelligent. Ontzettend speels. Maar hij miste wat Rose was gaan zien als de donkere kant, de spintol die al dat moois bedreigde. Die donkere kant moest Gareth gekregen hebben van zijn biologische moeder – degene die een eind aan haar leven had gemaakt voordat hij de kans kreeg haar te leren kennen. Het was vast en zeker allemaal haar schuld.

En toen had Andy zijn hand uitgestoken over de cafétafel en de hare gepakt.

'Weet je, ik kan het niet aanzien hoe mijn broer jou kwetst,' zei hij. Hij legde uit waarom hij erover dacht weg te gaan. 'Als hij zo doet, heb ik zin hem te vermoorden. Het feit dat jij je het zo vreselijk aantrekt, maakt het nog erger. Rose, ik ben bang,' vervolgde hij met gedempte stem, 'ik ben bang voor wat ik hem zal aandoen als hij zo doorgaat.'

Rose trok haar hand weg en sloeg die voor haar mond. Maar hij pakte hem weer beet.

'Kom met me mee naar buiten,' zei hij, en tot haar eigen verbazing stond ze op en volgde hem door het drukke café, gedag zwaaiend naar de paar mensen die ze kende, als om hardop te zeggen dat er niets aan de hand was, dat ze niet op het punt stond een geheime ontmoeting te hebben met deze man, terwijl ze het kind droeg van diens adoptiefbroer.

Maar dat was wel het geval, wist ze. Hij bood haar intimiteit, geborgenheid. En daar had ze, sinds ze Gareth had verteld dat ze zwanger was, nauwelijks iets van gekregen. Gedreven door de vlinders in haar buik volgde ze Andy door het hek dat toegang gaf tot de volkstuintjes boven aan de heuvel, aan de andere kant van het dorp.

En daar op de koude harde grond, te midden van prozaïsche winterkool, prei en pastinaak, neukten Andy en zij als hitsige honden. Ten slotte liet ze zich als een modderig hoopje boven op hem vallen, snikkend, deels opgelucht, deels geschokt over wat ze zojuist hadden gedaan. Daar, tussen de rapen, hadden ze een atoombom gebouwd. Het radioactieve vermogen was verlammend.

'Ik kan maar beter weggaan,' zei Andy, toen ze langzaam naar huis liepen.

'Nee.' Ze keek hem aan. 'Niet weggaan. Ik weet niet wat ik zonder jou moet beginnen.'

'Ik moet nadenken,' zei hij.

Ze gingen de Annexe binnen, heel zachtjes om Gareth en Anna niet wakker te maken. Het was één uur 's ochtends, veel later dan als ze de kleine omweg niet hadden gemaakt. Rose kleedde zich uit in de douche, en waste zich grondig, verwijderde alle sporen van Andy. Ze maakte een bundel van haar modderige kleren en legde die onder in de wasmand.

Ze gleed in bed naast Gareth, die zich omkeerde naar zijn kant, met zijn gezicht van haar afgewend. Ze herinnerde zich dat ze op haar rug liggend in gedachten alle mogelijkheden naliep totdat ze de, gegeven de omstandigheden, enig mogelijke strategie had bedacht. Gareth mocht het nooit te weten komen. Andy moest blijven alsof er niets was gebeurd. Ze zouden het huis afmaken, zij zou de baby krijgen en alles zou weer goed komen. Ze had deze strategie al eerder toegepast en ze wist dat die zou werken.

En was het allemaal goed? dacht Rose, terwijl ze uit bad stapte en zich afdroogde. Was het allemaal weer goed? Ze pakte de bodylotion die ze samen met de badolie had gekocht, en wreef er haar benen en buik die, merkte ze, na haar ziekte een beetje lubberde, mee in.

De ochtend na het volkstuintjesincident had ze Gareth in de ogen gekeken en dezelfde blik gezien waarmee hij haar vandaag tijdens het eten had aangekeken. Na het ontbijt had ze Andy onder vier ogen kunnen spreken en hem haar idee voorgelegd. Hij had een heel andere beslissing genomen. Hij wilde vertrekken, teruggaan naar zijn huis in Bretagne; iedereen de ruimte geven, zoals hij zei. Het kostte heel wat overredingskracht, maar Rose wist dat ze enige invloed op hem had en uiteindelijk bleef hij net zo lang als wanneer er tussen hem en Rose niets was voorgevallen. Al stortten ze nog steeds hun hart bij elkaar uit, ze veroorloofden het zich niet meer elkaar aan te raken. Rose dacht dat dat voor haar misschien gemakkelijker was dan voor hem. Als ze eerlijk tegenover zichzelf was – en ze had bewezen dat dat soms een probleem was – had de seks met Andy niet meer betekend dan het afnemen van de druk op een snelkookpan. Ze had een heleboel stoom afgeblazen en zich daardoor, uiteindelijk en niet zonder enig ongerief, een heel stuk beter gevoeld.

Na zijn vertrek had Andy haar een paar maal geschreven. Hij wist dat dat veilig kon omdat het Rose' taak was de post uit de Amerikaanse brievenbus te halen die hij met Gareth in de tuin had geïnstalleerd. Maar zij had de brieven zonder meer ongeopend in het vuur gegooid. Voor haar was het een uitgemaakte zaak.

Rose trok een schoon nachthemd aan, een lief victoriaans gevalletje van dikke zachte katoen. Ze liep op haar tenen naar haar slaapkamer en liet zich voorzichtig tussen haar kinderen glijden. Door het dakraam keek ze naar de sterren die zich als speldenknoppen aan de hemel vertoonden.

Dit allemaal, dacht ze. Het was het waard geweest daaraan vast te houden. Toch?

Veertig

Het geweerschot rukte Rose uit een verwarrende droom die aanvankelijk uit doffe en sombere en vervolgens uit zonnige en heldere beelden bestond. De schreeuw daarop, van Anna, beneden, deed haar beseffen dat ze alleen in bed lag. Alweer had iemand haar kinderen weggenomen.

Haar lichaam werd ijskoud. Ze sprong uit bed en holde de trap af. Ze was nog niet helemaal wakker toen ze het tafereel tot zich door liet dringen. Polly stond alleen in de keuken, met haar rug naar Rose, en keek door de openstaande tuindeur naar buiten. Ze had haar armen om zich heen geslagen zoals kinderen voor de grap omhelzingen nadoen. Door die houding stond de sluiting in de rug van haar vlekkerige, perzikkleurige zijden nachthemd wijd open, en onthulde haar tatoeages en haar ribben die een toetsenbord vormden waarvan haar ruggengraat de halve noten was. De ochtendkilte gaf haar kippenvel en elke pukkel werd aangestipt door de bleke ochtendzon die aan de voorkant het vertrek binnen viel.

Het was een vreemd, verstild tafereel. Rose bleef als vastgenageld op de trap staan, met één voet zwevend, nog net niet neergezet op de trede eronder, haar mond wijd open, als was ze een tekening in een komische strip. Een hartslag lang hield ze haar adem in terwijl ze opnam wat er nog meer gaande was. Ze volgde Polly's blik en zag Gareth buiten geknield bij een klein hoopje lichaam. Naast hem lag een geweer. Een geweer?

Toen hoorde ze Anna's tweede schreeuw: 'Neee!!!' terwijl het meisje over het grasveld naar haar vader holde.

Rose hapte naar adem en sloeg haar hand voor haar mond. 'Flossie!'

Ze vloog op Polly af, trok aan haar lange donkere verwarde haren en draaide haar om.

'Wat is er aan de hand?' vroeg ze en ze dwong zichzelf haar vriendin aan te kijken. Polly had een bijna gelukzalige kalmte over zich, iets wat vaag aan triomf deed denken.

'Wat is er aan de hand? Waar is Flossie?' Rose greep Polly bij de schouders, voelde hoe haar handen in los vel en spieren grepen. De manier waarop Polly's vlees over haar botten bewoog deed Rose ineens denken aan het koppel patrijzen dat ze de vorige herfst had geplukt en ontweid. Als Polly een vogel was, zou je met gemak haar veren kunnen plukken, ze uit haar kippenvel lostrekken, in de lucht gooien en kijken hoe ze naar beneden dwarrelden als een handvol bankbiljetten van vijftig pond.

Terwijl ze Rose bleef aankijken, maakte Polly zich voorzichtig los uit haar greep. 'Ze slaapt. Achter je,' zei ze en ze bracht haar hand omhoog om te wijzen.

Rose draaide zich met een ruk om en daar lag Flossie, languit op de schaapsvacht, haar armpjes aan weerszijden. Rose hield haar adem in en keek naar de borstkas van haar kind. Inderdaad ging de voorkant van Flossies schone, frisse rompertje heel licht op en neer. Als om Rose' waarneming te bevestigen, slaakte ze een klein zuchtje dat bijna een snik was, bewoog even haar armpjes en verzonk weer in een diepe slaap.

Rose draaide zich haastig weer om naar het tafereel op het grasveld. Ze vloog rakelings langs Polly de achterdeur uit. Het scherpe grint prikte in haar blote voeten, maar ze merkte het nauwelijks op. In zijn ene hand hield Gareth nu iets waarop hij inhakte met iets, zo te zien een mes, in zijn andere hand. Anna sprong op zijn rug, niet om te spelen zoals ze dat eeuwen geleden had gedaan bij het kasteel, maar om te proberen hem te doen ophouden. Er was een heleboel rood dat tegen het glinsterende smaragdgroene gras nog scherper afstak.

Rose rende over het bedauwde gras en voelde hoe de vochtige kilte optrok via de onderkant van haar nachthemd, dat daardoor aan haar stekende scheenbeen bleef plakken. Het leek een eeuwigheid te duren – zoals je in een droom rent zonder ergens te komen – maar eindelijk was ze bij hen.

Ze draaide zich om en keek naar het huis. Polly was in de deuropening gaan staan. Rose viel bijna toen ze de uitdrukking op haar gezicht zag: het was meer dan plezier, het was een soort possessieve verrukking.

'Ziezo,' hoorde ze Gareth roepen terwijl hij opstond en de staart van de vos in zijn bloederige hand omhoogshield. Anna was van zijn rug af gegleden en had zich afgewend, snikkend met haar hoofd in haar handen. De blik op Gareths gezicht was bijna als die van Polly en richtte zich, tot Rose' afgrijzen, langs haar heen naar de achterdeur. Het was alsof ze onzichtbaar was, opgelost in het niets. Plotseling kwam het gras omhoog en werd één met de lucht, en Rose viel, waarbij ze dankbaar haar gezicht aan het natte gras aanbood. Het laatste wat ze zich herinnerde was dat Anna over haar heen gebogen stond en met haar ene goede oog in de hare keek.

'Mama?' vroeg ze. Toen werd alles wazig.

Rose werd wakker, weer in haar bed. Anna, Nico en Yannis zaten met gekruiste benen op de grond een potje te kaarten. Flossie zat in haar autozitje naast Anna en sloeg de kinderen onverstoorbaar gade, over haar kinnetje lag een sliertje kwijl.

'Hallo,' zei Rose.

'Mama!' Anna kroop naar het bed en keek haar met haar ene oog onderzoekend aan. 'Iedereen is ziek. We weten niet wat we moeten doen.'

'Hè?'

'Mama en Gareth,' zei Nico. 'Ze hebben iets aan hun maag. Ze liggen allebei in bed.'

Rose slikte. Haar mond voelde droog aan en haar keel was schor.

'Papa ligt in mijn bed en Polly is in de Annexe. Ze zijn echt heel erg ziek en we weten niet wat we moeten doen.' Anna stond op en kwam op het bed zitten terwijl ze Flossie op haar knie hees. 'We zitten hier al uren te wachten tot je bij zou komen.'

De koffie, dacht Rose. Dit is dan het bewijs. Toen herinnerde ze zich de blik tussen Polly en Gareth, en ze rilde. Ze moest zich, veronderstelde ze, gevleid voelen dat de kinderen verkozen aan haar bed te wachten op een soort advies.

'Wat deed papa daarbuiten?' vroeg ze aan Anna.

'Hij heeft Foxy doodgeschoten, mama.'

'Hij heeft hem doodgeschoten? Maar waarom?'

'Polly zag dat Foxy Monkey achternazat. En Monkey klom in een boom.'

'Hoe komt hij aan dat geweer?'

'Dat heeft mama gekocht,' zei Nico. Rose merkte op dat zijn stem zwaarder was geworden. Kreeg hij nu al de baard in de keel? Werd hij door dit alles, veel te vroeg, een man? Ook hij klom, aan de andere kant, op het bed.

'Ik dacht dat je dat wist,' zei Anna. 'Was je er niet bij toen ze het hem gaf?' Haar stem klonk een toon hoger.

'Nee,' zei Rose schor. Ze hees zich op om te gaan zitten.

Anna pakte een kussen en schudde die achter haar rug op. 'Hij had tijdens het eten zitten vertellen – o ja, dat was toen jij niet lekker was – hoe hij en Andy vroeger in Amerika op jacht gingen. Zoals hij dat vertelde, klonk het allemaal heel leuk.'

'Hij vertelde hoe ze een hele dag door de bossen het spoor van een hert volgden, hoe je de sporen moest herkennen,' voegde Nico eraan toe.

'En toen,' viel Yannis in, 'zei mama: "Waarom jaag je hier niet?"' Hij ruimde de kaarten op.

'En papa zei dat jij dat nooit goed zou vinden,' zei Anna op haar beurt.

'En toen ging mama de volgende dag naar de winkel waar ze jachtartikelen verkopen – je weet wel, die winkel naast de garage aan de grote weg?' zei Nico. 'En ze kwam terug met een jachtgeweer.'

'Ze zag er net uit als het meisje uit *Pirates of the Caribbean*,' giechelde Yannis. Hij kroop tussen Rose en Nico in.

'Maar hij had nooit iets gezegd over het doden,' zei Anna. 'En ook nooit iets over zo veel bloed.'

Rose sloot haar ogen.

'Ik moet met je vader praten,' zei ze. Ze stapte weer eens uit bed.

'Maar hij is echt ziek,' zei Anna.

'Dat kan me niet schelen. Ik moet met hem praten. Nu meteen. Jullie blijven allemaal hier.'

Zonder zich iets aan te trekken van de kinderen in de kamer, deed ze haar nachthemd uit en trok een trainingspak aan. Ze stak haar haar op om zich een gevoel van meer autoriteit te geven en liep de kamer uit, de trap af naar de slaapkamer van Anna, een bed vol bezorgde kinderen achterlatend.

Ze duwde Anna's kamerdeur open en zag dat de gordijnen dicht waren tegen het ochtendlicht. Gareth lag ineengedoken in bed, een emmer naast hem. De hele kamer stonk naar muffe winden. Rose glimlachte.

'Hallo,' zei ze. Hij rolde zich op zijn rug.

'Ik weet niet wat er aan de hand is,' zei hij en hij hield zijn arm voor zijn ogen. 'Het ene moment sta ik daar en het volgende ren ik naar de wc. Het voelt alsof ik mijn ingewanden heb uitgescheten.'

Slappeling! dacht Rose. Flapdrol! Ze vroeg zich af of Andy ook zo overgevoelig zou zijn voor een overdosis laxeer- en braakmiddel, of dat hij, om het zo maar eens te zeggen, schouderophalend zou doorgaan met zijn bezigheden. Ze had sterk het vermoeden dat het laatste het geval zou zijn.

'En Polly overkwam hetzelfde, bijna tegelijkertijd. Ik denk dat het een virus is of zo, Rose.'

'Misschien iets wat jullie allebei hebben gegeten?'

'Het is veel erger dan dat,' kreunde hij. 'Ik heb het gevoel alsof ik doodga.'

'Voedselvergiftiging kan dodelijk zijn,' zei ze. 'Botulisme, bijvoorbeeld.'

'Rose?' Gareth haalde zijn hand voor zijn ogen weg en keek haar aan. Ze was niet helemaal de kamer in gekomen, maar keek op hem neer en genoot van het feit dat zij zo ver boven hem stond en dat hij zo hulpeloos was. 'Wat is er? Gaat het om het geweer?'

'Gáát het om het geweer?' vroeg ze.

'Ik heb altijd al een geweer willen hebben, vanaf het moment dat we hier zijn komen wonen. Een geweer hoort bij een man van het platteland.'

Rose snoof.

'Ik redde de kitten, Rose. Die rotvos had verdomme Manky ook al gedood.'

'Dat denk jij?'

'Waarom doe je zo, Rose?'

Opnieuw voelde Rose de brok uit haar maag omhoogschieten en zich in haar keel nestelen. Misschien was het die gebalde vuist die naar buiten probeerde te komen. Maar wat het ook was, het verhinderde haar nu te praten. In plaats daarvan tilde ze haar handen omhoog en streek ze achteruit door haar haren, waarbij ze haar gezicht meetrok als een trommelvel en een ogenblik leek op een meisje uit een griezelfilm.

'Dat is nou het probleem met jou, Rose,' zei Gareth. Hij maakte een gedachtesprong die zij niet kon volgen. 'Je hebt me nooit als een man gezien. Ik ben voor jou alleen maar een weg, een middel tot het doel.'

'Dat is niet waar,' zei ze zachtjes.

'Wel waar. En als ik eindelijk eens laat zien dat ik een man ben, kun jij dat niet aanvaarden. Je vindt dat zo onaanvaardbaar dat je het letterlijk niet wilt zien en flauwvalt.'

'O, dus om een man te zijn heb je een geweer nodig?' vroeg Rose. De brok zocht zijn weg naar buiten als een baby die zijn hoofd tussen de dijen van zijn moeder duwt.

'Zo bedoel ik het niet en dat weet je best,' kreunde Gareth.

'Maar je moet je dochter bewijzen dat je in staat bent een onschuldig dier te doden, nietwaar?'

'Hij was niet onschuldig. Hij was een moordenaar.'

'Jij bent de moordenaar,' riep ze uit. 'Jij maakt hier alles dood.'

'God!' Gareth balde zijn vuisten en kreunde van frustratie. De pezen in zijn nek waren opgezwollen als koorden. Hij trok Anna's prinsessendeken over zijn hoofd en draaide zijn gezicht naar de muur; van onder de deken steeg een winderige vlaag naar Rose op.

Walgend keerde zij zich om en rende de trap af naar haar keuken. Zonder erbij na te denken deed ze haar schort voor en schonk zich een groot glas wijn in; nog voor de lunch. Ze zag dat haar handen beefden.

Ze snakte naar een sigaret. Ze liep naar Gareths jasje dat over een van de houten stoelen was gegooid, wetend dat ze daarin een pakje Drum en wat vloeitjes zou vinden. Toen ze in zijn zakken zocht, voelden haar vingers de grote, koude sleutel van het atelier. Ze pakte hem eruit en bekeek hem. Gareth en zij hadden kosten noch moeite gespaard om originele sloten voor de deuren te vinden, en ook al had hij haar doen geloven dat sloten haar burgerlijke obsessie waren, het was altijd zijn grootste zorg geweest dat de sleutels zowel functioneel als origineel waren. Deze was zwart en gerond, even groot als Rose' handpalm. Ze verbeeldde zich dat hij een paar eeuwen terug door een kolos van een dorpssmid op zijn aambeeld, onder een en al vonken, rook en metaalgekletter, was geslagen. En daar lag hij nu, in haar ogen een soort fetisj, het laatste stukje van de puzzel die de waarheid voor haar aan het licht zou brengen.

Ze stopte de sleutel in haar schortzak en nam de tabak en haar glas wijn mee naar het terras aan de zijkant van het huis. Ze plakte drie vloeitjes aan elkaar alsof ze een joint ging maken en rolde een enorme sigaret; ze draaide één kant dicht en stak in de andere een tip die ze van het Rizla-pakje had gemaakt. Met de Zippo die Gareth altijd nogal morsig bij de tabak bewaarde, stak ze hem op en leunde achterover op de stenen bank. De zon scheen nog niet aan deze kant van het huis, en ze voelde de koude optrekken in haar rug en billen. Het feit dat ze eerder op de dag was flauwgevallen, de voorgaande dagen in bed had doorgebracht en wijn als ontbijt had genuttigd maakte dat de tabak dat lichte gevoel in haar hoofd veroorzaakte dat alleen gelegenheidsrokers kennen. Even leek ze uit haar lichaam te treden en boven zichzelf te zweven, neerkijkend op de huisvrouw van bijna middelbare leeftijd die ze in de ogen van de wereld was met haar haastig opgestoken haar – wanneer was ze voor het laatst naar de kapper geweest? – zonder make-up maar met trillende cellulitisbobbels die nauwelijks verborgen werden door haar slonzige, functionele kleren.

Ze sloot haar ogen voor dat beeld en probeerde haar gedachten op een rijtje te zetten. Nu ze het bewijs had, had ze besloten een verrassingsoverval op het atelier te plegen. Maar hoe? Ze had, berekende ze, ongeveer vierentwintig uur de tijd voordat Gareth en Polly weer op de been waren. Maar met de school die dicht was en de kinderen thuis, kon ze niets doen. Ze zou tot de avond moeten wachten, en dat was ietwat kort dag voor het uitstapje naar Brighton. Dat, realiseerde ze zich met een misselijkmakende schok van opwinding, morgen al was. En wat stond haar daar te wachten? Hoe zou ze reageren? Deze gedachten begonnen te veel op toekomstplanning te lijken. Nee, ze moest afwachten en kijken wat er zou gebeuren. Ze moest zich niet druk maken, niet verder denken dan de komende vierentwintig uur. Ze had, dacht ze, alle tijd van de wereld.

'Mama?'

Rose deed haar ogen open. Anna was naast haar gekropen.

'Waarom rook je, mama?' Anna had Rose nog nooit zien roken. In feite had ze haar moeder de plechtige belofte ontlokt dat nooit te doen. Gareth was een behoorlijk zware roker en Anna had gezegd dat ze op z'n minst één ouder wilde houden tot ze groot was.

'Sorry, schatje. Ik voel me gewoon niet zo fijn. Dit is een soort medicijn.'

'Een sigaret?'

'Ja. Zoals...' Rose' hersenen werkten razendsnel, '...zoals je van het drinken van een hele fles Calpol ziek wordt.'

'Wat Effie vorig jaar deed?'

'Ja. Maar als je maar een heel klein beetje neemt, wanneer je ziek bent, kan Calpol heel goed voor je zijn. Dan kan het je beter maken.'

'En is een sigaret zoals Calpol?'

'In zekere zin, ja.'

Anna dacht hierover na. 'Ik hoop dat ik nooit de ziekte krijg waarvoor je sigaretten nodig hebt om beter te worden.'

'Dat hoop ik ook voor je,' zei Rose. 'Dat hoop ik echt voor je.'

Rose dronk haar glas leeg en stond op; ze trapte de grote sigaret onder haar blote voet op de stenen vloer uit. De combinatie van heet en koud was eigenlijk heel plezierig. Nico en Yannis stonden bij de achterdeur te kijken wat er gaande was. Die goeie Nico droeg Flossie op zijn heup.

'Hoe gaat het met ze?' vroeg Yannis.

'Hoe gaat het met wie?' vroeg Rose, haar haren achter haar oren stoppend.

'Met mama en Gareth. Worden ze weer beter?' Zijn ogen waren groot van bezorgdheid, terwijl hij schoorvoetend naar voren kwam, bang voor het antwoord.

'Ik denk van wel,' zei Rose.

'Ze... ze gaan toch niet dood?'

'Homo,' snauwde Nico.

'Nico!' zei Rose. 'Dat zeg je niet. Ik wil niet dat je homo als scheldwoord gebruikt.'

Nico draaide zich geduldig om naar zijn broer. 'Nou goed dan. Mongool. Natuurlijk gaan ze niet dood. Nee toch, Rose?' Hij keek weer naar haar.

Rose mocht dit niet zo laten voortduren. Ze kon niet aanzien hoe die twee kleine gezichtjes, die deel uitmaakten van haar kudde, met zo veel bezorgdheid naar haar opkeken.

'Natúúrlijk niet. Natuurlijk gaan ze niet dood. Het is gewoon een virus, zoals ik ook had. En kijk maar naar mij – ben ik dood? Over een dag of twee zijn ze weer helemaal beter.'

'We gaan dus nog steeds naar Brighton?' vroeg Nico.

'Natuurlijk. Ik weet zeker dat je moeder morgen weer in orde is.'

'Beloofd?'

Rose wist dat het laxeermiddel tegen die tijd uitgewerkt zou zijn. Of de van nature zwakke en tere Polly in staat zou zijn met hen mee te komen, wist ze niet. Maar Rose had besloten dat ze de kinderen mee zou nemen, wat er ook gebeurde. Ze moest een tijdje afstand nemen van Gareth en het huis, en haar gedachten op een rijtje zetten.

Nu stonden de kinderen haar allemaal aan te staren. Hun onschuld en bezorgdheid, de manier waarop ze naar haar keken, werd haar echt te veel.

'We gaan naar het park,' verkondigde ze, de betovering verbrekend; ze wankelde lichtelijk.

'Joepie!' gilde Yannis. 'Mag ik de voetbal meenemen?'

'Neem maar mee wat je leuk vindt,' zei Rose. 'Als we het naar ons zin hebben, blijven we de hele dag weg.'

Eenenveertig

'Hallo, vreemdeling.' Simon keek glimlachend op toen Rose naar de bank in het park kwam gelopen.

Ze glimlachte terug en ging naast hem zitten.

'Ik wil je niet beledigen of zo,' zei hij, 'maar je ziet eruit als een geest.'

'Je beledigt me echt niet, hoor,' zei Rose. 'Het is precies zoals ik me voel.'

'Ik heb me laten vertellen dat je je niet zo lekker voelde. Ik heb een paar maal geprobeerd langs te komen, maar steeds zag ik haar in de keuken en, nou ja, ik had echt geen zin om aan te bellen.' Hij stopte zijn handen diep in zijn zakken en strekte zijn benen uit. 'Maar ik wil dat je weet dat ik aan je heb gedacht. Ik heb ook gehoord van je geintje bij de dam.'

'Stomme dorpsroddel,' zei Rose. 'Het had allemaal met elkaar te maken, denk ik, dat ik bijna verdronk en daarna ziek werd. Een ongelukkige samenloop van omstandigheden.'

'Dat schijnt nogal vaak voor te komen bij jullie,' zei Simon.

'Ik zou graag willen beweren dat ik dat te cryptisch vind om te begrijpen, maar helaas kan ik dat niet.' Rose keek hem aan en schonk hem een lusteloze glimlach. Simon trok zijn hand uit zijn zak en greep de hare.

'Rose, ik geloof niet dat ik nog veel langer kan toekijken bij wat er met jou gebeurt.'

'Jij hebt er niets mee te maken, Simon. Alsjeblieft.'

'Dat weet ik. Maar... ik vind het vreselijk jou zo te zien.'

'Yannis. Ga daarvan af!' riep Rose naar de kleine jongen die op de een of andere manier boven op de constructie waaraan de schommels waren bevestigd had weten te klimmen en rond de bovenste stang kopjeduikelde.

Simon bracht zijn handen bijeen en omsloot zo de hare. Hij probeerde haar diep in de ogen te kijken, maar ze liet hem niet begaan. In plaats daarvan zocht ze het speelterrein af, lette niet alleen op de kinderen voor wie zij de zorg had, maar ook op de tien of twaalf andere die rond de toestellen zoemden als wespen om een vergeten wijnglas.

'Met mij gaat het best, Simon, echt. Alleen nog een postvirale nasleep, of zo. Nu heeft Gareth het. En Polly ook.'

'Wat erg voor haar.'

Rose glimlachte en keek hem eindelijk recht in de ogen. 'Je bent een goeie maat, Simon. Dank je wel.'

Hij bloosde op zijn gebruikelijke manier, vanaf zijn neusvleugels tot aan zijn oorlellen.

'Hé, kom 's kijken!' schreeuwde Nico, die aan kwam rennen. 'Rose en Simon K.U.S.S.E.N.!'

'Nou is het mooi geweest, jij daar,' zei Simon. Hij stond op, rende naar Nico en tilde hem op. Effie, Liam, Anna en Yannis stormden erop af en stortten zich met veel gejoel en geschreeuw boven op hen.

Rose bleef zitten; ze draaide de hand die Simon had vastgehouden om en om en vroeg zich af waarmee die zo veel vriendelijkheid had verdiend.

'Wat vinden jullie van een lunch in het café? Ik trakteer,' riep Simon vanuit de wirwar van kinderen.

Het was zo lang geleden dat Rose buitenshuis had gegeten, dat ze was vergeten wat een vreselijk slecht idee het was om met een groter aantal kinderen dan volwassenen naar een restaurant te gaan. Ondanks de frisdrankjes en zakken chips die Simon had gekocht om de tijd te doden, duurde het wachten op hun ham, eieren en chips de kinderen veel te lang. Toen het eten eindelijk kwam, was Rose ietwat aangeschoten van de twee glazen bitter bier die zij – boven op haar wijn – en Simon ieder hadden gedronken. En vervolgens was er de gebruikelijke agitatie toen de slagarneringen van de borden van de kinderen verhuisden naar die van de volwassenen.

Vanwege alle pogingen om zo weinig mogelijk herrie te maken en de andere caféklanten zo min mogelijk lastig te vallen, hadden Rose en Simon weinig gelegenheid om met elkaar te praten. Daar was ze blij om. Ze voelde dat er over het betrekkelijke kalme uiterlijk dat ze de buitenwereld toonde, slechts een heel dun vlies lag. Daaronder bevond zich een opeenhoping van bedorven, verrotte materie – zoiets als de klonters die je aantreft onder het onschuldig ogende vel in een heel oud blik glansverf.

Toen ze op hun gemak naar hun respectieve huizen terugliepen, wendde Simon zich tot Rose. Het bier had hem nog zachtmoediger gemaakt. Hij zag eruit als een trouwe jachthond toen hij in haar ogen keek.

'Wil je dat we even binnenkomen? Ik zou je een handje kunnen helpen, kijken wat er gedaan moet worden terwijl jij uitrust.'

'Dat kan ik niet van je vragen – binnen te komen terwijl zíj er is. Maar...' Ze zag plotseling haar kans schoon. '...ik ben wel een beetje moe. Is het mogelijk dat jij vanmiddag de grote kinderen neemt?'

Nico, Yannis en Anna hadden een paar meter verderop met de bal staan spelen en stopten daarmee, draaiden zich om en keken verwachtingsvol naar Simon.

Simon deed zijn mond open en weer dicht, terwijl hij hen allen opnam. Dit was duidelijk niet wat hij in gedachten had gehad. Maar toen hief hij zijn handen op als om zich gewonnen te geven.

'Natuurlijk,' zei hij. 'Hoe kan ik deze drie gezichtjes weerstaan? Vier gezichtjes,' corrigeerde hij zichzelf, zich omdraaiend naar Rose. 'Ik kan zelfs Flossie nemen, als je dat wilt. Janka is er, dus ik sta er niet alleen voor.'

'En ik kan ook heel goed met Flossie helpen,' deed Anna een duit in het zakje.

'En of je dat kunt,' zei Simon.

'Dank je wel,' zei Rose terwijl ze het hek van de Lodge naderden. Ze gaf de buggy met Flossie erin aan Simon. 'In de luiertas zitten luiers en een paar flessen melk. Ik kom de kinderen rond zeven uur ophalen.'

'Er is geen school, dus je hoeft je niet te haasten. Kom wanneer je klaar bent. Miranda is dit weekend in de stad, dus ik heb mijn eigen schema,' zei hij, ietwat spijtig. 'Heb je eigenlijk geen zin om later een film te kijken? Ik heb een fantastische piraat van de nieuwe Terry Gilliam. Een niet te volgen plot, maar visueel verbazingwekkend genoeg om dit hele stel rustig te houden.'

'Ik zal zien hoe ik me voel,' zei ze.

'Niet erg als je er niets voor voelt,' zei hij. 'Kijk maar.'

Alsof hij me niet alleen wil laten, dacht ze. Alsof hij weet wat ik van plan ben te gaan doen.

'Nou, dag dan,' zei ze ten slotte; ze draaide zich om en verdween door het hek, maar in plaats van het huis in te gaan, verschool ze zich achter de heg, totdat ze de roezemoezende kinderen de weg af zag lopen; tot ze wist dat ze helemaal alleen was.

Het was pas twee uur, maar het licht had de kleur van de late namiddag, al leek dat misschien zo door het bier. Rose sloop de keuken in en voelde in de schortzak naar de sleutel van Gareths atelier.

Op haar tenen liep ze de trap op naar Anna's slaapkamer. Gareth lag er nog altijd, ineengedoken onder de deken. Ze hield even haar adem in om te verifiëren dat hij nog ademde. Ze werd al snel beloond met een luide snurk. Toen hij weer rustig ademhaalde, liep ze de trap af.

Ze ging naar de Annexe om te kijken hoe het met Polly ging. Ze liep zachtjes de trap op en klopte op de deur.

'Binnen,' riep Polly met een klein stemmetje.

Rose snoof de lucht in de kamer op. Polly had getracht die te maskeren met haar parfum, maar hier hing dezelfde zware fecale stank als bij Gareth. Polly lag in bed, met kussens in haar rug, een lange dunne hand rustte op de deken, in de andere hield ze een boek van Rimbauds *Oeuvres poétiques*, alsof ze er alles aan had gedaan Mimi uit *La Bohème* te zijn in plaats van een Engelse vrouw met diarree.

De kamer was een chaos.

'Hoe gaat het?' fluisterde Rose.

'Het gaat beter,' glimlachte Polly zwakjes.

'Nog steeds van plan morgen naar Brighton te gaan?' vroeg Rose.

'Probeer me maar eens tegen te houden,' zei Polly; de glimlach verdween van haar gezicht.

'Ik zal een taxi bestellen om ons naar het station te brengen. Ik wil Gareth niet lastigvallen. Wil je gewekt worden?' vroeg Rose. 'We moeten om zeven uur vertrekken.'

'Ik zal er zijn,' zei Polly.

'Oké, oké. Heb je iets nodig?'

'Een glas water, alsjeblieft.'

Rose liep naar de kookhoek en draaide de kraan open. Ze stond aan het aanrecht en dacht terug aan een andere periode in haar leven, een die vol hoop was geweest, toen zij, Gareth, Anna en Andy hier woonden en alles de goede kant op ging, voordat het dak op het huis kwam, voordat ze zwanger werd, voordat Polly kwam. Ze herinnerde zich dat ze op dezelfde plek de afwas deed nadat ze zich na een dag hard werken te goed hadden gedaan aan een flinke, welverdiende, gebraden kip.

Het liefst zou Rose nu de Lodge en alles wat die betekende en bevatte met een enorme slopersbal willen neerhalen. Ze zou alles met de grond gelijkmaken en weer terugverhuizen naar de Annexe om er het ongecompliceerde leven van een heremiet of van een non te leiden.

Ze gaf het water aan Polly; die nam een paar slokjes en zette het glas naast het bed.

'Ik denk dat ik nu ga proberen een beetje te slapen,' zei Polly. 'Zodat ik morgenochtend fris ben.'

Fris, dacht Rose. Daar zeg je wat.

Ze liep snel de trap af en ging naar de zijkant van het huis; ze bleef even staan om te zien of Polly haar vanuit het raam nakeek. Niet dat het haar echt kon schelen als Polly haar zag. Als Gareth probeerde haar tegen te houden was dat één ding – hij was er fysiek toe in staat; maar Polly kon ze, als ze wilde, met een zwaai van haar arm wegslaan. Het was eigenlijk een wonder, dacht ze toen ze over het grasveld liep, langs de plek waar de vos was vermoord, dat ze zichzelf zo lang had weten in te houden. Ze had gewoon haar hand kunnen uitsteken en Polly neerslaan. Haar uitschakelen. Heette het niet zo?

Ze haakte haar vingers door de krullen van de sleutel en stak hem in het slot van het atelier. Ze wachtte even voordat ze de deur opende. Wilde ze dit echt wel? Als ze, zoals ze vermoedde, iets zou aantreffen wat ze niet wilde zien, wat zou er dan allemaal veranderen? Misschien was het beter onwetend te blijven. Misschien kon ze beter haar energie gebruiken om Polly uit huis te krijgen zodat ze geleidelijk aan weer aan de volmaakte toekomst konden denken die ze ooit voor ogen hadden gehad.

Maar die zelfbeheersing kon ze niet opbrengen, niet nu. Ze was als een kind dat een mooi verpakt kerstcadeau kreeg en het wilde openmaken. Ze gooide de deur open en liet haar ogen wennen aan het halfdonkere interieur met de neergelaten blinden.

Ze knipte de lichten aan en de verhulde vormen gaven hun geheimen prijs. Als ze werd ontdekt, kon ze altijd nog zeggen dat ze de koffiekoppen kwam halen – ze telde er twaalf, overal verspreid. En dan waren er nog de wijnglazen, waarvan een behoorlijk aantal met een vertrouwde rode veeg lippenstift langs de rand, en de lege flessen, die ze, zou ze zeggen, kwam halen voor de flessenbak.

Nee, erg voorzichtig waren ze niet.

Maar het werd nog erger. Rose keek om zich heen. Het vertrek zag eruit als een zwijnenstal. Dat was gewoon. Het was de enige ruimte waarin Gareth zijn ware aard kon uitleven. Er was niet één plek onbezet. Rose liep naar de bijna vier meter lange bank die één kant van het vertrek besloeg. Die was nauwelijks te zien onder de stapels papieren, tekeningen en pennen. Een afgrijselijk moment lang dacht Rose lichaamsdelen te ontwaren, maar toen ze met haar vingers nader onderzoek pleegde, besefte ze dat het opgedroogde Sta-Wet-paletten waren met dikke brokken keiharde acrylverf in alle nuances vleeskleur.

Ze liep naar de oude papierkast die ze samen met Gareth,

herinnerde ze zich, gered had toen er een paar ateliers op Gold-smiths werden gerenoveerd. Bovenop lag een vijftien centimeter hoge stapel A1-vellen Bristol-papier. Rose bladerde erdoorheen. Sommige vielen op de grond, waar ze ze liet liggen. In alle wer-ken, in potlood en houtskool en inkt, kwamen steeds de hoekige lijnen, de huid van een buik tussen de heupbeenderen, kleine borsten met duimdikke tepels en een rug als een ribstuk terug.

Sommige tekeningen had hij ingeïnkt. Die bekeek Rose aan-dachtig. De slobberige zwarte kousen, de krullende schaam- en okselharen, de droevige, hitsige ogen die de kijker rechtstreeks aankeken, deden aan Egon Schiele denken. Maar er was nog iets. De melancholieke sfeer van Christos.

Dit was voor Gareth ongewoon werk, dat kon Rose wel zien. De invloeden waren duidelijk, maar hij was veel verder gegaan. Dit werk droeg Gareths stempel. Zijn agent en zijn galerie zouden erg blij zijn. Het was prachtig – fris, explorerend en toch verkoop-baar en getuigend van zeer veel talent.

En dan was er natuurlijk de kwestie wie het model was.

Rose keek naar de verfomfaaide, onopgemaakte bedbank die tegen de andere muur stond. Op de grond, er vlak naast, lag een paar zwarte kousen die ze herkende van de tekening. Ze liep er-heen en raapte ze op; liet de dunne stof door haar vingers glijden. Eronder lag een zwart slipje. Van zijde. Ze raapte het op en snoof eraan zoals ze deed als er ondergoed van Anna rondslingerde, om te ruiken of het gewassen moest worden. Dit broekje had zeker een wasbeurt nodig, maar de lucht was zwaar en muskusachtig, lichtjaren verschillend van Anna's kleinemeisjespislucht. In het kruis zat een witte vlek, alsof het op een verhit moment met ge-weld in de draagster was geduwd...

Rose knielde op de grond en onderzocht het bed; ze vond lan-ge zwarte haren. Mijn god, dacht ze, dit moet nodig afgehaald en gewassen worden. Ze moest zichzelf geweld aandoen om niet de lakens weg te rukken en op een hoop te gooien.

Ze stond op en probeerde zich de scène voor te stellen: Polly languit op haar rug, Gareth die met haar deed wat hij nog maar enkele weken daarvoor met Rose had gedaan. Haar botten tegen zijn sterke borst. Zijn gezicht verborgen onder haar holle buik.

De veer die binnen in Rose gespannen stond, werd eindelijk losgelaten. Ze rukte een kussen van het bed en sloeg ermee, keer op keer totdat het scheurde en de kleine veertjes opstoven en neerdwarrelden, zoals, verbeeldde ze zich, wanneer engelen met elkaar vochten. Ze rukte de lakens van het bed en kneep er tube na tube dure verf over uit. De met verf besmeurde lakens sleepte ze door het vertrek, als naakte meisjes tijdens een actionpainting in de jaren zestig. De veren vergezelden haar, dwarrelden en daalden neer en zetten zich vast in de verf.

Hijgend stopte ze even en overzag haar werk. Toen liep ze naar de laden waarin Gareth zijn materiaal bewaarde. Ze zocht totdat ze een stanleymes vond. Eerst sneed ze het vieze slipje aan flarden. Toen ging ze naar de stapel Bristol-papier, het beste werk dat Gareth ooit gemaakt had, en ze sneed elke tekening aan repen totdat ze omringd was door een hele hoop slierten. Ten slotte liep ze naar de grote imposante olie- en acrylschilderijen waarvoor Polly model had gestaan en die Gareth tegen de twee lege muren van zijn atelier had gezet, werk dat Rose tot dat moment over het hoofd had gezien. Ze stak elk paar gevoelvol kijkende ogen uit, zwarte gaten achterlatend waar hij eens zijn bekoring tot uitdrukking had gebracht. Het leek zo toepasselijk: Rose, die namens zijn arme, echte moeder wraak nam voor wat hij haar met zijn *Bloedlijn* had aangedaan.

Toen sloeg ze de snippers canvas en verf van haar handen, deed de lichten uit, sloot de deur af en gooide de sleutel in de vijver. Oude sleutels hadden geen duplicaten. Ook als Gareth opstond voor ze naar Brighton gingen, zou dat haar de tijd geven om te maken dat ze wegkwam.

Tweeënveertig

Na een snelle douche was Rose de rest van de middag bezig met de voorbereidingen voor Brighton. Allereerst stelde ze een lijstje op, waaraan ze, behalve de babydoekjes, luiers, schone kleren voor haarzelf, Flossie en Anna, ook toevoegde: harnas, bazooka, landmijnen (twee).

Door het militaire materieel te schrappen lukte het haar alles in een grote rugzak en een rolkoffer te stoppen. Het was niet bepaald licht reizen, maar het gaf een bevrijdend gevoel te weten dat in slechts twee tassen alles zat wat zij en haar meisjes nodig hadden om te overleven. Voor de jongens pakte ze twee rolkoffertjes in. Ze veronderstelde dat zij de enige was om daaraan te denken, en het zou niet eerlijk tegenover hen zijn als ze daar moeilijk over deed.

Ze belde Simon om te vragen hoe het met de kinderen ging en hem te waarschuwen dat ze geen film bleven kijken, omdat ze vroeg naar bed moesten. Eerlijk gezegd was dat meer voor haar bestwil dan die van hen: haar dekbed riep haar. Ze had zin om zich daar tot de volgende ochtend te verschuilen en dan te vertrekken.

In plaats daarvan moest ze de rest van de middag zien door te komen. Ze haalde uit de vrieskast wat kippenbouillon, die ze opgewarmd met wat dunne eiernoedels aan de zieken wilde serveren. Voor alle zekerheid stampte ze de laatste groene kruidenpillen fijn in haar vijzel, en strooide de poeder in Gareths kom. De lege pillenfles stopte ze onder in de flessenbak.

'Dat houdt hem wel gedeisd,' zei ze tegen de kitten die hongerig tegen haar stond te jammeren. 'Nee, je krijgt niets van me,' zei Rose, het klaaglijke gemiauw negerend. 'Jij bent het werk van de duivel, en dat ben je.'

Ze pakte een dienblad en legde er een van haar mooie met kant afgezette servetten van Iers linnen op. Die behoorden tot de weinige dingen die ze uit haar ouderlijk huis had meegenomen toen ze eruit was gegooid. Ze had ze zelden gebruikt.

Ze streek de ingeperste vouwen glad. Ze hadden haar uit huis gegooid. Ze dacht erover na. In hun ogen had zij hen te schande gemaakt en dus hadden ze haar, hun enig kind, hun huis uit geschopt. Aan haar lot overgelaten, met alleen Polly om op te steunen, alleen Polly om haar te helpen.

Hoe hadden ze dat kunnen doen? En was het een wonder dat ze geen zin had om naar Brighton terug te gaan? Maar nu was het te laat. En ze had haar plan toch al getrokken.

Ze schonk Gareths soep in een van haar geliefde antieke Biotkommen en zette die op het servet. Ernaast plaatste ze een zwaar glas met water, een vaasje met een boeketje kamperfoelie uit de tuin en een zware zilveren soeplepel uit de voorouderlijke cassette van Pam en John. Als hij zich goed genoeg voelde, zou hij dit arrangement waarderen. Voldoende waarderen om hopelijk de hele kom op te eten ongeacht de bittere smaak.

Ze liep stilletjes de trap op en klopte zachtjes op Anna's deur.

Ze hoorde Gareth wat mompelen, dus duwde ze de deur open en ging naar binnen. Gareth was asgrauw, maar wakker en met donkere kringen onder zijn ogen. Wat een baby, dacht Rose. Wat een slapjanus.

'Ik kom je wat kippensoep brengen.'

'O wee,' hij probeerde te glimlachen.

'Als je wat kunt eten, zul je aansterken.' Ze zette het blad voor hem neer.

'Heel mooi,' zei hij en hij pakte de lepel op.

Hopelijk interpreteerde hij dit blad met eten niet als een verontschuldiging voor haar uitbarsting. Als hem dat echter rustig hield, nam ze dat wel op de koop toe. Tevreden zag ze hoe hij eerst een en daarna nog een volle eetlepel soep nam.

'Ik ga Polly een kom brengen,' zei ze, terwijl ze zich omdraaide.

'Hoe gaat het met haar?'

'Aan de beterende hand. Iets beter dan jij, eigenlijk. Ze wil in elk geval nog steeds morgen naar Brighton.'

'Mooi,' zei hij. 'Jullie moeten gaan. Maak je over mij geen zorgen.'

Stel je voor, dacht Rose.

Polly sliep toen Rose een minder mooi opgemaakt dienblad naar de Annexe bracht, dus liet ze het achter op de grond naast het bed. Met een beetje geluk zou ze het omstoten als ze uit bed stapte en koude soep over haar voeten krijgen.

Rose hoorde, terug in de Lodge en net bezig haar Barbour aan te trekken om de kinderen bij Simon op te halen, hoe de deur van Anna's slaapkamer werd opengegooid en Gareth over de gang naar de wc rende. Hij had zo'n haast dat hij geen tijd had om de deur dicht te doen, en Rose luisterde met voldoening naar zijn ongewilde inspanningen. Voor ze vertrok stak ze op de keukentafel een Jo Malone- geurkaars aan om de stank te maskeren.

Het duurde even om de kinderen in bed te krijgen. Ze waren door het dolle heen over de op handen zijnde trip en vroegen Rose van alles: bijzonderheden, stukjes geschiedenis, tips over de beste attracties op de pier. Ze stak haar handen in de lucht en weigerde nog iets te zeggen.

'Dit weekend krijgen jullie het allemaal te zien,' beloofde ze. Toen las ze het hoofdstuk voor uit *Winnie the Pooh* waarin hij aan een ballon omhoogzweeft en in een boom terechtkomt.

Ze stopte hen allemaal in, daarna dronk ze aan de keukentafel een hele fles van Gareths speciale champagne. Deze dag moest gevierd worden, vond ze. Warm smaakte de champagne heel vies, maar het leek op die manier gepaster.

Drieënveertig

Toen Rose de volgende ochtend beneden kwam, viel ze bijna flauw van de schrik. Polly was al op en zat in de leunstoel van de keuken uitgedost als een chique Celia Johnson in *Brief Encounter*. Op haar knie wiebelde een handtasje; op de grond naast haar stond een koffertje dat Rose niet eerder had gezien.

'Goedemorgen,' zei Polly met een stralend gezicht. 'Ik heb de kat eten gegeven. Hij was uitgehongerd, het arme ding.'

Katerig, ongewassen en nog in haar nachtkleding voelde Rose zich verre van opgewekt. Ze bromde wat en zette Flossie in haar kinderstoel. Vervolgens explodeerde het huis, toen de kudde bestaande uit Nico, Yannis en Anna de trap af kwam denderen.

'Zijn we te laat?' vroegen ze.

'Komt de taxi op tijd?'

Nico en Yannis stelden al hun vragen aan Rose. Het leek hun te ontgaan dat hun moeder, voor wier gezondheid zij de dag tevoren nog zo gevreesd hadden, nu springlevend in de keuken zat.

'Sst, ik wil niet dat Gareth wakker wordt,' zei Rose. 'Het is net zes uur geweest.'

Nadat ze allemaal waren gewassen, hadden ontbeten en waren aangekleed, droegen ze hun koffers naar de weg en wachtten daar op de minibus die als dorpstaxi diende en werd gereden door de man van de lokale winkelierster. Rose wilde niet dat hij zoals gewoonlijk de oprit op reed en claxonneerde. Ze had een kort, instructief briefje voor Gareth achtergelaten om hem eraan te herinneren de kat te voeren. Uit voorzorg liet ze na hem te vermelden waar ze logeerden en ze had toen Polly op de wc zat, haar mobiele telefoon uit haar tas gehaald. Ze zette hem uit, hield hem voor alle zekerheid onder de kraan en verstopte hem achter het buffet.

Het was een mistige morgen – zo mistig dat je geen hand voor ogen kon zien. Rose hoopte maar dat het een lokale kwestie was – ze woonden in een klein dal – anders zouden ze misschien de trein missen en wat moest ze dan doen?

Ze stonden op een stukje gras aan het begin van de weg te wachten. De oudere kinderen trokken grasprieten uit die ze als sigaretten vasthielden alsof ze rookten terwijl ze wolken adem in de vochtige lucht uitbliezen. Flossie lag stil en dik ingepakt als een slapende boeddha in haar terreinbuggy. In de kille plattelandsochtend, uitgedost in haar jarenveertigoutfit, zag Polly, vond Rose, er een beetje onnozel uit. Het vroege uur, de kilte en het feit dat ze echt niet genoeg kleren droeg voor iemand zonder ingebouwde isolatie waren er de oorzaak van dat ze duidelijk uit haar doen was.

'Kijk eens!' zei Anna, wijzend op een kroon van spinnenwebben, afgezet met diamanten dauwdruppels. Nico hield zijn grassigaret op en haalde ermee uit, de doorwrochte constructie met een geluidloos gerinkel neerhalend. Anna lachte en klapte in haar handen. Een paar maanden geleden zou ze ontroostbaar zijn geweest. Rose vroeg zich af welke verandering haar dochter had verhard, en of dat goed of slecht was.

Gelukkig kwam de taxi op tijd en Rose' angst betreffende de mist was ongegrond. Eenmaal op de hoofdweg liep alles gesmeerd en ze arriveerden vijf minuten te vroeg op het station. Ondanks alle bagage en de kinderen verliep zelfs het instappen zonder problemen, dankzij een stel buitengemeen opgewekte oudere perronopzichters met rood aangelopen gezichten die erop stonden alles te doen 'terwijl de dames een mooie plaats zoeken voor henzelf en de jonkies'. Er was zelfs een mobiele restauratie, bediend door een Pools meisje met appelwangen. Zodra ze op hun gereserveerde plaatsen zaten, kwam ze hun thee, koffie en warme chocolade aanbieden samen met verse gesuikerde donuts voor de kinderen. Rose betaalde.

'Je krijgt het van me terug. Ik wacht nog steeds op de Griekse advocaten. Die doen er een eeuw over – maar misschien is het volgende week zover,' zei Polly.

Het begon Rose te dagen dat Polly kennelijk was vertrokken zonder in haar eigen levensonderhoud te kunnen voorzien. Het was waarschijnlijk iets waarover ze voordien nooit had hoeven nadenken, dus liet ze zich nu niet weerhouden door het feit dat ze helemaal geen geld had.

'Hoe gaat het vanochtend?' vroeg Rose.

'Ach, het gaat wel.'

'Je bent tenminste niet voor een week in het ziekenhuis beland.'

Polly keek haar indringend aan, maar Rose keek weg, uit het raam.

'Moeten jullie dat eens zien,' zei ze tegen de kinderen. Een brede stroom baande zich een weg door een sappige voorjaarsweide. 'Dat water komt uit onze rivier,' zei ze. De rivier die onder aan de Lodge lag. De rivier waarvan Gareth eens had gezegd dat hij hem zou vastleggen in houtsneden.

Mist hing boven het water en vloeide uit in het gras.

'Het lijkt wel alsof we in een vliegtuig zitten en door de wolken naar beneden kijken,' zei Rose.

Polly leunde met haar hoofd tegen het raam, klaar om weg te doezelen.

'Zal ik de kaartjes nemen? Voor het geval jij slaapt als de controleur komt.'

Polly zocht in haar handtas en overhandigde een portefeuille met de kaartjes aan Rose.

Ze kropen door West Country en stopten bij elk stationnetje. Polly was al snel diep in slaap, maar Rose had het druk met de kinderen in toom te houden. Als altijd zaten de jongens elkaar voortdurend in de haren, maar nieuw was dat Anna meedeed, van zich afbeet en hun lik op stuk gaf. Rose probeerde hen te kalmeren, maar het was een lange reis en ze waren opgewonden. Een paar passagiers die in de buurt zaten, stonden kalmpjes op en gingen verderop zitten. Een enkeling gaf blijk van zijn ongenoegen. Een uur reizen verder was hun coupé een no-goarea.

Toen ze Hampshire binnen reden, werd Polly wakker; ze leende tien pond van Rose en liep wankelend de trein door op zoek naar het Poolse meisje met haar kar. Ze kwam terug met zakken chips voor de kinderen en koffie voor zichzelf.

'Jij wilde toch niets, Rose?' vroeg ze.

'Nee, hoor,' zei Rose.

'Mogen we daar gaan zitten?' vroeg Anna, wijzend naar een lege tafel enige plaatsen verderop.

'Als jullie je gedragen,' zei Rose en luid, om iedereen in de wagon gerust te stellen, voegde ze eraan toe: 'Zodra ik iets hoor wat me niet zint, komen jullie terug.'

Ze keek naar Polly, de vrouw die eens haar vriendin was. Waren dingen altijd zo moeilijk tussen hen geweest, vroeg ze zich af, onder het vernis van hun gedeelde verleden en de herhaalde mantra waarin ze naar elkaar verwezen als elkaars hartsvriendin? Of was het als een lang huwelijk, wat ooit liefde was geweest was verworden tot ziedend zwijgen? Ze was weliswaar klein, met de uitstraling van een klein meisje, maar Polly had enkele gemene harde kanten. Rose besefte dat ze haar kennelijk altijd al had gehat. Was het niet vanwege het feit dat ze andermans kerels afpikte, zoals nu, dan wel omdat ze altijd jaloers was geweest en zich vergeleken met Polly de mindere had gevoeld.

'Wat zijn je plannen, Poll?' flapte ze er uit toen Polly wakker was. De trein ratelde langs een haven in de buurt van Southampton, waar verlaten bootjes waren gestrand in een gebied vol slik.

'Daar beginnen we weer,' zei Polly, terwijl ze uit het raam keek en haar roodgeverfde onderlip tuitte.

'Ik zou het graag weten. Gareth en ik...'

'Gareth en jij wat?' Polly wierp haar een blik toe.

'Misschien wordt het eens tijd om zelf woonruimte te gaan zoeken? Je zegt immers dat het geld van het huis niet lang meer op zich zal laten wachten. Waarschijnlijk wil je dichter bij Londen gaan wonen en als je weg wilt om eens rond te kijken, zorg ik met alle liefde voor de jongens tot jij ze weer kunt hebben.'

'Dat is ook grappig. Gisteren nog zei Gareth, eh, even goed nadenken...' Ze trok haar rode leren handschoenen uit. 'O ja, hij zei: "Polly, je kunt net zo lang blijven als je wilt. De jongens en jij brengen leven in de brouwerij..."' Ze gaf een overdreven imitatie van Gareths accent waardoor de woorden klonken alsof ze in het gevaarlijke wilde Westen waren gezegd. Ze had zichzelf zo hoog opgetrokken op haar plaats, dat ze bijna op Rose neerkeek. Toen lachte ze zonder enige waarschuwing en legde haar hand op Rose' knie.

'O, kijk niet zo bezorgd. Ik weet zeker dat hij het niet zo bedoelde. Misschien heeft hij het niet eens met zo veel woorden gezegd.' Ze rimpelde haar neus en probeerde Rose' blik te vangen. 'Arme jij,' zei ze. 'Dit uitstapje is precies wat je nodig hebt, hè?'

'Kaartjes alstublieft, dames. Op deze mooie, mistige morgen!' Een welgedane controleur kwam door het gangpad bedrijvig op hen af. Wat was er vanochtend aan de hand met de Zuid-West-treinen? Het leek alsof er op deze route alleen maar opgewekte, gezonde en vrolijke mensen mochten werken, om te contrasteren met haar gemoedsgesteldheid. Ze dacht aan Gareth en voor het eerst sinds haar actie dacht ze aan het atelier en ze voelde zich misselijk worden. Plotseling zag ze in dat haar plan de campagne – dat ze tijdens deze trip Polly onder handen ging nemen en dat ze gisteren het atelier had doorzocht – een knoeiboel was, en terwijl ze een grapje maakte met de controleur, voelde ze zich vanbinnen ontworteld, verloren. Na wat ze in het atelier had aangericht zou ze waarschijnlijk nooit meer met Gareth kunnen praten. Wat had ze in 's hemelsnaam gedaan?

'Geen voeten op de bank, jongeman,' zei de controleur tegen Nico, terwijl Rose in haar grote tas naar de kaartjes zocht. Eindelijk had ze die en ze hield ze omhoog, zichzelf net een kind voelend.

De rest van de reis verliep in bijna-stilte. De enige woorden die Rose en Polly zeiden waren tot de kinderen gericht. Toen ze eindelijk in Brighton arriveerden, was het ver voorbij het middaguur. Ze liepen het geheel met ijzer overkoepelde perron af in de koude, heldere, naar zee ruikende lucht. Elke stap bracht Rose dichter naar haar jeugd. Ze herinnerde zich nog heel goed hoe ze van uitstapjes naar Londen terugkwam op dit station, aan de hand van haar moeder, voordat ze een tiener werd, voordat haar leven kenterde en zij hen allemaal teleurstelde. Ze ging terug naar de tijd dat ze nog een lief meisje was.

Bij de kraam van Golden Crust Baguette sloegen ze de hoek om naar de taxistandplaats. Er stond geen rij en ze maakten zich op om in de enige taxi te stappen die daar stond te wachten.

'Ho, ho, wacht 's effe,' zei de taxichauffeur, uit zijn wagen stappend en het portier dichtslaand. 'Jullie kunnen niet allemaal tegelijk mee. Niet met al die bagage en die buggy en zo.'

'Maar dat is belachelijk,' zei Polly. 'U kunt toch zeker wel zes man vervoeren?'

'Niet volgens mijn vergunning, dame,' zei de taxichauffeur. 'Tenzij u beter weet.'

'Luister, Flossie en ik kunnen best lopen,' zei Rose. Ze kon wel wat frisse lucht gebruiken, dacht ze. 'Dat doe ik eigenlijk liever.'

'Ik wil met jou mee, mama,' zei Anna, die zich aan Rose vastklampte.

'Prima, schat. Kom jij maar met mij mee. Dan laat ik je de plekjes van vroeger zien.' Anna kroop tegen haar aan en keek met ogen vol aanbidding omhoog.

'Nou, mevrouwtje, een beetje opschieten. Ik heb niet de hele dag de tijd,' zei de taxichauffeur, zijn wangen opblazend.

'Oké. Ook goed,' zei Polly. 'Het is St Luke's Rise 25. Kun je dat onthouden?'

'Natuurlijk,' zei Rose. 'Je hebt zeker geld nodig?'

'Ja,' zei Polly, haar hand ophoudend. Rose gaf haar een biljet van tien pond. Ze had erin berust dat deze trip op vele manieren kostbaar zou zijn. Eindelijk zaten Polly, Nico en Yannis met alle bagage in de taxi en ze werden vanaf het trottoir nagewuifd door Rose, Flossie en Anna. Rose had uit het station linksaf moeten gaan om bij Lucy's huis te komen, dat maar anderhalve kilometer verder heuvelopwaarts lag. Maar ze besloot dat ze tijd moest winnen, dus duwde ze in plaats daarvan de buggy richting North

Street, richting de zee die als een grote grijze deken tussen de gebouwen voor hen hing.

'Kom mee, Anna. Ik ga je een paar van de beste clubs ter wereld laten zien.'

'Wat voor soort clubs?' vroeg Anna, die zich stevig vasthield aan de buggy toen ze heuvelafwaarts gingen.

'Clubs voor als je een grote meid bent. Clubs om te dansen en te drinken en lol te maken.'

'Dat klinkt goed,' zei Anna. 'Behalve dan het drinken.'

Rose voelde zich zorgeloos. Ze voelde zich niet verantwoordelijk voor Polly, en evenmin voor die Lucy-van-vroeger. Eindelijk, dacht ze, zou ze eens doen waar ze zin in had zonder zich zorgen te maken om een ander. Ze zochten hun weg naar beneden, naar de boulevard, langs drommen mensen: inbleke meisjes met neuspiercings en zachte blote buiken in de zeegekoelde lucht; Big Issue-verkopers met zielige honden; de manier om ze te ontlopen was Rose sinds lang verleerd; verdwaasd kijkende vrouwen met buggy's, zoals Rose, die zich verrukt aan Waterstone's stonden te vergapen alsof ze hun geheel door kinderen in beslag genomen dagen konden vergeten door alleen maar naar stapels boeken te turen waarvoor ze vroeger genoeg tijd hadden.

Het Brighton van nu was een andere stad dan die waarin Rose was opgegroeid. In plaats van een min of meer verlopen, vervallen plek voor goedkope toeristen had het nu meer weg van een min of meer verlopen stad voor kosmopolieten. Rose vroeg zich af of dit homogene karakter van recente datum was en hoe diep dat ging. Toen ze de boulevard naderde, met aan haar rechterhand de artificieel ogende gevelstenen en pastelkleuren van het gerenoveerde Churchill Square-winkelcentrum, had ze het gevoel achter te lopen en vreselijk oud te zijn. In haar tijd was het een naar pis stinkende, sombere plek zonder enig raffinement geweest.

'Wat een vogels!' zei Anna.

'Meeuwen. Dat zijn een soort gevleugelde ratten.'

Anna dacht hierover na. 'Maar ze hebben niet van die enge staarten,' zei ze.

'Dat is waar. Maar ze eten wel absoluut alles. En ze vallen mensen aan. Ik heb ooit eens over een man gelezen die in Rottingdean door een meeuw was gedood.'

Anna keek haar met grote ogen aan en Rose sloeg zichzelf voor haar hoofd. Wat bezielde haar om haar gevoelige meisje zo bang te maken? Ook zij was gewend geraakt aan de olifantenhuid van de jongens. 'Maar het was een oude, zieke man. Ze hebben nog nooit een klein meisje of haar mama gedood.'

'Nooit?'

'Nooit.'

Toen ze bij de boulevard aankwamen, wist Rose niet wat ze zag. Waar in haar herinnering sjofele clubs waren gehuisvest tussen vervallen arcaden, diep weggestopte kroegen en stinkende hoeken en gaten, stonden nu koffieshops met keurige terrassen die tot aan het strand liepen. Prachtige glazen tegels gaven het loopvlak aan op de nieuwe, met granieten keien geplaveide promenade langs de zee. Er waren douches, een winkel waar kajaks werden verhuurd, hier en daar een standbeeld. Het kwam Rose allemaal erg on-Engels voor. De fleurigheid, de bedrijvigheid en de kleuren die afstaken tegen de krijtachtige lucht waren bijna een affront voor haar nieuw verworven rurale fijngevoeligheid.

Maar Anna vond het prachtig. Zelfs Flossie wist enige interesse op te brengen voor een rek met plastic windmolentjes naast een reusachtige bijna kindshoge ijshoorn van glasvezel.

'We gaan wat drinken,' zei Rose; ze namen plaats op een caféterras op een geplaveid schiereiland dat tot ver op het strand doorliep, naast een grote stenen golfbreker. Hoe zou dit café het 's winters vergaan, vroeg Rose zich af, wanneer zware stormen de stenen vanaf het strand op de promenade wierpen? Misschien moesten ze het café elke lente opnieuw opbouwen. Of misschien waren de winters in het zuiden ook niet meer wat ze vroeger waren.

De middag vorderde. De zon deed haar best de grijze wolkensluier die alles bedekte, weg te branden. Maar Anna en Rose voelden, terwijl ze aan de bar op hun drankjes wachtten, de zeekoelte in de lucht. Eindelijk kwam hun bestelling: voor Rose een groot glas shiraz en voor Anna een warme chocolade met slagroom en chocoladevlokken, die, naar ze beweerde, niet zo lekker was als de chocola destijds in Heathrow, toen ze op de jongens en hun moeder zaten te wachten.

Ze dronken hun drankjes, betaalden en liepen door tot aan de pier, die er onveranderd, meer als het oude Brighton, uitzag. Alles blonk iets te veel, alles schitterde iets te veel. De mensen die zich voor de ingang verdrongen, hadden tatoeages, droegen gouden kettingen en waren uit op het vermaak dat alleen in Brighton was te vinden. Ze wandelde met de meisjes helemaal tot het eind, voorbij het amusementsgedruis en geroezemoes, voorbij de hypnotiserende basdreun van metaalachtige popmuziek en de ongelooflijk verrukkelijke geur van vers gefrituurde donuts. Verder liepen ze, voorbij de fallische roetsjbaan, voorbij de schreeuwende botsautootjes en een angstaanjagend toestel dat beloofde zijn gillende inzittenden enkele tientallen meters in de kolkende zee eronder te laten vallen.

'Kijk eens, je kunt de golven onder je zien bruisen,' zei Rose tegen Anna. Ze stonden op het plankier en keken door de kieren omlaag. 'Je denkt dat je op vaste grond staat, maar dat is niet zo. De boel kan elke minuut in elkaar storten en dan liggen we in het water.'

Rose had het idee dat ze daarbeneden haar eigen geest kon zien, verborgen onder de een of andere jongen wiens vlekkerige blote achterwerk pompend op- en neerging terwijl hij in haar stootte. Ze huiverde.

'Ik wil terug,' zei Anna.

'Doe niet zo mal. Dit staat hier al honderd jaar.'

'Maar die daar dan?' Anna wees over de ruwe zee naar de West Pier, die eerst het slachtoffer van stormen en later van brandstichting was geweest. Wat een treurig gezicht, dacht Rose. Een skelet, ooit eens de koningin, nu onttakeld en langzaam weer tot niets vervallend.

'O, dat is zó'n oude pier. Bijna net zo oud als dinosaurussen.

Het duurt nog eeuwen voordat deze net als die daar, instort,' zei ze. Maar ze herinnerde zich eigenlijk nog heel goed dat West Pier werd gesloten, min of meer intact, met zijn prachtige koepelvormige danszalen die boven het strand uitstaken; hoe opgewonden ze raakte bij hun aanblik, als zij en een of andere jongen tegen sluitingstijd wankelend uit een club kwamen en voor een klunzig potje vluchtige seks het strand af liepen tot waar de zee uitgolfde op het land. Het voelde verkeerd om hier met haar onbezoedelde dochters te staan.

'Kom mee, Anna. We gaan. Wil je het huis zien waarin ik ben opgegroeid?'

Ze maakten dat ze weer op het droge kwamen en liepen heuvelopwaarts langs het Sea Life Centre. Dit was Rose' oude weg naar school in omgekeerde richting. Met elke stap die ze zette, zag Rose meer op tegen het weerzien met haar ouderlijk huis.

Erop terugkijkend was het een afschuwelijke jeugd geweest. Zij moest net als Flossie een ongelukje zijn geweest. Maar in tegenstelling tot haar eigen gelukkige baby had zij zelfs niet één ouder gehad die haar steunde. Dat wat haar het meest was bijgebleven, was dat ze altijd in de weg liep, dat ze een obstakel vormde in het verder zo gesmeerd lopende pension van haar ouders. Zolang ze zich gedeisd hield en haar mond niet opendeed, waren ze gelukkig. Maar het minste of geringste ontlokte met name aan haar vader handelingen van woedende gewelddadigheid.

Omdat ze zichzelf had aangeleerd onzichtbaar te zijn, miste Rose, toen ze naar school ging, de vaardigheid om vrienden te maken. Bovendien waren haar ouders op het ziekelijke af gierig. Haar kleren kwamen uit winkels van liefdadigheidsinstellingen en eenmaal per week mocht ze een bad nemen in een bodempje water. Voor Rose geen speelgoed, vakanties, nieuwe kleren of verjaarspartijtjes.

Dit alles hielp haar niet in de omgang met andere mensen.

Haar enige troost was eten, en daarbij zocht ze haar toevlucht als bij een minnaar. En zo voegde het eigenaardige, kleurloze, niet al te fris ruikende meisje vet toe aan haar lijst van speciale kenmerken. Pas toen ze als een minnares minnaars waardeerde, begon ze gewicht te verliezen en haar levenswijze te beteren.

Het was dus geen wonder dat de doorweekte Rose die ochtend op school Polly's vriendelijkheid met beide handen had aangegrepen en niet meer losgelaten. En dat had ze, leek het, alle jaren sindsdien gedaan. Terwijl ze de buggy om een door zeemeeuwen opengepikte zwarte vuilniszak laveerde waaruit de kleverige inhoud over het trottoir puilde, bedacht ze dat het nu maar eens afgelopen moest zijn met die dankbaarheid.

'Hier is het,' zei ze tegen Anna, terwijl ze stilhielden voor het hoge, smalle huis waarin ze was opgegroeid. Het leek veel kleiner dan in haar herinnering. Of misschien was ze nu gewend aan grotere huizen, zoals de Lodge.

'Wat deftig,' zei Anna.

'Het is opgeknapt,' zei Rose. Ze tuurde door het hek naar de façade aan een plaatsje vol schaduwplanten. Net als Brighton zelf had het huis nu een glans die het in Rose' tijd niet had bezeten. Het was opzienbarend wit met glanzend zwart schilderwerk. De in hun vermolmde en afbladderende kozijnen eeuwig rammelende ramen waren stuk voor stuk vervangen door nieuwe houten schuiframen met dubbele beglazing. Het zou er niet meer tochten, dacht Rose. En in plaats van door ietwat vergeelde vitrages werden de ramen nu tegen inkijk beschermd door mooie eikenhouten jaloezieën. Het was allemaal wel mooi, maar ook erg afgesloten, als iemand met dichtgeknepen ogen.

'In mijn tijd zag het er niet zo uit.'

In haar tijd was alles bruin geweest. Rose herinnerde zich de gastenkamer op de zolder waar Snorremans tijdens zijn regelmatige bezoeken aan Brighton verbleef. Ze herinnerde zich hoe ze met gespreide benen op haar rug op de chenille deken lag terwijl hij aan de rits van zijn terlenka broek frunnikte. Ze herinnerde zich zijn 'vriend' die soms met hem meekwam, en hoe ze haar om beurten namen en tegen haar lachten en klapjes gaven op haar frisse kleine borsten.

'Niets tegen je vader zeggen, hè, Rose?'

'Dit is ons geheimpje, hè, meissie?'

En ondertussen had Polly haar aangemoedigd, haar uitgedaagd nog verder te gaan, nog uitdagender te flirten, nog meer bloot onder haar schooluniform te laten zien, tot groot genoegen van de betalende gasten.

'Maar wat woonden jullie dicht bij zee,' zei Anna, die dromerig naar de horizon aan het einde van Rose' voormalige straat tuurde. De zon had eindelijk de strijd met het grijs gewonnen en nu werd het krijtachtige blauw, dat Rose alleen van deze kust kende, in de zee weerspiegeld. 'Wat bofte je, mama. Ik wou dat wij aan zee woonden.'

'Wie is de vader?' had haar vader die dag in de salon geschreeuwd terwijl hij aan haar haren trok en zijn vuist tegen haar ophief.

Rose wist het echt niet, eerlijk niet. En dat zei ze hem ook.

'Slet!' brulde hij. 'Hoer.'

Het was maar goed dat Polly hem had tegengehouden, anders had de vader hoogstwaarschijnlijk zijn dochter vermoord.

'Maar jij boft ook, Anna,' zei Rose. 'Jij hebt weilanden en bossen. Ben je daar niet blij mee?'

'Ja, mama,' zei Anna, onthutst door de toon in haar moeders stem. 'Maar ik vind de zee ook fijn.'

'Nou, dat is grappig: toen ik hier woonde, wilde ik altijd naar het platteland,' zei Rose. Ze moest nu weg van deze plek. 'Kom mee. Ze zullen zich afvragen waar we blijven.'

Ze liepen heuvelopwaarts naar Queen's Park; daar maakte Rose een stop om Flossie te verschonen en Anna de speeltuin te laten ontdekken die sinds Rose hier had gespeeld, van een veilige veerkrachtige roze ondergrond was voorzien. Haar knie droeg nog altijd een spoortje van het zwarte asfalt dat hier vroeger lag: een overblijfsel van een te snelle glijpartij van de glijbaan toen ze zeven was

Rose bestelde bij het cafetaria een kop thee en een paar cakejes voor de meisjes. Er werden goede zaken gedaan met de lokale moeders en hun kinderen. Afgaande op de zwermen kinderen

met blauwe boekentassen was de school net uit. Een paar oudere middelbare scholieren flaneerden rokend door het park.
Hun aanblik was verontrustend. De overhemden van de jongens
hingen uit broeken die zo laag zaten dat hun ondergoed zichtbaar was. De meisjes, stuk voor stuk weldoorvoed, leken uit hun
te nauwe Aertex-bloesjes te barsten. Instinctief beschermden de
moeders hun jonge kinderen tegen deze aanblik, terwijl ze onder-
ling van hun afkeuring blijk gaven. Je kon hen zien denken dat
hun kroost nooit zo zou worden, zo onverzorgd en uitdagend,
een ondermijning van de veilige haven die het park op vrijdag-
middag behoorde te zijn. Maar natuurlijk vergisten ze zich. Met-
tertijd bederft alles wat mooi is. Voor het kleine meisje Rose was
dat, en zoveel was zeker, al jaren geleden het geval geweest.

Ze wist dat ze haar tijd verdeed, maar het laatste waar ze zin in
had was om naar Lucy's huis te gaan en te doen alsof ze vrienden
waren. Nu ze in Brighton was, was dat gevoel nog erger: het lopen
door de straten had in haar herinnering paden opengesteld die
ze sinds lange tijd had afgesloten. Lucy was de ándere op school
die zwanger raakte. Maar Lucy had ervoor gestáán. Beter gezegd,
haar vriendje deed dat. Haar zwangerschap was geen geheim geweest, zoals die van Rose.

Maar nu was het tijd. Ze moest sterk zijn.

'Anna, kom.' Anna had zich bij een groepje meisjes gevoegd op
een lage, aan veiligheidsvoorschriften voldoende draaimolen en
draaide juichend rondjes. Ze was vol zelfvertrouwen, extravert en
had zelfs met een ooglap voor geen moeite onmiddellijk vrienden
te maken. Dit was een van de heel weinige dingen die Rose in haar
huidige leven als een overwinning kon beschouwen. Die gedachte
bracht haar weer bij het atelier en wat ze had gedaan. Zou Gareth
het al ontdekt hebben? Haar maag speelde op en ze voelde zich
misselijk. Ze bukte zich en kokhalsde, waarop een paar bezorgde
hoofden haar kant uit keken en een paar moederhanden de kleine
kinderen grepen voor het geval het hier een gekke dame betrof.

Flossie zat in haar buggy en was wakker; ze propte het cakeje
in haar mond en keek naar de spelende kinderen.

'Anna, we moeten nu gaan.'

'Oo,' zong Anna. Maar gehoorzaam als altijd kwam ze en ze sjokten de steile heuvel op naar het noordelijke deel van het park, om een grote hondenhoop heen die als een wachter midden op het voetpad lag.

Boven aan de heuvel bleef Rose staan, enigszins hijgend. Haar lendenen voelden vochtig aan toen ze ze onder haar corduroy jas masseerde. Anna keek bezorgd met haar goede oog naar haar op.

'Zijn we er nou bijna?'

'Het is daar aan de overkant.' Rose wees naar het huis. Ze liet haar hand zakken toen ze Polly achter het voorraam zag staan, met haar armen over elkaar en haar gezicht op onweer. Toen die hen zag aankomen, dook ze snel weg. Rose sleepte de buggy de treden naar het huis op en belde bij de afgebladderde rode voordeur aan.

Na een paar minuten verscheen Polly met een stralende glimlach op haar gezicht.

'Goddank, Rose,' zei ze te luid. 'We begonnen ons al zorgen te maken.'

Vierenveertig

'Is ze daar dan eindelijk?' klonk een stem en achter Polly verscheen een vrouw van middelbare leeftijd, met brede heupen. Over haar schouder hing een theedoek en haar naar achteren getrokken haren onthulden een tobberig, dooraderd gezicht met een droge gegroefde huid. Dus dit was er van Lucy geworden.

'Kom toch binnen, Rose.' Lucy haastte zich de buggy aan te pakken en hem de smalle gang in te trekken, waarvan de muren schuilgingen onder jassen aan haken en vurenhouten rekken vol slordig neergesmeten schoenen. Er hing een penetrante lucht van stof en Nag Champa-wierook. 'Dus dit is Flossie. En waar is Anna?'

'Daag,' zei Anna en ze stak haar hoofd om Rose heen.

'O, daar ben je. Waar záten jullie toch? We stonden op het punt de politie te bellen,' praatte Lucy verder terwijl ze achteruit de woonkamer in liep. 'Neem jij ze mee naar de keuken, Polly, dan haal ik deze arme baby uit de buggy. Goeie god, ze is ijskoud.'

Polly pakte Rose' hand en nam haar mee naar de achterkant van het huis, naar een langwerpige keuken; de vurenhouten kasten langs de muur en de werkbladen zaten vol vlekken. Aan het einde van de kasten stond een lange, massief houten tafel met daaromheen niet bij elkaar passende stoelen. Helemaal achterin zag Rose, door openslaande tuindeuren, tegen elkaar gegooide fietsen en een onverzorgd oerwoud.

'Waar was je in godsnaam?' siste Polly, terwijl ze een naaimand en een spijkerbroek van een stoel verplaatste en daar Rose op duwde.

Rose had nog geen woord gezegd en trok Anna naar zich toe. Er hing iets in de lucht, maar ze wist niet wat. Toen ze Polly's gezicht in het raam had gezien, was ze bang geweest dat Gareth het atelier had ontdekt en contact had opgenomen. Maar nu wist ze wel bijna zeker dat dat niet was gebeurd. Hoe dan ook, Polly's telefoon lag in de Lodge en Rose wist zeker dat Gareth geen idee had waar Lucy woonde of wat haar telefoonnummer was.

Lucy kwam bedrijvig naar haar rommelige keuken en bleef in de deuropening staan, die ze met haar omvang geheel in beslag nam. Flossie zat op haar heup en nam met haar hoofdje tegen Lucy's schouder rustend de onbekende ruimte op.

'Arme Rose,' zei Lucy. 'Je hebt een zware tijd achter de rug, hè? Polly heeft me alles verteld.'

Rose fronste lichtelijk haar wenkbrauwen. 'Mij mankeert niets, hoor.'

'Natuurlijk niet,' fluisterde Lucy met een knipoog. 'Nou, Anna, wil je wat drinken? Heb je trek in een plak cake? Ik wed dat jullie razende honger hebben.'

'Lucy houdt van eten, net als jij, Rose,' zei Polly bij de ketel.

'We hebben cake gegeten in het park,' zei Anna.

'Wat... het park daar?' Lucy wees in de richting waar ze vandaan waren gekomen. Anna knikte.

Lucy wendde zich met opgetrokken wenkbrauwen naar Polly. Polly knikte alsof dit een bevestiging was van iets wat ze haar al had gezegd. Ze liep met de kop thee naar Rose toe en ging tegenover haar zitten.

'Kijk toch eens hoe jullie eruitzien. Jullie zijn helemaal verwaaid,' zei ze glimlachend.

'Ik heb het hete water aangezet,' zei Lucy. 'Dan kun je een lekker bad nemen en misschien wat slapen voordat we gaan eten. Je ziet er doodop uit.'

Had ik maar een spiegel, dacht Rose, zodat ze zelf haar onmiskenbaar verschrikkelijke uiterlijk kon zien. Ze had zin om te zeggen dat Lucy er evenmin erg florissant uitzag, maar kreeg er de kans niet voor.

'Jij slaapt in Molly's kamer,' ging Lucy verder, terwijl ze een eigengemaakte worteltaart in plakken sneed en op afgeschilferde bordjes legde. Molly was, herinnerde Rose zich, Lucy's oudste dochter, die ze had gekregen toen ze nog op school zaten. 'Polly heeft je spullen al uitgepakt. Doe maar rustig aan.'

Polly keek haar aan, glimlachte en knikte alsof Rose niet goed snik was.

'Waar zijn de jongens?' vroeg Rose.

'Die zijn met Molly en Frank naar de film. Frank is Molly's vriendje. Zo'n lieve jongen. Je zult hem heel aardig vinden.' Lucy knikte veelbetekenend naar Polly. Rose dronk van haar thee, keek naar de twee vrouwen en vroeg zich af wat ze hier in godsnaam deed.

'Vindt Molly het niet vervelend om haar kamer af te staan?'

'Helemaal niet! Ze is maar al te blij een excuus te hebben om de nacht bij Frank door te brengen. Zijn ouders wonen in een van die grote witte huizen aan het park. Ze zijn erg bemiddeld,' kwebbelde Lucy maar door.

Rose vond het allemaal overbodige details. Ze keek naar Polly, die nog steeds zat te glimlachen als een feestvarken.

'Ik had zelf wel mijn spullen kunnen uitpakken,' zei Rose. 'Dat had ik eigenlijk liever gedaan.'

'Ach, nee. Je bent nu op vakantie, Rose. Je hoeft geen vinger uit te steken,' zei Polly.

'Waarom drink je je thee niet op, dan kun je naar boven gaan en een lekker warm bad nemen,' voegde Lucy daaraan toe. 'Wij zorgen voor de meisjes. Jij gaat nu rusten. Vooruit. Ik wijs je de weg.' Ze stak haar hand uit als naar een kind.

Rose zag hoe het tweetal haar vol bezorgdheid aankeek. Daarna wendde ze zich tot Anna, die, merkte ze met een steek van woede op, haar met dezelfde uitdrukking aankeek. Wat hier ook gaande was, het verstikte haar. Maar in één opzicht hadden ze gelijk: ze was uitgeput. Haar hele lichaam deed pijn van al het geduw, getrek en gescheur, de late avond, de warme champagne en de zeelucht. Ze accepteerde de kans die haar werd geboden en liep achter Lucy aan de trap op.

'Nu moet je eens helemaal nergens aan denken.' Lucy reikte haar een schone, zachte, groene handdoek aan en een fles Body

Shop-lavendelbadolie. 'Dat is Molly's kamer, de tweede links. En je slaapt maar zolang je wilt, oké?' Lucy streek over Rose' haar. Rose had zin die arm af te rukken, maar in plaats daarvan knikte ze en ging naar de badkamer.

Ze deed de stop in het bad, draaide de warmwaterkraan helemaal open en ging voor de spiegel staan. Langzaam kleedde ze zich uit. Ze keek met een gevoel van onverschilligheid naar haar lichaam. Een nijldelta aan zwangerschapsstriemen tekende de huid op de vetrol die iets onder haar navel uitpuilde. Ook haar borsten zagen er geteisterd uit: de paarse lijnen die nog blauw verkleurd waren van haar laatste zwangerschap, leken op aderen of opgezette lymfeklieren. Ze pakte haar vlezige heupen, aan beide zijden een handvol, schudde ze en zag hoe de losse, kwabbige vleesmassa naar omhoog, opzij en omlaag blubberde. Het was niet prettig om te zien. Misschien had ze het alleen aan zichzelf te wijten dat Gareth vreemd was gegaan. Misschien was ze de Rubicon overgestoken, had ze gedaan wat voor een vrouw van haar leeftijd onaanvaardbaar was. Had 'ze zichzelf laten gaan'. Misschien verdiende ze Lucy's medelijden dubbel en dwars.

Ze draaide zich om en goot een flinke scheut badolie in de kuip, roerde die rond en ademde de frisse, kalmerende lavendellucht in. Nee, Polly broedde iets uit – Rose voelde het. Ze moest ophouden haar het voordeel van de twijfel te gunnen. Ze was veel te inschikkelijk geweest, had te veel medelijden met haar gehad, had te veel vertrouwd op hun gedeelde verleden. Ze stapte in het stomende bad en liet zich in het te hete water zakken. Terwijl haar lichaam langzaam pocheerde, probeerde ze alles op een rij te zetten. Maar het lukte haar niet. Ze was te ver van elke context om zicht op iets te hebben. Het was, dacht ze, veel beter om naar de slaapkamer te gaan en wat te rusten.

Ze droogde zich af. Met de handdoek om zich heen liep ze op haar tenen door de gang. Op de overloop van de trap die met een bocht naar de zolder ging bevond zich, zag ze, op voethoogte een soort opening. Op haar hurken tuurde ze door houten spijlen die het afrasterden van de ruimte eronder en dat was, zag Rose, de keuken. Hiervandaan kon ze Polly en Lucy zien die aan de keukentafel met Anna zaten te praten. Lucy had Flossie op haar knie terwijl Anna vertelde wat er met haar oog was gebeurd. Zij en Polly hadden er een grappig verhaal van gemaakt – Anna deed voor wat de kitten had gedaan door met haar hand voor Polly's gezicht te zwaaien alsof het een klauwtje was.

'Nou, ze hebben mij niet nodig,' mompelde Rose bij zichzelf. Polly keek omhoog en zag Rose gehurkt op de overloop. Zonder de anderen daarop attent te maken, ging ze door alsof ze niets gezien had. Rose stond op en liep naar de slaapkamer, waar haar kleren aan haken aan de deur waren gehangen, een reiswieg voor Flossie was neergezet en Anna's knuffels op een veldbed waren uitgestald. Rose pakte haar nachthemd van wat waarschijnlijk Molly's bed was en trok het over haar hoofd. Toen sloeg ze het schone dekbed terug en kroop eronder. Binnen enkele seconden viel ze in een diep, droomloos gat.

Toen ze wakker werd, had ze geen idee hoe laat het was of waar ze zich bevond. Langzaam drong het tot haar door dat ze in Brighton was, in de slaapkamer van een tiener. Ze hoorde het zuchten en snurken van haar twee meisjes, die iemand bij haar in de kamer had gelegd. Ze stapte uit bed en sloop naar het raam. Het regende pijpenstelen en de nacht was pikzwart. Aan de andere kant van de tuin kon ze de silhouetten van de huizen onderscheiden. Die waren allemaal donker, dus het moest laat zijn. Rose besefte dat ze honger had en vroeg zich af of ze het avondeten had gemist. Voorzichtig, om de meisjes niet wakker te maken, liep ze op de tast naar de gang. Ze hoorde stemmen uit de keuken, dus bleef ze staan en hurkte weer naast de opening; ze ging helemaal aan de kant zitten zodat ze niet gezien kon worden. Aan tafel zaten Lucy en Polly en twee jonge mensen, een hoogzwanger meisje en een jongen, beiden rond de twintig. De jongen kwam Rose bekend voor, maar ze kon niet bedenken waarom.

'Sorry, Frank, lieverd,' zei Polly. Ze leunde over de tafel met haar hand op zijn onderarm. De jongen, met roze wangen en een rond gezicht, indiekleding en een bos zwart haar, hield een bierblikje in zijn hand. Uit de manier waarop hij zijn lichaam had verdraaid en zijn hoofd gebogen, sprak een en al teleurstelling.

'Ze is er niet klaar voor,' voegde Lucy eraan toe. 'Ze is duidelijk helemaal van slag.'

'Ik kan niet begrijpen dat ze dat met het werk van haar man heeft gedaan,' zei de jonge vrouw.

'Ik wacht twintig jaar om haar te leren kennen en dan eindigt het zo,' zei Frank, zijn handen om zijn hoofd slaand.

Rose' adem stokte en ze sloeg haar hand voor haar mond.

'Je hebt zeeën van tijd. Ze zal gauw genoeg in orde zijn en dan kun je verder zien,' zei Lucy.

'Het is het verkeerde moment, Frank,' zei Polly. 'Het spijt me verschrikkelijk. Ik weet niet hoe ik erbij kwam. Alles leek erop te duiden dat de tijd rijp was. Ik had gewoon niet door hoe erg ze in de war was. Maar ze is jouw moeder, dat lijdt geen twijfel. En je hebt in elk geval kennisgemaakt met je zusjes.'

'Het is niet uw schuld, tante Polly,' zei Frank.

Tánte Polly! Rose beet op haar vingers om het niet uit te schreeuwen.

'Goddank heb je al die jaren het contact onderhouden,' zei Lucy. 'Je hebt het uitsluitend aan Polly te danken dat je de kans krijgt haar te ontmoeten.'

'En dankzij Polly hebben wij elkaar leren kennen,' zei Molly; ze nam Franks hand en keek hem in de ogen.

Rose' maag keerde zich om. Dus daarom had Polly haar naar Brighton laten komen.

'Denkt u dat ze haar zullen opnemen?' vroeg Frank.

'Ik denk van wel,' zei Polly, en ze gaf een klopje op zijn hand. 'Dat is voor haar eigen bestwil. Ze is nu waarschijnlijk een gevaar voor zichzelf.'

'Ik zou de kinderen niet met een gerust hart bij haar laten,' zei Lucy tegen Polly.

'Ik denk dat het belangrijk is om gewoon te doen,' zei Polly. 'Ze mag niets vermoeden.'

Rose bekeek de jongeman die nu zo naar het licht gekeerd zat dat ze zijn gezicht kon zien. Natuurlijk. Zijn trekken waren bekend, want het waren haar trekken.

'Wilt u de baby zien,' had de vroedvrouw gevraagd aan Rose, die huilde en versuft was van de pethidine die ze op Polly's aandringen had geslikt.

'Nee,' had Polly geantwoord. 'Daar is ze heel duidelijk in geweest.'

De vroedvrouw had haar schouders opgehaald en het bundeltje dekens de kamer uit gedragen naar de armen van de nieuwe ouders. Het was allemaal buiten Rose om gegaan. Polly had contact gezocht met een katholieke adoptieorganisatie die, met haar als tussenpersoon, alles had geregeld.

Ze had kennelijk contact gehouden met die organisatie. En had ze met deze hereniging in gedachten contact gehouden met Lucy? Had zij de relatie tussen die twee jonge mensen bekokstoofd? En 'tante' Polly? Wat had dit allemaal te betekenen?

Het was een vergissing van Rose geweest om Polly te vertrouwen, altijd al.

Het enige wat Rose van de adoptieouders had geweten was dat ze ook in Brighton woonden, en dat was een van de redenen geweest waarom ze de stad zo snel had verlaten. Het is, zoals haar ouders haar voor hun vertrek naar Schotland al hadden gezegd, een kleine stad. Een plek voor schandalen. Een plek waar je nog niet kon niezen zonder dat iedereen het wist.

'Gareth zal hier over een uur of zo zijn, Frank,' zei Polly. 'Jullie tweeën kunnen nu maar beter gaan, hij heeft al genoeg aan zijn hoofd. We bewaren dit totdat hij de directe gevolgen van Rose' actie heeft verwerkt. Dan beginnen we aan haar verleden.'

Rose scheurde haar blik los van de jongen, stond op en ging naar de badkamer. Ze sloot de deur achter zich en knielde voor de toiletpot, in de verwachting dat ze moest overgeven. Maar er kwam niets. Zelfs dat lukte haar niet. Ze sloot haar ogen en probeerde haar ademhaling te kalmeren. Gareth was onderweg. Ze dachten allemaal dat ze ziek was. Het zag er niet goed uit.

Had Polly Anna over deze Frank verteld? Over het grote geheim dat haar moeder voor iedereen verborgen had gehouden? Had ze het – en hier boog ze zich opnieuw over de wc-pot – aan Gareth verteld? Gareth die, vanwege zijn verleden, dit nooit, maar dan ook nooit mocht weten? Rose wilde er niet aan denken. Ze voelde een instinctieve drang om naar huis te gaan, orde op zaken te stellen, met zichzelf in het reine te komen. Zolang ze in Brighton was kon ze niet helder denken. En belangrijker was dat ze gevaar liep. Ze moest hier weg, en er was maar één plek waar ze naartoe wilde.

Een telefoon. Ze moest een telefoon vinden. Ze sloop naar de slaapkamer aan de voorkant, die, stelde ze zich voor, van Lucy moest zijn. Ze hoorde het viertal nog steeds in de keuken praten. Hun gedempte, bezorgde stemmen klonken alsof ze de wacht hielden bij een lijk. Rose had goed ingeschat dat dit Lucy's kamer moest zijn en daar, naast het bed, stond een telefoon. Voorzichtig pakte ze hem op en draaide een taxinummer dat mnemotechnisch zo goed was bedacht dat ze het zich zelfs na twintig jaar weer herinnerde.

'Hallo, een taxi graag op St Luke's Rise 25. Naar Bath. Ja, Bath in West Country. Ja, ik weet dat dat heel duur wordt. Nee, dat kan me niet schelen. En alstublieft niet aanbellen of claxonneren. Ik sta op de uitkijk en kom naar buiten als u eraan komt. En ik heb een autozitje nodig voor een baby.'

Rose schoot terug naar de slaapkamer waar Flossie en Anna lagen te slapen. Ze trok haar kleren aan en gooide wat ze kon terug in rugzak en koffer. Vervolgens maakte ze heel voorzichtig Anna wakker.

'Kom, Anna, dit is een spel. We gaan proberen ervandoor te gaan. Niemand mag ons horen. Je moet doodstil zijn en op je tenen de trap af lopen.'

Anna was slaperig en beduusd, maar gelukkig even gehoorzaam als Rose had gehoopt. Rose pakte Flossie op en gedrieën wachtten ze in de voorste slaapkamer tot de taxi aan kwam rijden in de natte, donkere straat. Hij stond daar, het oranje licht reflecteerde in de plassen.

Rose ging voor, koffer en buggy in één hand, Flossie onder haar vrije arm geklemd, rugtas op haar rug en Anna aan haar rok toen ze de trap af renden, de voordeur uit. Tegen de tijd dat Polly, Lucy, Molly en Frank bij de voordeur waren, had Rose alles en iedereen in de taxi gepropt.

Toen bleef ze staan en keek achterom naar het verbijsterde groepje in de deuropening. In weerwil van alles wat haar naar de taxi dreef, bleken haar benen terug te lopen, de stoep op naar de deur.

Ze zag dat Lucy een stapje achteruit deed om haar zwangere dochter te beschermen. Maar Rose liep op Frank af. Ze nam zijn gezicht in haar handen en keek recht in die donkerbruine ogen alsof ze in een spiegel keek.

'Het spijt me,' zei ze, 'maar eens zal ik het goedmaken. Dat beloof ik je.'

Terwijl ze zich vooroverboog en hem, slechts eenmaal, op de wang kuste, voelde ze hoe Polly's magere hand uitschoot om haar arm te grijpen. Maar die sloeg ze weg, ze liep de treden weer af en wierp zich in de taxi.

Toen ze de portier dichttrok, zag ze dat Polly zich had losgemaakt uit de deuropening en achter haar aan kwam.

'Rijden,' zei ze tegen de chauffeur. 'Wegwezen.'

De taxichauffeur mocht denken wat hij wilde, maar hij wilde vooral geen problemen. Hij schoot vooruit en ging slippend aan het einde van de straat de hoek om. Rose keek een moment achterom en zag Frank staan, verbijsterd, terwijl Polly achter de taxi aan holde. Hij had zijn arm om Molly geslagen, die haar gezicht tegen zijn schouder had verborgen terwijl haar ronde buik in zijn zij drukte.

Toen pas realiseerde Rose zich dat als Molly zwanger was en Frank haar vriendje, in die buik haar kleinkind zat. Snakkend naar adem sloeg ze haar hand voor haar mond.

Mijn kleinkind.

'Gaat het, dame?' vroeg de taxichauffeur.

'Eh...' zei ze; ze leunde achterover en probeerde rustig adem te halen. Ze concentreerde zich op de ruitenwissers die heen en weer zwiepend even zicht gaven voordat de stromende regen het uitzicht weer belemmerde. Ze telde tien slagen.

Toen vermande ze zich. Ze had Flossie, Anna noch zichzelf vastgegespt. Waar zat ze met haar gedachten? Ze ging druk in de weer met gespen en gordels.

'Er is toch niemand die u achternakomt?' vroeg de chauffeur.

'Maakt u zich geen zorgen,' zei ze; ze boog zich over Flossie heen om het babyzitje vast te maken.

'En u weet dat de prijs voor deze rit niet mis zal zijn?'

'Het is niet anders.'

''t Is maar dat u het weet.' De taxichauffeur, een vaderlijke, gezette man met een zwaar Londens accent, boog vooover om Radio 2 aan te zetten. Al spoedig vulden de klanken van easy listening de warme, naar synthetische kokosnoot geurende taxi die in westelijke richting door het doorweekte land reed. De regen spoelde verkeerszuilen en vangrails schoon, tankstations en als bomen gemaskeerde mobieletelefoonzuilen. Het deed de glimmende kanten scherp uitkomen zodat alles, zelfs in de gele natriumgloed van de straatverlichting, goed zichtbaar was; alles leek op te lichten, aan de oppervlakte gebracht.

'Luister eens, dame, ik wil me nergens mee bemoeien, maar weet u zeker wat u doet?'

'Nou en of,' zei Rose. 'Ik ben op weg naar huis.'

'Dat is goed om te horen. Als u maar weet wat u doet. Met de kinderen en zo.' De man concentreerde zich weer op het rijden.

Er was heel weinig verkeer op de weg en de chauffeur reed soepel, snel en zeker. Kon de reis maar altijd zo doorgaan, dacht Rose, want ze had geen zin in de confrontatie met wat haar thuis te wachten stond. Ze sloeg haar armen om haar slapende meisjes en was blij dat de chauffeur niet van het spraakzame slag was. Ze probeerde alleen aan haar dochters te denken maar het feit dat ze Frank had gezien, maakte het moeilijk haar gedachten erbij te houden.

Ondanks alles wiegde het niet-aflatende geruis van de regen, het ritmische zwiepen van de ruitenvegers, de zachte muziek en de warmte in de auto Rose in een ongemakkelijke slaap.

Toen ze eindelijk wegsoesde, was haar laatste gedachte dat het heel goed mogelijk was dat Gareth en zij elkaar ergens zouden kruisen. Ze hoopte echt dat hij hen in dat geval niet zou herkennen, want dan had de taxichauffeur werkelijk iets om zich zorgen over te maken.

Vijfenveertig

In het holst van de nacht reed de taxi de lege parkeerplek van de Lodge op. Het huis stond in volledige duisternis onder aan de treden. Het was windstil en de regen viel als scherpe pijlen recht omlaag, vond zijn weg over de rand van de goten en borrelde onder de deksels van de afvoerputten.

'Zeker dat het hier is, dame?'

'Ja, ja,' zei Rose.

Hij stapte uit en hielp haar de koffer de treden af dragen. Rose had haar handen vol aan Flossie, die nog diep in slaap was, en Anna, die net wakker genoeg was om naar beneden gepraat te worden, stap voor stap terwijl Rose een jas boven haar ophield.

'Dat is dan honderdvijf pond, alstublieft, dame,' zei de taxichauffeur. Rose blies haar wangen op en keek in haar portemonnee. Ze had voor Brighton een heleboel contant geld bij zich gestoken, dus trok ze zes briefjes van twintig tevoorschijn.

'Zo is het goed,' zei ze.

'Dank u, dame. En kalmpjes aan, hè? En jij, dametje...' hij knielde en keek in Anna's goede oog, '...jij lijkt me een brave meid. Pas je goed op je mama en de baby?'

Door zijn woorden moest Rose weer aan de ziekenhuisopname denken en hoe onmachtig ze zich had gevoeld toen de verpleegsters haar identiteit vervingen door haar hoedanigheid. Het was werkelijk ironisch. Wat wist ze toen van ontkrachting?

Ze keek hoe de taxichauffeur door de regen terug naar zijn auto sjokte en draaide zich toen om naar de voordeur. Die was op slot. Ze zocht in haar tas naar de sleutels en opende de deur. Toen de chauffeur haar dit had zien doen, startte hij de motor, en ronkend en met veel licht verdween hij in de nacht.

Frank, dacht Rose. Ze moest die gedachte verbijten, geheel en al inslikken.

354

'Ik ben bang, mama,' fluisterde Anna, die zich vastklampte aan Rose' been toen ze de donkere, lege keuken binnen stapten. Frank.

'Je hoeft niet bang te zijn, schatje. Kijk, we zijn thuis.' Rose sloeg haar arm om Anna heen en trok Flossie nog dichter tegen zich aan zodat haar hoofd tegen haar schouder viel.

'Waar is papa?'

'Die is weg, Anna.'

Zonder zich te bekommeren om buggy, koffer en rugtas die ze buiten in de regen had laten staan, draaide Rose het licht aan. De keuken was een zwijnenstal. De ontbijtspullen van die ochtend stonden er nog. Er waren drie lege wijnflessen en twee overvolle asbakken. Laden waren opengetrokken en de inhoud over de hele keuken uitgestrooid alsof iemand naar iets had gezocht. Theedoeken die Rose had gewassen en op keurige stapels gelegd, waren uitgevouwen en in het rond gesmeten als veren van dode vogels. Een paar manden waarin Rose zogenaamde ditjes en datjes – een term die Gareth altijd om onbegrijpelijke redenen aanstootgevend had gevonden – bewaarde, waren ondersteboven gehouden en hadden hun inhoud – reservebatterijen, stukjes touw, elastiekjes en punaises – over de keukentafel uitgestort.

'Waarschijnlijk de sleutel,' mompelde Rose.

'Wat, mama?'

'O, niets. Ik zei dat je vader kennelijk iets heeft lopen zoeken.'

'Papa is een sloddervos,' zei Anna, op haar duim zuigend zoals ze deed toen ze nog een kleuter was.

'Dat is hij zeker,' zei Rose. Ze liep naar het raam aan de achterkant en zag, aan de overkant van het doorweekte grasveld, dat er licht brandde in het atelier. De deur leek te zijn bezweken – of liever gezegd: lag er versplinterd bij, alsof erop in was gehakt. Gareth had de jaloezieën opgetrokken en het vertrek zag er leeg en stil uit; de lichten waren aan, maar er was niemand. Zelfs van deze afstand kon Rose de chaos zien die ze had veroorzaakt. Het zag er behoorlijk slecht uit.

Ze nam de meisjes mee terwijl ze een ronde door de benedenverdieping maakte en controleerde of alle buitendeuren op slot zaten; ze knipte alle lichten aan en keek in alle kasten om er zeker van te zijn dat daar niets verborgen was. Afgezien van de puinhoop in de keuken, leek het huis onaangetast.

'Kom, juffrouw Een en juffrouw Twee,' zei ze tegen Anna en Flossie, en ze nam hen mee naar boven, onderweg de lichten aanstekend en haar vrije hand voor hen uit houdend alsof ze een onzichtbaar schild droeg. Ze bracht hen rechtstreeks naar haar slaapkamer, die er nog net zo bij lag als ze hem had achtergelaten: het bed was haastig dichtgeslagen en haar kimono hing over een rugleuning. Ze stopte Anna in, verschoonde Flossie en legde haar aan de andere kant van het bed, haar inkapselend met kussens zodat ze er niet uit kon vallen. Tegen de tijd dat ze Flossie had geïnstalleerd met een fles opvolgmelk die ze had bereid met Tetra Pak-melkpoeder dat ze in de luiertas had ingepakt, was Anna diep in slaap en snurkte zachtjes, haar goede oog dicht en haar verband beschuldigend naar Rose starend.

Rose inspecteerde elk van de kamers boven. Ze deed de lichten aan en keek onder de bedden en achter de kastdeuren. Wat ze dacht te zullen vinden, wist ze niet, maar ze wilde geen risico lopen. Het was nu duidelijk: ze was altijd te goed van vertrouwen geweest. Ze moest er zeker van zijn dat Gareth geen vallen voor hen had achtergelaten.

Maar het enige echte probleem dat hij had achtergelaten, was de keuken. Wat eerlijk was, dacht Rose, als je bedacht wat zij met zijn atelier had uitgehaald.

Ze ging weer naar beneden en pakte de paraplu uit de standaard naast de kapstok. Ze deed de buitenlichten aan en waadde voorzichtig door de plassen naar de Annexe. Ze ontsloot de deur, zwaaide die op armlengte open, een gebaar dat belachelijk aandeed, alsof ze zich in een James Bond-film bevond.

Ze deed het licht in de gang aan en keek langs de trap omhoog, luisterde of ze iets hoorde bewegen. Vervolgens, met de paraplu als een zwaard voor zich uit, liep ze behoedzaam de trap op naar de zit-slaapkamer. Hier was ze al een hele tijd niet geweest – zonder een Polly die al haar bewegingen volgde.

Ze drukte op de knop aan de muur om de plafondverlichting aan te doen. Dit was het hol van Polly, en van niemand anders. Overal verspreid lagen haar kleren, er was geen vrij plekje meer over. Er lagen zwarte ragdunne jurkjes, beha's die, in Rose' ogen, onnodig waren gegeven Polly's kleine borsten; er lagen nog meer vuile slipjes. Rose ging op haar knieën zitten en keek onder het bed. Ze rekte zich zo ver uit, dat haar schouder bijna uit de kom schoot en viste een maar al te bekende onderbroek op. Hij vormde een prop met de lodengroene trui die Rose ook niet onbekend voorkwam.

'Kijk,' had ze gezegd, 'nu ben ik een echte vrouw,' en ze had hem de trui gegeven, het resultaat van drie maanden voor de televisie zitten met het breiwerk schommelend op de bobbel die Anna zou worden.

Aan het hoofdeinde zaten leren riemen en toen ze in het laatje van het nachtkastje keek, vond Rose anticonceptiepillen, twee vibrators – een grote en een kleine, roze en zacht – een tube naar aardbeien smakend glijmiddel en een koord met Thaise kralen die, viel Rose op, niet ongebruikt waren gebleven.

De badkamer was zoals ze had verwacht – een chaotische verzameling cosmetica voor haar, huid, gezicht en lichaam. Polly's onverzorgde, sjofele uiterlijk had achter de schermen heel wat onderhoud nodig. Rose ontdekte haar eigen Touche Éclat tussen een pot met Eve Lom-reinigingscrème en een Nars- eyelinerpotlood. Ze overwoog haar stift terug te pakken, maar zag ervan af – die was waarschijnlijk inmiddels besmet. De prullenmand liep over van met bloed bevlekte zakdoeken, en de wc moest nodig eens worden schoongemaakt.

Ze ging naar de kleine slaapkamer, de kamer die in haar gedachten nog steeds van Andy was. Die lag er verloren en leeg bij. Er was natuurlijk geen spoor van de jongens – Rose had zelf toegezien op het overbrengen van hun spullen naar het grote huis. Het stapelbed was ontdaan van beddengoed. Het lag erbij alsof er iemand was gestorven.

Was ik maar met Andy meegegaan, dacht Rose plotseling en zij drukte haar vuist tegen haar borst. Dan was dit allemaal niet gebeurd. Het zou moeilijk zijn geweest, maar de dingen zouden niet zo'n dramatische wending hebben genomen. Dus dat was wat ze ging doen: morgen zou ze de kinderen oppakken en naar Bretagne gaan om samen met Andy in zijn huisje te wonen op een steile, door zout aangevreten helling die westwaarts uitkeek op de wilde Atlantische Oceaan. Ze zou op een met zeeslakken begroeide rots staan en de ozon inademen die, stelde ze zich voor, zo anders was dan de zware, bedompte Kanaallucht die ze van Brighton kende.

En daar, weg van Gareths als een wig werkende rancune over zijn eigen situatie, zou ze eindelijk in staat zijn zich van haar geheimen te bevrijden en voor het eerst in haar bestaan een volslagen open en vrij leven te leiden. Ze zou alles rechtzetten met Frank. Ze zou alles rechtzetten voor haar kleinkind. Ze zou alles in het reine brengen.

Ze probeerde haar gedachten tot rust te brengen door praktische zaken op een rijtje te zetten – of ze de boot zou nemen of het vliegtuig; hoe ze aan een auto kon komen; en of ze Flossie, die geen paspoort had, mee zou kunnen smokkelen tussen de bagage – en ging naar de kookhoek van de zit-slaapkamer. Die bood een heel andere aanblik dan toen dit haar ruimte was. Toen stonden er altijd pannen op het aanrecht uit te druipen en bonen in water te weken, toen wachtten er bergen net in de tuin gerooide aardappels op haar aandacht. Nu was er geen spoor van voedselbereiding of consumptie. In plaats daarvan stond er een gitaar tegen het gasfornuis, en de keukentafel lag bezaaid met gele notitievelletjes. Elk velletje was beschreven met Polly's kleine, krieuwelige handschrift, doorspekt met misplaatste hoofdletters, kleine sierletters, uitzonderlijk hellende letters en een heleboel doorhalingen.

Dat waren Polly's liedjes.

Rose pakte een velletje dat bovenop lag op en las bij het licht van haar lantaarn:

Je zegt je kunt haar geen pijn doen
Toch wel: ik wil je te graag
Haar wolken hangen over ons
We verdrinken in zwarte wolken
Je moet de storm doen ophouden

Dat was het dus. Dit ging wat verder dan de *Weduwecyclus* waaraan Polly zo hard had gewerkt. Rose las het nogmaals en verscheurde toen het papier in kleine stukjes, gooide die in de lucht en keek hoe ze neerdwarrelden. Ze pakte nog een vel en nog een en nog een totdat de kamer bedekt was met massa's geel papier als door honden bepiste sneeuw. Ze hoopte maar dat de digibeet Polly geen kopieën had. Ze lachte bij zichzelf. Dit was het enige wapen dat haar restte: de gave om het allemaal te verscheuren; en gebruikte ze die niet goed?

Maar wat deed het er nog toe? Morgen zou zij met de meisjes op weg zijn naar Frankrijk. Ze schopte tegen de gele snippers zodat ze omhoog stoven.

'Hallo?'

Een mannenstem kwam van beneden. Rose sprong letterlijk op. Heel even verviel ze in slow motion, als in een kungfufilm. Ze hoorde de suizende beweging van haar lichaam toen ze zich vliegensvlug omdraaide en de lichten uitdeed, voorbereid op alles, haar handen in de lucht.

'Is daar iemand?'

Langzaam naderde over de muur een schaduw, in een schuine lijn vanaf de trap. Aan zijn silhouet kon Rose zien dat de man een stok of iets dergelijks vasthield. Misschien een hamer.

Ze liep achteruit naar de keukenkast en greep een steelpan, waarmee ze achter haar hoofd zwaaide alsof het een slaghout was, klaar om toe te slaan.

'Rose?'

Rose haalde heel diep adem en liet de steelpan op de grond vallen. Het was Simon. Haar ouwe vriend. Haar ouwe gabber.

'Is alles in orde?' zei hij. 'Ik zag lichten branden en ik wist dat jullie allemaal weg waren en de auto stond er niet, dus ik dacht: ik ga even kijken.'

Rose rende op Simon af en sloeg haar armen om hem heen, snikkend van opluchting. 'Ik dacht dat je een...'

'Sst. Sst...'

'Ik dacht... o, Simon, het is een groot debacle,' huilde ze.

Simon hield haar heel lang vast, streelde haar haar terwijl ze tegen zijn borst huilde. Hij wachtte tot ze gekalmeerd was en zei: 'Toen ik terugkwam uit Bath, botste ik bijna op Gareth die in de richting van de snelweg reed. Hij zag eruit als de Ruiter des Doods.'

'Hij zit achter me aan, Simon.'

'Sst. Sst.' Hij streelde haar haar.

'Je had natuurlijk gelijk. Ze neuken, Polly en hij. Ze heeft hem in haar macht.'

'Het spijt me, Rose.'

'Ze deugt niet.'

'Ik kan niet zeggen dat je ongelijk hebt.'

'Mama!'

Anna's verlammende kreet sneed door de nacht en trof Rose midden in het hart. Ze liet Simon los en vloog de trap af, struikelend over de stenen treden naar het huis, waar Anna stokstijf in de deuropening stond. Simon volgde terwijl hij onderweg lichten uitdeed en deuren sloot. Van boven hoorde Rose Flossies klagende, aanhoudende gehuil komen.

'Mama, Flossie is wakker en ze wil jou. Ik heb je geroepen, maar je kwam maar niet,' zei Anna; ze sloeg haar armen over elkaar en keek haar moeder aan. De angst die ze had gevoeld, maakte plaats voor gemelijkheid.

'Is dat alles?' zei Rose terwijl ze Anna bij de schouders greep. 'Is dat alles? Ik dacht dat er iets vreselijks was gebeurd.' Ze schudde het meisje door elkaar. De opluchting over het feit dat ze niet door een monster was aangevallen, sloeg om in razernij.

'Au, je doet me pijn!' riep Anna.

'Rose.' Simon kwam tussenbeide en trok haar weg. 'Rustig,

Rose. Anna kan er niets aan doen. Kijk, ze was bang. Gaat het, liefje?' Hij ging op zijn knieën zitten en streelde haar.

Anna knikte verdwaasd, maar in haar ogen stond de pijnlijke schrik over haar moeders hardhandige optreden.

Rose voelde zich duizelig worden. 'Sorry,' mompelde ze terwijl ze met onvaste passen langs hen heen naar de keuken liep.

'Ze heeft een heleboel te verduren gehad, Anna,' zei Simon en hij nam haar mee het huis in. 'Jij kunt er niets aan doen.'

'Nee,' zei Anna van haar stuk gebracht.

'Luister, schatje, het spijt me.' Trillend ging Rose op haar knieën zitten en pakte Anna's hand. 'Vergeef me alsjeblieft.'

Anna keek haar aan en knikte. Boven hadden Flossies kreten inmiddels een crescendo bereikt.

'Kom, dametje,' zei Simon, 'we gaan eens naar jouw zusje kijken. En het is midden in de nacht, dus jij gaat weer naar bed.' Hij liep samen met Anna de trap op. 'Ik beloof je dat je mama van nu af aan hier zal zijn. Ze gaat niet meer naar buiten, hè, Rose?'

'Nee,' zei Rose, al wilde ze niets liever dan naar het atelier gaan om te zien wat daar sinds haar laatste bezoek was gebeurd. Toen Simon en Anna waren vertrokken, nestelde ze zich in de keuken in de versleten gemakkelijke stoel. Ze zat er naar het leek wel een uur en klampte zich vast aan haar laatste restje eigenwaarde. Toen stond ze op, opende een nieuwe fles Laphroaig van Gareth en zette die met twee glazen op de tafel. Ze schonk zichzelf twee flinke vingers in en goot er een scheut water bij, iets wat Gareth verschrikkelijk zou vinden. Ze deed het grote keukenlicht uit en stak een paar kaarsen aan die ze op het aanrecht zette.

Eindelijk kwam Simon weer naar beneden.

'Dat was een hele onderneming,' glimlachte hij, 'maar nu zijn ze allebei onder zeil.'

'Mooi,' zei Rose. 'Wil je wat drinken?'

'Zo dochter, zo moeder,' zei Simon.

'Hè?'

'Jij wil vanavond toch ook niet alleen zijn?'

'Goed geraden.' Rose schonk hem een flink glas in. Ze sloegen de whisky achterover en vulden hun glazen opnieuw.

'Godzijdank is de au pair er,' zei Simon. 'Miranda is weer eens weg, maar Janka weet wat haar te doen staat als er iets gebeurt.'

'Maak je geen zorgen, ik ga je niet aangeven. Zolang jij niet aangeeft dat ik mijn dochter heb afgerammeld.'

Ze keken elkaar bij het flakkerende kaarslicht aan.

'Rose, ik maak me zorgen om je.'

'Ik ben een grote meid, ik red me wel,' zei ze. Dat geloofde ze nu ook echt. Al haar problemen zouden worden opgelost als ze naar Frankrijk ging.

'Waar denk je dat Gareth is?' vroeg Simon.

'In Brighton.'

'O.'

'Hij kwam me halen, zodat Polly en hij me kunnen laten opsluiten.

Simon keek haar niet-begrijpend aan.

'Ze beweert dat ik gek ben geworden,' ging Rose verder. 'Zelf heb ik ook de grootste moeite dat niet te geloven. Ze heeft ons allemaal op de een of andere manier aangestoken, hè?'

'Ja.' Simons blik was hard. 'Ja, inderdaad.' Rose schonk hun glazen nog eens vol.

'Rose,' zei hij, 'het spijt me zo. Ik ben zo stom geweest. En Gareth gedraagt zich als een idioot. De kwestie met ons mannen is dat we met onze pik denken en niet met ons hoofd.'

'Volgens mij geldt dat niet alleen voor mannen,' zuchtte Rose. 'Behalve dan dat het bij jullie om de pik gaat.'

Simon strekte zijn hand uit en Rose pakte die, dankbaar voor Simons vriendschap, dankbaar voor het feit dat ze met hem kon praten.

'We hebben ons allemaal als idioten gedragen,' zei ze. 'We rotzooien maar wat aan.'

Simon stond op en liep naar de kant van de tafel waar zij zat. Hij knielde aan haar voeten en keek naar haar omhoog, pakte haar gezicht in zijn handen en keek diep in haar ogen; toen hij sprak trilden zijn lange blonde wimpers.

'Ik vind het vreselijk je zo te zien. Ik heb het gevoel dat het mijn schuld is. Was ik maar meteen sterker geweest, Rose. Had ik jou maar kunnen overhalen haar het huis uit te zetten. Maar je moet ook begrijpen dat Gareth evenveel schuld treft als haar. Hij ziet niet wat hij op het spel zet. Hij heeft alles. Hij heeft alles maar dat heeft-ie zelf niet eens in de gaten. Hij heeft jou en hij ziet niet eens hoe ontzettend waardevol je bent. Je bent zo lief, Rose. Had...'

En hij trok haar gezicht naar zich toe en kuste haar. Misschien kwam het door de whisky, maar tot haar eigen verbazing beantwoordde ze zijn kus, liet ze zijn tong toe in haar mond, duwde ze de hare in zijn mond. Toen maakte ze zich los en keek hem aan terwijl haar hart bonkte.

'We zijn allemaal gek geworden,' zei ze; ze stond op en trok hem mee omhoog. Ze greep zijn haar en trok hem mee over de tafel zodat hij boven op haar lag. Hij schoof haar rok omhoog en stak, haar slipje opzij duwend, zijn vingers diep in haar. Zij maakte de knopen van zijn opbollende jeans open. Toen pakte hij plotseling en hardhandig haar heupen beet en stootte diep in haar.

'Waar zijn we mee bezig?' hijgde ze, maar zijn antwoord ging verloren in het schokken van zijn heupen. Het was bijna onmiddellijk, de drang en de ontlading. Zij kwam ogenblikkelijk klaar, haar lichaam klopte, opende en sloot zich als een zeeanemoon. Ze sloeg haar arm uit en gooide de whiskyfles om. Die morste zijn aardse inhoud over hen beiden voordat hij kletterend op de grond aan scherven viel.

Zich overleverend aan haar contracties, stootte Simon nog een paar keer in haar en trok zich net op tijd terug om klaar te komen op haar, onder haar opgeschorte rok, ontblote buik. Hij liet zich boven op haar vallen en likte de whisky van haar wang.

'Wauw,' zei hij. 'Zelfs in mijn wildste dromen niet.'

'Sorry,' zei ze.

'Ik wilde dit al zo lang,' fluisterde hij in haar oor.

'Wat zei je?' Ze kon haar oren niet geloven. Ze duwde hem van zich af en ging zitten.

'Echt waar. Zij – Polly – was mijn manier om jou uit mijn systeem te krijgen.'

Rose voelde plotseling walging, voelde zich bezoedeld door wat ze zojuist hadden gedaan. Hoe laag konden ze zinken? Mensen zijn net honden, dacht ze, terwijl ze overeind kwam en haar rok naar beneden trok.

'Ik moet nu wat gaan slapen,' zei ze. 'Ik ben doodop.'

Hij strekte zijn hand uit en raakte haar borst aan.

'Je begrijpt het niet, Rose. Ik wil blijven.'

Ze schudde haar hoofd. 'De kinderen...'

'Ik wil hier zijn als ze terugkomen. Want ze komen terug.'

'Jij hebt hier niets mee te maken, Simon. Maak de zaak nou niet nog ingewikkelder.'

Hij keek haar aan.

'Luister. We zien elkaar gauw, oké?' vervolgde ze. 'Maar wat nu komt gaat alleen mij aan.'

'Ik denk niet...'

'Ga nu, alsjeblieft.'

'Oké dan, Rose. Maar je belt me zodra je hulp nodig hebt? Ja?'

Ze liep met hem naar de voordeur; daar omhelsde hij haar zo innig en lang dat dit, zo voelde het althans, voorlopig wel eens de laatste blijk van menselijke warmte kon zijn die haar vergund werd. Desondanks wilde ze dat het over was en dat hij vertrok.

Met onvaste stappen, als een man die het allemaal voor gezien hield, liep hij de stenen treden op en verdween. De nacht was aan het wijken en de vogels begonnen aan hun ochtendreveil. Rose zag dat de regen was opgehouden en een lucht had achtergelaten die helderder was.

Met een beurs gevoel om haar mond en tussen haar benen liep ze naar boven en ging tussen haar dochters liggen, waar ze in een diepe, donkere, bewusteloze, als het ware vergiftigde slaap viel. Alles was haar aangedaan en niets was haar schuld.

Ze was zo diep in slaap dat ze de vijf verschillende keren dat de telefoon overging, niet hoorde.

Zesenveertig

Flossie werd niet voor de volgende ochtend negen uur wakker. Met een houten hoofd rolde Rose zich op haar zij, trok haar bloes op en stopte haar tepel in het mondje van de baby. Flossie hapte bijna onmiddellijk toe en al snel voelde Rose haar melk vloeien. Ze was verbaasd dat ze nog steeds melk had.

De slaapkamer was op zijn best als de ochtendzon helemaal over de daklijst naar binnen scheen en alles goud deed uitkomen. Je voelde je er warm en geborgen. Naast haar dochters liggend voelde Rose een opluchting nu het kritieke punt bereikt was. Ze had het gevoel dat op de dag die aanbrak, alles mogelijk was. Haar oude optimisme had haar niet in de steek gelaten. Op een vreemde manier voelde ze opwinding bij de mogelijkheid dat alles zou veranderen. Ze hield het beeld van Frank, van de warmte die ze in zijn blik had waargenomen, in gedachten.

Terwijl Flossie al krauwend aan haar borst zoog, keek ze ingespannen naar de kleine losse kalender op haar nachtkastje. Die had ze daar gezet toen ze het huis betrokken zodat ze precies ieders gaan en staan kon bijhouden. Het idee was dat ze als ze wakker werd, meteen zou weten of Anna bijvoorbeeld haar zwemspullen nodig had voor school of dat ze blikjes conserven moest inleveren voor het oogstfeest of geld meenemen voor het schoolreisje. Maar het had niet gewerkt. Ze had het nooit bijgehouden en de laatste paar maanden was er niets op aangetekend. Ernaar kijkend realiseerde ze zich dat het 1 mei was, een dag die ze altijd geprobeerd had als speciaal te beschouwen, als de markering van een nieuw begin.

'Anna, wakker worden.' Ze stootte de slapende gedaante naast zich aan. 'Kom op, we gaan naar buiten, onze gezichten met dauw wassen.'

Anna was slaperig, maar ze kende de procedure. Het was een ritueel dat ze elk jaar van haar leven had herhaald. En zo lagen Rose en zij enkele minuten later op hun knieën op het grasveld en wreven de dauw over hun gezichten. Flossie lag ernaast op een kleed.

'Vrolijk en blij zullen we zijn, de hele dag lang!' zong Anna en ze keek glimlachend naar haar moeder.

''t Spijt me van gisteravond, schat. Maar ik was zo ontzettend moe.'

'Goed hoor,' zei Anna. 'Als het maar nooit weer gebeurt.'

Midden op het doorweekte grasveld sloeg Rose haar armen om haar dochter en ze hielden elkaar stevig vast terwijl Flossie probeerde een madeliefje in haar mond te stoppen.

Ze gingen terug naar het huis en Rose liet een warm bad vollopen met een decadente hoeveelheid van haar Aveda-badschuim. Ze lag in het water en nam een hap schuim die ze voorzichtig in haar mond liet ploffen. Ze zag delen van haar lichaam opduiken tussen de wolken schuim, vluchtige glimpen rimpelige onvolmaaktheid die niets te maken leken te hebben met de Rose zoals ze zich die nu voorstelde.

Ze gaf haar meisjes een ontbijt van wentelteefjes met ahornstroop en daarna bracht ze de doorweekte rugtas binnen. Samen met Anna haalde ze de kletsnatte spullen eruit en etaleerde die, met de vochtige buggy, buiten op de stenen treden om ze in de zon te laten drogen. Het gaf een goed gevoel samen met iets bezig te zijn. Het schonk Rose hoop voor de toekomst.

Als alles opgedroogd was, zouden ze het weer inpakken en vertrekken.

Maar onder dit vernis van kalmte voelde Rose ook nog steeds een soort angst, een soort hongergevoel dat zich in haar ingewanden had vastgezet en die samenkneep. Ze kende dat gevoel maar al te goed. Dat had ze gewoonlijk als er storm op til was.

Vandaag echter beloofde het een mooie dag te worden. Toen ze alles hadden uitgestald en de chaos in de keuken geordend, maakten Anna en Rose boterhammen, en Rose pakte een paar van de haverkoekjes waarmee ze enkele dagen eerder de koekjes-trommel had gevuld. Ze pakten alles in een rugtas en met Flossie in de draagdoek begonnen ze aan een lange wandeling; ze beklommen de als een borst oprijzende heuvel en liepen helemaal naar de kam aan de andere kant. Ze keken omlaag in de vallei naar een veld vol schapen die in een reusachtige 'S' van de ene kant naar de andere liepen.

'Ik wist niet dat schapen konden spellen,' giechelde Anna.

Rose glimlachte en zelfs Flossie draaide in haar draagdoek haar hoofdje om om een kijkje te nemen.

Ze liepen over de kam die een halve bocht maakte zodat ze uiteindelijk weer bij huis zouden uitkomen.

Om één uur brandde de zon, en Rose en Anna kleedden zich tot op hun ondergoed uit en koesterden zich in de warmte van het nieuwe seizoen. Ze installeerden zich onder een meidoorn in volle bloei en aten hun feestmaal. Rose spreidde haar trui uit op de grond en Anna en zij gingen erop liggen terwijl Flossie over hen tweeën kroop. Rose vertelde Anna het verhaal van Beltane, van vuur en een nieuw begin.

Ze doezelden in de brandende zon en ademden de zoete, vaag naar indol geurende lucht van de meidoorn in.

'Het is al echt zomer,' zei Anna blij.

'Ik hoop het,' zei Rose.

Toen dommelden ze een voor een in en dreven weg van het weelderige landschap naar hun eigen wereld.

Toen Rose wakker werd, stond de zon al een eind in het westen. Ze voelde zich ietwat rozig en verhit. En dan te bedenken dat ze nog maar een paar weken geleden een dikke trui en haar Barbour moest aantrekken voordat ze eropuit trok.

Ze keek neer op haar slapende meisjes. Flossie had zich tegen Anna aan genesteld en Anna had een beschermende arm om haar zusje gelegd. Rose voelde een onvoorstelbare droefheid voor haar dochters. Die werden de langdurige slachtoffers van wat er vandaag stond te gebeuren. Deze meisjes waren de bijkomende averij. Hoe de zaak zich ook zou wenden of keren, zij werden slachtoffers. Hoe dan ook.

Waarom konden de dingen niet altijd hetzelfde blijven? Waarom moest alles altijd kapotgaan?

Even daarop werden de meisjes wakker. Rose pakte de picknickspullen in en ze begonnen aan hun terugtocht over de kam, naar de Lodge. Tegen de tijd dat ze thuis waren, hadden ze zeker tien kilometer gelopen.

Het was bijna vier uur toen ze terug waren op de top van de op een borst gelijkende heuvel. Hiervandaan hadden ze een uitstekend zicht op het huis en de tuin. Rose voelde een steek in haar hart toen ze de Galaxy op de oprit zag staan. Nico en Yannis waren in de achtertuin aan het schommelen.

Dus dit was het dan.

'Papa is terug,' zei Anna.

Rose keek op haar neer en vroeg zich af wat er in haar hoofd omging. Maar wat ze ook dacht, haar gezicht liet niets blijken.

Hand in hand keken ze naar het tafereel beneden. Het laatste wat Rose wilde was met de kinderen daarheen gaan, maar ze had weinig keus.

Ze daalden behoedzaam af. Aan deze kant van de heuvel was weinig zon geweest, het hoge gras was nog modderig en glad waardoor ze misschien vallend en glijdend bij hun huis en noodlot zouden aankomen. Rose prefereerde een meer gecontroleerde afdaling.

Toen ze dichter bij het huis kwamen, zag Rose door het keukenraam Gareths gekruiste benen. Hij zat aan de tafel maar keek gelukkig niet hun kant uit.

Rose pakte de buggy, die nu geheel droog was, en zette Flossie erin.

'Anna, wil jij Flossie nemen en met de jongens gaan spelen?' zei ze.

'Maar ik wil naar papa,' jengelde ze.

'Daar heb je zeeën van tijd voor, later,' zei Rose. 'Maar nu moet je eerst Flossie van me overnemen.'

Anna trok een gezicht, maar wist dat ze het daarbij moest laten. Ze pakte de buggy en reed hem naar de achtertuin. Terwijl het door haar heen ging hoe rijp Anna eruitzag, zoals ze als de grote zuster optrad, wilde Rose er liever niet aan denken hoeveel ze in de komende paar maanden zou moeten groeien.

Ze haalde heel diep adem en duwde de deur naar de keuken open. Daar zat Gareth te wachten, een mok koffie voor zich. Hij draaide zich om en keek haar aan, zijn uitdrukking was even leeg als een vel bakpapier.

'Rose.'

'Hallo.'

Een lange stilte volgde. Uiteindelijk zuchtte Gareth.

'Rose, wat ging er door je hoofd?' Zijn stem klonk vermoeid op een manier die ze nooit eerder had gehoord, zelfs niet tijdens zijn eerdere psychische dieptepunten.

'Hoe bedoel je?' vroeg ze. Het was een oprechte vraag. Hij moest het maar zeggen.

'Waar moet ik beginnen? Je doet steeds vreemder, onder andere verkloot je mijn atelier en MIJN WERK,' blafte hij plotseling, overeind komend en op tafel slaand, waarbij de lepel in zijn koffie zo hard rinkelde dat Rose bang was dat de mok zou breken. Hij haalde diep adem en kalmeerde zichzelf. 'Vier uur lang verdwijn je in Brighton met mijn dochters, en dan verdwijn je midden in de nacht god mag weten waarheen en laat je Polly en de jongens aan hun lot over zodat iedereen van slag is.'

'Iedereen is van slag?' zei Rose. 'O, wat spijt me dat.'

'Dat is geen verontschuldiging, neem ik aan?'

'Ik ben niet degene die zich hoeft te verontschuldigen.'

'En wat bedoel je daarmee, verdomme?'

'Je weet heel goed wat ik bedoel.'

'Jij hebt alles verkloot, Rose. Het is allemaal je eigen schuld, maar je bent zo ver heen, dat je dat niet eens doorhebt. We hebben je geobserveerd.'

Rose had het gevoel dat haar hoofd op springen stond. Hij

stond naar haar te kijken alsof zij getikt was, alsof zij de schuldige was, niet hij en zijn teef. Ze stortte zich op hem, haar handen voor zich uit, haar klauwen uitgestoken. Ze wilde hem wegduwen, weg, ver weg.

Maar in plaats daarvan bleef Gareth, die heel lang was, terwijl zij maar een gemiddelde lengte had, gewoon staan. Zijn lichaam ving de schok van haar aanval op en voerde die via zijn voeten af naar de vloer. Hij greep haar bij de polsen en hield ze zo stevig vast dat haar botten pijn deden, maar hij liet niet los. Hij haalde diep adem en hield haar op een afstand als was ze iets smerigs. Hij keek haar recht in het gezicht en Rose besefte dat ze in de ogen van een vreemde keek.

'Rose, Rose toch. Polly en ik maken ons zulke grote zorgen om je,' zei hij en hij poogde zijn stem onder controle te houden. 'Je bent al een hele tijd niet meer jezelf. Niet sinds Flossies ziekte. En wat je nu hebt gedaan – nou, dat is niet wat je mag verwachten van iemand die voor kleine kinderen moet zorgen.'

Rose rukte zichzelf los en keek hem aan. 'Wat probeer je me te vertellen?'

'Ik maak me zorgen om mijn kinderen.'

'Jouw kinderen?'

'Nou moet je eens goed luisteren, Rose. Polly en ik hebben met elkaar gesproken.'

'Dat geloof ik graag.'

Gareth keek Rose vol medelijden aan. Ze staarde terug, wilde hem dwingen te bekennen.

'Polly belde me op vanuit Brighton – ze had haar mobieltje vergeten – om te zeggen dat ze zich zorgen over je maakte en als je ziet wat jij met MIJN WERK hebt uitgehaald kun je je indenken dat ik me ook behoorlijk zorgen over jou maakte.' Hij wees door de keuken op zijn atelier, dat er aan het einde van de tuin geplunderd en als een gapende wond bij lag.

'Weet je dat wat je daar hebt gedaan, hetzelfde is als wanneer je mijn arm had afgehakt? Je hebt mijn werk nooit begrepen, Rose. Voor jou betekende het alleen maar een middel waarmee ik geld verdiende zodat jij kon WINKELEN BIJ WAITROSE.'

Hij zweeg en streek met zijn vingers door zijn haar. Hij haalde nogmaals diep adem en beet op zijn lip. 'Weet je? Ik ben voor jou nooit iets anders geweest dan een kostwinner, een zaaddonor, een middel tot een doel.'

Niet opnieuw, dacht Rose.

'Heb je me ooit als een man gezien. Een seksueel wezen?'

Rose snoof. Dat moest hij zeggen!

Hij keek haar woedend aan. 'Als iets anders dan een tweede keus na Christos?'

Rose' adem stokte. De laatste wind was haar uit de zeilen genomen.

Gareth zweeg even en ademde uit. 'En dan al die leugens van je. Polly heeft me alles verteld.'

Hij ging zitten en bekeek haar: als rechter, jury en beul.

'Begrijp je nu wat je hebt gedaan, Rose?' Rose draaide zich om. Nu pas zag ze Polly, in de leunstoel in de hoek. Haar gezicht stond ernstig, maar Rose wist zeker dat ze een zweem van triomf in haar ogen las.

'Toen ik Gareth belde, vertelde hij me wat je had gedaan. We besloten dat je naar een dokter moest, maar dat hij erbij moest zijn als je ging, en daarom kwam hij je halen. En toen verdween je zomaar. Met de meisjes, Rose. Met de méísjes.' Polly's stem klonk nu diep en begrijpend en ze was er gemakkelijk bij gaan zitten, met één hand onder haar kin, alsof ze een auditie deed voor de hoofdrol in De psychiater.

'Je begrijpt toch wel dat ik niets anders kon doen dan Gareth jouw verhaal over de baby vertellen?' ging Polly verder. 'Over die arme Frank?'

Gareth richtte zijn hoofd op. 'Waarom heb je me dat nooit verteld, Rose?'

'Omdat ik je niet kwijt wilde,' zei Rose met een klein stemmetje.

Gareth bekeek haar met een mengeling van medelijden en walging. 'Geloof je ook niet dat dat feitelijk de oorzaak van alles is?

Het bezoek aan Brighton was het laatste zetje, nietwaar. Snap je niet dat je ziek wordt als je je hele leven liegt?'

'Ik ben niet ziek,' gilde Rose. 'Ik. Ben. Niet. Ziek.'

'We hebben het besproken,' vervolgde Gareth. 'Ik was boos en wilde je laten opnemen, je laten behandelen. Maar Polly nam het voor je op. Je had, zei ze, rust nodig zonder verantwoordelijkheden, en dan konden, zei ze, de meisjes je ook blijven zien. We moeten ook aan hen denken.'

Hij ging pal voor haar staan. 'Dus dit is wat er gaat gebeuren: we verhuizen jou naar de Annexe, wij zoeken psychiatrische hulp voor je en daarna zien we verder.'

'Je hoeft niets te doen. Niks koken, niks huishouden,' zei Polly, glimlachend.

'Polly is zo aardig om dat allemaal op zich te nemen. Wat heel goed van haar is, gezien alles wat ze al voor haar kiezen heeft.'

'Ik ga een plaat opnemen,' zei Polly. 'Maar dat kunnen we in Bath doen, dan kan ik rekening houden met het huis en de kinderen.'

'Jij hoeft alleen maar te zorgen dat je beter wordt, en dan zien we wel weer.'

Beiden zaten haar met hun ogen wijd open aan te kijken, alsof het plan dat ze voorstelden inderdaad zo eenvoudig en voor de hand liggend was. Alsof het een gunst was die ze haar verleenden. Rose liet haar schouders hangen, sloeg haar ogen neer en had moeite adem te halen.

'Maar, Rose, je begrijpt wel dat het over is. Je begrijpt dat ik je niet terug kan nemen. Niet na al die leugens,' zei Gareth.

'Ik weet best wat jij in je schild voert,' beet Rose Polly toe. 'Praat me niet van leugens.'

'Arme mevrouw de filosoof,' zei Polly, terwijl ze opstond. 'Altijd bezig conclusies te trekken.'

Rose kon zich niet langer inhouden. Ze wierp zich op Polly, klauwde haar vingers in haar haren, trok eraan, zette haar nagels in haar hoofdhuid. Daar was Polly totaal niet op bedacht. Ze viel achterover tegen de leunstoel en Rose zag zichzelf de een na de andere klap op Polly's hoofd uitdelen.

Gareth beende door het vertrek en rukte aan Rose' arm, trok haar omhoog, weg van Polly, en gaf haar zo'n draai dat ze languit op de grond viel.

'Laat haar!' schreeuwde hij. 'Laat haar met rust.'

'Jouw kostbare Polly. Jouw kleine neukmadam?'

Polly was overeind gekomen en stond naast Gareth, net achter hem, en keek neer op Rose. Ze glimlachte nog steeds.

'Neem die woorden terug!' raasde hij. 'Laat haar erbuiten.'

'Laat maar, Gareth. Ze is niet goed snik,' zei Polly, zijn arm aanrakend.

Rose kroop over de grond naar het buffet, waaraan ze zichzelf omhoogtrok. Ze was met haar hoofd op de grond gevallen en voelde zich duizelig, maar ze werd door zo'n sterke kracht bezield dat niets haar kon tegenhouden. Ze stak beide handen uit naar de plank waarop de schaal met eieren stond. Ze zocht de twee grootste, van marmer en onyx en zo groot dat ze nauwelijks in haar handen pasten. Ze draaide zich om naar Gareth en Polly, die aan de andere kant van de keuken als in trance naar haar keken, alsof ze een dier in een dierentuin was.

Toen stormde ze met in elke hand een ei de keuken door. Ze vloog Gareth aan en probeerde hem met de eieren op zijn hoofd te slaan. Overrompeld wilde hij haar ontwijken, maar in plaats daarvan kreeg hij de volle laag op zijn slaap, waardoor hij zijn evenwicht verloor. Rose sprong achteruit. In zijn val raakte zijn hoofd de omhooggeklapte deksel van de Aga. Gareth sloeg zwijgend voorover, met zijn gezicht op de brandende kookplaat van het fornuis, zodat het bloed dat uit zijn neus stroomde, siste. Het ging zo snel dat Rose nauwelijks bevatte wat er gebeurde.

Even stonden Rose en Polly roerloos van ontzetting. Toen schoot Rose op Gareth af en probeerde hem van het fornuis weg te trekken. Maar hij was een grote man en nu was hij dood gewicht. Zijn gezicht werd opengereten toen ze het van de kookplaat wegtrok; een laag verbrande huid bleef achter. Snikkend en kokhalzend boog Rose zich over Gareth heen en probeerde hem

373

bij te brengen, sloeg hem op zijn borst en probeerde zo zijn lichaam weer tot leven te brengen.

Er gebeurde niets.

'Gareth!' riep ze. 'Gareth!'

'O, Rose, zie je nu wat je hebt gedaan?'

Toen Rose opkeek, zag ze Polly over zich heen gebogen staan, met haar handen op haar heupen en nog steeds een flauwe glimlach op haar gezicht. Gedurende een of twee ogenblikken kon Rose zich niet verroeren. Afgezien van het feit dat ze snel moest handelen, kon ze nergens aan denken. Toen krabbelde ze als een dier dat dekking zoekt overeind en rende naar de bijkeuken, sloeg de deur achter zich dicht en schoof de klink ervoor zodat Polly niet binnen kon komen. Daar stond ze, hijgend, totdat ze weer op adem kwam.

Wat had ze gedaan?

Nu pas begreep ze dat ze in de val was gelopen. Als ze hieruit wist te komen, moest ze niet alleen de verschrikking onder ogen zien van wat Gareth was overkomen, maar kreeg ze ook te maken met Polly, de aanstichtster van dit alles. Ze handelde nu instinctmatig, uit pure zelfbescherming. Om zich heen kijkend viel haar blik op het geweer. Het geweer van Gareth. De idioot. Het stond daar goed zichtbaar achter een paar potten appelchutney die ontsnapt waren aan Polly's plundering van de bijkeuken.

Rose klauterde op het werkblad, trok zich aan haar vingertoppen omhoog en werkte zich via de planken als een bergbeklimmer naar boven. Ze kon maar net bij het geweer, en toen ze het naar zich toe trok, viel een van de potten met chutney aan diggelen. De kleverige brij spatte over de leistenen tegels. Rose bekommerde zich al bijna niet meer om de rommel, hoewel ze in gedachten het opruimen van de chutney toevoegde aan haar lijstje met taken. Met een onvermoede kundigheid, kennelijk iets wat ze van de een of andere film had onthouden, klapte ze het geweer open. Het bleek geladen te zijn. Dat was goed, dacht ze.

Ze legde haar oor tegen de vergrendelde deur. In de keuken heerste volkomen stilte. Wie weet wat ze daar straks zou aantreffen. Ze hoopte maar dat de kinderen buiten waren gebleven.

Ze hield het geweer voor haar borst, schoof de deur open en liep behoedzaam de keuken in. Gareth lag nog waar ze hem had achtergelaten, en hij lag doodstil. Zodra ze met Polly had afgerekend zou ze zich over hem ontfermen.

'Ik vroeg me al af wanneer je weer tevoorschijn zou komen,' hoorde ze zeggen.

Rose draaide zich met een ruk om en zag dat Polly weer in de leunstoel zat. Voor de eerste maal werd het ziekelijke glimlachje onzeker, toen ze het geweer in de gaten kreeg.

'Wat ben je van plan, Rose?' zei Polly, opstaand.

'Blijf daar!' blafte Rose en Polly stak haar handen omhoog, als aan de grond genageld.

Rose bewoog zich behoedzaam naar de achterdeur en deed die op slot. Met het geweer op Polly gericht liep ze het vertrek door om de gordijnen dicht te trekken. Ten slotte deed ze de voordeur op slot. Zo was er geen gevaar dat de kinderen binnen zouden komen. Ze kon nu doen wat ze wilde.

'Wat ben je van plan, Rose?' vroeg Polly weer.

Rose liep een rondje om Polly in het gezicht te kunnen kijken en richtte het geweer rechtstreeks op haar. Ze bracht het vizier op gelijke hoogte met Polly's voorhoofd. Ze was altijd een goede schutter geweest op kermissen, met plastic eendjes en zo. Ze vertrouwde erop dat ze haar niet zou missen.

'Rose, ik weet niet wat jij je allemaal in je hoofd haalt, maar echt, alles wat ik heb gedaan was voor jouw bestwil,' zei Polly.

'Ha,' snoof Rose.

'Heus waar. Het kan toch ook niet anders?' zei Polly snel. 'We kennen elkaar al zo lang...'

'Dat liedje heb ik nu zo vaak gehoord,' zei Rose, 'het begint me echt te vervelen.'

'Ach, Rose, je denkt dat dit onherroepelijk is, hè? Je denkt dat je zo diep in de problemen zit dat je net zo goed met mij kunt afrekenen en dat het dan is afgelopen, waar of niet?'

Rose zei niets. Ze verzekerde zich er alleen opnieuw van dat ze de juiste positie had, trok de veiligheidspal los, krulde haar vinger om de trekker.

'Rose, ik ben de enige die dit heeft gezien. De enige.' Rose zag hoe Polly's hersenen werkten met de wanhoop van een verdoemde. Maar zij liet zich niet inpakken.

'Juist,' mompelde Rose.

'Maar begrijp je het dan niet? Je hebt Gareth niet vermoord. Hij is gevallen. Het was een ongeluk. Een óngeluk, Rose.'

Rose voelde hoe ze weer werd overspoeld door golven van ademloosheid. Ze corrigeerde haar positie en deed haar best het geweer roerloos vast te houden.

'Het was een ongeluk! Een verschrikkelijk ongeluk. Je kunt het daarbij laten, als je wilt.' Polly keek opgelucht bij de ideeën die in haar opkwamen. 'De meisjes zullen nog steeds hun moeder hebben – maar als je mij nu neerschiet, dan kom je er op geen enkele manier mee weg. Denk eens wat een verspilling dat zal zijn! Vier kinderen en hoegenaamd geen ouders. Rose, doe dat geweer weg. Doe het voor hen, als je het niet voor mij doet. Luister. We doen het samen!'

En met haar handen nog steeds omhoog liep Polly behoedzaam het vertrek door. Rose hield het geweer op haar gericht, toen Polly bij de bebloede onyx eieren stond. Met haar gezicht naar Rose hurkte Polly neer en raapte ze op.

'Rustig maar,' zei ze terwijl Rose het geweer opnieuw richtte. 'Ik breng ze alleen maar naar de gootsteen om ze schoon te maken. Kijk maar.'

Polly hield de eieren in haar schriele armen en liep achteruit naar de gootsteen, waar ze met J Cloth en Ecover alle bloedsporen verwijderde. Daarna droogde ze de eieren af met een theedoek.

'Leg ze terug in de mand,' zei Rose. Polly deed als gezegd; ze klom op een stoel en zette de mand terug op zijn plaats op het buffet.

'Ziezo.' Ze keerde zich stralend om naar haar vriendin. 'Terug op hun plaats.'

Bevend liet Rose het geweer zakken. Ze ontspande de haan en haalde de kogels eruit.

Polly kwam naar haar toe en overhandigde haar de theedoek.

'Je kunt het beste alle vingerafdrukken wegvegen en het geweer terugzetten waar je het vond,' zei ze. Toen Rose de doek aanpakte, nam Polly haar hand in de hare. Ze keek haar in de ogen.

'Het spijt me, Rose. Van alles wat er is gebeurd. Van dit. Arme wij. Arme hij.'

Ze keken omlaag naar Gareth.

Na enige tijd maakte Rose zich los en bracht het geweer terug naar de bijkeuken. Toen ze weer in de keuken kwam, zat Polly op haar knieën aan Gareths voeten en maakte een schoen los.

'Daardoor struikelde hij,' zei ze. 'Hij was immers buiten zinnen?' zei ze tegen Rose. 'Ik bedoel: kijk wat hij in zijn atelier heeft gedaan. En hij belde mij en zei dat jij dat had gedaan. En die troep overal, de whisky. En je kunt ook niet zeggen dat zijn verleden, eh, probleemloos was. Toen hij op jou af stormde, wist ik niet wat ik...'

Rose liep achteruit naar de leunstoel en begroef haar gezicht in haar handen. Ze voelde handen op haar knieën en toen ze opkeek, zag ze Polly voor zich op haar hurken zitten.

'Rose. Dit is wat er gaat gebeuren. Ik ga met de kinderen naar Simon,' zei ze, 'en vertel hem dat er een ongeluk is gebeurd. Jij belt Kate om te zeggen dat je niet weet wat je moet doen. Dan laat je alles aan haar over. Daar is ze goed in. Jij bent van streek, daar hou je het op. Ik kom meteen terug en we vertellen hoe Gareth struikelde toen hij jou te lijf wilde gaan.'

Rose knikte verdwaasd.

'Ik ben echt blij,' vervolgde Polly. 'Het gebeurde sneller dan ik had gehoopt, maar nu is alles weer als vanouds. We zijn allebei weer waar we horen. De rest is verleden tijd, waar of niet?'

Polly stond op en maakte de grendels van de achterdeur los en liep nogmaals naar Rose, met fonkelende ogen.

'Weet je, Rose, Christos is na jouw bezoek aan Karpathos nooit meer de oude geworden.' En met een plotselinge heftige kracht

377

spoog ze op de grond. 'Nóóit meer.'

Ze deed de deur open en liep de tuin in.

Rose stond op, probeerde niet naar Gareth te kijken en gluurde door een kier in de gordijnen. Ze keek hoe Polly de kinderen riep. Die praatte glimlachend met hen alsof er helemaal niets gebeurd was. Ze juichten zelfs om iets wat ze tegen hen zei.

Ze leek erg bedreven in ompraten.

Twee jaar later

Zevenenveertig

'Maman!'

Flossie waggelde over het miezerige gras, haar kleine handjes uitgestrekt naar haar moeder. Anna pakte haar en liet haar op de grond vallen. Lachend rolden beide meisjes de helling af waarop hier en daar bloemen groeiden, naar hun moeder, die op een kleed onder een kersenboom lag te zonnebaden.

Rose glimlachte en ving hen op, drukte hen tegen zich aan en ademde hun geur van zout, zee en lucht diep in. Ze gingen op hun rug liggen en keken naar de dansende bloesems boven hun hoofden. Met gesloten ogen luisterde Rose naar het breken en brullen van de golven die zich enkele meters verderop op het strand wierpen en daarmee de energie ontlaadden die ze in de uitgestrekte watervlakte westwaarts hadden opgedaan.

'Maman.' Flossie was weer opgestaan en kriebelde Rose' neus met een lange grasspriet. Rose stak haar hand uit en kietelde Flossies buikje en het meisje kraaide het uit terwijl haar pientere oogjes tintelden van plezier.

Anna keek glimlachend toe. 'Nee, Flossie, we zeggen "mama". Mama.'

'Nee, maman,' hield Flossie vol.

Voor de vierde maal in evenzoveel dagen dankte Rose de hemel voor de vrolijkheid die haar dochters en alles om hen heen weer hadden hervonden. Het was niet van de ene op de andere dag geschied, maar eindelijk was het dan zover.

'O, daar zijn jullie.' Andy verscheen bij het hek van de boomgaard; hij veegde zijn handen af aan een vettige lap. De laatste paar weken, sinds het weer was omgeslagen, had hij aan de boot gewerkt en hij had zich voorgenomen de zomerochtenden op de golven door te brengen en vis te vangen voor het lokale restaurant. Rose leverde datzelfde restaurant het hele jaar door eieren, jam en groenten uit de kleine tuin die ze had weten aan te leggen op de woeste grond van dit eilandje voor de westkust van Bretagne.

Ondanks het geld dat de verkoop van de Lodge had opgebracht, leidden Andy, zij en de meisjes op het Ile d'Ouessant welbewust een sober bestaan, en dat beviel hun uitstekend. Ze voorzagen bijna geheel in hun eigen onderhoud en hadden geen televisie, geen telefoon, geen internet en ze kregen heel weinig bezoekers, met uitzondering van Frank en Molly, die om de paar maanden kwamen met Johnny, Rose' kleinzoon. Rose was heel blij geweest dat ze de jonge ouders had kunnen helpen door voor hen in Brighton een huis te kopen. Het was een soort genoegdoening.

Eindelijk had ze vrede gevonden.

'Moet je dat stel nou zien liggen,' glimlachte Andy.

'Een vogel mag toch van tijd tot tijd wel neerstrijken?' Rose keek naar hem op. Hij was zo knap bij dit licht. Blijheid paste bij hem.

Hij pakte Flossie met een grote zwaai op, ging naast Rose op het kleed zitten en zette de peuter op zijn knie; hij legde zijn arm om Rose en de meisjes.

'Wat een mooie dag,' zei hij. 'Zin om straks te zwemmen?'

'Daar houd ik je aan.' Rose boog voorover en kuste hem op zijn neus.

Hij hield haar blik even vast, keek toen een andere kant uit en greep in zijn broekzak.

'O ja. Ik zou bijna vergeten waarom ik je zocht. Dit is gekomen.'

Rose nam de brief aan en opende de envelop. Ze herkende onmiddellijk het handschrift.

Album opgenomen. Kapot. Moet weg van de verleidingen. Jongens z. opgewonden om jullie allemaal te zien. Wanneer kunnen we komen? Stuur info ferry enz. Polly xx.

Tsja, het moest een keer gebeuren. Rose voelde een lichte misselijkheid. Ze vouwde de brief op en streek hem glad in haar schoot. Met een hand boven haar ogen keek ze over het hek van de boomgaard naar de wazige lijn van de horizon, daar waar zee en hemel elkaar ontmoetten.

Hoe kon ze weigeren?

Plotselinge blies vanaf de kust een frisse wind het land in. De kersenboom trilde. Een wolk van bloesems dwarrelde neer om Rose, Anna, Flossie en Andy, en Rose huiverde.

Met dank aan:

Jacqui Lofthouse, die mij hielp te beslissen wat te doen en waar me aan te houden; Hannah Vincent, die me niet losliet voordat ik eindelijk de vos had gedood; Tara Grould van Short Fuse Brighton omdat ze mij mijn verhalen aan echte mensen liet voorlezen, hardop; Carmela Marner omdat ze ze als eerste las en erop reageerde; Janee Sa voor haar kennis van het maatschappelijk werk; Chloe Ronaldson voor haar adviezen op verloskundig gebied; Hannah Norden voor haar paramedische kennis; John O'Donoghue voor zijn opmerking dat hij dacht dat ik al eerder had geschreven; Chris Baty en Nanowrimo; Queens Park Lowbrow Bookgroup omdat ze naar me luisterden terwijl ik maar doorging; Jane en Roy Collins en Pam en Colin Crouch; Rosemary Pryse voor de schrijfruimte en de ontelbare verhalen; Simon Trewin, Ariella Feiner, Jessica Craig, Zoe Ross, Giles Smart en iedereen bij United Agents; mijn fantastische redacteur Leah Woodburn, en Imogen Taylor van Headline; Joan Deitch; en mijn gezin dat het zich allemaal maar moest laten welgevallen.